Selma Lagerlöf
Gösta Berlings saga

# 尤斯塔·贝林的萨迦

［瑞典］塞尔玛·拉格洛夫 著

王晔 译

复旦大学出版社

"诺贝尔文学奖背后的文学" 编委会

名誉主编
石琴娥

编　委
万　之　王梦达　王　晔

# 导言

王晔

## 缘起——一群迷途的蜂

从前有一则萨迦,经过许多人的卓越创造,只差一个流畅的书写便好传遍大地。那是一群故事,一群未成形的历险之云,像一群迷途的蜂,不知在哪里能找到把它们收进蜂巢的人,最后,它来到了一座叫莫尔巴卡的庄园。一个孩子长在那里,听到了故事,渐渐充满书写的渴望。在《关于一则萨迦的萨迦》中,瑞典作家塞尔玛·拉格洛夫(Selma Lagerlöf,1858—1940)这样谈到她的处女作、长篇小说《尤斯塔·贝林的萨迦》的创作缘起。

塞尔玛·拉格洛夫,1909年获得诺贝尔文学奖,是世界上第一位获此殊荣的女作家。她出生在瑞典中西部的韦姆兰省,那座叫莫尔巴卡的庄园,这地方在她的处女作中成了利里亚克罗纳的秀美家园。

拉格洛夫是五个孩子中的老四。父亲埃瑞克·拉格洛夫中尉于1852年继承庄园,母亲露伊斯来自富商家庭,日子原本宽裕。1860年代初,作为当地经济基础的农业和铁业受到严重冲击,拉格洛夫家的日子也艰难起来。

从小,拉格洛夫就爱听祖母讲故事,包括英、法文在内的早期教育来自家庭教师。她三岁时罹患腿疾而跛脚，这对身心是不小的苦痛，唯一的好处是让她有机会离开闭塞乡间，外出治疗，看到更大的世界。她甚至认为，残疾使自己不至走上姊妹们走的不幸婚姻路。她从未把婚姻这类当时女性的要务看得多重。1881年，她更违抗父亲的意愿，到首都斯德哥尔摩接受师范课程的教育。不久，她在南方的一座小城当上了教师。

拉格洛夫所谓故事经多人加工、几近完成，不同于王实甫的《西厢记》之前有《莺莺传》，是说完整的民间传说或一星半点的闲谈在她的脑子里留下了印迹。有一种精神盘亘在韦姆兰大地，期待被表达。它来自先辈，是过去；连接着"我们"，是现在；甚至可以关联到后世的孩子们，是将来。然而，认识那熟悉的故土之魅力有时需要距离，而城市的拥挤人群未必不能给人认识遥远故乡那壮丽山河的契机。

1881年的一个秋日，拉格洛夫夹着几本书，走在斯德哥尔摩的街上。她刚听完一场文学史讲座，其中谈到贝尔曼和鲁内贝里。她琢磨着这两位作家及其诗歌中的人物，一个声音出现了："我自己生活过的韦姆兰并不亚于他俩所描写的对象啊——只要我能学会处理。"这时，她脚下的地面开始摇晃，那条路似乎朝着天空扬起又落下，扬起又落下。她不得不停下脚步，站了好一会，路才归于稳定。道路扬起又落下的体验或为真实或为文学渲染，却十分接近她后来的处女作的楔子里，牧师尤斯塔·贝林站在布道台上获得的、教堂穹顶上升而地面下沉的体验——可以说都是灵感降临的体验吧。

文学讲座里提到的贝尔曼（Carl Michael Bellman，1740—1795）是瑞典民族诗人，鲁内贝里（Johan Ludvig Runeberg，1804—1877）则是芬兰民族诗人和瑞典语诗人，史诗《斯托少尉的传奇》（*Fänrik Ståls sägner*）的作者。史诗受十九世纪初正在发展的民族浪漫主义影响，以1808年至1809年里瑞典与俄罗斯之间发生的芬兰战争为背景，描述了一群军人为祖国奋战的英勇故事。经过那场战争，瑞典失去了东部大片领土，史诗的基调中有难以掩饰的瑞典战败的苦涩。这也是拉格洛夫的父亲十分喜欢的一部作品。

从街头突遇灵感，到小说真正写出，还要耽搁好些年。因为未来的作家不久便当上了教师，工作忙碌；但或许更因为在她的内心，体裁还未定型。她先尝试史诗体；转而借鉴戏剧形式，圣诞夜一章曾是剧本的第一幕；最后，她用平和而现实的散文风来写小说。1885年，拉格洛夫的父亲去世。五年后，庄园难以为继，不得不出售。拉格洛夫回家看那老宅最后一眼、深受触动——不能再等了！她心中忐忑，认为自己不可能写出什么杰作，而只是一部书，一部多半会让人笑话的书，但还是要写，"以便拯救她还能从家中拯救出的：那些亲爱的古老故事，那些无忧的日子和欢乐的平和，以及那美丽的风光——它有着修长的湖泊和变幻出不同蓝色的山峦"。

拉格洛夫大约需要从诗歌模式中解放，以便找到能承载她的故事和想象，适应她的文学时空的形式。她也需要一个更大刺激，如今，父亲的离世和家园的丧失重重地推了她一把。她以前所未有的快速度，写成一章又一章。不是用韵文而是用散文来书写，却仍可看到鲁内贝里的史诗的启发。从少尉到上校的军衔就附着在埃克比的侠士身上；民族浪漫主义及丧失故土的悲戚感，正契合丢失了故园并缅怀逝去之往昔的作家之心。史诗的气象在，韵文的余音也在。小说糅合了诗歌、散文诗、散文、戏剧和小说等多种笔法，不是预设和刻意的，是天时、地利与人和。因为水到渠成，所以自然流畅、自成一体，也无从复制，甚至作家本人也不能够。

1890年春，恰逢妇女周报《伊顿》(*Idun*)举办小说有奖征文，拉格洛夫在写好的内容中并不自信地挑出五章应征，意外获奖。继而,《伊顿》编辑邀她出版全书。在友人的赞助下,她暂停教师工作,全心把故事写完。1891年,拉格洛夫借长篇小说《尤斯塔·贝林的萨迦》登上文坛。

## 萨迦——上帝的风暴

这部小说描绘了1820年代,韦姆兰芦汶长湖(现实中叫Fryken)两岸的人物和事件。楔子两章,正文三十六章,都是可相对独立的小故事,也和其他章节有某种联系。出场人物繁多,推动情节发展的关键人物有三位,被革职的英俊牧师尤斯塔·贝林,有权势的少校夫人以及据说和魔鬼做交易的厂主辛特拉姆。拉格洛夫曾指出,故事历时一年,春天是冰雪消融的季节,夏天充满小田园诗,秋天是大革命,圣诞是一切的重建。确实,故事编织了从前一年圣诞夜到第二年圣诞夜、这季节变幻的整整一年,上帝风暴席卷芦汶长湖的一年。

年轻的牧师尤斯塔·贝林不堪生活和工作的沉重而酗酒,因酗酒被革职。躺在雪地里自杀的他,被有权势的埃克比的少校夫人救下,成了夫人供养的侠士中的一员。圣诞夜,十二名侠士从魔鬼口中得知,少校夫人每年向魔鬼提供一名侠士的灵魂,魔鬼则保证她对埃克比庄园和七座铁厂的控制权。魔鬼由邪恶的厂主辛特拉姆装扮,可那辛特拉姆认为自己和魔鬼没多少本质差别。侠士们一面对"魔鬼"的话将信将疑,一面对恩人少校夫人有了强烈愤怒,终于和"魔鬼"签约,侠士将管理埃克比和铁厂一年,行动得像个侠士,不然,他们的灵魂在一年后会被魔鬼一并取走。次日是少校夫人摆开的圣诞宴。侠士克里斯蒂安上尉将终于端上桌的松鸡误认作乌鸦,激愤地把"乌鸦"扔上墙,当众说起夫人与人私通的旧事——一个人尽皆知的秘密,不过从未在大庭广众下被说破。少校夫人被少校逐出家门,成了路上的乞丐。少校搬回自己原来的庄园，把埃克比和七个铁厂扔给侠士代理。魔鬼协议似乎真生效了。

少校夫人临走时断言，一场上帝的风暴就要席卷所有的人和整个的大地。在接下来的一年里，这片大地上贫穷、疾病、死亡、洪水、干旱和火灾肆虐，父女反目、夫妻离散、情侣分别，侠士无忧的享乐也蒙上末日悲哀。男女间爱的燃与灭，骑士对荣誉的捍卫，朝圣者的义举等波澜迭起。光明与黑暗较量，效力于黑暗的是邪恶的辛特拉姆，致力于光明的，是为上帝千年王国的早日到来而努力的人们。最终，播撒仇恨和不幸的辛特拉姆在狱中死去。少校被自己豢养的熊咬伤而死。上帝的风暴平息，大地在众人的协同劳作下日趋和美。侠士派人接少校夫人回家，一路上，少校夫人看到长湖两岸的变化十分欣慰。回到埃克比，因肺炎而奄奄一息的她和侠士达成谅解。临终，少校夫人打算把埃克比赠给侠士，遭到尤斯塔·贝林拒绝，他不希望侠士因财富而懒散并自弃。侠士们都将离开埃克比，而尤斯塔·贝林打算成为乡间琴师和自给自足的农人。

小说中描述的湖泊山川都有原型，一座座庄园都能在作家的故乡找到对应物，一些人物也被认为出处有循，如尤斯塔·贝林接近于拉格洛夫的父亲谈起的一位熟人，发明家德国佬差不多是卡尔斯塔德一名出色的建筑师，一位着男装的有钱女人很有少校夫人的派头，等等。但拉格洛夫描述的不仅是写实主义的自然和文化景观，更是根植于自然、记忆、传说和想象而创造出的文学景观。她的抱负在于提炼，提炼一种精神，如小说中所言，"……我梦中的湖，在它的岸边，我看见过诸神漫步，而从湖心深处，我的魔法城堡升起"。"我"的"梦"，"我"的"看见"和"我"的"魔法"紧密相连，"我"的思绪和那往昔的"诸神"的精神息息相通。

听了故事的孩子，站在冬日的窗边，她看那天边不见云朵，却见侠士们在单马拉的车上，星星是点在伯爵府邸的蜡烛。"这孩子的脑中充满了这些旧时代的人。她爱他们，她为他们活着。"庄园的传说,即便今日在瑞典乡间也在继续,且在生活中时有画龙点睛之效。人们乐于谈论庄园里生活过的人,那些逝去的人们的逸事,也因为讲述,那些人和事日益闪出异彩。地广人稀而老年化严重的乡村里,一座座只在夏天才有人居住而折射出往昔幻影的家园,在这样的谈论中透露着不灭的意志。谈论或为留住,就像拉格洛夫对那些传说的再创作是为留住。留住往昔的时代、人们、梦想和精神。她以精神和梦想为贵,那些人物和庄园的灵魂借助于文字可以走得更远。拉格洛夫于是在小说结尾欣慰地表示:"也许这会让你们满意,让你们的名字和那热爱的邸宅一起再次回响?愿所有属于你们的生命的辉煌重新落在你们生活过的这片地方!博宜还矗立着,比雍纳还矗立着,埃克比还在芦汶湖畔,被激流和湖泊、被园子和微笑的森林草地美好地环绕。站在宽大的阳台上,传奇就会围绕人们飞舞,像夏天的蜂。"

## 浪漫还是现实,往昔还是现代?

这部作品问世后未引起轰动,毁誉参半。有人叹作者为天才,是在漫长而无趣的文学寒冬后,突然冒出的春意,突然响起的新诗人的啼唱,作品想象绝妙,充满动感和变化——这个作家有能力描绘世上的一切。有人则认为内容空洞,难以理解。大作家雅尔玛尔·瑟德尔贝里在不否认作者才华的同时,也认为故事不可信。在致友人的信中,拉格洛夫写道,"现在,既然我已在那里,惊诧了世界,被书写于瑞典所有报纸纸端,忽而被看作天才,忽而被视为疯子,我觉得我可以自由呼吸了……他们现在总算知道我是谁……"渐渐地,越来越多的人注意到这部作品,斯堪的纳维亚最重要的批评家,丹麦的乔治·布兰迪斯(George Brandes,1842—1927)一眼看出作家的才华,也建议她从此走出韦姆兰,到更大的世界里去。

本来，拉格洛夫用正文第四章小标题"尤斯塔·贝林，那个诗人"作了书名。《伊顿》的编辑早在获奖启示中就对标题做了修改，启用"萨迦"一词，副题为"一个来自古老的韦姆兰的故事"。以为这么一署，对"萨迦"这一冰岛文学形式了然于心的瑞典人，从第一眼就能期待一些离奇的故事；而读者将是故事发生地韦姆兰省的人们。拉格洛夫后来表示，她认为这一改动是成功的。

把"萨迦"标签贴上这部小说确实并无不妥。从插着自制的翅膀在天上飞，到举起装银弹的枪瞄准天上的大熊座，进而准确射中一头大熊，作品中确实穿插了很多离奇事。瑞典的权威文学评论家奥斯卡·莱文汀（Oscar Levertin，1862—1906）诧异于书中的奇异想象，不无偏见地惊呼：拉格洛夫小姐，一位"小小的女教师"，从未离开瑞典地方，独自生活在一个被遗忘和掩藏的神秘里。她吸收了故乡盛行的神秘……本该在她的童话森林和传奇地域逗留。这一切得以让诗篇丰富而自然地流出，就像葡萄酒从葡萄中流出，奶汁从母亲的胸脯健康和温柔地流出。

正如莱文汀所言，韦姆兰是浪漫的土地，孕育了拉格洛夫笔下的浪漫人物，也孕育了曾活跃在故事发生的浪漫年代的，瑞典文学史上的诗歌大家和瑞典学院院士埃塞雅斯·泰格纳（Esaias Tegnér，1782—1846）以及埃瑞克·古斯塔夫·盖雅（Erik Gustaf Geijer，1783—1847）。和拉格洛夫同时期的天才诗人古斯塔夫·福楼丁（Gustaf Fröding，1860—1911）则与拉格洛夫有一面之缘，被她看作"一个水精灵碰巧跑到了人的生命里"。福楼丁说过："拉格洛夫的韦姆兰是美妙地夸张、凝炼了的韦姆兰。"的确，在这部作品中，有湖泊、河流、高山、深谷、沉郁的森林和富裕的庄园，像一出交响曲，是施展了魔法的丰饶大地。它不是对童年记忆的机械复述，而是背负了自然和文化的集体记忆的个性和天才的创作。

对这部作品的争议的焦点是故事是否可信、合理。

斯特林堡的《红房间》在 1879 年于瑞典风靡一时。犀利而沉着的现代主义笔触日益举足轻重。拉格洛夫的这则萨迦和当时的现实主义文风却有很大出入，对其可信度疑问的关键，不在于小说和萨迦的挂钩，而在于作家十分留恋的后浪漫主义及无法放弃的理想主义精神与那时的时代已有距离。但这些精神对于作家想用笔墨留住的时代，以及那个时代的英雄和女性来说，却是最重要的特质。那群人中唯一相对现实和现代的是玛瑞安：自我一度不完整，总有另一个"我"，冷眼把自己的言行举止看成对活着的"表演"。然而，"我"十分仰慕过去那些有着燃烧的激情，能够奋不顾身的人们，并感叹，再也遇不到那样的人了。像无法丢开的旧梦，拉格洛夫把现实浸泡在传说和神话的琼浆里，那些未必真实的传说有了赖以复活的真实基础，现实则有了更宽大的、不只局促于眼下的飞翔之翅。无论书写的是传奇还是现实，都给人以神圣体验。而关于蜂人巢的譬喻出现在小说结尾，对想象和现实的关系做了个颇具先见之明的开放式回应："想象的巨蜂已围绕我们转了年年月月，要想钻进现实的蜂巢里，可得看仔细了。"

仔细看去，在这部作品里，往昔和当下、传说和真实水乳交融。讲述往昔人物事件的同时，不时穿插"我"在"今日"和"此刻"的实景实情，让现实和历史对接，比如，"甚至今日，当我走过贝雅农庄，抱怨陡峭的坡和令人憋气的灰尘，我欣喜于看见小树林薄薄的白色枝干在对美好的年轻人爱的记忆中闪光。"更重要的是，作家把当前铁矿和农业的萧条，底层人民的暴动写到了过去的年月中，还融入引发着讨论的社会热点问题，如女性、婚姻、阶级、宗教等，表现的冲突是现代和现实的。比如，几个美丽女性提示了不同状况，安娜代表婚姻中的经济问题，玛瑞安揭示的是名誉，在年轻的伯爵夫人的婚姻中，显示了从作为妻子的家长和监护人的丈夫，到与妻子并肩行走，有友爱关系的丈夫的变化。爱上一名男子于女子而言，可能意味着对家长制的反叛，而尤斯塔·贝林成了玛瑞安她们和父权的冲突爆发的催化剂。家长制体现在父女间，也在夫妻间，如玛瑞安的父母及年轻的伯爵夫妇，甚至当父母缺席时，牧师太太能在安娜身上代行父母之权威。不过，拉格洛夫赋予笔下的女性的，不只是觉醒或牺牲，还有另一种可能性："永恒女性自如常，接引我们向上。"无论是那几个和他相爱过的女性，还是母亲一般的少校夫人，都帮助了尤斯塔·贝林走上成人之路。

拉格洛夫说是要描绘往昔人物的事迹给后代的孩子们，但在过去的事件中翻滚的也有当下时代的风云。于一定程度上，她把作品弄成了在"过去的萨迦"乔装下的"现实小说"。传说、想象和写实交织，现实和真实并未在这件庞大的想象艺术品中迷失，而成了叙述的前提和想象的基石。以为远走了的一切，在她笔下复活并发出异彩，不管她描绘的从表面看是什么，她攫取的是生活和人性的逻辑，在摩登或过时之外。不是纯粹的萨迦或小说；不单是浪漫主义或现实主义——难怪有人说，《尤斯塔·贝林的萨迦》是拉格洛夫的独门绝活，它不一定完美，但这一具有特殊形式和内容的作品，甚至作家本人也不能复制。百年后并不孤独的魔幻现实主义，或许也还要眺望拉格洛夫的背影，感叹先鞭更有早行人。就像萨迦是出版商贴给这部小说的标签，"萨迦"一词日后多少成了拉格洛夫的一个标签；而后来《尼尔斯骑鹅旅行记》旅行到其他国家，不少国家的人们又给她贴上童话作家的标签。她远不只是童话作家，只不过，她的书写充满童话和传奇色彩，而神话的闪光和现实的锋芒交相辉映。

## 在欧洲的文学苍穹下

冰岛的萨迦不是这部文学经典的唯一源泉，甚至瑞典的贝尔曼和芬兰的鲁内贝里也不是。从这部小说里能看到了欧洲文学和艺术对作家的多方面影响。拉格洛夫浸淫于欧洲文学传统，在庄园图书室里阅读了不少文学著作。早就有研究指出这部处女作和歌德的《浮士德》的联系。浮士德有着和魔鬼的交易自不必提，更重要的是浮士德的那句话，"永恒女性自如常，接引我们向上"。少校夫人和年轻的伯爵夫人等多位女性都是尤斯塔·贝林的救助者。这部著作中也能看到苏格兰作家和历史学家托马斯·卡莱尔（Thomas Carlyle）的著作《法国革命》的熏陶；挪威作家易卜生的《培尔·金特》等作品的启发；丹麦作家安徒生的童话故事的滋养；看到流浪汉文学和骑士文学的影响，特别是塞万提斯的《堂吉诃德》的微笑。另一个养料，自然是《圣经》。作为教师，拉格洛夫的授课科目之一便是圣经课，而一出生就被灌输了新教信仰的她，对《圣经》耳熟能详，行文时能把圣经典故和自己的故事无缝对接。她也熟悉希腊、罗马和北欧神话，于是诸神都在，成了埃克比的十二位侠士，在普通的衣着下也无法掩藏内在的神采。

另一方面，吸取了欧洲文学养分的这部小说也滋润了很多文学大家，比如后来也获得诺贝尔文学奖的文豪托马斯·曼曾饶有兴致地阅读这一则萨迦。拉格洛夫曾向当时已移居意大利的瑞典前辈作家安·夏洛特·莱芙勒讨教写作经验，对方在1892年读到这部作品，十分激动，盛赞其中的诗意、力量与独特，鼓励拉格洛夫将处女作小说改编为戏剧。拉格洛夫也影响了大批后来的北欧作家，包括《走出非洲》的作家卡伦·布里克森，甚至今日的瑞典学院院士、作家夏斯汀·埃克曼等。埃克曼在自然中寻求永恒性，和拉格洛夫对浪漫和理想的眷恋如出一辙。

## 并不过时的讯息

韦姆兰这片妖娆土地上，几无一人生活顺畅。人们不得不在苦难命运的翻弄下经受角色的转换和生活的跌宕，变故会发生在瞬息之间。熊、狼、天花、大水、干旱等是自然和生活中危险和不幸的象征。面对生的疾苦，众人以酒浇灌，我怎能独醒——这一度是牧师尤斯塔的说词。

和连绵的苦难对应的是瞬间的快乐。在故事开始的第一个圣诞夜，尤斯塔·贝林便赞美十二个侠士，好像十二个神，个个都有特别的神奇。他将他们定性为让韦姆兰的喜悦保持生命力的一群，因为他们深知让心远离金子，让手远离工作。假如他们不存在，那么"舞蹈将死，夏天将死，玫瑰将死，纸牌将死，歌曲将死，这被祝福的土地会一无所有，除了铁和工厂主"。不求世俗的显达，活得无忧无虑的是侠士。他们有蝴蝶的本能，在夏天结束前就能预感死亡的来临。蝴蝶、玫瑰、纸牌、舞蹈、音乐和夏天都指代瞬时的享受。侠士们重视快乐和领悟，他们的姿态对应的是功利和琐屑的庸常。

但最终，那个在刻画着键盘的木头桌上陶醉地弹奏贝多芬的老人，那个因未婚妻淹死在河里而遭受过生活的致命一击的人，使尤斯塔·贝林意识到，生活的第一职责是勇气和快乐。他得出这样的结论：一个男人得承受生活提供的一切，带着内心的勇气和唇边的笑容；生活是残酷的，自然是残酷的；可这两者都能生成勇气和快乐，作为对抗艰难的平衡物，否则，谁也不能承受生活。这样的快乐观和生活态度，让侠士们起先追求的瞬时享乐观获得了升华。

同时代的男评论家认为拉格洛夫保有了孩子的眼睛和心灵，也不免幼稚；还称她有脾气和原则的老小姐。然而，孩童似的眼眸和心灵比成人的更明澈、更富于创造力。唯其有了这样的眼和心，才可在萨迦的世界自由进出，直抵灵魂。这是看世界的一种特别的切入点和层面。看得精准又充满最天然的情绪。

老小姐的原则和脾气大约和拉格洛夫体现的道德感有关。瑞典文学教授艾芭·维特-布拉特斯特罗姆几年前提及，拉格洛夫的作品似不如斯特林堡以及瑟德尔贝里的更称得上鲜活的经典。她把原因归为后两者主要写的是恶,前者写的是善,而在审美中,对恶的描写被认为处于更高层次。

虽说拉格洛夫和这两位经典男性作家的作品都常见于书店,但她的文本确实不如后两者的更能成为当下的话题。斯特林堡的《父亲》,瑟德尔贝里的《格拉斯医生》都还经常上演,但鲜活的原因,不会是因为写恶,更可能是因为,比如牵涉到"婚姻中男女力量的较量""肉体的饥渴和灵魂的孤独""他人即地狱"等在当今也悬而未决的焦点问题。比之单单写恶,写出善恶间摇摆的更耐人寻味。对于《格拉斯医生》中的医生及其他登场人物,谁能断言究竟谁善谁恶,谁是谁非呢?

拉格洛夫的这部萨迦写到不少恶行,更劝恶扬善,表现出明确的善恶观,这也是拉格洛夫在作品中的常态。她相信,快乐和美好要历经艰难,人必须也能够肩负社会发展的责任,她怀抱谦卑的人类之爱,就像对千年王国的信念,她对人性之光明满怀信任。然而,不同时代对恶的定义不同,能传达善恶矛盾性的作品在善恶边缘日益模糊的当今或许有更高的被接受度。从这一点看,拉格洛夫的萨迦在道德层面表现得较单一。对美好的信念虽说和当下的时风渐行渐远,却和她热爱的浪漫主义和理想主义紧紧相连。侠士的幸福观,无论起初那种不问金钱、但求快乐,还是后来的承受责任、怀抱辛苦,如今都远非主流。当今的读者或也会发出如书中的"我们"对讲故事的奶奶发出的惊叹:这些人怎会如此,竟不计后果,不为自己考虑吗?我们不会,我们都有"自我"冷眼旁观,理性会粉碎激情和理想。

浪漫主义和理想主义情怀是否过时,人各有看法。抛开这些不谈,只要你愿意将浮尘吹开,就立刻能看到文本的璀璨。拉格洛夫有关人性、和平、正义的信息至少对一部分人来说一定永不过时。

她有对人性的洞察，而她对人性光明面的信念与其说有道德说教的乏味，不如说荡气回肠、情深意切。她将记忆和传说那炭火余烬般的微光精心煽动，煽成熊熊烈火，照亮山川，也照亮人们；照出轮廓，也照出灵魂；照亮无生命的，也照亮有生命的；她让所有的灵魂吟唱和舞蹈。

**松而不散的结构与魔幻的描写**

小说结构的松弛偶为人诟病，从创作过程看，松弛是先天的，本是对单篇创作珍珠般地串联。但全书还是有个整体构架，先是对少校夫人的背叛，再是风暴下的混乱，然后是秩序的重建，许多细节前后呼应，称得上严丝合缝。

在略显松弛的表面下，书写里有一种势不可挡的倾泻，蓄积已久的故事和新鲜独特的想像，一起在笔端涌出，充满诗意、智慧和激情。而想象的巨蜂如何钻入现实的蜂巢，这是作家清醒意识到的问题，也是她的精妙技艺所在。从那个于斯德哥尔摩街头感受灵感的一刻起，拉格洛夫就让自己飘荡在浪漫又感性的氛围里，这部萨迦整体上也弥漫着这一氛围。每一个单篇都有诗意人物，都介乎传说和真实之间，这贯穿始终的基调起到了红线作用，而其中的诗意分不清是韦姆兰的、拉格洛夫的，还是尤斯塔·贝林这位诗人的，这三者又密不可分。尤斯塔·贝林作为贯穿萨迦的举足轻重的人物，分担了红线之责任。说故事的"我"也有贡献。

拉格洛夫挥动自己的描述魔棒，在每个章节将读者轻松引入新界面，看到新登台的人物的命运。摹写充满现场感和冷峻的幽默。比如对死神——苍白的朋友和解救者的描写，写他进门前的忐忑，被上尉夫人款待时孩童般的欣喜，看到死者家属热泪后的寒颤。死神的欣喜和寒颤怎不让人震撼！按说谁也不能活着见上一眼的死神，竟被描绘出唯妙唯肖之态，而对死神内心活动的呈现于反应人心具有强大冲击力。比如，一波三折地，毁了和男友之婚约的安娜不顾和另一个男人的结婚预告，爱上尤斯塔·贝林。敌意化作激情，黑骏马拉着雪橇在月下雪地上恣意奔跑，突然，狼群紧紧逼来。狼的白牙的闪光不难想像，沉浸在与爱相遇的巨大满足中的安娜并不惧怕，琢磨起次日白昼中自己的残骸之形状，瘆人却透露出赴死亦无憾的镇定，有画面感和说服力。又如魔鬼追赶安娜和乌瑞卡时的似有若无和骤然显形；上尉夫人的天堂之旅；钟表匠凯文乎勒和森林宁芙在卡尔斯塔德广场擦肩，匠人帮森林宁芙拾起露出衣服、拖在铺路石上的尾巴，都神妙而逼真。

## 一片长湖，一组群像

这部作品常被称为史诗，支柱便是少校夫人和尤斯塔·贝林，对应女性和男性，年老和年轻，旧的力量和新的希望。此外有繁多的出场人物。但作品重点不在于塑造通常在小说阅读中可期待的丰满人物形象。人物活灵活现，但每个人露出的还只是给人深刻印象的一颦一笑。轮廓都在，个别地方少些肌肉。笔墨未集中于对一两个主角的深入刻画。虽然如此，在勾勒群像时，拉格洛夫善于抓住精华部分，观察深邃，展现了伟大和脆弱，最丰富的灵魂已被呈现。有人认为，她后来的小说《耶路撒冷》中的人物比处女作中的丰满。这一指责不无道理，处女作未必有圆熟期作品的炉火纯青，却有无可复制的新鲜与活力。同时，这部处女作未必有意要推出男女主角，刻画一两个人的生的哀愁、心的纠葛、性格的发展和命运的起伏，而是一部群戏，是一群人演绎一段波澜壮阔的时空。美丽的女性也好，英雄侠士也罢，还有魔鬼和死神，都是萨迦存在的见证及萨迦显现面目的媒介，换言之，孕育了萨迦的韦姆兰大地、芦汶长湖才是真正的主人公，是长湖两岸的精神需要通过一组群像复活。书的原题《尤斯塔·贝林，那个诗人》也像一个暗示：诗人的存在是为见证和书写这大地上的苦难和幸福、堕落和奋斗、丑陋和美丽、仇恨和情爱、罪过和救赎、诅咒和谅解。

喜欢爱情故事的读者或仓促地以为，小说写的是芦汶湖边的唐璜一次次和美丽的女性坠入情网的故事。爱情故事不过是书中微小的部分和表象。尤斯塔·贝林和女性关系的描写较为抽象，发乎情止乎礼，没有一次存在真正的肌肤之亲，被认为是作家当时不曾有恋爱体验所致。即便如此，这一部分内容也常给人深深震动，只是这震动不是来自恋爱男女的言行本身，而来自于更大更深的土壤——人生的悲欢。和青年男女青涩的爱恋比，老年男女对爱的审视显得厚重。比如，埃克比的牧师，碰到了四十年后、颠簸千里、来见他最后一面的情人，他看见她的脸庞从二十岁到六十岁，又从六十岁到二十岁；一个对爱情始终不屑，唯恐避之不及的老姑娘坠入纯洁的单相思，认为痛苦的爱好过不爱；老战士和老英雄终于决定向爱慕已久的老伯爵夫人求婚，却因看清这贵妇灵魂的丑陋，将一份感情扔进燃烧的篝火。

此外，辛特拉姆这个关键人物到底是魔鬼，与魔鬼打交道的人，还是普通人？在其他疑团一一被解释清楚后，这一点并没有得到明确解答。这恐怕不是疏忽，而是人生所以也是这则萨迦不可或缺的无解之问，就连维吉尔和但丁也不曾完全解答。

这部处女作出版时，拉格洛夫不过三十出头，却像饱经人生幻变的人，传达出强烈的人间爱——血液在血管中结冰或沸腾，韦姆兰这个冰一样的世界里，有火一样的情。这不是一部毫无瑕疵之作，有些道德的颂扬让人担心说教；有些神迹的显现会被看作迷信——其实，除了社会和文化背景，不如说是寓言和象征；还有接二连三的感叹，未必符合一些人的抒情习惯。然而，它依然是一部极富个性和才华的小说，小小瑕疵也浑然一体，不可或缺——一副完美的脸庞并不动人。阅读这部书可带着文学史眼光，带着心理分析、女权主义、文学社会学的眼光等，这正是这部作品优秀之体现，是吟味不尽的旋律，挖掘不尽的宝藏。这部著作被认为比她圆熟期的作品《耶路撒冷》更鲜活、更独特，在瑞典文学史上具有里程碑的意义，在探讨拉格洛夫，探讨瑞典和欧洲文学史都无法绕过。

1914年，拉格洛夫当选瑞典学院院士，成为第一位女院士。她用此前获得的诺贝尔文学奖奖金购回父亲的庄园，作为夏天的居所，1921至1923年间，将庄园增建出今日之模样，她开始在那里定居直至1940年离世。《尤斯塔·贝林的萨迦》于1924年改编成无声电影，葛丽泰·嘉宝（Greta Garbo，1905—1990）主演年轻的伯爵夫人，一举成名。小说迄今被译成约五十种语言。

小说在1891年初次出版。初版文本集合了她的《伊顿》获奖版和续写的新章节。印刷版和作家手稿相比，经过了拉格洛夫本人、她的一位擅长语言的女友及出版社编辑在时态、措辞和标点等方面的编修。配合1906年的瑞典文拼写改革，小说中一些单词的拼写得到调整，定格成沿用至今的1933年版。1935年，瑞典皇家图书馆从《伊顿》编辑的遗孀手中购得小说手稿。拉格洛夫一度向编辑讨要过手稿，编辑称，手稿已经破损而遭丢弃。如今得知手稿的归宿，拉格洛夫很是欣慰：它不必远渡重洋，流落到美国了，因为有过将拍卖到美国去的传闻。在瑞典，有一家成立于1907年的非盈利组织"瑞典纯文学学会"，旨在推出瑞典纯文学名著的学术版，弘扬纯文学的审美价值。2013年，该学会出版了《尤斯塔·贝林的萨迦》学术版。它由多位瑞典学者据瑞典皇家图书馆收藏的小说手稿甄别、整理而成。这个学术版并非恢复作家手稿的最初面貌或全部内容。比之1933年版，除拼写和个别单词沿用旧法外，有少数标点的细微差别，多出些语气词。微观的变化孰高孰低为见仁见智之事，或可曰各有千秋。而在某些章节，增补了一些和情节相关，而此前并未收存在印刷版中的段落。这些文字或可帮助读者和研究者进一步探视作家的本心。鉴于此，本中文译本参考了1933年版，更以2013年的学术版为准，并注明两版本的主要不同，以期反映小说面貌。拉格洛夫对个别章节写有两个版本，对未被作家本人最后采纳的版本，本译本也不再赘述。考虑到国内读者在阅读时需要一些背景知识，添加了这方面的注释。

# 主要人物表

**埃克比**
侠士们：
 尤斯塔·贝林      被革职的牧师
 贝伦克鲁兹       上校
 克里斯蒂安·贝里    强壮有力的上尉
 安德斯·福科斯     少校，猎熊高手
 尤利由斯        乡绅
 路特格·冯·欧内克劳  少尉
 凯文乎勒        德国人，发明家
 克里斯托弗老哥    曾是拿破仑军中骁勇的战士
 埃伯哈德大叔      哲学家
 路维博耶        善良而虔诚的人
 利里亚克罗纳      出色的小提琴手
 小鲁斯特        军队的鼓手
本特·萨姆泽柳斯     少校
玛格瑞塔·萨姆泽柳斯   少校夫人，婚前姓"塞尔辛"
阿尔特林戈尔       埃克比庄园以及七座铁厂的前主人，
           少校夫人真正的爱人

**福尔斯**
辛特拉姆         厂主，据说是和魔鬼打交道的邪恶之人
孟斯           壮汉和帮工

**比雍纳**
麦克尤·辛克莱尔     铁厂主，父亲
古斯塔娃·辛克莱尔    母亲

| | |
|---|---|
| 玛瑞安·辛克莱尔 | 女儿 |
| 男爵阿德里安 | 后来成为玛瑞安·辛克莱尔的丈夫 |

**博宜**

| | |
|---|---|
| 梅尔塔·杜纳 | 老伯爵夫人、母亲和婆婆 |
| 爱芭·杜纳 | 女儿 |
| 亨利克·杜纳 | 儿子 |
| 伊丽莎白·杜纳 | 儿媳,后来成为尤斯塔·贝林的妻子 |

**贝尔雅**

| | |
|---|---|
| 乌格拉上尉 | 父亲 |
| 乌格拉上尉夫人 | 母亲 |
| 费尔丁南德 | 儿子 |
| 安娜·萧安乎克 | 富家孤女,后来在未婚夫费尔丁南德的葬礼上发誓不再嫁给别人 |
| 贝尔雅的女儿们 | 女儿们 |
| 乌瑞卡·迪尔纳小姐 | 女管家,后来成为辛特拉姆的妻子 |

**布洛比**

| | |
|---|---|
| 布洛比的牧师 | 布洛教堂的牧师 |
| 安娜·丽莎小姐 | 牧师的女儿,后来成为埃克比的女仆,由少校夫人照管 |
| 法伯 | 布洛教堂的管风琴师,德国人 |
| 法伯小姐 | 法伯的妹妹 |
| 扬·拉尔松 | 布洛教堂的敲钟人,后与法伯小姐订婚 |
| 夏尔林夫妇 | 地方治安官和夫人 |

**黑尔格塞特**

| | |
|---|---|
| 莱纳特上尉 | 男主人、上尉 |
| 上尉夫人 | 女主人 |

**黑湖**

| | |
|---|---|
| 莫瑞由斯太太 | 房东 |
| 玛丽小姐 | 房客,靠织窗帘和桌布为生的老小姐 |

# 目 录

**第 一 部**

楔　　子 ································································ 3
　　一　那个牧师 ················································· 3
　　二　乞丐 ·························································· 11
第 一 章　风景 ···················································· 24
第 二 章　圣诞夜 ················································ 28
第 三 章　圣诞宴 ················································ 41
第 四 章　尤斯塔·贝林，那个诗人 ················· 52
第 五 章　La cachucha ······································· 65
第 六 章　埃克比的舞会 ···································· 69
第 七 章　那些老旧的出行工具 ······················· 89
第 八 章　古立塔绝壁的大熊 ···························· 103
第 九 章　比雍纳庄园的拍卖 ···························· 117
第 十 章　年轻的伯爵夫人 ································ 144
第 十 一 章　鬼故事 ··········································· 167
第 十 二 章　爱芭·杜纳的故事 ······················· 180
第 十 三 章　老小姐玛丽 ··································· 200

**第 二 部**

第 一 章　克里斯托弗老哥 ································ 213
第 二 章　生活的路 ··········································· 219
第 三 章　赎罪 ···················································· 232

| | | | |
|---|---|---|---|
| 第 四 章 | 来自埃克比的铁 | …………………… | 242 |
| 第 五 章 | 利里亚克罗纳的家 | ………………… | 254 |
| 第 六 章 | 陡符勒的巫婆 | …………………… | 260 |
| 第 七 章 | 仲夏节 | ……………………………… | 265 |
| 第 八 章 | 音乐夫人 | ………………………… | 269 |
| 第 九 章 | 布洛比的牧师 | …………………… | 277 |
| 第 十 章 | 乡绅尤利由斯 | …………………… | 283 |
| 第十一章 | 黏土圣人 | ………………………… | 290 |
| 第十二章 | 上帝的朝圣者 | …………………… | 297 |
| 第十三章 | 教堂墓园 | ………………………… | 309 |
| 第十四章 | 老民谣 | …………………………… | 313 |
| 第十五章 | 死神,解救者 | …………………… | 323 |
| 第十六章 | 干旱 | ……………………………… | 331 |
| 第十七章 | 孩子的母亲 | ……………………… | 343 |
| 第十八章 | Amor vincit omnia | ……………… | 352 |
| 第十九章 | 尼高德的姑娘 | …………………… | 359 |
| 第二十章 | 凯文乎勒 | ………………………… | 372 |
| 第二十一章 | 布洛比集市 | ……………………… | 384 |
| 第二十二章 | 森林里的佃农小屋 | ……………… | 392 |
| 第二十三章 | 玛格瑞塔·塞尔辛 | ……………… | 407 |
| 译 后 记 | | ………………………………… | 422 |

# 第一部

# 楔子

## 一　那个牧师

终于，牧师站在了布道坛上。

教堂会众的头都抬了起来。那么，他终究是在那里了！这个礼拜天不会像上一个以及先前的许多个礼拜天一样取消礼拜了。

牧师年轻、高挑、清瘦，英俊得炫目。假如你在他头顶戴上头盔，在他身上佩上宝剑、披上铠甲，你会想为他凿一座大理石像，并将这座雕像命名为"最俊美的雅典人"。

牧师有一双诗人的深邃眼睛和将军的坚定又圆润的下巴，他的一切都美妙、雅致、充满意蕴，散发着天才和精神生活的光和热。

教堂里的人看到他这副仪态都被奇妙地镇住了。他们更习惯于见他踉踉跄跄地从酒馆出来，身边是他那些开心的伙伴们，比如有着厚厚的白胡髭的贝伦克鲁兹上校和强健有力的克里斯蒂安·贝里上尉。

他喝得实在是太过分，以至好几个礼拜都未能履行职责。教民们不得不抱怨，先是对主任牧师，继而对主教及座堂牧师仲裁委员会。今天，主教来教区主持察问和探视，他正坐在教士席位的中间，胸前佩着金十字架，卡尔斯塔德座堂学校的教士老师们以及邻近教区的牧师围着他坐成了一圈。

毫无疑问,这位牧师的行为超出了能被允许的范围。那时,在十九世纪二十年代,人们对喝酒比较纵容,但这个人因为饮酒罔顾公职,如今,他可就要丢掉职务了。

他站在布道坛上,等着,而唱诗班在唱布道圣歌的最后一节。

当他立在那里时,一种确信朝他袭来:教堂里只有敌人,所有的长椅上全是敌人。在楼座上的绅士中,在楼下坐着的农庄主中,在唱诗班座席那边、预备接受坚信礼的孩子中,有他的敌人,只有敌人。是一个敌人在给管风琴鼓风,一个敌人在弹奏。教堂执事席里的是他的敌人。所有的人都恨他,从被抱到教堂的小孩到那个刚硬、刻板、参加过莱比锡战役的教堂司事,全都恨他。

牧师简直想跪膝祈求他们的宽恕。

然而,在接下来的一瞬里,一种沉痛的激愤涌来。他还记得自己从前的样子,一年前他第一次站在这布道坛上。那一回,他是个无可挑剔的人,而现在,他站在这里,看着下边脖子上挂着金十字架、来这儿裁判他的人。

诵读布道文引言时,血流一浪一浪冲上他的脸——这是激愤。

没错,他是喝酒了,可又有谁因此就有权指控他呢?有谁见过他住的牧师宅邸吗?云杉林暗沉、抑郁,一直长到了窗前。水从黑色房顶沿着潮湿、发霉的四壁往下滴落,当冷雨和飞雪钻进破陋的窗扉,当那管理不善的土地不肯给人足够的面包把饥饿挡开时,难道不需要烧酒来振作精神?

他想,自己这样的牧师正是他们该得的。他们明明都喝酒,所有的人。为何只有他必须约束自己?那个安葬了妻子的男人,在葬礼上就醉了;那个让孩子受洗的父亲,在仪式后便纵饮狂欢。来教堂的人们走出教堂,在回家的路上就喝上了,他们中的大多数到家时已酩酊大醉——一个酒鬼牧师配他们正合适。

是在公务巡查途中，穿着薄外套的自己，在冰冻的湖面上跑了几英里，似乎遇上了所有冷风之时；是在风暴和倾盆大雨里，被扔在同一片湖的船上飘摇之时；是在不得不顶着狂风，爬出雪橇，于高大如房屋的积雪中，为马儿开出一条道路之时；或者，是他在林中沼泽里跋涉之时——是这样一些时候，他学会了爱上烧酒。

一年里的日子在深深的阴郁中、拖着沉重的步子走过。农庄主和贵族们把全副心思放在土地上，可一到晚上，他们的精神就甩开锁链，被酒精解放了。灵感来了，心暖了，生活散发着光芒，歌声激荡，玫瑰透着芬芳。客栈酒吧那时对他而言成了地中海的花园：葡萄和橄榄垂挂在他头上，大理石柱在深绿的植物中闪光，智者和诗人在棕榈树和悬铃木下徜徉。

不，他——站在高高的布道坛上的牧师——明白得很，没有烧酒，在这块偏远土地上，生活没法继续；他所有的听众对此心知肚明，然而现在，他们却要裁判他。

他们想从他身上扯下牧师袍，因为他醉醺醺地走进了上帝的屋子。哎呀，所有这些人，在烧酒之外，他们难道相信过且还愿意相信别的上帝？

他念完了引言，跪下来，念"我们的父"。

祈祷中是屏息的沉寂。突然间，牧师抬起双手，死死揪紧固定法袍的带子。他觉得全体会众在主教带领下正偷偷爬上通往布道台的阶梯，要把他的袍子扒下来。他跪着，并没有回头，可他能感觉到他们如何拉扯，他清楚地看见他们——主教、主任牧师、牧师、教堂执事、教堂司事、管风琴师以及全体教民排成一个长队，拉着、扯着要把他的法袍弄松。他自己生动地想象着法袍松下时，热切地来拉扯的这些人会一个压着一个倒在阶梯上——甚至那一长队里根本没碰着他，只拽住了前边人的衣尾的，也会倒下。

他把这一切看得那么清楚，不禁笑了起来，他跪在那儿，同时有一阵冷汗从额头渗出。这一切实在是太可怕了。

这么说,如今他会是个因酒被罚的人。他将是被革职的牧师。世上还有比这更悲惨的事吗?

他将成为大路上的乞丐中的一个,醉醺醺地倒在沟边,穿着破衣烂衫和鸡鸣狗盗之徒为伍。

主祷文念完了。他该念自己的布道文了。突然,一个念头闪过,止住了他唇边的话。他想,这是最后一次自己可以站在布道坛上,并宣告上帝的荣耀。

最后一次——这打动了牧师。他把烧酒和主教统统忘得一干二净。他想,必须用好这个机会,见证上帝的荣耀。

他觉得,教堂的地板载着所有听众深深地、深深地沉降了下去,而教堂的顶升起,他能一直看到天堂里。他独自站着,完全孤独地在布道坛上,他的灵魂朝着在他上面敞开着的天堂飞,他的声音变得强劲有力,他宣告了上帝的荣耀。

他是充满了灵感的人。他抛开了写好的内容,思想降到他身上,像一群被驯服的鸽子。他觉得并不是自己在讲话,不过他也明白,这是世上最了不起的事,没有谁能比站在这儿宣告上帝荣耀的他更辉煌和庄严。

灵感的火舌还舔着他时,他说着话;而当火舌熄灭,房顶又回落在教堂上,地面从远远的深处重新升起,他垂下头并且哭泣,因为他想,生命给了他最美好的时刻,而今,它已掠过。

礼拜之后,是调查与会众集会。主教问大家对牧师可有什么要责备的。

牧师不再像布道前那么愤怒和倨傲了。现在他觉得羞耻,并低下了他的头。哦,所有那些可怕的喝酒的故事,这会儿都要被提起了!

然而什么也没被提出。教区集会室内的那张大桌子周围,是完全的沉默。

牧师抬起头,先看看敲钟人①,不,他默不作声;然后是教堂执事们,接着是威风凛凛的农庄主和铁厂主,他们全都保持沉默。他们让双唇紧闭,有些尴尬地将目光朝桌面低垂。

"他们在等某个人先开口。"牧师想。

一名教堂执事清了清嗓子:"我觉得我们有个好牧师。"

"尊敬的主教,您可是亲耳听到他是怎么布道的。"敲钟人插了句嘴。

主教提起多次被取消的礼拜。

"牧师有权生病,他和其他所有人一样。"农庄主们这么看。

主教暗示,他们对牧师的生活作风不满。

他们异口同声地为他辩护。他那么年轻,他们的牧师没啥问题,没有。只要他总能像今天这样布道,拿他去和主教本人换,他们也不肯呢。

没一个指责的人,也就不会有什么裁判。

牧师感觉到自己的心脏如何膨胀,血液如何轻快地流在血管里。不,他不再是走在敌群里了,他赢得了他们,在他根本没指望这些时,他将被允许继续做牧师了!

查询之后,主教、其他教士、主任牧师们,还有教区中显贵的人都到牧师宅邸进午餐。

一位邻居太太准备了菜肴,因为牧师尚未成家。她把一切打理得不能再好了,牧师的眼睛都看直了,他发现,原来牧师宅邸并不那么糟。长长的餐桌就放在云杉树下,铺着白色桌布,摆着蓝白色相间的瓷器,搁着闪亮的玻璃杯和折好的餐巾,十分诱人。两条白

---

① 敲钟人的工作除了敲钟之外,也负责唱诗班事务、对孩童的圣经教育等工作。(本书全部注释皆为译者注。)

桦树枝在门口围成拱形，刺柏枝散落在前厅地板上，屋顶正脊那儿吊下一圈花环，所有的房间里都摆着花。霉味儿给赶走了，绿色的窗格子在阳光下快乐地闪着光芒。

牧师开心极了。他想，自己绝不再喝酒了。

午餐桌边，没有一个人不是心满意足。那些宽容的人很满意，那些出色的牧师们很满意，他们避免了一个丑闻。

善良的主教举起酒杯，他说，启程来这里时带着一颗沉重的心，因为听到了一些不好的流言。他是准备来会一会扫罗的，结果，你看，扫罗已变成了保罗，一个比任何其他人都更勤勉工作的人。这虔诚的人进一步谈到他们年轻兄弟的禀赋，对其倍加赞赏；他不该因此骄傲，而必须竭尽全力警戒自己，像一个肩负重任的人必须做到的那样。

那个午餐桌上，牧师没喝醉，但他很陶然。所有这些巨大、意外的快乐让他头晕目眩。上天让灵感的火舌卷到他，而人们给了他爱。直到夜晚来临、客人们走了之后，血液仍以疯狂的速度热烈地在血管中流淌。直到深夜，他还醒着，坐在自己的屋里，让夜的空气通过开着的窗户流进来，以冷却那幸福的狂热、那甜蜜的、使得他无法入睡的不安。

这时，传来一个声音：

"你醒着吗，牧师？"

一个男人走过草坪，一直走到窗边。牧师朝外一看，认出那是克里斯蒂安·贝里上尉，他的忠实酒友中的一个。一个徒步行走，没自己的房子或农庄的人，这人块头大、力气壮，魁梧得像古立塔绝壁，蠢得像山妖。

"我当然醒着，克里斯蒂安上尉，"牧师回答，"这样一个夜晚，你以为是用来睡觉的吗？"

听听，这个克里斯蒂安·贝里上尉会说些什么！巨人有他的担心，克里斯蒂安意识到，这么一来，牧师将不敢喝酒了，将不再能得到安宁，因为假如他喝了，那些已来过一次的卡尔斯塔德的教士们还会再来，会随时来把他的牧师袍子扒下。

然而现在，克里斯蒂安上尉把他粗重的手落在了一件好事上，如今他把事儿办成了，教士们再不会来了，甚至主教也不会了。从今往后，牧师和他的朋友们在牧师宅邸想喝多少就能喝多少了。

听听，他做成了一件多么了不得的事！他，克里斯蒂安·贝里，这个最强健的上尉！

当主教和另外两名座堂学校教士登上遮篷马车，车门在他们身后关牢后，他爬上驾驶座，在夏天明亮的夜色中带他们飞驰了十多英里。

然后，克里斯蒂安·贝里上尉让这些尊贵的神职人员感到，体内是如何盘踞着一个不稳定的生命。他让马儿以一种狂乱的步子奔跑——这是他们应得的，谁叫他们不许一位体面人喝酒呢。

你以为他会沿着道路驾着他们向前而避免颠簸吗？他驾着车穿过水沟和满是断茬的田地；他在山坡疾驰、令人目眩；他跑在湖边，湖水在车轮四周形成涡流；他差点困在湿地里；他还从光秃秃的岩石上起步，让所有的马腿僵硬地滑行。所有这些时候，主教和其他教士们坐在皮窗帘后，面无血色、喃喃祷告。他们从未体验过比这更糟的旅行。

想象一下，他们抵达瑞塞特的客栈时看起来是个什么样：活着，可他们就跟皮袋里装的狩猎用铅弹一样抖个不停。

"这算什么意思，克里斯蒂安上尉？"他为他们打开马车门时，主教问他。

"意思是说，再来讯问尤斯塔·贝林之前，主教得三思。"这个回答，他事先已准备好了，以免忘记想要说的。

"那么，告诉尤斯塔·贝林，"主教说，"不单是我，就连其他主教也绝不会再去找他啦！"

你看，强大的克里斯蒂安上尉站在夏夜打开的窗外，对牧师讲述这一壮举。他刚把马卸在客栈里，就一口气地赶来了，好把消息告诉牧师。

"现在你不用担心了，牧师，我的好兄弟。"他说。

啊，克里斯蒂安上尉！坐在皮窗帘后的教士们脸上毫无血色，可窗内牧师的脸色在夏天的明亮夜色下比教士们的还要苍白。啊，克里斯蒂安上尉！

牧师甚至抬起手臂，要对着巨人粗糙愚蠢的脸来上一拳，可他拦住了自己。他砰地一声放下窗子，站在房间中央，朝着高空晃动紧握的拳头。

他，一个感受过灵感的狂热火舌的人；他，一个宣告过上帝荣耀的人，站在那里思忖：上帝是如何跟他开了个可怕的玩笑。

主教不会认为克里斯蒂安上尉是他尤斯塔指派的吗？主教不会觉得尤斯塔一整天都在伪装和说谎吗？这下子，主教会对他的调查动真格了，现在，他是肯定会被停止工作，进而被革职了。

早晨来临时，牧师已远离牧师宅邸。他没留下来为自己辩护。上帝嘲弄了他。上帝不想帮他。他明白自己会被革职，上帝愿意这样，他不如赶紧走开。

这是于十九世纪二十年代初，在西韦姆兰省一个偏远教区里发生的事。

这是降临在尤斯塔·贝林身上的第一个不幸，但不是最后一个。

这类不能忍受踢马刺和鞭子的小马驹会发现生活艰辛。带着降临到它们身上的每一份苦痛，它们将朝着张开大口的深渊，狂奔于荒野的道路。一旦道路陡峭，旅程多难，它们除了抛下负重，发疯地逃开，就不知有别的对策。

## 二 乞丐

十二月的一个寒冷的日子里，一个乞丐流浪到了布洛比①的山坡，他穿着破衣烂衫，他的鞋磨损得厉害，脚都被冰冷的雪浸湿了。

芦汶②是韦姆兰省一个修长、瘦削的湖，好几处点缀着狭长的水道。北面伸展到芬兰森林③，南边直抵维纳恩湖④。湖畔分布着好几个教区，而布洛教区是其中最大、最富裕的一个。它占据了东西两侧湖畔的大部地块，不过，那些大庄园都在西面，像埃克比和比雍纳那样的乡绅宅邸，都因富裕和美丽名声远扬；还有叫布洛比的大村镇，有客栈、法院、地方治安官宅邸、牧师宅邸和市场。

布洛比坐落在一个陡峭山冈上。乞丐走过山脚下的客栈，朝山冈最高处的牧师住宅而去。

山坡上，在他前头走着个小女孩，拖着雪橇，拉了袋面粉。乞丐追上女孩，跟她搭讪："这么矮小的马，这么重大的担子！"

女孩扭头看了看他。她是个十二岁左右的小家伙，有一双善于侦查的锐利的眼睛和一张抿紧的嘴巴。

"上帝保佑马儿能比担子小，好多维持些日子！"女孩答道。

"你往家拖的是你自己的口粮了？"

"天晓得，我这样的小不点不得不自己去拖我的食物。"

乞丐抓住雪橇柄帮着推上一把。

---

① "布洛比"原文是"Broby"，"by"的意思近似于"村"或"镇"。
② 芦汶湖是作家在小说中赋予湖泊的一个名字，现实中，叫"Fryken"，分上中下三部分，是被两道峡口分开的三个湖泊。
③ 芬兰森林指西韦姆兰以及北韦姆兰的一些难以进入的森林区域，那里自1600年代以来，住入了包括芬兰人在内的移民。
④ 维纳恩湖是瑞典第一大湖，欧洲第三大湖，位于瑞典中部，部分在韦姆兰省境内。

女孩转身看看他。"别以为这样你就能得到点什么。"她说。

乞丐笑出声来。

"你一定是布洛比牧师的女儿吧。"

"没错,我是。好多女孩有更穷的父亲,可没有谁的父亲比我的更坏。这是事实,虽然由他亲生的女儿说出来是一种耻辱。"

"听说你父亲吝啬还恶毒。"

"他吝啬,他也恶毒,不过人家都说,若是他女儿活下来,会比他更糟。"

"我觉得人们说的有道理。可我想知道,你这面粉袋是打哪儿弄来的?"

"告诉你也没啥大不了的。今天早上我从父亲的谷仓里取出麦子,这会儿我是从磨坊回来。"

"你拉着它回家不是要被你父亲看见吗!"

"你一定是脱离造物主的手太早了。① 你不知道,父亲要探访教区的病人吗?"

"有人在我们后头上坡来了,我能听见滑雪板下的吱吱声,想想,要是来的人是你父亲!"

女孩听了听,又朝坡下张望,随即爆发出一声哀嚎。

"是父亲,"她抽泣着说,"他会打死我的,他会打死我的。"

"哎呀,这种时候好主意更贵,快点子比金呀银的都强。"乞丐说。

"听着,"那孩子说,"你能帮我。拿着绳子,拉上雪橇,父亲会以为那是你的。"

"接下来,我拿它怎么办呢?"乞丐把绳子套在肩上问。

"你先把它拉到随便什么地方去吧,等天黑了,你可得回牧师

---

① 这句话意思是说,上帝还没把他造周全,所以他很笨。

宅邸来！我会注意你。带着雪橇和面粉回来，明白吗！"

"我可以试试。"

"假如你不来，上帝可要惩罚你！"她一面喊，一面从他身边跑开，急于赶在父亲之前到家。

乞丐带着一颗沉重的心将雪橇掉转头，朝客栈方向驶去。

当这可怜人拖着半裸的双脚在雪中行走时，他做过一个梦。他想着芦汶湖最北端的森林，那壮阔的芬兰森林。

在南边的布洛教区，这个他如今流浪到的、连接芦汶湖上下两部分水道的地方，出了名的富裕又欢愉，这里庄园连着庄园，铁厂挨着铁厂。这里，对他而言，每条路都太沉重，每间屋都太狭小，每张床都太坚硬。在这里，他得苦苦向往那伟大、永恒而无边的森林的自由。

在这里，他听得见连枷在每一个仓房的敲打，似乎谷物永远也没法脱尽。载着木材和装着木炭的柳条框的大车一辆又一辆，不停歇地从那取之不尽的森林中跑出来。无尽的矿石车走在路上，压出深深的车辙，那是无数前辈们已刻下过的。在这里，他看见雪橇满载着乘客，在庄园间飞奔，他觉得是欢乐拽着缰绳，美与爱站在滑板上。哦，这不幸的人多么向往那伟大、无边而永恒的森林的平静啊！

而在那里，树木于平坦的地面柱子一般挺立，白雪厚积在一动不动的枝条上；在那里，冷风无力，只在最顶端的松针尖静静玩耍，他但愿漫步到那里的深处、更深处，直到有一天，体力背叛了他，他便倒在那些伟岸的树下，因饥饿和寒冷而死去。

他向往那伟大的、簌簌絮语的芦汶湖北的坟墓。在那里，他将被分解的力量完全压倒；在那里，饥饿、寒冷、困顿和烧酒最终会成功杀死那可怜的身体，那曾承受一切的身体。

他到了客栈，打算在那儿等待夜晚的来临。他走进客栈酒吧，坐在门边长椅上歇息,昏昏欲睡,梦到了无边而永恒的森林。

客栈老板娘可怜他,给了他一杯烧酒。她甚至给了他第二杯,因为他要求得那么热切。

她不肯再给,乞丐陷入想醉酒的绝望,他实在需要多喝上几杯,这强烈又香甜的烧酒。他需要再次感受心脏在身体里的舞蹈,思想在陶醉中的闪光。哦,这甜美的谷物酒!夏天的太阳、鸟歌、芬芳和美丽都在这白色波浪里飘荡。再一次地,在他消失于夜与黑之前,他想啜饮阳光和幸福。

于是,他先拿面粉做交易,再拿面粉袋,最后拿雪橇,他拿这些换了烧酒。这样,他舒坦了、迷醉了,在客栈长椅上睡掉了大半个下午。

醒来时,他意识到自己只剩下一件非做不可的事。因为这破损的肉身已完全控制了他的灵魂,因为他竟喝掉了一个孩子对他的信任,因为他是这世上的耻辱,他必须将这肉身从许多的不堪中解脱出来,他必须将自由归还自己的灵魂,让它走向上帝。

躺在客栈长椅上,他裁判了自己:"尤斯塔·贝林,被革职的牧师,因喝光一个饥饿的孩子的面粉被起诉,判处死刑。怎么死?冻死在雪堆中。"

他抓起帽子,跟跟跄跄地出了门。他不是彻底醉着,也不是完全醒着。他哭了,想起自己,想起那不幸的、被玷污的,他必须给予其自由的灵魂。

他没走远,也没偏离大路。路边就有个高高的雪堆。他把自己扔到那里头,好去死。他合上眼,试图睡着。

没人知道他那么躺着到底躺了多久,可当布洛比牧师的女儿举着提灯沿路奔跑,在路边雪堆中发现他时,他还有口气。她站了几个小时也没等到他,只得下坡来找。

她立刻认出他来,接着便使出浑身的力气摇晃他,喊叫着想唤醒他。

她必须知道，他把她的面粉弄哪儿去了。

她必须把他喊活，至少活到足以告诉她，她的雪橇和面粉怎么样了。慈爱的父亲要是知道她弄丢了雪橇会打死她的。她咬乞丐的手指，拿指甲抓他的脸，在绝望中一个劲地嘶喊。

这时，大路上有人驾着雪橇奔来。

"到底是谁在尖叫？"一个沙哑而严厉的声音问道。

"我要知道这家伙把我的面粉和雪橇弄哪儿去了。"孩子哭泣着说道，一面拿攥紧的拳头捶打乞丐的胸口。

"你就这么撕打一个冻僵了的人吗？滚开，野猫！"

驾雪橇的是个高大、魁梧的女人。这人跨出雪橇，走向雪堆。她一把揪住孩子的脖子，拎起来、甩在路上。接着，她弯下身，拿胳膊兜住乞丐的身体，拉起他，背到雪橇边，放到雪橇上。

"跟我到客栈来，野猫，"她对牧师的女儿说，"我们好听听到底是怎么回事！"

\*

一小时后，乞丐坐在客栈最好的客房中一张靠门的椅子上，那个把他从雪堆里救出的威严的女人就站在他面前。

尤斯塔这会儿看见的她，其实是在森林中运输木炭后返家的路上，一双手黑黢黢的，嘴里叼着陶土烟斗，上身穿着短短的没线条的羊皮夹克，下身是条纹手织羊毛裙，脚蹬一双桦树皮鞋，胸前插着带鞘的短刀。灰头发梳于脑后，就在一张苍老、美丽的面庞之上。这模样，他听说过一千回，他意识到，自己撞上了赫赫有名的埃克比的少校夫人。

她是韦姆兰最有权势的女人，七个铁厂的女主人，习惯于下命令、被服从；而他只是个被判了死刑的不幸的人，被剥夺了一切，知道所有的路对他都太沉重，所有的屋子都太狭窄。当她的眼光在他身上停留时，他的身子因恐惧而颤抖。

她默默地站着，看着眼前的可怜人：红肿的双手，憔悴的身形，俊美的头颅——甚至在颓丧和败落时，它也散发出野性的美。

"是尤斯塔·贝林，那个疯牧师吧？"她问。

乞丐一动不动地坐着。

"我是埃克比的少校夫人，我。"

乞丐的身上袭来一阵寒颤。他握紧双手，带着探寻的目光抬起眼。她想拿他怎么样呢？她会强迫他活下去吗？他在她的威力前发抖。然而，他本来就要够上那无边而永恒的森林的宁静了。

她开始了说服之战，她告诉他，布洛比牧师的女儿已拿回雪橇和面粉，而她，少校夫人，有个避难所给他，就像给其他无家可归的不幸的人，在埃克比庄园内的那个叫"侠士之翼"的侧屋。她能送他一个嬉戏和激情中的生活，可他回答，他得去死。

于是，她拿拳头击打桌子，叫他好好听听她最真实的想法。

"啊哈，您想死，啊哈，您想这样！假如您本是活的，我可不会这么怀疑。看看，这么瘦弱的身子，这么无力的胳膊和这么无神的眼睛，您以为自己还剩下什么好去死的吗？！您以为，必须是僵硬、冰凉地躺在那儿，被钉在棺材盖底下，才算是死吗？您可知道，我站在这儿就能看出，您有多么地死吗，尤斯塔·贝林？

"我看见您的头是个骷髅，蛆虫正从您眼窝爬出。您没觉得嘴里全是泥吗？您行走时，听不见自己的骨头咔嗒咔嗒地作响吗？

"您把自己淹在酒精里，尤斯塔·贝林，并且，已经死了。

"您唯一剩下的是副骨头架子，不必羡慕这些骨头有生命，假如，您想称之为生命；那就像是嫉妒死者于星光下坟堆上的舞蹈。

"您现在想死，是因为被革职感到羞耻吗？我告诉您，利用您的才华，让它在上帝的绿色地球上做出点什么，这才更光荣。您怎么没立刻来找我呢——那样的话，我本可以替您把一切重新理顺。没错，我猜您一定是指望因为给缠上裹尸布、摆在锯屑上、被称作一具漂亮尸体而获得的崇高荣誉吧？"

当她对他轰鸣着愤怒的字眼时，乞丐平静地坐着，几乎带笑。没事，他很欣喜，没事！无边而永恒的森林在等待，她没有力量把他的灵魂从那里拉开。

然而，少校夫人陷入了沉默，她在屋子里来回踱步；然后，在壁炉前找了张椅子坐下，将脚高高跷在炉栅上，胳膊搁在膝上。

"见鬼！"她说，自己笑出声来，"我说的比自己意识到的还要正确。您不觉得吗，尤斯塔·贝林，这世上大多数人都已死或半死？您以为我活着吗？哦，才不！哦，才不！

"没错，看着我，尤斯塔·贝林！我是埃克比的少校夫人，而且毫无疑问，我是韦姆兰最有威望的女人。我要是晃动一根手指头，省长会跑来；要是晃上两根，主教会跑来；晃上三根，所有的主任牧师、贵族以及韦姆兰的所有铁厂主都会聚在卡尔斯塔德广场跳波尔卡。见鬼，小伙子，我告诉您，我不过是个着装的尸体。上帝知道，我体内剩余的生命有多么少！"

乞丐身体前倾在椅子上，警觉地听着。衰老的少校夫人坐在火炉前摇摆。她说话时并不看他。

"您不觉得吗，"她继续说，"假如我是个活物，见您坐在那儿凄惨又哀伤地一心要自杀，您不觉得我会一口气把那想法从您那儿赶走吗？我会为您流下眼泪，会为您这样、那样地祷告，我会拯救您的灵魂——可现在，我是死的。

"听说过吧，我一度是美丽的玛格瑞塔·塞尔辛？那并不是昨天，可我还是会坐着为她哭泣，直把苍老的眼睛哭红。为何玛格瑞塔·塞尔辛得死，玛格瑞塔·萨姆泽柳斯却活着，为何埃克比的少校夫人却活着呢——告诉我，尤斯塔·贝林？

"您可知道玛格瑞塔·塞尔辛是什么样的吗？她苗条、娇嫩、羞怯、无邪，尤斯塔·贝林，她就是那种安琪儿会在其坟头哭泣的人。

"她对邪恶一无所知，没有人曾叫她悲伤，她对谁都好。并且，她美，实在是美。

"有一个高贵的男人，他叫阿尔特林戈尔。上帝才会知道，他怎会行进到了北面一个叫河之谷的旷野中，她父母在那儿有座厂。玛格瑞塔·塞尔辛看见了他，他是个英俊又出色的男子，而他爱上了玛格瑞塔。

"可他很穷，他们约定，彼此等上五年，像民谣里唱的那样。

"三年过去，她有了另一个求婚者。这人丑陋又小气。然而她的父母觉得他有钱，用威逼和利诱，用打击和严辞强迫玛格瑞塔·塞尔辛接受他做自己的丈夫。您看，也就是那一天，玛格瑞塔·塞尔辛死了。

"打那以后，就不再有玛格瑞塔·塞尔辛，只有玛格瑞塔·萨姆泽柳斯。她不善良也不害羞，她相信邪恶，对什么是善良毫不留意。

"您想必知道后来发生的一切。我们住在芦汶湖边，少校和我。不过他并不像人们传说的那么富裕。我时常有过得艰难的日子。

"然后，阿尔特林戈尔回来了，这会儿他发财了。他成了埃克比的主人，就和湖庄比邻；他还让自己成为芦汶湖边其他六个铁厂的所有者。他能干又有抱负，是个出色的男人。

"他解救我们于贫困：我们驾他的车，他把食物送入我们的厨房，把酒送入我们的地窖。他用宴饮和娱乐充实我的生活。少校打仗去了，我们怎会在乎这个！头一天我在埃克比做客，第二天他来湖庄。哦，这就像是芦汶湖边一曲悠长的舞蹈。

"可是，关于阿尔特林戈尔和我的恶毒流言不胫而走。假如玛格瑞塔·塞尔辛那时还活着,这会让她伤心欲绝,可我对此毫不在意。那时我还不曾明白,我那么没感觉是因为我已经死了。

"接着,流言蜚语一直传到了河之谷密林深处开烧炭窑的父母那里,老婆子没怎么犹豫,就跑到这边来找我说话。

"一天,少校不在家,我和阿尔特林戈尔还有其他几人围坐桌边,她来了。我看见她走进厅里,可我不觉得她是我母亲,尤斯塔·贝林,我跟她打了个招呼,就像和一个陌生人,我邀她坐在桌边,一起吃饭。

"她想和我说话,好像我曾是她女儿,不过我对她说,她搞错了,我的父母死了,他们俩在我出嫁那天可都死了。

"接着,她也随着我的话头入了戏。她七十岁了,三天里,赶了一百二十英里。现在,她坐在餐桌边,不再折腾,吃了起来,她是个十分强悍的人。

"她说,这太不幸了,我会在那一天遭遇那样的不幸。

"'最不幸的是,'我说,'我父母没能早一天死,那样的话,就不会有什么婚礼了。'

"'高贵的少校夫人这么说是不满意自己的婚姻吗?'她于是问。

"'满意,'我说,'现在我满意。我会始终满意,并遵守我死去双亲的意愿。'

"她问我,让自己和父母蒙羞,背叛丈夫,这是否也是双亲的意愿。我让自己被人指指点点,可一点没在意双亲的名誉。

"'他们铺好了自己的床,现在自然是躺在那张床上',我回答她,'另外,你,陌生女人,你得明白,我可不许任何人羞辱我双亲的女儿。'

"我们两个吃着。我们周围的男人默默地坐着,不敢拿起他们的刀和叉。

"老婆子休息了一天,打算离开。

"然而，只要我看见她，我不能理解她是我母亲。我只知我的母亲死了。

"临走，尤斯塔·贝林，我在台阶那儿，站在她身边，车给拉过来了，她对我说：'我来这儿一整天了，你都没叫过我一声母亲。穿过荒漠的路，我来到这里，三天里跑了一百二十英里。我的身体因你的羞辱而发抖，就像被枝条抽打。愿你被否定，就像我被否定；被抛弃，就像我被抛弃！愿道路是你的家，草堆是你的床，煤堆是你的壁炉！羞辱和难堪是你的报酬，愿其他人抽打你，就像我抽打你！'

"然后她在我脸颊上狠狠地抽了一耳光。

"不过，我一把抓起她，把她抱下台阶，扔进车里。

"'你算什么人，竟敢诅咒我？'我问，'你算什么人，竟敢抽打我？我不能忍受任何人做这种事。'

"我给了她一耳光。

"马车立刻走了，不过，在那个时刻，尤斯塔·贝林，我明白，玛格瑞塔·塞尔辛死了。

"她美好、无辜，一点也不知邪恶。安琪儿会在她坟头哭泣。假如她活着，她绝不会抽打自己的母亲。"

门口的乞丐听着，有那么一瞬间，这些话湮灭了无边而永恒的森林的诱人低语。看，看这有势力的女人；她把自己放在和他一样的有罪的位置上，是他在毁灭中的姐妹，以便鼓励他活下去。这样，他就能明白，除了他，别人的脑袋里也有悲伤和罪过。他站起身，走向少校夫人。

"现在，您愿意活下来了，尤斯塔·贝林？"她带着哭腔问，不由得流出了泪，"您将为何而死呢？您完全可以做个好牧师，绝不是那个把自己淹在酒精里的尤斯塔·贝林，就像那闪闪发光、纯白无辜的玛格瑞塔·塞尔辛，我将她投在了仇恨里。您愿意活吗？"

尤斯塔·贝林跪在少校夫人面前。

"原谅我,"他说,"我不能。"

"我是个老女人,因为许多的悲伤而有脾气,"少校夫人说,"我坐在这里,向一个我在路边雪堆里发现的、冻僵的乞丐暴露我的灵魂。这对我正合适。假如您自杀,至少没法跟人说起我的疯狂。"

"少校夫人,我不是自杀者,我是被判了死刑的人。别让我挣扎得太艰难!我不可以活。我的肉身控制了我的灵魂,我得让灵魂自由,让灵魂到上帝那儿去。"

"啊哈,您觉得到得了那里?"

"别了,少校夫人,感谢您!"

"别了,尤斯塔·贝林。"

乞丐站起身来,垂着头、拖着腿,朝门口走去。这个女人使得走向广袤森林的道路对他而言沉重起来。

当他到了门口,不得不回头。于是他遇到了少校夫人的凝视,她坐在那里,静静地望着他。他从未在任何一张脸上见过那样一种变化,他只能停住脚,盯着她。她,一个方才还在盛怒中的、威胁过他的人,静坐在那里、变了容貌,她的眼睛因怜惜和同情的爱发着光。他那野性的心中有某种感知被这凝视点燃。他把额头抵在门柱上,将胳膊伸开抱住头,哭了,哭得好像心脏要爆裂。

少校夫人把烟斗扔进壁炉,走到尤斯塔这边来。她的动作突然温柔得如同一个母亲的。

"好了,好了,我的孩子!"

她把他拉到门口的长椅上,坐在自己身边,他哭着,头抵在她的膝上。

"您还想去死吗?"

他于是想站起来,她强行把他按下。

"现在我跟您说，您想怎样就怎样吧。不过，我向您保证，假如您愿意活下来，我可以收下布洛比牧师的女儿，把她抚养成人，这样，她可以感谢上帝让您偷了她的面粉。怎么样，您可愿意？"

他抬起头，直盯着她的眼睛。

"当真？"

"当真，尤斯塔·贝林。"

这时，他痛苦地握紧了双手，眼前掠过那锐利的眼睛、抿紧的嘴唇、瘦弱的小手。这么说，这个小生命可以得到保护和关怀，她体内耻辱的记号将被消除，邪恶也会从她灵魂上被驱走。现在，通向森林的路已对他关闭了。

"要是她能处于少校夫人的保护下，我不会杀了我，"他说，"我明白，少校夫人想迫使我活下来。我很快就感到，少校夫人对我充满威力。"

"尤斯塔·贝林，"她严肃地说，"我为了您奋争，就像为我自己。我对上帝说：'假如还有那么一丁点玛格瑞塔·塞尔辛残留在我体内，就让她前来，呈现她吧，这样，这个男子就不会去自杀。'而上帝应允了这一切，您看见了她，所以您走不了。她对我耳语，至少为了那可怜的孩子，您会放弃想死的念头。哦，您尽可以勇敢地飞翔，野鸟儿，而我们的上帝知道能逮住您的网①。"

"他是个伟大又奇怪的上帝，"尤斯塔·贝林说，"他嘲弄我，拒绝我，但他不让我死。他的旨意必须服从！"

从那天起，尤斯塔·贝林成了埃克比的一名侠士。他两次试图离开那儿，走出一条自己的路，靠自己的劳动过活。第一次，少校夫人赠给他埃克比附近的一座佃农小屋；他搬了过去，打算做一名劳动者。他一度做得不错，但很快疲于孤独和每日的辛苦，就又做

---

① 《马太福音》（13：47）里有这样的比喻："天国又好像网撒在海里，聚拢各样水族。"

回一名侠士。第二次，他在博宜给亨利克·杜纳伯爵当家庭教师。那段时日，他爱上了伯爵的妹妹、年轻的爱芭·杜纳，然而，就在他觉得快要赢得爱芭时，她死了。他放弃了所有不当侠士而成为其他什么的念头，他觉得，对一个被革职的牧师来说，所有更生之路都被阻断了。

# 第一章　风景

现在，我必须请那些原先就知道这长长的湖泊，这丰饶的平原，这青翠的山峦的读者跳过几页。他们完全可以这么做，少了这几页，这部书也会足够地长。

你能理解，我必须为那些先前没见过这三者的人描述它们，因为它们是舞台，是尤斯塔·贝林和埃克比的侠士同伴挥洒他们那有趣生命的地方，而那些见过这片风景的人会容易地明白，这任务远超只能提笔的人的力量。

我本可让自己满足于，诉说那湖泊名叫"芦汶"，它又长又窄，它从韦姆兰北方广袤而清冷的森林开始伸展，一直到南部的维纳恩湖低地；诉说那平原奔跑在湖的两侧，诉说那青山用高低错落的峰峦包围整个谷地。但这不够，我必须试着用更好的文字描摹我童年的梦之湖，还有我童年的英雄们的故土。①

湖泊发源于较远的北方，对湖泊来说，那是个美妙的所在。森林和山丘永不停息地替它蓄水，小溪和小河年复一年、淙淙地流入。它有洁白的细沙让自己伸开臂膊，有岬角和小岛供它映照和察

---

① 以上三段为瑞典纯文学学会（Svenska Vitterhetssamfudet）2013年学术版所增补。

看，水妖和人鱼在这里有自由玩耍的空间，它迅速成长得宽阔而美丽。在北方，它快乐而友好。你只需在一个夏天的早晨看它，看它在一层薄雾的轻纱下迷迷糊糊、尚未醒透的样子，就能感觉它有多么喜乐。它先戏耍一会，继而轻轻地、缓缓地爬出薄纱，那么妖艳，教你几乎认不出它来，而它猛然甩开了整个纱被，躺在那儿，裸露、玫红，在早晨的光线下闪亮。

湖泊并不满足于这种玩耍的日子；它把自己收紧为一条窄窄的溪水，冲破南方的一座座沙丘，为自己找寻新领地。它也找到了这样一个地块，它变得更宽阔、更雄伟，有无底的深渊任其填充，有勤勉的大地待它装扮。可现在，水色越来越深，湖岸不再多变，吹风逐渐刺骨，它整个的性格变得严厉。它是个庄严而伟大的湖泊。有许多船只和木排在湖上穿梭，要到很晚，一般要到圣诞结束，它才有空进入冬眠。它还常发脾气，会愤怒地搅出白色的水沫，会掀翻帆船，可它也会躺在梦一般的安谧中，倒映天空。

然而，这湖泊还想在世上行走得更远，虽然山丘看上去越发粗砺，湖泊的活动范围越发狭小，越是往前进，湖泊不得不再次于沙岸间蜿蜒成一条狭窄的水流。接着，它第三次拓宽自己，却不复有先前那等美丽和雄伟。

湖岸下落且变得更整齐划一了，风温和了许多。湖早早进入冬眠。它还是很迷人，但失去了青春的狂热和原始的力量——和其他的湖别无二致了。伸出两条胳膊，它摸索着前往维纳恩湖的路，一旦找到，便拖着老年的虚弱跳入陡峭的悬崖，带着最后一次的咆哮壮举落归平静。

和湖泊一样长的是平原。不过你会觉得，平原在山脊和山丘间显现很是艰难，从湖泊最北端的釜形山谷——那个它第一次敢于铺展开的地方开始，一路向前，直至胜利地躺在维纳恩湖边悠闲地休息。毫无疑问，这只能是平原宁愿跟随湖岸，它和湖一般长，可山丘不让它安稳。山丘是强大的花岗岩墙,被森林覆盖,充满难以进入的峡谷,富于苔藓和地衣,在古代是很多野生动物的家园。人们常常会碰到一片沼泽或水潭,有着黑色的水、就在长长的山脊上。这里那里是烧炭窑残留下的木炭堆或一块空地,那儿的木料和烧火柴已被移走;或是一块烧光的地,这些都证明山丘也能忍耐劳作。不过,它们通常是躺在无忧无虑的安闲里,满足于让阴影和日光在它们的坡上玩耍永恒的游戏。

虔诚、丰饶而热爱工作的平原和这样的山丘进行了持续也带着友好的战斗。

"这实在是够了,"平原对山丘说,"你若在我周围筑一道石墙,那对我来说还真是安全。"

山丘不愿听平原唠叨。它们拉出两列长长的丘陵,叫来光秃秃的高原排在湖边,一路限制着平原。它们在每一个岬角树起怡人的瞭望塔,极少离开湖岸,让平原根本没法靠近到湖床的细沙,平原抱怨也是徒劳。

"为有我们站在这里而高兴吧,"山丘说,"想想圣诞前的日子,芦汶湖上每一个冷得要死的有雾升腾的日子!在我们站立的地方,我们起到了很好的作用。"

平原抱怨空间局促,视野恶劣。

"你真蠢,"山丘答道,"你只需感受一下湖边的吹风就明白了,至少得有花岗岩的脊背和云杉的外套才受得住。多说一句,你就满足于看看我们吧。"

没错,这正是平原所做的。① 它熟悉所有在山丘上穿过的奇妙光影的意韵。它知道傍晚的光亮如何沉入地平线,那是低低的苍白的淡青色;而在早晨和夜晚,光线在雄伟的山峰上升起,清澈的蓝

---

① 初版时,这一句修改为:"没错,看看山丘,这正是平原所做的。"

色好比天顶的上空。有时，光线会从山丘间尖锐地穿过，以至变成绿色和蓝黑色，而每一棵松树、每一条道路和每一个峡谷都能在几英里之外被看见。

但确实在几处地方，山丘闪到一旁，让平原出来看看湖泊。可一旦平原看见湖泊处于愤怒中，唾沫飞溅像只野猫，或看见湖泊被冷烟覆盖，人鱼忙于洗涮和酿造，它立刻意识到山丘是对的，赶紧缩回自己那局促的牢笼。

远古以来，人们开始开垦这片伟大的平原，它成了一个广阔的区域。在每一个水流翻卷着白沫击打湖岸斜坡的地方，工厂和磨坊出现了；在明亮、开阔、靠近湖泊的平原上，教堂和牧师宅邸拔地而起；而在山谷边缘、半山腰以及被石头覆盖的地面这几类种子不喜欢的所在，坐落着农庄主的庄园、官员的宅邸以及一两个贵族府邸。

然而，必须注意，在十九世纪二十年代，这一地区还远没有发展到现在的程度。那时的很多森林、湖泊及沼泽，如今已是可耕种的地块。人口也不像现在这么稠密，人们习惯于做搬运的活计，白天则在那些铁厂或其他地方打零工。农活不足以养活他们。那时，平原的居民穿的是自家织的衣服，吃的是燕麦面包，满足于每日十二先令的收入。他们中很多人实在是缺这少那，但缺少常常被一种随意、快乐的态度以及生就的手巧和能干消解了。

长长的湖泊、丰饶的平原和青翠的山丘形成了最迷人的风景之一，并且让这里的人们，无论在昔日还是今朝都强劲、勇敢、富于才华，而如今，他们在富裕和教养上更有了长足的进步。

祝福所有生活在长湖边和青山上的人们万事顺遂！现在，我要描述他们的一些回忆。

## 第二章　圣诞夜

住在福尔斯的恶毒的厂主叫辛特拉姆，他的身体笨拙如猿猴，他有着长长的胳膊、光秃的脑袋、丑陋和狞笑的脸。他全部的欲望就是制造不幸。

辛特拉姆是他的名字，他雇的都是流浪汉和小流氓出身的帮工以及爱吵架、会说谎的女佣，他拿针刺碰触狗鼻子，惹得狗儿狂怒，他开心地生活在恶毒的人和凶猛的兽之间。

辛特拉姆是他的名字，他的最高乐趣是扮成邪恶的魔鬼，长着犄角，拖着尾巴，踩着马掌，拖着毛乎乎的身子，突然从黑暗的角落或是壁炉和木头堆后跳出来，吓唬胆小的孩子和迷信的妇女。

辛特拉姆是他的名字，他热衷于将古老的友谊变成崭新的仇恨，用谎言毒害心灵。

辛特拉姆是他的名字——有一天，他来到了埃克比。

\*

把那巨大的冬天运送木头的雪橇拉进铁匠铺，立于地板中央，在树桩上放一张大车底座！我们有一张桌子了。为桌子干杯，桌子备好了！

把椅子拿来，把所有能坐的统统拿来！把那三条腿的鞋匠凳和空匣子拿这儿来!把那没了靠背的破扶手椅拿这儿来!拿出那缺了滑板的带座椅的敞篷雪橇和旧马车!哈哈,把那旧马车拖来,那个好当讲台!

瞧瞧!一只轮子丢了,整个车身没了!只剩车夫的座位:坐垫坏了,上头布满金发藓,皮革因经年累月而发红。这摇摇欲坠的老家伙高得像座房子。撑住,撑住,否则会坍塌!

呼啦!呼啦!这是埃克比铁厂的圣诞夜。

双人床的绸帘子后头,少校和少校夫人在安睡,安睡并以为侠士之翼也在沉睡。雇工和女佣们睡着,牛奶粥叫他们吃饱,圣诞的苦啤酒让他们喝足了,可侠士之翼的先生们没睡。怎会有人以为侠士之翼在沉睡?

没有光腿的铁匠摆弄融化的铁,没有一脸烟灰的男孩推煤,巨大的榔头挂于房顶,像握拳的手臂,铁砧空着,炉子未张开血盆大口吞食煤块,风箱也未吱吱作响。这是圣诞。铁匠铺在沉睡。

睡吧,睡吧!哦,你,人之子,睡吧,在侠士们醒着的时候!长钳直立于地板,爪上擎满牛油脂蜡烛。蓝色火苗从煮酒①的十加仑的锃亮铜锅上高高跳起,直冲房顶的黑暗。贝伦克鲁兹的牛角灯笼就挂在倾斜的杵锤上。黄色的潘趣酒在杯中闪烁,像明亮的太阳。有桌子,有长椅。侠士们在铁匠铺里庆祝圣诞。

是欢乐和喧嚣,音乐和歌曲。不过,午夜宴会的喧闹没惊醒任何人。铁匠铺的嘈杂声立刻淹没于外头激流的威武吼叫中。

是欢乐和喧嚣。试想,倘若少校夫人看见他们!

那又有什么关系?她一定会坐在他们中间把酒杯饮干。她是强干的女人,她不会躲开雷鸣般的饮酒歌和一种叫"奇乐"的纸牌游戏。这个韦姆兰最富有的女人像男人一般勇敢,像皇后一般骄傲。

---

① 煮酒是将干邑白兰地或其他酒倒入锅内点燃,锅上的吊盘里放上当时流行的圆锥形糖块,糖受热会融化,慢慢滴入酒中。

她爱歌曲，爱奏响的小提琴和法国号。葡萄酒和纸牌令她喜悦，桌边围绕着欢乐的客人是她的爱好。她喜欢看见仓库被使用，房间和大厅充满舞蹈和欢乐，侠士之翼里住满侠士。

看看潘趣碗边围坐着的他们，侠士和侠士比肩！他们有十二人，十二个男人。不是蜉蝣，不是花花公子，而是男人们——会在韦姆兰长久保有声名的勇敢、坚强的男人们。

不是干瘪的羊毛纸，不是扎紧的钱袋子，而是一贫如洗的男人、无忧无虑的男人，成天当着侠士。

不是妈妈的宝贝，不是在自己家园里安睡的绅士，而是游荡的男人，快乐的男人，有着成百冒险经历的骑士。

到如今，侠客之翼空寂地立在那里已经多年。埃克比不再是无家可归的侠士可选择的避难所，退休的官员和落魄的贵族不再赶着摇摇晃晃的单马拉的车在韦姆兰游荡。可是，让死去的活着，让他们再次站起来吧，那些快乐、无忧、永远年轻的人们！

这些名人都能弹奏一个或多个乐器。全都富于个性和言语，想象和歌谣，就像密布着蚂蚁的蚁丘；其中的每一个人更有特殊的强大禀赋，有将自己区别于他人的、极其宝贵的侠士美德。

围坐在潘趣碗边的人中，我首先要提及贝伦克鲁兹，就是那个有着厚厚的白胡髭的上校，奇乐牌手，贝尔曼民谣歌手；在他旁边的是其朋友及战友，沉默寡言的少校、猎熊高手安德斯·福科斯；第三个是小鲁斯特，鼓手，多年来一直做上校的仆从，但因为有对潘趣酿造的精通以及持续低音，他赢得了侠士中的一席之地。接下来，要说说老少尉路特格·冯·欧内克劳，他爱女人，他带领巾①和假发，穿镶花边的衣服，像女人一样涂脂抹粉。他是最出色的侠士之一，克里斯蒂安·贝里也是，就是那个强壮的上尉、滑稽的英

---

① 这里的领巾是指一种丝绸或皮质的短领巾。

雄，不过，他跟童话里的巨人一样容易被人哄骗。老和这两位在一起的是矮小、圆胖的乡绅尤利由斯，他机智、有趣、一身才华，是个演说家、画家、歌谣演唱家、趣闻逸事的叙述者，他总喜欢跟害痛风病的少尉和愚蠢的巨人开玩笑。

还有大个子德国人凯文乎勒，自行马车和飞行器的发明者，他的名字仍在簌簌低语的森林里回响。他是个天生的骑士，外表看去也是：两片蜷曲上扬的漂亮胡髭，下巴那儿微微翘起的大胡子，鹰钩鼻，纵横交错的皱褶里嵌着一双狭长的斜眼。那儿还坐着伟大的战士克里斯托弗老哥，除了要猎熊或有其他的历险等他，他基本不会走出侠客之翼的墙。挨着他坐的是埃伯哈德大叔，一个哲学家，他被拽到埃克比可不是为了欲望和嬉戏，而是为了不被谋生的忧虑打扰，完成科学上的伟大使命。

最后，我要提及这群人中最出色的、谦和的路维博耶，这虔诚的人对这个人世来说是好过了头，他对世上的路径知之甚少。还有利里亚克罗纳，伟大的音乐家，他有个美满的、总让他向往的家，可他还是得留在埃克比，因为他的精神要求丰富和多样，以便忍受生活。

这十一人都已将青春甩在身后，有几个已步入老年，不过，他们当中有那么一个，三十未满，灵魂和肉体都还未破碎。这人就是尤斯塔·贝林，侠士中的侠士，他是比其他人都要出色的演说家、歌手、音乐家、猎手、酒仙和牌手。他拥有所有侠士的美德。少校夫人把他造就成了个多么了不得的人啊！

看哪，他现在就站在讲台上！阴暗从黑色天花板上落下来如厚重的花彩笼罩在他身上，他漂亮的头颅在黑暗中闪光——像那些年轻天神们的头颅，那些年轻的、理顺混乱的光明传送者们①的头颅。

---

① 一些瑞典研究者认为这里意思不明，可能是暗示希腊神话中天神乌拉诺斯和地神盖亚生出的几个叫泰坦的孩子。

他站在那儿,他修长、俊美、贪于冒险。

可他带着深沉的严肃在说话。

"侠士们,兄弟们!马上就是午夜了,酒宴正酣,是时候为桌边的第十三位干杯了!"

"亲爱的尤斯塔兄弟,"乡绅尤利由斯喊道,"这儿没有第十三位,我们只有十二位。"

"在埃克比,每年死一个人,"尤斯林接着说,声音愈发沉重,"侠士之翼的一位侠士会死,一位快乐、无忧、永远年轻的人会死。这有什么呢?侠士不能变老。假如我们颤抖的手无以握住酒杯,我们昏花的眼没法区分纸牌,生活对于我们算什么,我们对生活又算什么呢?在埃克比铁匠铺庆祝圣诞的十三人中有一个得死,但每年都有一位新人加入,填满我们的人数。一个懂得快乐之技艺的人,一个能应对小提琴和纸牌的人,他必须来补足我们的人数。当夏天的太阳还在照耀之时,老蝴蝶须有对死亡的感知。为第十三个干杯!"

"不过,尤斯塔,我们可只有十二个。"侠士们不以为然,没去碰他们的杯子。

尤斯塔·贝林,他们口中的诗人——虽然他从未写过什么诗句——继续以沉着的冷静说下去:

"侠士们,兄弟们!你们忘记自己是谁了吗?你们是在韦姆兰大地坚守快乐的人。你们是让琴弦拨动,让舞蹈不停,让歌声和戏剧在这片大地上回响的人。你们懂得让心灵远离黄金,让双手远离劳作。若你们不在,舞蹈会灭绝,夏日会灭绝,玫瑰会灭绝,纸牌游戏会灭绝,歌曲会灭绝,在这片受祝福的土地上,一切都会消亡,只剩下铁和厂主。快乐会存在,只要你们还在。六年了,我在埃克比的铁匠铺庆祝圣诞夜,以前还从不曾有人拒绝为第十三人干杯。"

"可是，尤斯塔，"他们喊了起来，"既然我们只有十二个，又怎好为那第十三个干杯呢？"

尤斯塔的脸上浮出深深的愁绪。

"我们只有十二个吗？"他说，"怎会这样，我们将在这地球上绝迹吗？明年将只剩下十一个，后年只剩下十个吗？我们的名字将成为传奇，我们这个群落将彻底湮灭吗？我呼唤他，第十三个，因为我已起立，要为他干上这杯酒了。从大海的深处，从地球的内部，从天堂，从地狱，我呼唤他来充实我们的侠士队伍。"

这时，烟囱那儿传来窸窸窣窣的响动，接着，熔炼炉的盖子被掀翻，那第十三个来到了。

他来了，毛乎乎的，拖着尾巴，踩着马蹄，长着角，飘着髯。一看见他，侠士们惊叫着跳了起来。

然而，带着肆无忌惮的快乐，尤斯塔·贝林喊道："第十三个来啦——干杯，为第十三！"

就这样，他来了，人类古老的敌人，跑到大胆的人中扰乱这神圣夜的平和。他是那骑着扫帚飞往蓝山聚会的女巫们[①]的朋友，他在炭黑的纸上用血签下契约，他在怡瓦斯奈斯和伯爵夫人跳了七天舞，七个牧师也赶不走他，他来了。

思绪以疯狂的速度在他眼前的这些老历险者脑中盘旋。他们闹不懂，他今夜跑出来了是为了谁。

他们中的不少人因恐惧而准备离开，但他们很快意识到，这个长角的家伙并不是要把他们抓到他那黑暗的领地里去，是碰杯的叮当声和饮酒歌的歌声诱惑了他。他想享受神圣的圣诞夜里人们的喜悦，在喜悦的时光中抛开统治的重负。

---

[①] 瑞典民间信仰认为，在复活节前夕的星期四，女巫们会飞往蓝山赴魔鬼的宴会，而火和枪声会惊吓到飞过的女巫。

哦，侠士们，侠士们，你们中有谁还会想起，这可是圣诞夜！正是现在，天使在为田野里的牧羊人歌唱。是现在，孩子们担心睡得太沉，不能及时醒来而错过凌晨的圣诞礼拜。很快，就是布洛教堂点燃蜡烛的时间了，而在远处森林里的人家，小伙已备好火把，借此，他要为自己的姑娘照亮去教堂的路。在每一户人家，主妇都在窗口摆好烛台，准备好在去教堂的人们经过时，把蜡烛点燃。敲钟人睡梦中也哼着圣诞颂歌，老主任牧师躺在床上，试验自己的嗓音是否足以歌唱："在至高之处荣耀归与神，在地上平安归与他所喜悦的人！"

哦，侠士们，在这平安夜，你们蛮好是安静地躺在自己床上，而不是与这邪恶的王子作伴！

可他们用欢迎同他打招呼——就像尤斯塔做的那样。他们拿了只高脚杯，注满燃烧而温热、混合了的香料红酒和白兰地，放于他手里。他们让他坐上荣誉坐席，他们带着欢悦看着他，倒好像他那丑陋的色迷迷的脸孔上带有属于他们青年时代的爱人的甜美特征。

贝伦克鲁兹邀他玩奇乐牌，乡绅尤利由斯给他唱最好的民谣，欧内克劳跟他谈美丽的女子——那些让生活甜蜜的美好生物。

他很惬意，这个长角的家伙，他带着王子的姿势倚靠在旧马车的车手座椅上，用那装备了爪子的手，把注满酒的高脚杯送到微笑的唇边。

不过，尤斯塔·贝林自然要为他发表一番讲话。

"尊贵的阁下，"他说，"在埃克比，我们已等了您很久，因为您要进入其他乐园有难度。这里，我们不播种也不纺纱——正如尊贵的您或许已知道的。这里，烤好的麻雀会飞入您的嘴巴，这里，苦啤酒和甜烧酒在四周的山涧和小溪里流淌。这是个好地方，记住，尊贵的阁下！

"我们这些侠士确实等待着您，因为我们的数字此前从未完满。

看，我们其实比表现出的还要卓越；我们是诗人的古老十二人团，已走过很多岁月。我们是十二人，当我们在奥林匹斯山被云朵覆盖的顶峰君临世界时是十二人，当我们作为鸟儿在宇宙树①的绿色树冠上生活时是十二人。诗歌走到哪里，我们就跟到哪里。我们十二个强健之人不曾坐在阿瑟王的圆桌边吗？十二个侠士不曾作为圣骑士参加过查理大帝的伟大军队吗？我们中的一个是雷神托尔，另一个是朱庇特，就算是今天，随便是谁也都能从我们身上看出来，也能感受到破衣下的神圣光辉，驴皮下狮子的举止。岁月对我们十分严酷，可只要有我们在，铁匠铺就是奥林匹斯山，侠士之翼就是瓦尔哈②。

"不过，尊贵的阁下，我们的人数未满。众所周知，诗人的队伍中必须有一个洛基，一个普罗米修斯。我们少了个他。

"尊贵的阁下，我们欢迎您加入！"

"哎呀，呀，呀！"那邪恶的人说，"多么美妙的语言，美妙的语言！而我，没时间作答！公务，伙计们，公务，我得马上出发，否则，我倒是很乐意为大家效劳，不管是什么角色。谢谢这个夜晚，老话匣子们。我们会再见。"

侠士们于是问，他这是要到哪里去。他说，高贵的少校夫人，埃克比的女主人正等着他去更新契约。

巨大的惊诧攫住了侠士们。

埃克比的少校夫人是个严苛又能干的女人。她能把一桶黑麦扛在她宽阔的肩膀上。她跟随运输矿石的大车，在贝耶斯拉根矿区装货，一路迢迢，再回到埃克比。她像跑运输的农人一样在仓房睡

---

① 北欧神话将世界比作一颗巨大的梣树，而根据冰岛诗人在约1220年成书的《史洛里埃达》，树冠上生活着十二个阿萨神族的神。
② 瓦尔哈是北欧神话中战神奥丁居住的地方，奥丁也在这里聚集了在战争中牺牲的英灵们。

觉，拿麻袋当枕头。在冬天，她会看管烧炭窑，在夏天，她跟随木排顺芦汶湖而下。她是个会指挥的女人。她诅咒起来像街头流浪儿，统治着她的七个铁厂及邻居的农庄像国王，她统领着自己的和邻近的教区，是的，整个美丽的韦姆兰。然而，对于无家可归、作为食客的侠士们来说，她一直像一位母亲，因此，当中伤对他们低语"她和恶魔有盟约"时，他们一直把耳朵封住。

于是，带着巨大的惊奇，他们问他，到底她和他签了怎样的契约。

而他回答了他们，这个黑衣人，他给了少校夫人七个铁厂，她则答应一年给他一个灵魂。

哦，巨大的恐怖这会儿把侠士们的心揪了起来。

当然，他们是知道的，只是此前没弄明白。

在埃克比，每年都会死一个人，侠士之翼的客人中有一个会死；那些快活、无忧、永远年轻的人中有一个会死。那又有什么好抱怨呢？侠士本不该变老！假如他们发抖的手不能举杯，他们昏黄的眼不能分辨纸牌，人生对于他们有何意义，他们对于人生有何意义。蝴蝶在太阳照耀时得有一个对死亡的知觉。

然而现在，他们现在才第一次抓住了事情真实的意味。

诅咒那女人！所以她才给了他们足够的食物啊，所以她才让他们喝她的苦啤酒和甜烧酒啊，这样，他们就能从埃克比欢饮的大厅和牌桌上蹒跚走向诅咒之王，一年一个，每个逝去的年里一个。

诅咒那女人，那个巫婆！强健、出众的男人来到埃克比，到这里来消失。因为她在这里摧毁了他们。蘑菇是他们的大脑，干灰是他们的肺，黑暗是他们的精神——当他们陷于死床，准备好开始那漫长的、没有希望、没有灵魂、没有德行的旅程时。

诅咒那女人！都是这么死了，那些比他们更好的人；他们也会这样死去。

不过，侠士们不会长时间被恐惧的重压麻痹。

"你这诅咒之王！"他们喊道，"你可不能再和那巫婆签这血写的契约了；她该死！"克里斯蒂安·贝里，那个强壮的上尉已将铁匠铺里最重的一把大锤横挎在肩膀上，他打算把它埋葬在那个女巫的头颈里，这样就不会有更多的灵魂因她而牺牲了。

"至于你，你这长角的家伙，我们会把你放在砧板上，拿钳子把你夹得动弹不得，然后放下杵锤抨击，让你尝尝巡猎侠士灵魂的教训。"

他是个胆小鬼，那黑衣绅士，这一点早就为人所知，提到杵锤可没法让他愉悦。他把克里斯蒂安叫回来，开始和侠士们交涉。

"今年把那七个铁厂拿去，你们自己把铁厂拿去，侠士们，把少校夫人给我！"

"你以为我们都像她那么卑鄙吗？"乡绅尤利由斯喊道，"我们要埃克比和所有铁厂，可你得自己去对付少校夫人！"

"尤斯塔怎么看，尤斯塔怎么看？"谦和的路维博耶问，"尤斯塔得表态！在这么个重要决定上，大家得听听他的意见。"

"这一切全都是疯狂，"尤斯塔·贝林说，"侠士们，别叫你们让他骗了！我们要反对少校夫人什么呢？让我们的灵魂按它们的意愿发展好了，但我的意思是，我们不该成为不知感恩的坏蛋，举止像无赖和恶棍。我吃少校夫人的饭年数太久，没法背叛她了。"

"行，那就下地狱去吧，尤斯塔，假如你愿意！我们可要自己经营埃克比。"

"可你们都疯了吗，还是喝得没了脑子？你们以为这都是真的吗？你们以为他就是恶魔？你们看不出这一切就是个弥天大谎吗？"

"啧，啧，啧，"黑绅士说，"他还没意识到自己准备好上路了，他到埃克比好歹也七年了，他意识不到自己走得多么远。"

"得了，你这家伙，亲自把你塞进炉子的可是我。"

"好像那会有什么差别，好像那么一来，我就比不上其他恶魔了？好吧，好吧，尤斯塔·贝林，你太坚定了。在少校夫人的照顾下，你实在是转变得很好。"

"她是解救我的人，"尤斯塔说，"没有她，我会成什么样呢？"

"你看，你看，好像她自己就没有要把你在埃克比留住的意思！你能迷惑这里的许多人，你有了不起的天赋。有一次，你试图离开她，你让她给你一座小农舍，你成了劳动者，你想吃自己的面包。她每天都经过农舍，还带着漂亮姑娘。有一回，跟着的是玛瑞安·辛克莱尔，于是，你扔下了铁铲和皮围裙，尤斯塔·贝林，你于是又变回了侠士。"

"路走到了那里，你这蠢货。"

"当然，当然，路走到了那里。其后，你到了博宜，成了亨利克·杜纳的家庭教师，眼看将成为伯爵夫人梅尔塔的乘龙快婿。到底是谁让爱芭听说你是被革职的牧师，于是爱芭背弃了你？那是少校夫人，尤斯塔·贝林，她想把你拉回去。"

"这都是些什么鬼话！"尤斯塔说，"爱芭·杜纳在那之后不久便死了。我反正都不可能得到她。"

这时，那黑绅士走近他，直对着他的脸："死了，当然，她死了，她因为你自杀了，不过之前他们都没告诉你。"

"你这魔鬼不坏。"尤斯塔说。

"是少校夫人控制了一切，我告诉你，她要你回到侠士之翼。"

尤斯塔迸出一声大笑。

"你这魔鬼不坏，"他大声狂笑，"我们为何不能跟你签约呢？假如你高兴，兴许能给我们那七个铁厂。"

"很好，你不再反对好运气了！"

侠士们长长地舒了口气。他们早已习惯于认为，没尤斯塔便办不好事。假如他不肯谈协议，那就成不了。让一贫如洗的侠士们获得七个铁厂并负责管理可是件大事。

"注意,"尤斯塔说,"我们拿那七个铁厂是为了拯救我们的灵魂,不是成为一些个算钱和称铁的工厂主!我们不会成为干皱的羊皮纸和收紧的钱袋子,我们会一直是侠士。"

"充满智慧的语言。"黑绅士嘟囔着。

"所以,假如你因此要给我们七个铁厂一年,我们会接受,但记住,在这一年里,要是我们有任何不像侠士的行为,一年后,你可以把我们十二个人都拿走,铁厂你愿给谁就给谁。"

魔鬼喜悦地搓着他的手。

"可要是我们始终表现得像个侠士,"尤斯塔继续说,"那你就不许再在埃克比签什么契约,你这一年也别想在我们或少校夫人那儿得什么回报。"

"那太难了,"恶魔说,"哦,亲爱的尤斯塔,我实在是必须得一个灵魂,一个小小的可怜的灵魂。我可以去拿少校夫人的,你为何要省下她来?"

"我不做这样的买卖,"尤斯塔吼道,"不过,假如你非得要上一个,你可以拿走福尔斯的老辛特拉姆,他可是准备好了,我敢保证。"

"哎呀呀,这听来不错,"黑色绅士眨着眼说,"侠士们或辛特拉姆,他们能互相对抗。这会是个好年份。"

然后,契约蘸着尤斯塔小指上的血,在魔鬼的黑纸上、用魔鬼的鹅毛笔签好了。

事成后,侠士们十分欣喜。这下子,这一整年里,世上所有的荣光都会属于他们,此后,也总有其他办法。

他们把椅子挪到一边,在黑黑的地板当中,在那煮了红酒和白兰地的热壶周围绕成一圈,跳起舞来。圆圈的最里头,恶魔跳得老高,然后,他瘫倒在壶边,提起它来痛饮。

接着，贝伦克鲁兹倒在他身边，接着，尤斯塔也是，最终，所有人都围着酒壶倒下了，壶在每一个人嘴巴间传递。最后，壶给碰倒了，温热的黏乎乎的液体冲刷着沉醉的男人们。

当结盟的人们起身时，恶魔已不见，而他金色的许诺像闪亮的王冠悬在侠士们头上。

# 第三章　圣诞宴

圣诞日这天，萨姆泽柳斯少校夫人在埃克比举办盛大的圣诞宴。

她作为女主人坐在一张有五十名客人的餐桌边。她坐在那里，光彩又高贵，羊皮短夹克、条纹手织羊毛裙和陶土烟斗都不见了。她穿着丝绸，金子沉甸甸地挂在裸露的臂膊上，珍珠让她白皙的脖子清凉。

侠士们在哪儿呢，那些在铁匠铺黑灰的地板上，从一只被擦洗过的铜壶里喝了酒，为埃克比的新主人干杯的侠士们在哪儿呢？

侠士们坐在角落里一张单独的桌边，就挨着瓷砖壁炉，这样的日子，主桌上没他们的位置。他们桌上的菜上得晚，酒上得少；美貌女人的目光不朝他们这边看，没人听尤斯塔的玩笑。

然而侠士们好比被驯服的马驹，吃饱的野兽。那夜他们只睡了一个小时，其后，他们被火把和星星照着，赶往教堂听圣诞日破晓前的礼拜。他们看见圣诞的蜡烛，听到圣诞的赞美诗，他们的脸像欢笑的孩子的脸。他们忘却了铁匠铺的圣诞夜，就像忘却一场噩梦。

埃克比的少校夫人威伟而强大。谁敢抬手来冒犯她？谁敢鼓舌作证来反对她？这些吃她的面包，睡在她屋檐下这么多年的穷侠士们肯定不敢。她把他们安置在愿意安置的地方；假如她愿意，也可以对他们关上大门，他们甚至无法逃离她的掌控。上帝怜悯他们的灵魂！他们离开埃克比太远可没法活。

宾客们在大桌边享用着：那里，玛格瑞塔·萨姆泽柳斯美丽的眼睛在闪亮；那里，快乐的杜纳伯爵夫人的浅笑在荡漾。

然而侠士们的这一桌气氛沉郁。这些会被少校夫人扔进深渊的人要付出怎样的代价，才能获准和其他客人坐在同一张桌上呢。在角落里的瓷砖壁炉边另摆一桌——多么羞辱人的做法。好像侠士们就不配和有身份的体面人作伴！

少校夫人骄傲地坐在博宜的伯爵和布洛的主任牧师之间。侠士们垂着他们的头，像被遗弃的孩子，与此同时，前夜的想法在他们的心中苏醒。

机智的喜悦闪光和随心所欲的谎言如同胆小的客人一般，一起跑到了瓷砖壁炉边的桌上。前夜的愤怒和约定突袭了大脑。乡绅尤利由斯让强健的克里斯蒂安·贝里上尉相信，眼下送至大桌上的烤松鸡不够分给所有客人——这引发的可不是什么愉悦。

"肯定不够，"他说，"我知道他们买了多少，不过他们不会不知所措，克里斯蒂安·贝里，他们将把烤乌鸦上到我们桌上。"

不过，贝伦克鲁兹上校的嘴唇只是翘成那严峻的胡髭下的一丝微笑，而尤斯塔·贝林看起来好像一直在考虑要把谁揍死。

"侠士嘛，对他们来说，不是什么菜都足够好吗？"他问。

这时，一只堆满漂亮的烤松鸡的盘子终于摆到了小桌上。

然而，克里斯蒂安上尉生气了，谁不知道他对乌鸦，对这长了翅膀的嘎嘎叫唤的飞虫积聚了一生的仇恨？

他恨它们恨得要死，在秋天，他会穿上女人长长的袍子，头上扎起头巾，只为能走近些，好让正吃着田里谷物的乌鸦在射程里。

他在春天光秃秃的田野上，在它们跳求偶舞时找到它们，并且杀了它们。他在夏天找到它们的巢,让还没长毛的幼鸟尖叫,将孵到一半的鸟蛋踩碎。

现在,他一把抢过这盘松鸡。

"真以为我会认不出它们吗?"他对仆人吼道,"必须听见它们嘎嘎地叫,我才认得出来吗?该死的!竟给克里斯蒂安·贝里上乌鸦!该死的!"

他抓起那盘松鸡,一只一只地往墙上扔。

"该死的,"他喊道,"该死的!请克里斯蒂安·贝里吃乌鸦!"

就像他习惯于将无助的乌鸦的雏鸟往岩石上摔去那样,现在,他把油渍渍的松鸡扔上了墙。

肉汁和油脂在他周围乱舞,被砸烂的松鸡反弹到地板上。

侠士之翼一派欢喜。

接着,少校夫人愤怒的声音刺破了侠士们的耳朵。

"把他扔出去!"她对仆人吼道。

他听见了吼声,这会儿,在盛怒中,他转向少校夫人,就像一头熊从一个倒下的敌人转向新的袭击者。他走向那张马蹄形桌子。巨人的脚步雷一般震动地板,他停下脚步,桌面在他和她之间。

"把他扔出去!"她又吼了一声。

可他愤怒着;愤怒让他的眉头紧皱,粗大的拳头紧握。他非常大,非常壮。宾客和仆人们不寒而栗,不敢碰他。谁敢在这时候碰他呢,他的理智已被愤怒占领。

他就站在少校夫人面前,对她晃动着拳头。

"我把乌鸦扔到墙上去了,你不觉得我做得对吗?"

"滚出去,上尉!"

"当心,老太婆!请克里斯蒂安·贝里吃乌鸦!我要是做得对,我就把你和你那七个该死的……"

"见鬼!克里斯蒂安·贝里,不许诅咒!这儿没人能诅咒,除了我。"

"你以为我怕你吗，巫婆！你以为我不知道你那七个铁厂是怎么来的吗？"

"闭嘴，上尉！"

"阿尔特林戈尔临死，把铁厂留给了你丈夫，因为你是他的情妇。"

"他就不能闭嘴吗？"

"因为你曾是这么一位忠贞的妻子，玛格瑞塔·萨姆泽柳斯；而少校接受了七个铁厂并让你管理，假装对一切毫不知情。撒旦就站在这一切之后，不过现在，你完了。"

少校夫人一屁股坐下来，脸色苍白，身子颤抖。接着，她用一种轻柔又古怪的声音承认："没错，现在我完了，这是你一手造成的，克里斯蒂安·贝里！"

在这声调里，克里斯蒂安·贝里震颤起来，他的五官扭曲，焦虑的泪水充满了他的眼睛。

"我醉了，"他喊道，"我不知自己都说了什么，我什么都没说。狗和奴才，在这四十年里，我对她来说除了当狗和奴才，就没有别的。她是玛格瑞塔·塞尔辛，我一生伺奉的人，我从不说她的坏话，我怎会说美丽的玛格瑞塔的坏话呢。我是给她看门的狗，替她负重的奴才。她可以踢我，抽我！你们能看见我一直都在沉默中忍受。我爱了她四十年。我怎会说她的任何坏话？"

他跪在她跟前请求原谅的样子实在是个奇特景象。因为她坐在桌子另一边，他膝行着绕过桌子，直到她跟前。当他弯下身亲吻她的裙摆时，地板因他的眼泪而湿润。

然而，离少校夫人不远，坐着个矮小、结实的男人。他有卷曲的头发、狭小而歪斜的眼睛、朝外突出的下巴。他活脱脱就是一头熊。他一向少言寡语、喜欢独处而让世界照料自己。他是萨姆泽柳斯少校。

听到克里斯蒂安·贝里的责难,他站了起来。少校夫人和所有那五十个客人都站了起来。女人们为不知将发生什么而哭泣,男人们也不知所措,少校夫人脚下是克里斯蒂安·贝里,亲吻她的裙摆,拿眼泪湿润地板。

少校宽大的毛毛茸的手慢慢握了起来,臂膀高举。

不过,女人先开了口。她的声音中有一种隐痛,不是她平日的样子。

"你偷走了我,"她爆发了,"你像个强盗一样来抢走了我。家人拿抽打、饥饿和言辞强迫我,强迫我做你的妻子。我用你配得的方式对待了你。"

少校宽大的拳头拧紧了。少校夫人后退几步。然后,她又开了口。

"活着的鳗鱼在刀下蠕动,一个被迫的妻子找了个情夫。你想为二十年前发生的事惩罚我吗?那时,你为何什么也不做?你记不起我们在湖庄时,他是怎么在埃克比生活的了吗?你记不起他是怎么救我们于贫困的吗?我们驾的是他的马车,喝的是他的葡萄酒。我与他可曾在你跟前隐瞒任何事?他的仆人不是你的仆人吗?他的金子没让你的腰包沉甸甸吗?你没接受那七个铁厂吗?那时你一声不吭地接受了,在你该发怒时,本特·萨姆泽柳斯,你本该在那时发怒。"

男人把视线从她身上移到在场的所有人身上。他从他们脸上读出,他们觉得她说得对,他们都认为他一声不吭地获得了财产。

"我并不知道。"他说,并在地板上直跺脚。

"那么,你现在知道了倒也不坏,"她用尖锐而响亮的嗓音嚷道,"我岂不曾担心你会一无所知地死去?现在你知道了,我就好随意跟你说话了,我的主人和狱吏。现在你明白了吧,反正我是属于他的,你是从他那儿抢走的我!但愿所有诽谤过我的人如今都明白!"

是她往昔的爱情在她的嗓音里欢庆,在她的眼睛里闪烁。她丈夫握着拳头就在她面前。她辨别着眼前五十张面孔上的恐惧和鄙视。她意识到,这是自己的权威的最后时刻了。不过,因为能公开谈及生命中最甜蜜的记忆,她情不自禁地欣喜。

"他是个男子汉,了不起的男子汉。你算什么,竟敢站在我俩之间?我从没见过和他相仿佛的。他给我快乐,给我财产。上帝保佑关于他的所有记忆!"

这时,少校没有挥打,放下了举起的胳膊。他知道该如何惩罚她了。

"滚,"他吼道,"滚出我的房子!"

她一动不动地站着。

然而,侠士们站在那里,脸色苍白,面面相觑。现在,一切都像黑衣人预言的那样在发展了。现在,他们看到了少校夫人没和魔鬼续约的后果。假如这是真的,那么,在超过二十年的时间里,她把一个个过去的侠士们送到了地狱,而地狱也是为他们自己设定好的所在。哦,这个巫婆!

"滚出去!"少校继续说,"在大路上为你的面包乞讨吧!你将不会从他的钱财那儿得到任何快乐,你不准住他的房子。埃克比的少校夫人完了。要是你胆敢闯进我的家,我就弄死你。"

"你要把我从我自己家里撵走吗?"

"你没有家,埃克比是我的。"

少校夫人显出无助的神色,她一步步退到门口,少校紧逼着她。

"你,我生活中的不幸,"她指责道,"你如今还有权力逼我走这条路吗?"

"出去，出去！"

她靠在门柱子上，把十指交错的双手合在脸前。她想起了她的母亲，喃喃地自语："愿你被否定，就像我被否定①，愿大路是你的家，草堆是你的床！这么说，真是到了这一步。应验了。"

好心的布洛的老主任牧师以及蒙克路德的法官走到萨姆泽柳斯少校那里，试图让他平静下来。他们对他说，最好是别再翻那些陈芝麻烂谷子了，让一切如旧，忘记和原谅。

他把这些温和的手从肩头甩开。他让人难以靠近，就像先前的克里斯蒂安·贝里。

"这可不是陈芝麻烂谷子，"他咆哮着，"我什么都不知道，直到今日。直到今日，我不曾有机会惩罚这个淫妇！"

听到这话，少校夫人抬起头，重新鼓起了勇气。

"你会先我一步离开。你以为我会屈服于你吗？"她说。她从门边走回来。

少校没有回答，不过他盯着她的一举一动，要是不能以其他方式摆脱她，他就准备动手。

"帮帮我，好心的绅士们，"她哭泣道，"把这男人绑起来抬出去，直到他回复理智！记住我是谁，他是谁！想想吧，在我不得不屈服于他之前！我经营着埃克比大大小小的一切，他每天不过是闲坐着，喂喂洞里的那几头熊。帮帮我，好朋友和好邻居们！假如我不在，这里将有无边的不幸。农人因砍伐我森林里的树木，帮我运铁过活；烧炭工靠给我送炭，放排人靠运我的木材谋生。我是安排这些能带来财富的工作的人。铁匠、木匠、伐木工靠为我服务糊口。你们觉得那边那个他能承担我的工作吗？我告诉你们，要是你

---

① 少校夫人被否定，就像她曾不认她的母亲。这里的典故为，《提摩太后书》中所谓，我们若不认耶稣基督，耶稣基督也必不认我们。

们赶我走,你们就是把饥馑放进来。"

再一次地,有不少双手举起来支持少校夫人,再一次地,温和的手劝慰地按在少校的肩上。

"不行,"他说,"你们给我走开!谁胆敢替淫妇说情?我告诉你们,假如她不自动走出去,我就拿胳膊提起她去喂我的熊。"

听到这话,那些抬起的手又垂了下去。

于是,在这紧急状态下,少校夫人转向侠士们。

"你们也要听任我被赶出自己的家吗,侠士们?我让你们在冬天的雪中挨过冻,我短过你们的苦啤酒和甜烧酒吗?因为供你们吃穿,我可指望过你们回报我金钱或劳作?你们不曾在我脚下玩耍,安全得像孩子在母亲的身边吗?我的大厅里不曾有舞会吗?娱乐和欢笑不曾是你们每日的面包吗?侠士们,别让这个男人,这个我一生中的不幸把我从家里赶走!别让我沦为路上的乞丐!"

听到这话,尤斯塔·贝林悄悄溜到大桌旁一位可爱的黑发姑娘身边。

"安娜,五年前,你经常到博宜去,"他说,"你可知道,是不是少校夫人告诉爱芭,我是个被革职的牧师?"

"帮帮少校夫人,尤斯塔!"姑娘仅仅这样回答。

"你得明白,我先要搞清楚,是否她让我成了个凶手。"

"哦,尤斯塔,这都是些什么想法?帮帮她,尤斯塔!"

"你不想回答,我明白了。那么,辛特拉姆说的多半是真的了。"尤斯塔又走回到侠士们中间,他没动一根手指帮助少校夫人。

哎,要是少校夫人没安排侠士们坐在瓷砖壁炉边那单独的一桌上就好了。现在,前夜的想法在侠士们的脑中苏醒。现在,愤怒显现于他们脸上,不亚于少校本人。

面对她的恳求,他们毫不同情,冷漠地站着不动。

他们看到的一切不正是印证了前夜的幻影吗?

"看来，她是没能续约。"一位侠士嘀咕。

"下地狱去吧，巫婆！"另一位叫道。

"按理，现在是我们把你赶到门口的时候了。"

"傻瓜！"年迈体弱的埃伯哈德大叔对侠士们喊，"你们没意识到那是辛特拉姆吗？"

"我们当然知道，当然知道，"尤利由斯回答，"那又怎么样呢。那就不可能是真话了吗？辛特拉姆干的不就是魔鬼的营生？他们之间不是有默契的吗？"

"你去好了，埃伯哈德，你倒是去救她啊"，他们嘲笑，"你不信，那你去好了！"

而尤斯塔静止地站着，一言不发，没有一点举动。

没有，从威胁着、嘀嘀咕咕而又好斗的侠士之翼这边，少校夫人得不到任何帮助。

于是，她再次抵着门，将交叉的双手盖住眼睛。

"愿你们被拒绝，就像我被拒绝！"在苦涩的痛苦中，她吼道，"愿大路是你们的家，草堆是你们的床！"

然后，她一只手扶着门锁，另一只手高举、直指向天。

"记着，现在你们让我跌倒！记着，你们的时刻很快就要到了！你们将被分离，你们的家园将会荒芜。我不支撑着你们，你们哪里还站得住？你，麦克尤·辛克莱尔，你手腕强硬，总让太太受罪，你要当心！你，布洛比的牧师，现在，惩罚就要来了！乌格拉上尉夫人，当心你的家，贫穷就要找上门来了！你们这些年轻人，美丽的女人，伊丽莎白·杜纳、玛瑞安·辛克莱尔、安娜·萧安乎克，别以为我是唯一被撵出家门的人！还有你们，侠士们，注意，大地上就要卷起风暴。你们将从这地上被卷走，你们的时代结束了，现在真的结束了！我不为自己抱怨，而为你们，为风暴将从你们的头顶刮过，我倒下后，谁还能承受得住？我的心为那些可怜人哀悼。

我走了，谁还能给他们活计呢？"

少校夫人打开门，然而，克里斯蒂安上尉抬起头说："我得在您脚边跪上多久，玛格瑞塔·塞尔辛？您就不能原谅我，让我站起来，为您作战吗？"

少校夫人痛苦地挣扎了一会，不过她意识到，假如她原谅他，他会起身和她丈夫对抗，这个忠实地爱了她四十年的男人会变成一个杀人凶手。

"我这会儿还得原谅吗？"她说，"你不是我目下所有不幸的起因吗，克里斯蒂安·贝里？到侠士群里去，为你自己的所作所为得意去吧。"

少校夫人就这么走了。她走得平静，将一片沮丧留在身后。她倒下了，但即便在倒落时，也不是没有其高贵。她没把自己降给柔弱的悲伤，而是在老迈之年为自己青春时代的爱欢欣；她离开一切时，没把自己降到抱怨和可怜的哭泣；她没有因为得在乡间带着乞讨的袋子，拄着拐棍四处跋涉而颤抖。她只为那些穷苦的农人和芦汶湖边快乐无忧的人们，为不名一文的侠士们，为所有她保护和供养过的人们难过。

被所有的人抛弃的是她，可她却有力量拒绝最后一个朋友，以免将他变成杀人凶手。

一个了不起的女人是她，富于活力和行动的欲望。我们很难看到她那样的人了。

第二天，萨姆泽柳斯少校离开埃克比，搬回了他自己的庄园湖庄，那里离大铁厂很近。

那个让少校得到了铁厂的阿尔特林戈尔的遗嘱明确规定，少校不得出售或赠给任何继承的东西，只能在死后，让一切转归少校夫人及她的继承人。既然少校不能挪用这笔他所怨恨的遗产，他决定让侠士们料理一切，他觉得，这样很可能会给埃克比和其他六个铁厂带来最为巨大的灾难。

那时候，当地没人不信，那邪恶的辛特拉姆做着魔鬼的营生，他保证的每件事都会奇妙地应验。侠士们确信，契约里写到的都会一字不差地兑现，他们毅然决定，这一年里不做任何聪明、有用、女里女气的事，他们也完全确信，少校夫人是个邪恶的巫婆，存心要毁了他们。

年迈的埃伯哈德大叔——那个哲学家——则认为他们的确信荒谬可笑，可谁会询问他这样一个人的看法呢，他对自己不相信的总那么固执，就算是躺在地狱的火焰中，魔鬼们站在一边对他狞笑，他也会怀疑他们其实不存在——因为他们不可能存在，因为埃伯哈德大叔是个伟大的哲学家。

尤斯塔·贝林没告诉任何人自己到底信什么。没错，他对少校夫人有感激的歉疚，因为是她将他改造成了埃克比的侠士。尤斯塔觉得，如今自己死了比活着要好，就不必对爱芭·杜纳的自杀负罪。他没有举起手报复少校夫人，可也没帮助她——他办不到。不过，侠士们获得了巨大的权力和荣耀。圣诞期间有不少宴会和娱乐，侠士们的心中充溢着欢欣；不管有什么样的悲伤让尤斯塔·贝林沉痛，他既没表现在脸上，也没透露在唇边。

## 第四章　尤斯塔·贝林，那个诗人

这是圣诞时节，博宜将举办一场舞会。

那时——很快便是六十年前的事了——年轻的杜纳伯爵住在那里，他新婚燕尔，伯爵夫人年轻美丽。这一晚，这古老的伯爵宅邸一定会热闹而欢腾。

邀请函也送到了埃克比，不过，所有那年在埃克比庆祝圣诞的人中，唯有尤斯塔·贝林，他们口中的"那个诗人"有兴致前往。

博宜和埃克比都位于芦汶长湖边，只是处在相对的岸上。博宜在黑湖教区，埃克比属布洛教区。当湖面不能穿行时，从埃克比到博宜有六七英里的路程。

为了赴会，贫寒的尤斯塔·贝林被老绅士们装备了一番，看起来就好像他是一名王子，必须背负王朝的荣耀。

配着闪亮扣子的燕尾服是新的，襞襟的褶边浆洗得挺刮，漆皮鞋锃光发亮。他穿着一张最好的海狸皮，浅色卷发上是一顶黑貂帽。他们在他的雪橇里铺上一张带银爪的熊皮，还给了他马厩里的骄傲、那黑色的唐璜①当坐骑。

他朝他的白狗唐克雷德吹了声口哨，拉住编织的缰绳；在财富和辉煌的闪耀包围中，他快乐地出发了——因为自身的俊美和那生

---

① 马的名字唐璜，自然是采用了西班牙传说中的那个风流倜傥的人物的名字。

动的精神的天才，他本已十分夺目。

他出发得很早。这是周日，路过布洛教堂时，他听到了里头颂歌的吟唱。然后，他沿着萧肃的林中道路前行，这条路通向贝尔雅，那时，那地方是乌格拉上尉的住所，尤斯塔打算在那儿停留并用午餐。

贝尔雅不是有钱人的家。饥饿认得抵达这被茅草覆盖了房顶的上尉家的路，然而尤斯塔和其他客人一样总是被笑语相迎，受到歌曲和游戏的款待，最后依依不舍地离开。

年迈的乌瑞卡·迪尔纳小姐是操持贝尔雅庄园的琐事和纺织的人，她站在台阶上迎接尤斯塔·贝林。她对他行礼，假卷发挂在棕色脸颊上，那里成千的皱纹在愉快地舞蹈。她把他引进客厅，然后，开始谈起庄园的人们以及他们不同的命运。

苦难就在房门口，她说，严峻的时日在贝尔雅庄园占据优势。他们甚至连午餐配咸肉的辣根都没了；费尔丁南德和小姐们只好把迪萨套在一架雪橇上，赶往蒙克路德去借。

上尉又到林子里去了，十有八九会带回一只干巴巴的老野兔，其实这很不值，因为得耗费更多的黄油来烹调。这就是他所谓的"为家里弄吃的"。不过，这总比他带回一只无论死活都毫无用处的老狐狸好，那可是上帝创造的最糟的动物。

至于上尉夫人嘛，哎呀，她还没起床呢。她躺在床上读小说，天天这个样。这个上帝的安琪儿可不是为劳作而生的。

不是，反正有老迈、灰发的乌瑞卡·迪尔纳这样的人照料一切。白天和夜晚，她为了能让日子维持住，忙得脚底朝天。不是总那么容易，事实上，这一整个冬天，他们除了熊肉火腿就没其他的肉可吃。她不期待什么大工钱，至今还没看到什么，她不过是希望他们不至于在她无法为自己分享的食物贡献劳作时，便将她扔到路上。他们还是将仆人看作家庭成员的，某一天会给老乌瑞卡安排一场体面的葬礼——假如他们还买得起一口棺材。

"因为谁知道会怎么样呢?"她感叹道,擦干她那一双总是很快被泪水润湿的眼睛,"我们在那邪恶的厂主辛特拉姆那儿欠下了债,他能将一切从我们身边夺走。没错,费尔丁南德眼下是和有钱的安娜·萧安乎克订着婚,可安娜开始倦了,对他烦了。我们那三头牛,九匹马会是个什么样呢,想参加这场那场舞会的可爱的年轻小姐们会是什么样呢,那啥也长不出的田地,还有那永远没法有钱的善良的费尔丁南德会是什么样呢,除了劳作,一切都美好融洽的这个被祝福的家将会变成什么样呢?"

午餐时分到了,一家人聚在了一起。善良的费尔丁南德,这个家庭里温和的儿子,还有那几个可爱的女儿们,带着借到的辣根回家了。上尉回来了,因为在沼泽的冰窟窿里洗了把澡,外加在森林里打了猎而神清气爽。他打开窗户,让新鲜空气跑进来,带着男人的力度和尤斯塔握了手。上尉夫人出来了,她穿着丝绸,那只白皙的、伸出来让尤斯塔亲吻的手边垂着宽宽的蕾丝。

每个人都兴高采烈地和尤斯塔打招呼,欣喜飞进他们中间,他们欢快地问他:

"你们埃克比的人们都好吗?你们在那富饶的地方过得怎样?"

"牛奶和蜂蜜在那里流淌,"他回答,"我们掏空山上的铁,用酒填满我们的地窖。田里长金子,我们拿它给生活中的苦难镀金,我们伐下森林里的树木建造九柱戏场馆和凉亭。"

然而,上尉夫人对这回答叹息并微笑,一个简单的字眼脱口而出:"诗人!"

"我为我的许多罪愧疚,"尤斯塔回答,"但我从未写过一行诗。"

"你依然是一位诗人,尤斯塔,你将不得不背负这个称号。远在其他诗人书写之前,你已经历了更多的诗歌。"

然后,上尉夫人开讲了,轻柔得像一位母亲,讲他肆意挥霍的生命：

"我愿活着，以便看到你成为一名男子汉。"她说。他觉得被这样一位温柔的女士激励真是甜蜜，她是个忠实的朋友，她强大又浪漫的心灵为着对伟大行动的热爱而燃烧。

他们吃完了开心的午餐，享用了辣根肉、白菜、油炸糕和圣诞啤酒，尤斯塔因为讲述了少校夫妇和布洛牧师的事，惹得他们忽而笑忽而哭；只听见前院传来雪橇铃儿的叮当声，很快，邪恶的辛特拉姆闯入了他们中间。

从光秃的头到又长又宽的脚，他浑身上下洋溢着满意。他的长臂甩动，他的脸扭曲。显然，他正要带来坏消息。

"你们听说了吗，"这邪恶的人问，"你们听说今天在黑湖教堂第一次公布了安娜·萧安乎克和有钱的达尔贝里的结婚预告吗？她一定是忘了她可是和费尔丁南德有婚约的。"

他们可是连一个字也没听说。他们惊呆了，简直悲痛欲绝。

他们已然看到，他们的家会被掠夺，来赔偿对这恶人欠下的债：卖掉喜爱的马，甚至卖掉磨损了的旧家具——那些上尉夫人从娘家继承的家具。他们看到充满聚会和舞会的欢乐日子的终结，熊肉火腿将重返餐桌，年轻人将离家去为陌生人侍奉。

上尉夫人抚爱着儿子，好让他感觉到一个永不消失的爱的慰藉。

然而——尤斯塔·贝林坐在他们当中，这不可征服的人，他的脑中盘算着一千种计划。

"听着，"他喊道，"现在还不是悲痛的时候。都是黑湖教区牧师的太太安排了这一切。如今她对安娜有影响力，因为安娜正和他们住在同一幢宅邸里。是牧师太太唆使她放弃费尔丁南德而选择老达尔贝里的，不过他们还没结婚呢，也绝不会结婚。我现在就前往博宜，在那里，我会遇到安娜。我会跟她谈，将她从牧师太太身边拉开,从她未婚夫身边拉开。我今夜会把她带到这里,这么一来,老达尔贝里就不会从她那儿得到任何好处了。"

于是,就这么定了。尤斯塔前往博宜,没带上任何一位可爱的小姐,而是带上了跟随他的旅程的最好祝福。辛特拉姆因为老达尔贝里将要被骗而幸灾乐祸,决定留在贝尔雅,以便看到尤斯塔带着那不忠实的人一起返回。在一时兴起的好意中,辛特拉姆甚至替尤斯塔披上绿色的旅行腰带,那是乌瑞卡小姐的礼物。

不过,上尉夫人带着三本小书跑到台阶上。书拿红带子系着,就在她手中。

"带上它们,"她对已坐上雪橇的尤斯塔说,"带上它们,万一你办不成呢!这是《科林娜或意大利》,斯戴尔的《科林娜或意大利》,我不愿意它们跑到拍卖场上!"

"我不会办不成的。"

"哦,尤斯塔,尤斯塔,"她说,把手伸进他裸露的头,"人丛中最强也最弱的那一个!你将记住多久呢,有一些贫困的人的幸福就在你的手中!"

尤斯塔再次上路,被那黑色的唐璜拉着,被那白色的唐克雷德跟着,冒险的欢欣充满了他的灵魂。他觉得自己是个年轻的征服者:精神就在他身上。

他的道路将他引入黑湖教区的牧师宅邸。他走进去,问是否能带安娜·萧安乎克去舞会。他得到了许可。雪橇里多了个美丽、任性的姑娘。谁不想乘坐黑色的唐璜拉的雪橇呢!

两个年轻人起初保持沉默,不过她开始了对话。轻蔑又放肆地,她问:

"尤斯塔可听说了今天牧师在教堂宣读的内容?"

"他有没有说你是芦汶湖和克拉尔河之间最美的姑娘?"

"尤斯塔真蠢,那是人人皆知的,哪还用说。牧师宣读了我和老达尔贝里的结婚预告。"

"早知如此,我大概不会让你坐进雪橇,我自己也不会坐在后头;可能我压根就不会带上你。"

那骄傲的女继承人答道:

"我敢肯定,没有尤斯塔·贝林,我照样去得了。"

"不过,这到底是太遗憾了,安娜,"尤斯塔若有所思,"你父母都不在了,你成了现在这副模样,没人管你。"

"实在是太遗憾了,你没早说,不然,会有别人驾车送我。"

"我猜牧师太太认为,你需要一个人替代父亲,否则她不至于把你和这么一匹老马套在一块。"

"做决定的可不是牧师太太。"

"哎呀,天哪,难道是你自己挑了这么个出色的家伙吗?"

"他不是为了钱才娶我。"

"确实不是,那些老东西们,他们只追逐蓝眼睛和红脸颊,他们这么做时可是特别温柔。"

"哦,尤斯塔,你这不害臊的。"

"不过,千万记住,你可不再能和年轻人玩耍了!舞会和游戏结束了。你的位置是在沙发那个角落——或许,你情愿和老达尔贝里玩维拉牌吧。"

然而,他们陷入沉默,一直到驶上博宜的陡坡。

"谢谢护送!要隔上很久,我才会和尤斯塔·贝林一起乘车了。"

"谢谢约定!我知道不少人都后悔曾有一天驾车护送过你到宴会上。"

这一代的美人有些害羞地走进舞会大厅,扫视聚集着的宾客。

她一眼看见有些秀顶的矮小的达尔贝里在高大、修长、金色浅发的尤斯塔身边,她恨不得立刻把这两人赶走。

她的未婚夫走上前来邀她跳舞,可她给了他一个令其心碎的惊诧。

"你想跳舞?你可不怎么跳啊!"

姑娘们围拢来祝福她。

"别这样,姑娘们!可别以为有谁会爱上老达尔贝里。不过他有钱,我也有钱,我俩般配。"

老妇人们走到她跟前,握着她白皙的手,谈起人生最大的幸福。

"去祝贺牧师太太好了,"她说,"现在,牧师太太对这事可是比我更开心。"

然而,那里站立着尤斯塔·贝林,那个快乐的侠士,他用康健的笑容和美丽的词藻热情地招呼着,好像是在生活的灰色织布上筛下了金粉的尘埃。她从没见过他今夜的这番模样。他不是一个被拒绝并被抛弃的无家可归的小丑,不,他是男人中的王,一个天生的王。

他和其他年轻男子密谋给她点颜色。好让她反思一下,带着美丽的脸孔和巨大的财富把自己投给一个老男人,这行为有多么糟。就这样,他们让她空坐了十支舞蹈。

而她怒火中烧。

到第十一支舞时,一个男人到了她面前,一个矮子中最矮、谁也不愿与之共舞的可怜虫来请她跳舞。

"面包没了,土豆丸子上桌了。"她说。

他们玩一个处罚游戏。金色浅发的姑娘们把头凑到一起,判决安娜去吻她最喜欢的人。带着唇边的笑,她们等着看骄傲的美人亲吻老达尔贝里。

然而她站起身,愤怒中不失庄严:

"难道我就不能给最不喜欢的人一记耳光吗?"

紧接着的一瞬，尤斯塔的脸上因为她坚定的手掌火辣辣地烧了起来。他的脸上一片火红，不过他保持着镇定，抓住她的手，牢牢地握了一秒，悄声说：

"半小时后在楼下的红色沙龙等我！"

他蓝色眼睛的闪光落在她身上，拿魔力的锁链围绕了她，她觉得，她不得不服从。

在楼下，她带着傲慢和尖刻的语词迎对他。

"我和谁结婚关尤斯塔·贝林什么事？"

他的舌上也没有什么温和的字眼，不过，他还没打算立刻提到费尔丁南德。

"我看，让你坐等十支舞蹈还真算不上什么惩罚。可你需要一个打破誓言和不被惩罚的允许。要是有个比我更好的人把处罚权捏在手中，他一定会比我更严厉。"

"我究竟对你们做了什么，你们竟不能让我安生？你们欺负我，无非因为钱。我会把它们扔到芦汶湖里去，谁想要，谁就去钓吧。"

她拿手捂住眼睛，苦涩地哭了。

这打动了诗人的心。他为自己的严苛而羞愧。他用抚慰的声调说：

"哦，孩子，孩子，原谅我！原谅可怜的尤斯塔·贝林！没人在意他这个可怜虫说些或做些什么，你是知道的。没人为他的愤怒哭泣，那样的话，你很可能会为被蚊子咬出的包哭泣。真是疯了，可我是为了阻止我们最美丽、最富有的女孩嫁给那个糟老头子。而今，我却只是让你苦恼。"

他坐在她身边的沙发上。慢慢地，他的胳膊环绕着她的腰，以便支持住她，用轻柔的爱抚把她拉起来。

她并不退缩。她把自己压在他身上，拿双臂搂住他的脖子，可爱的头抵着他的肩膀哭泣。

哦，诗人，人丛中最强和最弱的！那对白皙的臂膀可不该停息在你的脖子上。

"假如我早些知道，"她轻声说，"我绝不会要那老头儿。这一晚上我一直盯着你，没有人像你这样。"

然而，在尤斯塔苍白的嘴唇间，挤出了这个："费尔丁南德。"

她拿一个吻堵住了他的话。

"他算不了什么，没人比你更好。对你，我会忠诚。"

"我是尤斯塔·贝林，"他郁郁地说，"你不能嫁给我。"

"你是我爱的人，你是最出色的男人。你不需要做任何事，是任何人。你天生就是君王。"

于是，诗人的血液沸腾了。在爱情里，她可爱又甜美。他把她拢在自己的臂膀里。

"要是你想成为我的人，你不能留在牧师宅邸。让我今夜径直拉你到埃克比去！在那儿，我将知道如何保护你，直到我们庆祝我们的婚礼。"

\*

今夜会赶上一段艰难的路程。遵从爱的召唤，他们任凭唐璜带他们离开。滑板下的吱吱声好像是被背叛了的人们的埋怨。他俩怎会对此在意？她吊在他脖子上，他微微前倾，对她耳语：

"还有什么幸福能比偷得的欢喜更甜蜜？"

结婚预告又能说明什么？他们有爱。人们的愤怒算得了什么呢？尤斯塔·贝林相信命运，是命运强迫了他们，没人能和命运抗争。

即便星星是为她和老达尔贝里的婚礼点燃的蜡烛，即便唐璜的铃铛是教堂召唤人们见证这场婚礼的钟声，她还是必须和尤斯塔·

贝林私奔。命运就是这般强大。

他们安全驶过牧师宅邸和蒙克路德。大约赶个一英里半的路就能到贝尔雅,然后,再赶个一英里半就能到埃克比。道路抵达森林的边缘,右边是漆黑的山丘,左边是长长的雪白的山谷。

这时,雪橇后头跟着的唐克雷德疯狂地追了过来,跑得像是悬浮于地面。它因为恐惧而嚎叫,跳进雪橇,蜷缩在安娜脚边。

唐璜也飞跑起来,失去了控制。

"狼!"尤斯塔·贝林说。

他们看见石头围栏那里有一条长长的灰线。至少有十二只狼。

安娜没有怕。白天已充满冒险,夜里定会一样。这是生活——在闪光的雪地里奔驰,不畏野兽和人丛。

尤斯塔咒骂了一声,俯身向前,重重地给了唐璜一鞭子。

"你怕吗?"她问。

"它们是打算在前头路拐弯的地方袭击我们呢。"

唐璜飞奔着和森林里的野兽赛跑,唐克雷德在愤怒和恐惧中咆哮。他们和狼同时抵达了道路的拐弯处,尤斯塔挥起鞭子抽走了冲在最前头的那只狼。

"哦,唐璜,我的宝贝,要不是有我们拖后腿,甩开这群狼对你来说何其容易!"

他们把绿色的旅行腰带扎在雪橇后头。狼怕这腰带,一时保持了距离。可当它们克服了恐惧,便重新追了上来,其中一只呼哧呼哧地奔跑着,拖挂着舌头、大张着嘴直接逼到了雪橇边。尤斯塔拿起《科林娜或意大利》,斯戴尔的《科林娜或意大利》扔进张开的狼嘴里。

狼撕扯着猎物的当口,他们再次获得喘息的机会,很快,狼群又跟了上来,能听见它们的喘息。他俩很明白,这一带除了贝尔雅,再找不到有人的地方了。可对尤斯塔来说,去见他背叛了的人比死还可怕。他也明白马会累垮，到那时，他们该怎么办呢？

这时，他们看到了森林边缘的贝尔雅庄园。蜡烛还在窗口燃烧。尤斯塔明白那是为谁点的。

而现在，惊恐于和人类的靠近，狼开始退缩，尤斯塔驾着雪橇驶过贝尔雅。可他刚驶出没多远，就见一片黑暗的群落在他前头——狼正等着他。

"我们转回牧师宅邸去吧，就说我们在星光下兜了风。现在这样可解决不了问题。"

他们掉转马头，然而，紧接着的下一个瞬间，雪橇即被狼群围住。灰色的躯体朝他们逼近，白牙在大张的嘴巴里闪烁，放光的眼睛在发亮。它们因为饥饿和对血的饥渴而咆哮，它们闪亮的牙齿已准备好切入柔弱的人的血肉里。狼往唐璜的身上扑，死死地吊在马具上。安娜坐着，疑惑它们会不会把他们完整地吃掉，还是说，会剩下一些；下一个早晨，人们会发现在被践踏的血红的雪地上，那被撕碎的残骸。

"如今是得保我们自己的命了。"她弯下腰，抓住唐克雷德的脖子。

"别动，这没有用！这些狼今夜可不是为了狗才来的！"

尤斯塔这么说着，驶进了贝尔雅庄园，狼一路跟踪直到台阶。尤斯塔不得不拿鞭子将它们抽打开。

"安娜，"他们停靠在台阶前时，他说，"上帝不愿这样。保持一个好神情吧，假如你是我心中感受到的那个人，保持一个好神情吧。"

房子里的人听见铃铛的回响都跑了出来。

"他把她带来了，"他们欢呼，"他把她带来了！万岁，尤斯塔·贝林！"刚刚赶到的那两个人因为难堪而受着折磨。

没引出多少发问。夜已很深，旅行者因为危险的旅程而发抖，急需休息。安娜来了,这就够了。

一切都好,除了《科林娜或意大利》和那绿色的旅行腰带——乌瑞卡令人敬仰的礼物——被毁了。

*

整座房子在沉睡。尤斯塔爬起来,穿上衣服,溜了出去。他悄悄地把唐璜牵出马厩,套在雪橇前头,打算离开。就在这时,安娜·萧安乎克跑了出来。

"我听见你走出去,"她说,"所以跟着起来了,我收拾好了,和你一块走。"

他走向她,握住她的手。

"你还不明白吗?这不可能发生了。上帝不愿意这样。现在好好听我说,试着理解!我在这儿午餐时,看到他们因你的不忠而悲伤。我跑到博宜是为了把你带回来,交给费尔丁南德。可我一向是个没用的人,成不了别的。我背叛了他,要把你据为己有。这里有个老妇人相信我能成为男子汉——我背叛了她。另一个可怜的老妇人宁愿在这儿忍饥受冻,只为能死在朋友当中,我却准备让邪恶的辛特拉姆拿走她的家。你是美丽的,罪是甜蜜的,尤斯塔·贝林是那么容易被诱惑。哦,我是个多么不幸的人!我知道那些房子里的人们多么爱他们的家,可就在不久前,我已准备任由它被毁坏。我因为你忘了一切,在你的爱之中,你是那么美好。可现在,既然我看到了他们的欢欣,我不想再保有你了,不,我不想。你是能把我改造成男子汉的那个人,但我不可以保有你。哦,我的爱!高高在上的他在玩弄我们的意愿。现在,是我们在他惩治的手中垂下头去的时候了。说你从今天开始,会把这包袱扛在自己肩上!这房子里所有的人都指望着你!说你愿和他们在一起,支持和帮助他们!假如你爱我,假如你想减轻我深深的悲痛,那么就答应我吧!我的爱，你的心大到足以攻克自己、并在此情况下微笑吗？"

她带着热情接收了这个困苦的讯息。

"我会按你希望的去做——牺牲我自己，并在此情况下微笑。"

"并且别怨恨我的贫穷的朋友们？"

她凄惨地笑着：

"只要我还爱你，我就爱他们。"

"如今，我才第一次明白你是怎样的女人。离开你太沉重。"

"别了，尤斯塔！和上帝一块儿走吧！我的爱不会诱惑你陷入罪恶！"

她转身到房内去。他跟上她。

"你会很快忘记我吗？"

"上路吧，尤斯塔！我们不过是人。"

他把自己扔在雪橇上，可她又回转来。

"你没想到那群狼吗？"

"我正想到它们，可它们已完成了任务。今夜它们不会再对我做什么了。"

他又一次对她张开双臂，可唐璜不耐烦了，已经起步。他没抓起缰绳，他坐着，转身朝后看。然后，他依在雪橇的靠背上，在绝望中恸哭。

"我获得了幸福，又将她从我身边赶走。是我自己把她从身边赶走了。我为何不留住她？"

哦，尤斯塔·贝林，人丛中最强和最弱的那一个！

## 第五章　La cachucha[①]

战马,战马!老伙计,如今被拴在田里的你,可记得你的青春?

你可记得你那作战的日子,勇敢的日子?你飞奔向前,好像生着翅膀,鬃毛飘扬,在你身上如同燃烧的火焰跳荡,你黑色的胸膛上闪耀着飞溅的带泡沫的血液。佩着黄金的马具,你向前奔跑,你的脚下,地面一片雷鸣。你因愉悦而震颤,你这勇猛的家伙。哦,你是那么英姿勃勃!

这是苍灰的暮光时分的侠士之翼。大房间里,侠士们的红漆箱子沿墙摆着,他们的节日盛装挂在墙角的钩上。壁炉的火光打在白色墙壁上,也打在遮住了墙边的可折叠橱柜式床的金色格纹布帘上。侠士之翼不是什么皇家的居房,也并非装饰着沙发榻和软枕的闺房。

可那里头,传出了利里亚克罗纳的小提琴声。他在暮色中拉着"卡楚恰"。他一遍又一遍地拉这曲子。

割断弦,折断弓!为何他在演奏这支该诅咒的舞曲?为何偏在

---

[①] 西班牙语,中文译作"卡楚恰",一种西班牙舞蹈和舞曲,下文出现时直接译作中文,不再一一标注。

欧内克劳少尉因为痛风、病快快地躺在床上动弹不得时拉这首曲子？不行，要是他不肯停下，就掰断他的小提琴，把它摔到墙上去！

卡楚恰，它是为了我们的吗，音乐家？它将在侠士之翼颤巍巍的地板上，在逼仄的，因烟熏而发黑、因污垢而油腻的墙之间，在低矮的天花板下被舞蹈吗？该死的，瞧你那拉琴的样子！

卡楚恰，它是为了我们，我们这些侠士的吗？屋外，暴风雪在咆哮。你是要教雪花有节奏地起舞吗，你是为暴风雪的那些步履轻盈的孩子们演奏吗？

在热血搏动下颤抖的女人的身体，把锅扔在一边、去抓响板的黑乎乎的小手，带褶边的裙下赤裸的双脚，镶着大理石块的院子，带着风笛和铃鼓蹲伏着的吉普赛人，摩尔人的拱廊，月光和黑眼睛，你有这些吗，音乐家？若没有，让小提琴歇着吧！

侠士们在炉火边烘烤着衣服。他们该穿着带高高的铁跟和拇指厚的鞋底的靴子旋转吗？他们在没膝的雪中跋涉了一整天才抵达熊的冬穴。你觉得他们该穿着潮湿而冒着蒸汽的家织的衣服，拿毛茸茸的熊当舞伴吗？

夜晚的天空，闪烁着星星，女人黑发上的红玫瑰，夜的空气里散发着的折磨人的香甜，举止中纯真的优雅，爱——从地面升起，从天上雨落，在空中徘徊，你有这些吗，音乐家？若没有，为何招惹我们向往这一切？

最残酷的人，你是为那被拴着的战马发起攻击的吗？路特格·冯·欧内克劳正躺在床上，被痛风的苦楚囚禁。音乐家，把他从甜蜜回忆的折磨中拯救出来吧！他也戴过阔边帽和华丽的发网，他也有过天鹅绒夹克和藏着匕首的腰带。拯救老欧内克劳，音乐家！

可利里亚克罗纳拉着卡楚恰，反复地拉着卡楚恰，欧内克劳被折磨着，好像一个爱着的人，目送燕子飞往情人遥远的住处，好像雄鹿在极速的追赶下走过清泉。

利里亚克罗纳把小提琴从下巴底下移开片刻。

"少尉，你还记得罗萨莉·冯·贝尔吉吗？"

欧内克劳恶毒地咒骂了一声。

"她像蜡烛的火苗一般轻盈明亮，她跳起舞来闪烁又旋转像琴弓尖镶着的钻石。我肯定你因为卡尔斯塔德的剧院记得她。我们年轻时见过她，你记得吗，少尉？"

少尉想起来了！她娇小、狂野、闪光又火热。她会跳卡楚恰。她教卡尔斯塔德所有的单身汉跳卡楚恰，打响板。在省长的舞会上，少尉和冯·贝尔吉小姐穿戴成西班牙人的样子跳了一支双人芭蕾舞。

并且，他是这么跳的，就像是在无花果树和悬铃木下，像西班牙人那样，真正的西班牙人。

整个韦姆兰没人能像他那样跳卡楚恰，没人会那么跳，这事值得一提，比他这个人还值。

当痛风让他的腿僵硬，关节长出大的肿块，韦姆兰失去了一个怎样的侠士啊！他曾是多么好的侠士，那么修长、俊美、有骑士风度！那些年轻姑娘们叫他英俊的欧内克劳，她们为了能与他欢舞一曲陷入致命的仇恨。

就这样，利里亚克罗纳又开始拉卡楚恰，总是卡楚恰，而欧内克劳被带回了过去的时光。

他站在那儿，她也站在那儿——罗萨莉·冯·贝尔吉。刚才在更衣室，他俩单独在一起。她是个西班牙女郎，他是西班牙男人。他被允许吻她，不过是很小心的一吻，因为她不放心他那描黑了的胡髭。现在，他俩跳舞。啊，好比是在无花果树和悬铃木下！她后退，他跟随；他变得勇敢，而她傲慢；他受伤，她抚慰。最后，当他跪下来对她伸出双臂时，舞厅里传出一声感叹，一声欢天喜地的感叹。

他表现得像个西班牙人，真正的西班牙人。

在音乐终了的最后一瞬，他弯腰，伸展臂膀，脚向前迈出、准备踮着脚尖向前滑行。他是那么优雅！他简直可以被凿成大理石像。

他不明白这是怎么发生的，可他的脚到了床沿，他直挺挺地站着，他弯腰，他抬起臂膀，弹着手指，想跟从前一样在地板上漂动，那时，他穿的是很紧的漆革皮鞋，紧得不得不把袜子给剪掉。

"好极了，欧内克劳！好极了，利里亚克罗纳，生命吹进了他的身体！"

他的脚背叛了他；他没法踮起脚尖，他把一条腿踢了几下，但仅此而已，他又倒在了床上。

英俊的 Señor①，您变老啦。

也许 Señorita② 也是？

只有在格拉纳达的悬铃木下，卡楚恰被永远年轻的吉普赛人跳着。永远年轻，就像玫瑰，因为，每一个春天都带来新的。

于是，切断小提琴琴弦的时刻到了。

不，接着演奏，演奏卡楚恰，永远是卡楚恰！

教育我们，虽然如今在侠士之翼，我们的身体迟缓僵硬，可在感觉中，我们还是一样，始终是西班牙人！

战马，战马！

说你爱那诱你驰骋的战鼓的声响，即便在拴马桩的铁链上，你把你的脚扯得鲜血淋淋！

---

① 西班牙语，先生。
② 西班牙语，小姐。

# 第六章　埃克比的舞会

啊，往昔的时代的女子们！

谈论你们就像谈论天堂，你们是纯粹的美，纯粹的光。永恒的青春，永恒的美好，温婉好像那低头注视自己孩子的母亲的眼眸。吊在男人的脖子上，柔软如一只幼小的松鼠。你们的声音从不因愤怒而颤动，你们的眉头从不紧蹙，你们细嫩的手永不变粗变糙。美妙的女神们，像供人膜拜、被珠宝装饰的图像，站在家中的神殿里。焚香和祈祷为你们奉上，通过你们，爱的奇迹显现，而在你们头上绕着诗歌金色的光环。

啊，往昔的时代的女子们，这是一则故事，关于你们中的又一位如何给予了尤斯塔·贝林她的爱。

安娜·萧安乎克的吻尚未在他唇上燃尽，他还没停止感受她白皙的胳膊缠绕自己脖颈的压力，而他已开始遇到更美的唇，已有更白皙的胳膊朝他伸展。

他除了接受这最美好的礼物，根本没法做别的，心脏在爱的习惯中顽固不化。因为每一个新的爱之悲伤不知别的治愈方法，除了新的爱之快乐。于是，让滚烫的铁烙过的人必须通过再次被烧灼来缓解苦痛。①

博宜舞会的十四天之后,迎来了埃克比的聚会。

这是一场辉煌的聚会,不过,别问为了谁,别问为什么。一场聚会值得被举办的唯一理由是:好让眼儿闪亮,心儿悸动,脚儿舞蹈,快乐能再次走进人们中间,手要碰触,美丽的唇要接吻。

哦,不,嘘,别提那些吻!②

那可不是一般的聚会!单是谈起它,都能让年迈的男人和女人们重返青春,喜笑颜开。

这不奇怪,因为那时,侠士们是埃克比唯一的主人。少校夫人在乡间提着乞讨的口袋和手杖四处跋涉。少校住在湖庄,他甚至都不会到聚会上来,因为天花在湖庄爆发了,他怕它会继续传染。

一份巨大的欢愉包装在十二小时的甜蜜时光里,它始于午餐桌上第一瓶红酒的开启声,直至小提琴手最后一次拉动弓弦——那时午夜早已过去!他们跌入时间的峡谷,这些灿烂的时间因为那最火热的葡萄酒、最丰盛的菜肴、最动听的音乐、最聪明的演剧、最美丽的图画③而迷人。他们跌下来,因为最眩晕的舞蹈而晕眩。哪里还能找到这般光滑的地板,这般优雅的侠士,这般美丽的女人?

哦,往昔时代的女子们,你们完全懂得如何点亮一场聚会。你们把火焰、天才和青春活力的激流连通到每一个靠近你们的人身上。值得把金子花在蜡烛上,以照亮你们的秀美;花在葡萄酒上,以唤醒你们心中的欢悦;为了你们,值得把鞋子跳得沾满灰尘,而让拉动小提琴弓的手累得垂下臂膀。

哦,往昔的时代的女子们,是你们掌握着乐园大门的钥匙。

---

① 以上两段为学术版所增补。
② 同上。
③ 这里的图画相当于法语的 tableau,是指当时流行的一种表演或者说游戏形式,将某个历史或文学艺术的图景,再现成由人演绎的鲜活图画。

埃克比的大厅里蜂拥进你们这甜美的人儿中最甜美的一群。有年轻的杜纳伯爵夫人，洋溢的快乐和对游戏及舞蹈的渴望与她二十出头的年纪正相配；有蒙克路德法官的漂亮女儿们以及喜乐的贝尔雅的小姐们；有安娜·萧安乎克，和上次被狼追赶的那夜相比，更要美丽一千倍——她添上了一层温婉的忧郁。还有更多其他尚未被遗忘但很快会被忘却的女子。甚至有那华美的玛瑞安·辛克莱尔。

甚至她，美妙的人中最美妙的，人丛中的女王，那女神般的、那迷人的玛瑞安·辛克莱尔也屈尊来了。[①]

这个出名的女子曾照亮国王的宫廷，也曾在伯爵的城堡里闪耀，这个美之女王在这片大地周游，到处受到尊敬。她在哪里闪现，就在哪里擦亮爱的火花，现在，她屈尊来到了侠士的聚会上。

那时，韦姆兰省的荣誉被高高举起，诞生了许多骄傲的名字。这片壮美土地上的孩子们有很多能叫他们引以为傲的，可每当提起那些光荣的人们时，他们从未忘记说起玛瑞安·辛克莱尔。

她的征服传奇充斥在这片土地上。

据说无数贵族的冠冕曾悬在她头顶，数百万的钱财曾躺在她脚下；还有战士的宝剑和诗人的桂冠，它们的光辉诱惑过她。

不仅仅是美丽，她智慧又博学。当时最优秀的男子会因和她对话而欢欣。她自己并不写作，可她的许多观点——她在诗人朋友心田里播下的种子——在诗文中获得了生命。

她很少在韦姆兰省这一熊出没的大地久住，日子都花在不停的旅行上。她父亲，富裕的麦克尤·辛克莱尔和他的太太总是坐在位于比雍纳的家中，而让玛瑞安旅行到她那些杰出朋友的伟大城市和府邸。老头儿的乐趣就是谈论女儿花掉了多少钱，老两口都在玛瑞安绚烂生命的光泽里幸福地活着。

---

① 本段为学术版所增补。

她的生活是娱乐和掌声的生活。环绕她的空气是爱,爱是她的光和灯,爱是她每日的面包。

她自己时常坠入情网——时常,时常——但从未有一团激情的火焰能持续到那么久,足以铸造出能捆住一生的锁链。

"我在等那个人,那个能带来强劲风暴的人,"她时常这么谈论爱,"迄今为止到我身边的人,没爬过什么高墙,没游过几条壕沟。他驯服地来,他的凝视缺乏野性,他的内心没有疯狂。我等待那个威武的人,一个能将我从我自个儿这里带走的人。我想感受心中的爱是那般强烈——一想起他,我就能颤抖。而我感受过的爱,只会让我的智慧冲着它发笑。"

她有贵族女子的轻柔嗓音和精致气质。在她家乡,人人都对她行礼,并清楚感受到自己的鄙陋与渺小,而她只需开口,只需浅笑,一切便都那么美好。一位女王就是她,无论她显现在哪里,她都能制造出宫廷人员和宫廷礼仪来。①

她的存在给对话添加柴火,给美酒注入生命。她闪亮的灵魂提快了小提琴琴弓的节奏;有她那双纤纤玉足轻触的地板上,舞蹈飞得更欢;她在舞台上闪闪发光,她把天才带入喜剧,而她那可爱的嘴唇……

哦,嘘,这不是她的错,根本就不是她的本意!是阳台,是月光,是蕾丝面纱,是骑士服装,是歌曲的过错。这一对可怜的年轻人是无辜的。

所有后来引出那么多不幸的一切,可都是出于一番好意给准备了的。乡绅尤利由斯这个无所不知的人设计了这么个舞台,就为了让玛瑞安在聚光中闪亮。

由埃克比的大沙龙改装成的小剧场里,上百个端坐的客人能看

---

① 本段为学术版所增补。

见舞台上有一轮西班牙的黄月亮穿过黑夜。一位唐璜偷偷沿着赛维亚的街道走来，驻足于一个爬满常春藤的阳台下。他乔装成一名僧侣，然而，人们能看到带着刺绣的袖口从他袖管里冒出来，而他的长袍下摆处，更见闪亮的剑锋。

乔装的人高声唱起了歌：

> 我不吻任何女孩的嘴唇，
> 而我的唇也不会压到高脚杯沿
> 到起泡的葡萄酒边。
> 一张面庞，肌肤那么美那么弹指可破
> 我的注视点着了火
> 一个凝视，一个时而也找寻我的目光的凝视
> 这尘世的快乐不属于我
>
> 在你美貌的光泽中
> señora，请别到栏前，
> 看见你，我会畏缩颤抖
> 我披着僧袍带玫瑰念珠
> 圣母玛利亚是我心中的爱，
> 水壶是慰安的所在
> 在那儿，我把哀伤沉浸。

歌声一停息，玛瑞安便闪现在阳台上，她穿着黑天鹅绒长裙，披着蕾丝面纱。她依着栏杆，和缓又调侃地唱道：

> 你为何要逗留？虔诚的人，
> 在午夜于我的阳台下？

说吧,是在为我的灵魂祈祷吗?

不过紧接着,她又温柔而活泼地唱了起来:

不行,跑吧,快跑!兴许马上就有人来。
你的剑杆伸得那么长。
虽有所有的圣歌,人多半会听见
你脚跟上马刺的声响。

歌声刚落,僧人便甩掉了他的伪装,尤斯塔·贝林站在阳台下,穿的是丝绸和金线的骑士服。他不在意美人的警告,相反攀着阳台的一根柱子,跨过栏杆,像乡绅尤利由斯安排的那样,跪倒在可爱的玛瑞安脚下。

她妩媚地对他笑,伸出手去给他亲吻,当两个年轻人沉浸在爱情中彼此凝视时,大幕落了下来。

人们不曾在埃克比见过什么比这月光下的阳台上的一对年轻人更美的。大幕必须被一次次拉起。这是雷之云,从中,天堂的荣耀能电闪而来,而每一次闪电都被掌声的雷鸣跟随。

她美,绝妙地美,这玛瑞安。她有浅色的发,那一对深蓝的眼睛在黑眉之下,她的嘴唇、脸颊、下巴有精美的形状。在她身边,所有其他的脸庞都变得粗砺,在她透明的皮肤前,其他的皮肤都灰暗而丑陋。

此外,在每一道眼神、每一句言辞和这庄严人物的每一个举手投足中,都是妩媚。[①]

在她面前的是尤斯塔·贝林,他的面庞柔和如诗人,勇敢似将

---

① 以上三段为学术版所增补。

军，他深邃的眼睛闪着狡黠和天才，像是乞求和哄劝。他灵活也有力，火热又迷人。

大幕升起又落下，两个年轻人一直保持同样的姿势，尤斯塔的眼睛直盯着美丽的玛瑞安，它们乞求着，哄劝着。

终于，掌声褪去，大幕垂挂，没人看得见他们了。

这时，美丽的玛瑞安俯下身亲吻了尤斯塔·贝林。她不明白是为什么，她不得不！他将手臂绕着她的头，紧紧搂着她。她一次又一次地吻他。

不过，这都是阳台、月光、蕾丝面纱、骑士服、歌曲和掌声的错；可怜的年轻人是纯真的。他们没想这样。她没推开悬在头上的贵族的王冠，离开脚下那数百万钱财，而向往尤斯塔·贝林；他也还没忘记安娜·萧安乎克。不，他们无辜，他俩都不是有意的。

儒雅的路维博耶，那个眼里带着一滴眼泪、嘴边含着一丝微笑的他，当天负责拉帷幕。因为被许多悲伤的回忆分了神，他对眼前的世界没怎么注意，也没学会怎么做才准确。看见尤斯塔和玛瑞安摆出了新姿势，路维博耶以为，那一定是剧情的一部分，就又拉动了扯帷幕的绳子。

阳台上的两个年轻人起初什么也没察觉，直到暴风般的掌声再次响起。

玛瑞安动了一下，打算跑开。可尤斯塔抱住她耳语：

"别动，他们以为这是戏里的一部分。"

他感觉到，她的身体如何打了个寒战，她的亲吻中的热火如何在唇上熄灭。

"别担心，"他悄声对她说，"美妙的嘴唇有权亲吻。"

他们必须保持一动不动，而大幕升起又落下，每一次都有成百双眼睛盯着他俩，也有好多双手拍出雷鸣般的掌声。

因为，看两个年轻的妙人儿演绎爱的幸福是那么美好。没人会信，这些亲吻不过是戏剧造成的错觉。没人想得到，小姐因羞耻、骑士因担忧而颤抖着。没人会信，这一切并不在戏里。

终于，玛瑞安和尤斯塔站在舞台之后了。

她抬手摸了摸前额的发际线。

"我不明白自己是怎么了。"她说。

"真是耻辱，玛瑞安小姐！"他表情痛苦地摊开手说，"亲吻尤斯塔·贝林，真是耻辱！"

玛瑞安不得不笑了出来。

"人人皆知，尤斯塔·贝林是不可抗拒的。我的错不比别人的大。"

他们达成共识，会摆出一副若无其事的样子，这样就没人能猜到真相。

他俩就要加入到观众中去时，她问："我可以确信真相将永不被泄漏吗，尤斯塔先生？"

"您可以，玛瑞安小姐。侠士能保持沉默，我替他们保证。"

她垂下眼帘，一丝古怪的笑爬上嘴唇。

"可要是真相还是被泄漏了，人们会怎么看我呢，尤斯塔先生？"

"他们不会有什么看法，他们会明白，这不说明什么。他们会认为我们入了戏，在继续演戏。"

然而又一个问题偷偷浮现在低垂的眼帘下，浅浅的巧笑里。

"那么您呢，尤斯塔先生，您对这事怎么看？"

"我想玛瑞安小姐是爱上了我。"他开玩笑说。

"别这么想！"她笑了，"不然，我会拿我的西班牙短剑刺去，好让您知道，尤斯塔先生，您可是错了。"

"女人的吻真是昂贵，"尤斯塔说，"吻一下玛瑞安小姐得要我的命吗？"

这时，玛瑞安的眼里射出一道目光，直冲向他，那么锐利，他觉得像是给抽了一下：

"我想看见他死，尤斯塔·贝林，去死，去死！"

这话点燃了诗人血液中的古老向往。

"啊，"他说，"愿这些字眼不只是几个字眼儿，愿它们是从黑暗的丛林呼啸而出的箭，是匕首或毒药，有威力摧毁我千疮百孔的身体，并将自由赋予我的灵魂！"

她又平静下来，露出了笑。

"孩子气！"她这么说着，挽起他的胳膊走到宾客中去。

他们还穿着戏装，他俩在舞台外露面后，又一次受到众人的喝彩。人人都夸赞他们，没人怀疑什么。

舞会又开始了，可尤斯塔逃出了舞厅。

他的心因为玛瑞安的目光一阵阵刺痛，就像是被锐利的钢刺伤了。他完全明白她话里的意思。

爱他是一份耻辱，被他爱是一份耻辱，这耻辱比死亡还要糟。

他再也不想跳舞，他再也不想看见她们——这些美丽的女子。

他心里明白，这些可爱的眼睛，这些红润的脸颊不为他闪亮；这些轻巧回旋的脚，轻声荡漾的笑不是为了他。

是的，和他跳舞，对他感受到激情，这些，她们做得到，可没有谁真想成为他的人。

诗人走进老绅士们的吸烟室，在一张赌桌边找到座位。他碰巧坐在有钱有势的比雍纳的主人的桌边，麦克尤·辛克莱尔先是玩"克纳克"，又变换着玩一玩"波兰银行"，面前已积了一大堆硬币。

赌注已经很高，尤斯塔一来，他们赌得更凶。绿色的银行纸币也拿出来了，威武的麦克尤·辛克莱尔面前的钱继续堆积。

不过，甚至尤斯塔跟前的硬币和纸币也在聚集，很快，他就成了唯一可以和比雍纳铁厂主对抗的人。甚至很快，麦克尤·辛克莱尔跟前的一大堆钱也跑到了尤斯塔那里。

"尤斯塔，我的孩子，"赌光了皮夹子和钱袋子里的一切后，铁厂主大笑着吼道，"这下我们怎么办呢？我给洗劫一空了。我从不用借来的钱赌博，我对母亲保证过。"

他还是找到了办法。他赌掉了手表和海狸皮大衣，就在他将要把马和雪橇拿来做赌注时，辛特拉姆拦住了他。

"摆上能赢的！"那邪恶的福尔斯的厂主辛特拉姆出了个主意，"摆上能帮你甩掉霉运的！"

"鬼知道我还能摆上什么！"

"拿你最珍贵的心头血，麦克尤老兄，拿你女儿下注！"

"拿这下注安全，铁厂主，"尤斯塔笑着说，"这件战利品我可拿不回去。"

威武的麦克尤·辛克莱尔除了干笑，什么也做不了。他不愿玛瑞安的名字在赌台上被提起，可这想法实在太荒谬了，弄得他都没法生气。跟尤斯塔赌玛瑞安，行啊，他敢冒这个险。

"就是说，"他解释着，"要是你能赢得她的一声愿意，尤斯塔，那我就在这牌上赌上我对婚礼的祝福。"

尤斯塔压下了他赢来的所有的钱，游戏开始了。他胜了。铁厂主辛克莱尔不玩了，他没法和霉运对抗，他看出来了。

哦，尤斯塔·贝林，尤斯塔·贝林，你的心脏不会随着这一切跳动吗？你不明白自己的命运吗？玛瑞安的亲吻意味着什么，她的愤怒意味着什么？你不再明白一颗女人心了吗？而现在，这赢了的游戏！你看不出命运愿意爱之所愿吗，起来，尤斯塔·贝林！

不，这个夜晚，尤斯塔·贝林可没谈情说爱的心情。他对心灵的严酷生气。爱为何只能被爱治愈？他可了解所有美丽民谣的结局。没人会一直跟着他。他能得到爱，但得不到一个妻子。尝试也无用。①

夜向前流淌,午夜早已过去,美丽女子们的脸颊开始有些苍白,她们的卷发散了,褶边起了皱。老妇们从角落的沙发上站起身说,聚会已开了十二个小时,是时候回家了。

这美好的聚会就要结束,于是利里亚克罗纳亲自拿出小提琴来,奏起最后的波斯卡。马儿在门口等待,老夫人们穿上毛皮,戴好帽子;老先生们系上旅行腰带,扣好了冬用的套鞋。

可年轻人还是没法把自己从舞蹈那儿撕扯开。他们穿着外套继续跳,跳四人波斯卡、摇摆波斯卡,各种各样的波斯卡,跳得跟疯了似的。女子刚甩开一名骑士,另一名骑士就拉着她又转开了。

甚至忧郁的尤斯塔·贝林也卷入了旋转的舞蹈。他想把悲伤和羞辱跳走,他希望血液中重新注入狂热的生的欲望。他想快活——跟所有其他人一样。他跳啊跳啊,直跳得墙壁在晃,想法在转。

那么,他从人群中抓住的那个姑娘是谁?她是那么轻盈,他感觉,在他和她之间正有火焰燃烧。哦,玛瑞安!

尤斯塔和玛瑞安跳舞时,辛特拉姆已在院子里的雪橇上了,他旁边站着麦克尤·辛克莱尔。

那了不起的铁厂主等玛瑞安等得很不耐烦,他跺掉套鞋上的白雪,拍打着臂膀,因为实在是冻得厉害。

"兴许你就不该把玛瑞安输给尤斯塔,辛克莱尔。"辛特拉姆说。

"什么意思?"

辛特拉姆理顺缰绳,抬起鞭子,这才说道:

"那个吻可不是戏里的一部分。"

威武的铁厂主扬起手臂要抢下致命的一拳,可辛特拉姆已经溜

---

① 以上两段为学术版所增补。

了。他以疯狂的速度赶马，都不敢回头看，因为麦克尤·辛克莱尔的拳头重、性子急。

比雍纳的铁厂主跑进舞厅去找自己的女儿，于是看到了尤斯塔和玛瑞安是怎么跳舞的。

最后的波斯卡看起来狂野而错乱。男男女女，有几对脸色苍白，还有几对脸上红扑扑的，尘埃像烟雾飘荡在大厅里，蜡烛烧到了烛台底部。在这鬼魅般颓废图景的正中，尤斯塔和玛瑞安飞舞着、飞舞着，忠实于他们充沛的活力，带着无瑕的美，快乐地沉浸在醉人的舞动中。

麦克尤·辛克莱尔盯着他俩看了一会，然后走开了，任由玛瑞安跳她的舞。他重重地甩上门，狠狠地踩下台阶，一言不发地坐上雪橇，他的妻子已在雪橇上等候着，俩人即刻往家赶去。

等到玛瑞安跳完舞，问起自己的父母，父母早不见了。

确知这一情况后，她没露出慌张的神色。她默默穿好衣服，走到院子里。更衣室的女人们以为她赶着自己的雪橇。

可她没跟任何人说自己的窘境，穿着薄薄的绸鞋匆匆赶起了路。黑暗中没人认出，走在路边的是她。没人认出，这个被飞驰的雪橇几乎挤到路边雪堆里去的、走夜路的流浪者会是美丽的玛瑞安。

当她可以安全地走在路中间后，她便开始奔跑，她拼尽全力地跑，然后走上一段，接着再跑。一重可怕的折磨人的焦虑侵袭着她。

从埃克比到比雍纳有一英里半，玛瑞安很快到家了，可她以为自己走错了路，她跑进庄园，所有的门都关着，所有的光亮都灭了，她疑惑，难道父母还没到家？

她跑上前去，在大门上重重敲打了几次。她抓起门环摇晃，声音在整个房子里回荡。没人来开门。可当她要把手从铁门环上移开时，手上冰冻了的皮肤被撕开了。

不可一世的铁厂主麦克尤·辛克莱尔赶回家来，为的是对自己的独生女关闭比雍纳的大门。

他因为过多的酒而迷醉，因为极度的愤怒而疯狂。他恨他的女儿——她竟喜欢尤斯塔·贝林。现在，他把佣人们关进厨房，把夫人锁进卧室，他恶毒地诅咒，谁胆敢放玛瑞安进来，他就揍死谁。他们明白得很，他能说到做到。

没人见他生过这么大的气。以前不曾有更大的悲哀袭击他。若是女儿此刻就在眼前，他说不定会杀死她。

金子的首饰和丝绸的衣裳，他都给予了她，良好的感性和书籍的智慧，他都栽培了她；她是他的骄傲，他的荣耀。他以她为骄傲，就好像她戴着王冠。哦，他的女王，他的女神，他显赫、美丽又高傲的玛瑞安！他何曾对她小气过？他难道不是一直觉得，自己太简陋，不配作她的父亲？哦，玛瑞安，玛瑞安！

当她爱上并亲吻尤斯塔·贝林时，他能不生气吗？当她要辱没自己的高贵而爱上那么个男人时，他怎能不拒绝她，对她关上大门！愿她留在埃克比，愿她跑到邻居那儿找过夜之处，愿她在雪堆里睡下，怎么都一样了，反正她已被拖进污垢，那可爱的玛瑞安。她的光泽消失了，他生命的光泽消失了。

他躺在屋内自己的床上，听见她如何敲打外头的门。这对他说明得了什么呢？他睡着。外头站着的是个想嫁给被革职的牧师的人，他才没什么家给这么个人。假如他曾爱她爱得少些，没那么以她为骄傲，兴许会让她进来。

当然，他没法否认自己的祝福。他是把那份祝福赌出去了。可要给她开门，他做不到。哦，玛瑞安！

那个美丽的年轻女子还站在自家门外。忽而愤怒地拍打门锁，忽而跪下、握拳、祈求原谅。

可没人听见，没人回应，没人开门。

哦，这一幕难道不是太可怕了吗？我讲述这一切时，都觉得毛骨悚然。她是从欢会上回来的，在那里，她可是女王。她一直那么骄傲、富有、幸福，一瞬间却被扔进无底的苦难。她被锁在自家门外、抛入寒冷，不是被嘲笑，不是被鞭答，不是被诅咒，而只是被冰冷、无情地拒于门外。

我想着那个在她头顶和四周的、寒冷而有明亮星星的夜，伟大无边的夜，空旷、荒漠的雪原及沉寂的森林。一切都在沉睡，一起都陷入没有苦痛的睡眠，在这沉睡的雪白中，只有一个活着的点。所有原本分散在世界各处的悲伤、焦虑和恐惧，都爬向这孤独的一点。哦，上帝，在沉睡的、被冰覆盖的世界中独自受煎熬！

平生第一次，她面对着无情和严酷。母亲没爬下床来救她。扶她走出人生第一步的老仆人听到她的喊叫，也没为她动弹。她到底犯了什么罪要遭这样的惩罚？若不是从这扇门里，她要上哪儿才能获得同情？即便她杀了人，她也还是要扣这扇门，期待门里的人原谅她。即便她已沦落为最不堪的生物，千疮百孔、破破烂烂，她还是有信心走向这扇门，期待获得一个温暖的欢迎。这扇门通向她的家，在这扇门后，她能遇到的只能是爱。

父亲考验她难道考验得还不够吗？他们不是很快就会把门打开的吗？

"父亲，父亲！"她哭喊，"让我进去！我冻坏了，我直哆嗦！屋外太可怕了！"

"母亲，母亲，您花了那么多精力照顾我，您看护了我那么多夜晚，为何偏偏现在却要沉睡？母亲，母亲，今夜再看护我一次吧，我将不再让您伤心！"

她哭出声来，然后屏息探听有没有答复。然而，没有人听见她，没有人服从她，没有人回答她。

她在焦虑和恐惧中扭动自己的手，可她的眼里没有泪水。

那幢锁着门、关着窗的长长的黑房子在夜里无法被撼动。无家可归的她如今该怎么办呢?她是烙印,她是耻辱,只要有天空在她头上。是她的父亲亲自把火红而滚烫的铁摁上了她的肩膀。

"父亲,"她又一次喊道,"我将落得个什么样呢?人们会把我尽往坏处想了。"

她哭泣,她痛苦,她的身体冻僵了。

唉,这样的苦难竟会降在一个不久前还处于高贵地位的人身上!那么轻易就被送到最深的苦难里。这怎叫我们不为生命焦虑?有谁是驾着安全的船只在航海?在我们周围,悲哀如翻腾的大海在膨胀;看哪,波浪饥饿地舔着船舷,看哪,它们冲上了甲板。哦,没有毫无疑问的安全,没有坚实的大地,没有安全的船只,目力所及,唯有未知的天空在一片悲哀的海上!

不过,别出声!终于,终于!轻轻的脚步声在门厅响起。

"是您吗,母亲?"玛瑞安问。

"是的,我的孩子。"

"我好进来了吗?"

"你父亲不许我放你进来。"

"我穿着绸鞋从埃克比走到家,我在这儿站了一小时,敲门、喊叫,我冻得要死,母亲,你们为何撇下我!"

"我的孩子,我的孩子,你为何要亲吻尤斯塔·贝林?"

"母亲可得告诉父亲,那不意味着我喜欢尤斯塔!不过是闹着玩的。父亲总不会认为我想嫁给尤斯塔?"

"到工头那里去吧,玛瑞安,问问能否在那儿过夜!你父亲醉了,什么话也听不进,他把我关在楼上,我趁他睡着才偷偷溜下来。你要是进来,他准会杀了你。"

"母亲,母亲,我得跑到陌生人那儿去吗,而我明明有个家?母亲的心肠和父亲的一样硬吗?母亲怎能让这一切发生,叫我被关在门外？母亲，您不让我进屋，我就躺到外头雪堆里去。"

玛瑞安的妈妈于是把手放在门锁上打算开门，就在这时，楼梯上传来重重的脚步声，一个严厉的声音把她吼了回去。

玛瑞安倾听着：母亲急速跑开了，那严厉的声音诅咒着母亲，接着……

玛瑞安听见了可怕的事，她听得见静悄悄的屋内的一切。

她听见抽打声，有手杖的鞭笞还有耳光，她捕捉到一个微弱的呻吟，继而又是狠狠的抽打。

他在揍她的母亲，这可怕的、威严的麦克尤·辛克莱尔在揍他的老婆！

玛瑞安顿时脸色苍白，在万分的沮丧中，她跌倒在门边，在焦虑中扭动，这会儿，她哭了，她的泪水在自家门槛上凝成了冰。

行行好，怜悯怜悯吧！开门，开门，那样，她可以自己弯下腰去承受鞭笞！哦，他怎能抽打母亲——仅仅因为母亲不希望自己的女儿次日冻死在雪堆里，因为她想抚慰自己的孩子吗？！

这一夜对玛瑞安来说是个巨大的羞辱。她以为自己是皇后，却就要躺在雪堆里，不比一个被鞭笞的女奴更好。

在冰冷的愤怒中，她再次拿滴血的手敲打门框，喊道："听我说，你这抽打我母亲的人！你会哭的，麦克尤·辛克莱尔，你会哭的！"

然后，美丽的玛瑞安走了出去、去躺到雪堆里。她甩掉皮衣，只穿着那一身黑色的天鹅绒长裙，在白雪中极易辨认。她躺在那儿，想着父亲在第二天早晨的散步途中会如何发现她——她祈愿会由他亲自发现。

\*

哦，死神，苍白的朋友！这既是真的、同时也是一种慰藉吗，我终将不可避免地遇见你？甚至对我，对我这样一个世上最呆滞的劳作者，你也会前来，从我脚上解下磨损了的皮鞋，从我手中拿走搅拌器和牛奶桶，从我身上除去工作服。带着轻轻的力量，你会把我放在蕾丝镶边的床上，用白色亚麻裹住。我的脚不再需要什么鞋子了，可我的手被雪白的手套罩着，不会给弄脏。被你加冕甜蜜的安息，我会沉睡千年。哦，救世主！我这个世上最呆滞的劳作者，我带着快乐的颤抖，梦想着被带入你的天国的那一刻。

苍白的朋友，你可随意地对我施威，可我告诉你：对那些往昔的时代的女子，你的争斗更难。她们瘦小身躯里的生命力强大，没有一种严寒能冷却她们火热的血液。

你把美丽的玛瑞安小姐摆在了你的床上，哦，死神，你坐在她身边，像一位老保姆坐在摇篮边，摇着婴儿入睡。你这忠实的老保育员，知道什么对人类的孩童有益，当玩伴们用嬉笑和打闹吵醒你那睡梦中的孩子时，你一定不快。而当侠士们从床上抱走玛瑞安，当一个男人把她抵在他胸前，滚烫的泪从他眼里落到她脸上时，你怎能不愤怒！

\*

在埃克比，所有的灯都灭了，所有的客都走了。侠士们站在侠士之翼，看着那最后的半空的潘趣碗。

然后，尤斯塔敲了敲潘趣碗的边缘，为你们，为往昔的时代的女子们发表了演说。"谈论你们，"他说，"就像是谈论天堂，你们是纯粹的美，纯粹的光。你们是永远的青春，永恒的美好，温婉好像那低头注视自己孩子的母亲的眼眸。吊在男人的脖子上，柔软如一只幼小的松鼠。人们从未听到你们的声音因愤怒而发抖，你们的眉头从不紧蹙，你们细嫩的小手从不变粗变糙。甜美的女神们，你们是自己家中的神庙里被珠宝装饰的图像。焚香和祈祷供奉给你们，通过你们，爱显现了奇迹，在你们的头上，诗歌结成了一个闪着金色的光环。"

侠士们跳起来，因葡萄酒而晕眩，因他的言辞而晕眩，血液在节庆的快乐中奔腾。就连年迈的埃伯哈德大叔和懒散的克里斯托弗老哥也没缺席这场游戏。以惊人的速度，侠士们把雪橇套在马上，奔向冷夜，再次去给那些永远也赞不够的人儿奉上敬意，给不久前刚刚照亮埃克比宽阔大厅的，那些有玫瑰色脸颊和清澈眼眸的每一个人，唱上一支小夜曲。

哦，往昔时代的女子们，当你们走入那甜美睡梦的天堂时，被最忠实的、那唱着小夜曲的骑士们唤醒，想必很是开心。这一定让你们心满意足，就如同一个离去的灵魂被天堂的音乐唤醒一样心满意足。

然而，侠士们没能在这场虔诚而有益的远征中走多远，因为，他们一到比雍纳，便发现美丽的玛瑞安就躺在家门口的雪堆里。

看见她在那儿，他们愤怒得发抖——像是发现一个他们膜拜的圣像在被伤害和掠夺后躺在教堂门边。

尤斯塔·贝林朝那幢黑漆漆的房子摇晃拳头。"你们这些仇恨的孩子，"他喊道，"你们这冰雹的苦雨，你们这北国的风暴，你们这些上帝乐园的毁灭者！"

贝伦克鲁兹点上他的牛角灯，照亮那张苍白而发紫的脸。侠士们于是还看见了玛瑞安受伤的手，眼帘上凝成冰的泪，他们如妇人般哀嚎，因为她不只是一座圣像，而是位美丽的女子，是老迈心灵的快乐泉源。

尤斯塔·贝林在她身边跪下。

"现在，她躺在那儿，我的新娘，"他说，"几小时前，她给了我新娘之吻，而她父亲对我允诺了他的祝福。她躺着、等着，我要前去、分享她白色的床。"

尤斯塔·贝林把这似乎没有生命迹象的人揽在强劲的臂弯里。

"把她带回家，带到埃克比去！"他哭喊道，"现在她是我的。在雪堆中，我找到了她，现在没人能把她从我这儿夺走。我们不会叫醒那里头的人。她能拿那门里的人怎么办呢？在那扇门上，她已把手敲得血肉模糊。"

大家让他做自己想做的。他把玛瑞安放在最前面的一驾雪橇上，自己坐在她身边，贝伦克鲁兹坐在后头拉起了缰绳。

"抓把雪给她擦擦，尤斯塔！"贝伦克鲁兹命令。

寒冷麻痹了玛瑞安的四肢，但那狂野地激荡着的心还在跳动。她甚至没失去知觉；她意识到侠士们所做的一切：他们怎么发现她的，她又是怎么没法动弹。她就这么僵硬地躺在雪橇里，而尤斯塔·贝林拿雪摩擦她，时而哭泣、时而亲吻；她被一种愿望压倒，她希望哪怕只是抬起手，回报他一个抚爱。

她记得所有的一切，她僵硬地一动不动地躺在那儿，可她好像从未那么清醒地思考过。她爱尤斯塔·贝林吗？是的，她爱。这只是一个夜晚的幻觉吗？不，这份爱久已存在，有很多年了。

她把自己和他以及其他的韦姆兰人做了个比较。他们都跟孩子一样随性。欲望怎么驱动他们，他们就怎么跟随。他们只过着外在的生命，从未深深地挖掘内在的灵魂。可她已是在人群中行路万里的人，永不能叫自己放弃什么。要是她爱上了——也不管她到底是在做什么吧——似乎总有另一半的自己在冷眼斜视。她一直期待有一种激情，能把她拉进狂野的不顾一切。如今，他来了，这威武的人。当她在阳台上亲吻尤斯塔·贝林时，平生第一次，她忘却了自己。

眼下，激情再次压倒了她，她的心在跳，跳得能让自己听见。她是否能很快成为四肢的主人呢？她对被关在家门外有了一份狂喜，现在，自己可以毫不犹豫地成为尤斯塔·贝林的人了。她真蠢，竟把自己的感情压抑了这么多年！哦，对爱缴械，是多么、多么的美好。可她永不能、永不能自由于冰的锁链了吗？以前，她一直是有冰块在体内，有火焰在表面，如今正相反，一个火之魂藏在冰的身体里。

于是，尤斯塔感觉到两条胳膊如何缓缓抬起，以虚弱无力的拥抱绕在他脖子上。

他只是有一点点感觉而已，可玛瑞安觉得，在她令人窒息的拥抱中，已表达了内在的被包裹的激情。

贝伦克鲁兹看到这情形，便任由马儿随意在熟悉的道上驰骋。他抬起眼，固执又不停地凝视着七姊妹星团。

# 第七章　那些老旧的出行工具

朋友，人类的孩子！假如你们或坐或卧，是在夜晚阅读这故事，就像我也是在这寂静的时分书写，你们可千万别放心地松上一口气，以为带着玛瑞安回来，为她在大客厅旁边最好的客房找了张舒适的卧床后，埃克比善良的侠士们就能有个不被搅扰的睡眠了。

他们是上了床，也睡着了。可他们不像我或你们——亲爱的读者——这么有运气，假如我们熬夜熬到四点，四肢因疲劳而疼痛，完全可以安安心心地一直睡到中午。

无论如何，不能忘了，这时日，少校夫人提着乞讨的袋子、挂着拐杖，正在乡间流浪。以前，她做着重要的事情时，可从不考虑疲惫的罪人是否舒服。如今，她就更不在乎了，她已决定，就在这个夜晚，将侠士们逐出埃克比。

她带着荣光坐镇埃克比，在地上播种喜悦，就像上帝在天上播种星星的时代已经逝去。当她无家可归地流浪在乡间时，庞大的庄园的威力和名誉丢给了侠士们照管，就像风照管灰尘，就像春天的太阳照管雪堆。

有时，六个或八个侠士驾着带有编成股的缰绳和挂了铃铛的雪橇队列滑出去。假如他们遇到乞丐般流浪的少校夫人，他们可不会垂下眼睛。

这喧闹的一群人会对她举起拳头。让雪橇突然转弯，把她挤到路边的雪堆那儿。而猎熊好手福科斯少校总是抓住机会，吐上三下口水，以消除和这老女人相遇可能带来的厄运。

而他们对她没有同情。对他们来说，她在路上跋涉时就跟巫婆一样难看。要是有什么灾难降临于她，他们对她不会比对一个在复活节前夜被上膛的猎枪打中、碰巧飞过的女巫有更多同情。

对这些可怜的侠士来说，迫害少校夫人是他们的救赎。当人们为自己的灵魂恐惧时，彼此会相互折磨得更严酷、更无情。

夜深时分，当侠士跟跟跄跄地从酒桌边走到窗前，看黑夜是否宁静而有星光时，透过窗户，他们时常注意到，有个黑影滑过庭院，他们明白，是少校夫人来看她热爱的家。侠士之翼便被那些老罪人嘲弄的笑声震颤，笑声从开着的窗户飘落到少校夫人身上。

老实说，这些贫穷的历险者的心开始变得寡情而傲慢。辛特拉姆在他们心中种下了仇恨。若是少校夫人还留在埃克比，他们的灵魂不会处于更大危险。在争斗中死去的比在战场上死去的多。

少校夫人对这些侠士们倒也不是特别生气。

假如她还有从前的威望，她会用白桦枝抽他们，像抽打调皮的男孩一样，然后，把她的恩典和喜爱还给他们。

而现在，她担心的是自己热爱的庄园，它落入了侠士之手。他们来管理庄园，好像狼看护羊群，鹳看管春天的谷物。

定有许多人承受过同样的悲痛。她不是唯一看到热爱的家遭毁坏和蹂躏的人，也不是唯一感受到曾被妥善管理的庄园步入萧条是何滋味的那一个。童年的家园瞧着他们像一头受伤的野兽。看见树木在地衣下凋零，砂砾路被杂草覆盖时，他们觉得自己简直是混蛋。他们想跪倒在这曾有过丰收的荣光的土地上，求土地别因落在它们身上的耻辱而怪他们。他们在可怜的老马前扭开头去，让更大胆的人面对它们的眼睛！他们不忍站在栅栏门前，看牛羊从草场上返家。世上没一处地方,会像一个破败的家一样,让人那么难以踏入。

哦,我请求你们,所有照管着田野、草地、公园和那给人带来快乐鲜花的花园的人们,好好照管它们!用爱、用劳动照管它们!让自然为人们哀悼可不好。

当我想到骄傲的埃克比在侠士管理期间不得不遭受的罪,我但愿少校夫人的袭击成功,而埃克比能从侠士手中被夺走。

回来重展威力并不是她的目的。

她的目的只有一个:把她的家从这群所到之处就不长草的疯子、蝗虫和野蛮的强盗手中解放。

当她在乡间乞讨,靠施舍活命时,她不得不时刻想起母亲,有一个想法深深攫住了她的心:在母亲把那道诅咒从她肩膀上卸下之前,她自己找不到救赎之道。

还不曾有人来报老太太的死讯,这么说,她还活在北面那位于河之谷森林中的厂里。九十岁的她还活在坚持不懈的劳作中,夏天看牛奶锅,冬天守烧炭窑,会一直忙碌到死,憧憬着完成一生使命的那一天。

少校夫人觉得,老太太必须活得久,为了能把诅咒从女儿身上拿走。一个对亲生孩子说下那样一重诅咒的人可不许死。

少校夫人于是想到老太太那儿去,这样两个人都能找到平和。她想穿过长河边的黑森林,回到自己童年的家园。不到那一天,她没法找到安宁。在那些日子里,有不少人给她提供温暖的家和忠实友谊的礼物,但她没在任何一处停留。她苦涩又愤怒地从这座庄园颠沛到另一座庄园,因为她被诅咒压迫着。

她想到母亲那里去,可她先得安排好热爱的庄园。她不想就这么走,而将一切丢在不负责任的败家子、无能的酒鬼和得了上帝的礼物却只会疏忽地糟蹋的家伙手里。

她能就这么走开，而在重返之时发现她承继的产业败落，她的铁锤无声，她的马匹羸弱，她的仆人离散吗？

哦，不，她将再次在威力中站起来，把侠士们撵走。

她十分明白，她的丈夫乐于看到她的产业凋敝。不过，她对她丈夫太了解了，假如她能赶走侠士，他也懒得再找到别的人来。要是侠士给弄走了，那么她的旧工头和管理员们能把埃克比运转在一贯的轨道上。

于是，那么多夜晚，她黑色的身影滑过黑色的厂区小道。她偷偷地在佃农的屋子里进进出出，她和磨坊主以及磨坊楼下的工人密谋了，她也在漆黑的煤棚里和铁匠说好了。

他们都起誓帮她。伟大的工厂的荣誉和力量不能再让那些懈怠的侠士们照管了，就像风照管灰尘，就像狼照管羊群。

而在此夜，当快乐的绅士们跳够、玩够也喝够了，终于累得要死，跌进他们的床沉睡时，在这样的夜里，他们得滚。她由着他们快乐了，这些无忧的人。她已在苦涩的等候中，在铁匠铺里坐了许久，算着舞会结束的时间。她甚至等得更久，等到侠士们从夜晚的远征中归来。她坐在静默的期待里，直至有人通报，侠士之翼窗前的最后一团蜡烛火苗也已熄灭，而雄伟的庄园在沉睡。于是，她站起身，走了出去。

少校夫人命令所有工厂和作坊的人们都在侠士之翼集合，她自己径直走进了庄园。她走向主屋，敲门，给迎了进去。是那位已被少校夫人培养成能干的仆人的、布洛比牧师的女儿来应的门。

"夫人，衷心地欢迎您。"女仆说，她亲吻着主人的手。

"把蜡烛灭了！"少校夫人答道，"你以为没了光，我在这儿就走不了路了吗？"

然后，她开始了在这寂静的房子里的逡巡。她从地窖走到阁楼，依次告别。蹑手蹑脚地，她俩从一个房间走入另一个房间。

少校夫人在和自己的记忆说话。女仆既没叹气也没哭号,可她跟着女主人后头,止不住眼泪扑簌簌地往下落。少校夫人吩咐她打开亚麻橱、银器柜,拿手摩挲精美的大马士革锦缎和华丽的银器。她抚摸了储物间里的一大堆羽绒靠枕。所有的工具,织机、纺纱轮、纺锤,她都得摸一摸。她探索着把手伸进香料桶,也碰了碰房顶上挂着的牛油蜡烛。

"蜡烛现在干了,"她说,"好把它们取下来收藏了。"

她跑到下边的地窖里,小心提起酒桶,抚摸一排排葡萄酒瓶。

她走进食物储藏室和厨房,触碰一切,检查一切。她伸出手去和她房里的每一件东西作别。

最后,她来到客房和活动区。在餐厅,她摩挲着那张大活板桌的桌面。

"许多人曾在这张桌边酒足饭饱。"她说。

她走入每一个房间。她找到了还在原先位置上的又长又宽的沙发;她把手放在冰凉的大理石桌面上,那桌子是由镀金的格里芬支撑着的,她扶了扶一面长镜子,那镜子上装饰着跳舞的女神。

"这是幢阔气的房子,"她说,"把它留给我操持的是个伟岸的人。"

在刚刚旋转过舞蹈的客厅,硬背靠椅已挨着墙有序地排着。

她走向钢琴,轻轻敲出一个音符。

"我在的时候,这里也从没缺过喜悦和快乐。"她说。

少校夫人走入了紧挨着客厅的客房。

里边漆黑一片。少校夫人伸出手摸索,正巧触到了女仆的脸。

"你是在哭吗?"她说,因为她觉得手被眼泪沾湿了。

这下子,女孩忍不住哭出声来。

"我的夫人,"她抽泣道,"我的夫人,他们会毁了一切。夫人为何离开我们,而让侠士糟蹋她的房子?"

于是少校夫人拉起窗帘绳，指了指外边的院子。

"是我教你学会哭泣和抱怨的吗？"她呵斥道，"看看外头！院子里站满了人；明天，埃克比的侠士就一个也不剩了。"

"那么，我的夫人会回来吗？"女仆问。

"我的时间还没到，"少校夫人说，"大路是我的家，草堆是我的床。不过，姑娘，我不在时，你能替我照管埃克比。"

她们继续移步，谁也不知道也没想到玛瑞安正好就睡在这间屋里。

她也没有睡。她完全醒着，听到了一切，明白了一切。

本来，她躺在床上，作了一首爱的赞歌。

"你伟岸的人，把我举过我自己的人！"她说，"我躺在无底的苦难里，是你将它转为天堂。在紧闭的大门的铁门环上，我的手被冻结被撕破，在自家门槛上我的泪冻成了冰珍珠。听到母亲的背脊被鞭打的声音，愤怒的寒意让我的心凝成冰。我想在雪堆里将愤怒睡去，可你来了。哦，爱，你这火焰之子，你来到了一个穿过巨大的冰凉而冻僵了的人跟前。假如将苦难和因此获得的灿烂相比，苦难在我看来什么也不是。我自由于一切纽带，我没有父亲，没有母亲，没有家。人们会听信一切关于我的坏话，对我弃而不顾。可这正合你的意，哦，爱，我为何要比我爱的人站得更高？手拉着手，我们将走向世界。尤斯塔·贝林的妻子很可怜。他在雪堆中发现了她。就让我们一起筑巢吧，不在高房大屋，而在森林边缘的佃农小屋！我会帮他看管烧炭窑，帮他安置抓松鸡和野兔的圈套，我会为他烧饭、替他补衣。哦，我爱的人，当我孤独地坐在森林边等待你时，我会思念也会忧伤，你信吗？我会的，会的，不是为富裕的日子，只为你，只为你，我会侦查，会向往——你在林中小道上的脚步声，你肩扛斧头唱着的快乐的歌。哦，我的爱，我的爱！只要我一息尚存，我就会坐着等你。"

就这样,她躺在那儿,为心灵的守护神作了一曲颂歌,少校夫人进来时还根本没合眼。

少校夫人一走,玛瑞安便爬起来穿衣。她又一次穿上黑天鹅绒长裙,套上薄薄的舞蹈鞋。她甩开被子裹住自己,充作披肩,匆匆走入那可怕的夜。

宁静而有星光和咬人的寒冷,二月的夜还笼罩着大地;就像是永不会有一个尽头。在这个长夜里散布的黑暗和寒冷在大地上持续了很久,久到太阳升起,久到可爱的玛瑞安踩过的雪堆变成水。

玛瑞安匆匆离开埃克比去求援。她不能眼看着把自己救出雪堆、对她敞开胸怀和家的人被赶走。她要到湖庄去,找萨姆泽柳斯少校。她走得急匆匆的。赶回来少说得要一小时。

少校夫人和自己的家说了再见,便跑到院子里,人们都在那儿等着她,对侠士之翼的战斗打响了。

少校夫人将人们安置在这高高的、狭窄的建筑的四周,这建筑的上面一层就是侠士们那名扬千里的家。在那个有着石灰涂过的墙、刷了红漆的箱子和大活腿桌的大房间里,奇乐牌正在打翻的烧酒里游泳,宽宽的床被黄格子床幔遮蔽,侠士们正在那里头安睡。哦,这些无忧无虑的家伙!

而在马厩里,在每一个食料满满的马槽前,侠士们的马儿睡着,且正梦着它们青春时代的旅行。在休闲的日子里梦到这些是甜蜜的,梦到年轻时的疯狂功绩,梦到去集市时几天几夜的风餐露宿,梦到圣诞日凌晨的礼拜后往家赶的赛跑,梦到买卖马匹前的试骑,那时,醉酒的先生们使劲地把缰绳拽过它们的脊背,而诅咒的话落入它们的耳朵。梦到这些真是甜蜜,而它们再不会离开充满食料的马槽,埃克比温暖的马厩了。哦,这些无忧无虑的家伙!

一间搁置破损了的躺椅和退休了的雪橇的破败的老车库里,奇妙地收集着各种各样的旧车。有漆成绿色的架子车,有涂成红色和黄色的棒子车。那里有韦姆兰省第一辆单人弹簧椅双轮马车，是贝伦克鲁兹在1814年获得的战利品。那里有所有能想象到的单马拉马车，有带摇摆的弹簧的躺椅，有座位安在木弹簧上的古怪刑具。那里什么都有，有致命的"咖啡壶"[①] 等单马拉的独轮车，于大路上的时日里，它们曾飞扬起欢歌。还有能载上十二名侠士的长雪橇，以及怕冷的克里斯托弗老哥的带蓬多座雪橇，欧内克劳老旧的家族雪橇，一张被蛾子蛀掉的熊皮和一只破损的大衣袖子盖在滑板和雪橇上——一辆永远奔跑的雪橇。

不少是在埃克比生活过和死去的侠士们的出行工具。他们的名字在世间已被遗忘，他们不再于人们的心中拥有一席之地，可少校夫人保存了他们来埃克比时乘坐的工具。她把它们全都集中在了旧车库里了。

在那里头，它们立着、睡着，任尘埃厚厚地、厚厚地积了一身。

腐烂的木头上，短钉和长钉松弛，油漆一长片一长片地剥落；靠垫和坐垫里的填充料跑了出来，形成了窟窿，里头生出了蛾子。

"让我们休息，让我们坍塌！"这些陈旧的出行工具说，"我们可是在路上颠簸颠够了，在雨中受潮受够了。让我们休息！我们和年轻绅士们前往他们的第一场舞会已是很久以前：很久以前，我们刚给油漆好，闪闪发亮地奔向雪橇大会的甜蜜历险；很久以前，我们穿过泥泞的春天的路，将快乐的英雄们带到托罗斯奈斯的演练场。"它们沉睡，它们中的大多数，它们中最后也是最好的，永远也不会离开埃克比了，永不。

于是防寒护腿套的皮革裂了，于是轮辋松了，于是轮辐和轮毂锈了。这些老出行工具不关心活，它们想死。

---

[①] 咖啡壶是对一种单马拉独轮车的俗称。

灰尘已像覆盖棺材的布匹一样盖在它们身上，在这层保护之下，它们任晚年对自己施展威力。在无法压抑的闲置中，它们站在那里并且衰败。没人碰它们，可它们还是会坍塌成一片片。车库一年打开一次，这时会有个新来的同志正式地到埃克比定居，可一旦门给关上，疲惫、沉睡、衰败、虚弱，这些老年的弱点便也笼罩了新来的这一个。老鼠、木蛀虫、蛾子和报死虫，所有这一些捕食者，也别管它们叫什么吧，把自己投放在物件上，物件于是在无梦的、愉悦的忧虑中生锈和腐烂。

然而现在，在二月的夜里，少校夫人命令将车库门打开。

在灯笼和火把的照射下，她盼咐将属于埃克比现任侠士的车都拉出来。贝伦克鲁兹的老旧单马拉小型马车，欧内克劳那辆有家族纹饰的马车，以及保护过克里斯托弗老哥的小雪橇。她不管车是夏天用还是冬天用的，只管他们每人有本属于他们自己的工具好乘。

马棚那儿，那些刚在食料满溢的马槽前做梦的、侠士的马这会儿全给弄醒了。

梦就要变成现实，你们这些无忧无虑的家伙。

你们将再次忍受陡坡，还有那客栈马棚里发霉的草料，还有醉酒的马贩子带刺的鞭子，还有在玻璃般光滑的冰面上的奔跑——那么滑，踩在那上头，你们的蹄子就直打颤。

当那匹小小的灰色的挪威峡湾马被套在一把高高的、鬼一般的躺椅前时，或者当那高腿而骨瘦如柴的骑乘马给套上矮矮的雪橇时，这下子，这些旧车辆都已装备得当。当马嚼子放进它们没牙的嘴巴时，老家伙们哼哼叽叽，旧车辆嘎吱嘎吱地响。可怜而脆弱的老家伙们，本该被允许安睡到最后一刻，如今却被拉出接受检验：僵硬的关节、跛脚的前腿、肿胀的跗节以及马腺疫，全都见了光。

不过马夫们还是设法给征用的马儿套上了车。他们前去询问少校夫人，尤斯塔·贝林该乘个什么呢，因为人人皆知，他可是搭了少校夫人的运炭车到埃克比的。

"把唐璜套在我们最好的雪橇上,"少校夫人说,"再把那块带银爪的熊皮铺上!"马夫们嘟囔起来,少校夫人解释:"只要能摆脱这家伙,我没啥舍不得的!"

于是,现在车都醒了,马也是,侠士们却还睡着。

现在是他们被拉到冬夜里去的时候了。不过,要在床上抓住这些家伙可要比拉出那些腿脚僵硬的马儿和摇摇晃晃的破车危险得多。他们是勇敢、强壮、可怕的男人,因数百次的历险而变得强硬。他们准备好为防卫自己而死,违背他们的意志叫他们下床,到赶他们走的车里去,可不是件容易的事。

于是,少校夫人下令点燃一个离院子很近的干草堆,好让火焰照射到侠士们安睡的地方。

"干草堆是我的,整个埃克比是我的。"她说。

当整个草堆都燃烧起来时,她喊道:"现在弄醒他们!"

可侠士们在牢牢地关着的门里睡着。外头的人群吼着骇人的字眼儿:"着火啦!着火啦!"可侠士们睡着。

铁匠沉重的大锤在入口处发出雷鸣般的巨响,可侠士们睡着。

一只团得硬邦邦的雪球砸破了窗户,弹到了床沿上,可侠士们睡着。

他们梦见一个美丽的女孩对着他们扔手绢,他们梦见了一个落下的帷幕后的掌声,他们梦见欢快的笑声和午夜宴会上震耳欲聋的喧闹。

要叫醒他们需要对着他们的耳朵开炮,需要一海的冰冷的水。

他们鞠躬、舞蹈、弹琴、表演、歌唱。他们喝多了葡萄酒,倒空了体能,于是睡上一觉,睡得那么沉,跟死了似的。

这有福的睡眠几乎救了他们。

人们开始认为,这平静里暗藏着危险。假如这意味着侠士们找到了救兵呢？假如他们已各就各位，手指正搭在扳机上，在窗户或门后守着，准备好弄倒第一个入侵者呢？

这些男人精明而好战，他们的沉默一定意味着什么。谁能相信他们会让自己像冬眠的熊一样受惊呢？

人群一遍又一遍地呼喊："着火啦！"然而一点用也没有。

于是，当所有的人都在犹豫时，少校夫人拿起一只斧头，劈开了最外头的门。

接着，她自个儿冲上楼梯，推开侠士之翼的门，对着门内咆哮："着火啦！"

这是一个在侠士们的耳中、比众人的喊叫更能找到振动的声音。因为习惯于服从这声音，十二个男人立刻从床上跳了下来，他们看到了火光，抓起衣服，冲下楼梯要往院子里跑。

然而入口处站着人高马大的铁匠以及两个粗壮的磨坊雇工，巨大的羞辱向侠士们袭来。侠士们一跑下来，就全被制服，被推倒在地，被捆住腿脚，就这样，他们无法抗拒就被拖到了决定好安置每个人的车里。

没人逃跑，全给逮住了。严厉的贝伦克鲁兹上校是被捆着拉走的，强健的克里斯蒂安·贝里上尉也是，还有那位哲学家埃伯哈德大叔。

甚至不可征服的、可怕的尤斯塔·贝林也被逮住了。少校夫人赢了，她还是比所有的侠士都了不起。

看他们在破车里被捆住四肢的样子真是可悲，他们难堪得不能抬头。那里有垂下的头，有愤怒的眼睛，院子因愤怒的诅咒和野蛮的狂怒而震动。

然而，少校夫人从一个侠士跟前踱到另一个跟前。

"你得发誓，"她说，"永远不回埃克比。"

"留神，巫婆！"

"你得发誓,"她说,"否则我会将你再次扔进侠士之翼,你会就这么被捆着,在里头给烧死,今夜我就要烧掉侠士之翼,你听明白了吗?"

"你不敢,少校夫人!"

"不敢?!埃克比难道不是我的吗?哦,你这混蛋!你以为我不记得你在路上怎么朝我吐吐沫的吗?你以为我现在不想把你们所有的人就这么扔到里头,一把火烧光吗?我被赶出家门时,你可曾伸出一根指头帮我?没有,你发誓吧!"

少校夫人站在那里,可怕极了,虽然她可能只是假装的,并没有她表现出的那么愤怒;有那么多拿斧头武装着的人站在她身边,侠士们不得不发誓,以免更大的不幸的发生。

接着,少校夫人吩咐把他们的衣服和箱子都从侠士之翼里拿了下来,给他们松绑,然后,把缰绳放进他们的手中。

这一切耽搁了不少时间,而玛瑞安已跑到了湖庄。

少校可不是个晚起的人,她抵达时,他已穿戴好了。她在院子里遇见他,他出去给他的几头熊喂了早饭。

对于她说的话他没回答什么。他只是走到那几头熊那里,给它们带上鼻口罩,拉它们出来,匆匆朝埃克比赶。

玛瑞安在他后头跟着,拉下一段距离。她就要因疲劳而晕倒,然而当她看见天上那片明亮的火光时,她怕得要死。

这是个什么样的夜晚啊?一个男人揍自己的老婆,让亲生女儿在自家门外几乎冻死。现在,一个女人要将她的仇人全都活活烧死在屋里,而老少校打算让熊来咬他自己的乡亲吗?

她克服了疲劳,急忙超过少校,以疯狂的步子朝埃克比奔去。

她比他早到了不少。一到了院子里,她就挤过人群。当她和少校夫人面对面时,她竭尽全力地喊道:"少校,少校牵着熊过来了!"

人们惊呆了,所有的视线都在投向少校夫人。

"是你把他叫来的。"她对玛瑞安说。

"快跑吧,"玛瑞安急切地喊叫,"快跑,看在上帝的份上!我不知道少校是怎么想的,可他牵着熊。"

大家都默默地站着,眼睛直盯着少校夫人。

"谢谢你们的帮助,孩子们,"少校夫人平静地对众人说,"今夜发生的一切是这么安排了的,就是说,你们当中不会有人因此惹上官司或遭到不幸。现在回家去吧!我不想看见任何一个我的人杀人或被杀。现在,走吧!"

人们却还是一动不动地站着。

少校夫人转向玛瑞安。

"我明白你在爱,"她说,"你在爱的疯狂中行事。愿你不会有看到自己的家荒芜的一天!愿愤怒填满你的灵魂时,你始终是自己的舌和手的主人!"

"亲爱的孩子们,来吧,来吧!"她接着说,转向群众,"祈愿上帝现在能保佑埃克比,我得上我母亲那儿去了。哦,玛瑞安,当你重获理智,当埃克比被掠夺而整个乡村于苦难中悲叹时,想想你今夜做了些什么并照管好人们!"

她丢下这些话就走了,众人跟随着她。

少校到院子里时,没发现其他的大活人,除了玛瑞安和一长溜的马儿、套在马上的车和雪橇,以及驾驶的人。这长长的不体面的一群,马不比车更掉价,车不比车上的主人更差劲——全都糟透了,根本经不起生活的战斗。

玛瑞安跑去给侠士们松绑。

她注意到他们咬着嘴唇,扭开头去看着别处。他们从未这么羞耻过。不曾有更大的耻辱落在他们身上。

"几小时前,我跪在比雍纳的台阶上时不比你们好多少。"玛瑞安说。

那么,亲爱的读者,这一夜后来又发生了什么,旧车是怎么回车库的,马儿是怎么回马厩的,侠士们是怎么回侠士之翼的,这些,我就不啰嗦了。黎明已开始闪现在东方的山丘上,白天带着清澈与平和到来。在夜的蔽护的翅膀下,野兽捕猎,猫头鹰尖叫!被阳光点亮的白天和那黑暗的夜相比,是那么平静和明亮。

我只想说,当侠士们再次走进屋,在最后的潘趣碗里找到剩下的几滴酒注入他们的杯子时,他们突然迸发出激动的呼喊。

"为少校夫人干杯!"他们喊道。

啊,她是个无与伦比的女人!除了期望可以伺奉她、崇拜她,他们还能期望什么呢?

这不是很可怕的事吗:魔鬼控制了她,她所有的努力是为了将侠士的灵魂送进地狱?

# 第八章　古立塔绝壁的大熊

在森林的黑暗里生存着邪恶的动物,它们的嘴里有阴森森的发亮的牙、锋利的喙,它们的脚上有尖锐的爪,期待死死地刺进充满血液的咽喉,它们的眼睛闪烁着杀戮的欲望。

那里生活着狼群,它们在夜间出没,追逐农人的雪橇,直到农妇不得不抓起膝上坐着的孩子,扔给它们,以保全自己和丈夫的性命。

那里有猞猁,人们叫它"尤怕",因为在森林里叫它的真名有危险。任何一个在白天唤了它名字的人,夜晚得留神羊圈的门,因为它会来。它会直接爬上羊圈的墙,因为它的爪子强大如钢爪,它从最狭窄的口子里滑下来,正好落在羊群上。"尤怕"吊在羊脖子上喝羊血,又杀又抓,直到每只羊都死了。它不会在受惊吓的动物中停止它的死亡之舞,只要它发现动物中的任何一只还有一丝生的气息。

到了早上,农场主发现所有的羊都倒下了,脖子被撕开,因为"尤怕"可不会在它蹂躏过的地方留下任何活物。

那里有猫头鹰在暮光中嘶叫,你若是模仿它,它会展开宽大的翅膀盘旋在你头顶,抠出你的眼珠——因为它并非真正的鸟,它是鬼。

那里还生活着它们中最可怕的那一个——熊,它有十二个男人的力气,当它成了一头嗜血熊时,便只能被一颗银弹①撂倒。只能被银弹撂倒——还有别的动物有比这更恐怖的光环吗?它体内到底有什么暗藏的可怕能量,能使它不为普通铅弹所侵呢?一个孩童怎可能不会躺在那儿,几小时都睡不着,因这被邪恶力量保护的可怕动物而颤栗呢?

假如有人在森林里遇上又大又高、好像一块行走的岩石的它,可千万别跑,也别抵抗,而应倒在地上,假装是死了。很多小孩想象过躺在地上、任熊从身上踩过。它用爪子拨弄他们,他们能感觉到它热乎乎的喘息喷在他们脸上,但他们一动不动地躺着,直到它走开去,去挖洞,好让自己钻进去。这时,孩子们才慢慢站起身,偷偷走开,起初慢慢地,然后才用上加速度。

不过,想想看,想想假如那头熊发现孩子们不是真死,便接着咬他们;假如它饿得厉害,想把他们立刻吃了;假如它看见他们挪动后再扑上前来呢!哦,上帝啊!

恐惧是个女巫。她坐在森林的暮色中,为人类的耳朵作魔幻的曲子,而将阴森可怕的想法填满他们的心脏。于是,带来瘫痪的恐惧来了,这会让生活僵硬,会遮去微笑的乡土的壮美。自然刻毒而可怕,像睡眠的蛇,别信!那里躺着芦汶湖,它带着灿烂的美丽,可是别信它,它正等待猎物:每年它都收集沉溺之人。那里立着森林,它平静而诱人,可是别信它!森林里充满邪恶的动物,它被恶毒的魔女和对血液饥渴的恶棍占据着。

别相信水面平滑的小溪!日落后涉足其中,能带来突然的疾病和死亡。别相信在春天鸣叫得那么曼妙的布谷!朝着秋天,它会变成有着阴森的眼睛和可怕的爪子的苍鹰!别信苔藓,别信帚石楠,

---

① 民间传说中有关于狼人只能被银弹打死的故事。

别信岩石；自然是邪恶的，被看不见的仇视人类的力量占据，没有一处地方，你能放心地踏上你的脚。真是不可思议，你这脆弱的物种能躲过如此众多的迫害。

恐惧是个女巫。她还坐在韦姆兰的森林里，唱着魔法歌吗？她还在弄暗微笑的乡土的壮美，麻痹生存的欢乐吗？我知道她势力强大，摇篮里有钢、洗澡水里有炭①的我知道，我感到她的铁手围绕了我的心脏。

不过，别以为我将讲述一个阴郁可怕的故事。这只是个关于古立塔绝壁上一头大熊的古老传说。信或不信，完全随意，它就像所有真正的狩猎故事一样。

\*

那只大熊的家在一个叫古立塔绝壁的辉煌顶峰上，它陡峭而难以进入，就在上芦汶湖的岸边。

翻倒的松树根，上头还挂着泥炭藓，这成了熊窝的墙与顶。树干和枝条遮蔽了它，雪隔离着它，它可以躺在里头，舒服地睡觉，从一个夏天睡到另一个夏天。

这头粗毛的森林之王、斜眼的土匪强盗在那时是个诗人，一个精致的梦想家吗？它是想睡走冷冬苍凉的黑夜和没有色彩的白昼，以便让潺潺的溪流和鸟歌叫醒吗？它是想躺在那儿，梦着有成熟了的越橘的山坡、填满好吃的褐色生物的蚁丘以及那绿草坡上吃草的白羊吗？这个幸运的家伙是想逃避冬天的日子吗？

外头，飞卷的大雪在松树间嘶嘶作响；外头，狼和狐狸在周围爬行，因饥饿发狂。为何只有熊在睡觉？愿它能站起来感受一下寒冷在如何咬噬，感受在深雪里跋涉是多么沉重！愿它站起来！

---

① 作为当时的民俗，人们认为这么做可辟邪，可保持洁净。

它已让自己舒服地睡在床上。就像童话中沉睡着的公主，就像她要被爱唤醒，它则是要被春天唤醒。被那从枝条间筛入、暖和了它的鼻子的阳光，被那从融雪上掉落、弄湿了它的皮毛的水滴——它愿被它们唤醒。可要是谁在错误的时间唤醒它，哎呀，那可就大祸临头啦！

但愿有人问过，森林之王打算怎么安排自己的存在！但愿不是有一排枪声突然在树枝间呼啸，像生气的蚊子，一直跑到了大熊隐藏的地方！

突然，它听见了呼喊、叫嚣和射击。它把睡眠从四肢上抖掉，推开枝条看看到底发生了什么。老战士有事要处理。在它的洞穴外吵闹和喧哗的不是春，也不是那甩掉云杉或卷走飞雪的风，而是侠士们，埃克比的侠士们。

森林之王的老相识。毫无疑问，大熊记得那个晚上，福科斯和贝伦克鲁兹在一个叫"尼高德"的地方的仓房伏击，他们等着它来。他们刚因烧酒睡着，它就钻进了茅草铺的屋顶；它刚要把死了的母牛拽出牛栏时，他们醒了，用来复枪和刀对付它。他们夺回母牛，也夺去了它的一只眼，但它逃了命。

没错，侠士们和它还真是老相识了。森林之王毫无疑问还记得他们第二次来捉拿自己，那时，它和自己的最高配偶刚在古立塔绝壁古老的王家城堡里躺下过冬，还带着幼崽。它清楚地记得侠士们是怎么突然来袭的。它倒是逃脱了，踢开所有挡道的一切，不过，因为大腿挨了一枪，它在余生里都成了个瘸子。到了晚上，当它回到王家的城堡，只见雪因它的伴侣的血而鲜红，而那王家的孩子给带到平原抚养，成了人类的仆人和朋友。

是的，现在，大地在抖动；现在，覆盖着冬穴的雪在摇晃，现在，它咆哮着——这头大熊，这个侠士的宿敌。小心啊，福科斯，猎熊老手；小心，贝伦克鲁兹，上校和奇乐牌手；小心，尤斯塔·

贝林，成百次的历险的英雄！

所有诗人、所有梦想者、所有爱之英雄的诅咒！尤斯塔·贝林站在那儿，手指搭在扳机上，熊正对着他走来。他为何不扣动扳机，他在想什么？

他为何不立刻对着那宽大的胸脯射上一枪？他正站在射击的最好位置上。其他人没在那恰好的瞬间有射击的机会。他以为自己是站在森林之王检阅的游行队列里吗？

站在那里的尤斯塔·贝林自然是梦想着正躺在埃克比的美丽的玛瑞安，这些日子，她病得厉害，在雪堆里睡过的那一夜后，她就病了。

他正想着她，她也是大地上那仇恨的诅咒的牺牲品，而今，他为自己不寒而栗——一个跑出来追逐和杀戮的自己。

而大熊直接冲着他跑来了，一只眼因侠士尖刀的砍削瞎了，一只腿因侠士枪里的子弹瘸了，它阴沉沉、毛乎乎的。自打侠士杀死了它的妻，掳走了它的崽，它就孤零零的。尤斯塔看它就像看自己，一头可怜的被追杀的动物。他不想要了它的命，自从人类拿走它其他的一切，那是它最后所剩下的。

"愿它杀了我，"尤斯塔想，"可我不会开枪。"

大熊朝他冲过来时，他直直地立着，就好像在游行队列中，当森林之王就站在他面前时，他行了持枪礼，朝旁边退上一步。

大熊于是继续往前。它充分意识到自己没时间好浪费，它在森林里横冲直撞，在一人高的雪堆中冲出道路，滚下陡峭的山坡，无可挽回地逃了。所有等待着尤斯塔的射击，在后头守在竖起的扳机旁的侠士们，这时射出了追击的子弹。

可这是徒劳的。狙击圈破了，熊跑了。福科斯嘟囔着，贝伦克鲁兹诅咒着，尤斯塔·贝林却只是笑。

他们怎能指望一个像尤斯塔这么幸运的人去伤害上帝创造的某

个生物呢？

就这样，古立塔绝壁的大熊逃生了，它是从冬眠中被惊醒的，农人们得知了这一切。没别的熊更能掀翻他们低矮如地窖的羊圈的顶，也没别的动物比它更能绕过陷阱。

上芦汶湖的人们很快便拿它没办法了。消息一次次传到侠士那儿，要求侠士们来把大熊给杀了。

整个二月间，一天又一天、一夜接一夜，侠士们来到上芦汶湖区寻找大熊，可它甩掉了他们。它是从狐狸那里学到了狡猾，从狼那里学到了迅疾吗？要是他们在一座农庄伏击，它就去毁坏隔壁的那一座；要是他们在森林里搜索，它就追逐从冰上赶车而来的农人。它成了最勇猛的强盗，它爬进阁楼、喝光了母亲的蜂蜜罐，它杀死了父亲雪橇上套着的马儿。

不过，渐渐地，他们开始明白这是怎样一头熊，明白尤斯塔为何不能朝它射击。说起来吓人，可怕得叫人难以相信，不过，这确实不是一头普通的熊。要是来福枪里没一颗银弹，就没法想象有谁能弄倒它。一颗银和钟铜的子弹，在有新月的周四晚上于教堂钟楼铸就，别让牧师，也别让管风琴手或任何别的人知道，那样的子弹定能打死大熊，但那样一颗子弹可不易到手。

\*

在埃克比，有一个人对所有这一切比任何人都要羞愧。很好理解，这个人是猎熊者福科斯。因为不能掀倒古立塔绝壁的熊，他愤怒得没了食欲、睡不安生。最终，他也明白了，这大熊只能被一颗银弹打死。

看起来阴森森的安德斯·福科斯少校一点也不帅。他身体笨重，脸又宽又红、挂着眼袋、好几重下巴，厚嘴唇上竖着小小的黑胡髭、硬得跟刷子似的，头上是粗而密的黑发。此外，他寡言而馋嘴。他不是那种女人会用阳光的微笑和伸开的臂膀去欢迎的男人，他也不会给她们和蔼的目光做回报。没人觉得，他会见到一个他容忍得了的女人，有关爱与浪漫的一切都与他无缘。

于是，当他因此走去并等待月光，不可以为，他是希望那美好的月夫人给予他在温柔情事中的信心，他只是挂念着须在新月下铸造的银弹。①

一个周四的夜晚来到了，只有两指宽的月亮在太阳落山后，已于地平线的上方逗留了几小时。福科斯少校匆匆离开埃克比，也不说是要上哪儿。他把火镰和子弹模搁在打猎背心里，把来福枪背在肩膀上，往布洛教堂赶去，去看看一个值得尊敬的男人会有怎样的运气。

教堂位于上芦汶和下芦汶之间窄窄峡口处的东岸。要抵达那里，福科斯少校必须先走过峡口间的那座桥。他一边走，一边沉浸在深深的思考里，没抬头去看布洛比的山坡，那里，房舍在澄静夜空的映衬下描画出轮廓；他也没朝古立塔绝壁看，那里，在夜光下升起一顶圆形王冠；他只盯着地面，琢磨着怎么才能拿到教堂钥匙，而不被任何人知道。

走上桥时，他听见有人绝望地喊叫，不得不抬起眼睛。

那时，小德国佬法伯是布洛教堂的管风琴师，是个干瘦的家伙，体重和优点都不足。敲钟人扬·拉尔松则是一名能干的农夫，不过他很穷，因为他叫布洛比的牧师骗走了自己继承的五百瑞典塔勒②。

拉尔松想和管风琴师的妹妹、那可爱的小法伯小姐结婚，管风

---

① 本段为学术版所增补。
② 瑞典塔勒是瑞典于1873年加入斯堪的纳维亚货币同盟，采用瑞典克朗之前的瑞典货币单位。

琴师不乐意，所以这两个男人可不是什么朋友。这一晚，拉尔松在桥上碰到管风琴师，直接朝他冲了过去。他一把抓住管风琴师的衣领把人提到桥栏上，昂贵而神圣地发誓：管风琴师若不肯把那娇小的姑娘嫁给自己，他就要把管风琴师扔到峡里去。小德国佬却不想让步，他又是踢、又是喊，使劲地拒绝，可他也看见了自己身子下方很深的地方，在白色堤岸间喷溢着黑水。

"不，不！"他喊着，"不，不！"

要是那一刻，福科斯少校没赶到那地方，还真说不准，愤怒中的拉尔松是否会让管风琴师在冰冷而黑暗的水里游泳。这会儿，拉尔松有些怕了，他将法伯扔在地上，尽可能快地跑开了。

小法伯倒在福科斯少校的脖子底下，谢他救了自己的命。少校推开他，说没啥可谢。少校不喜欢德国人，自打他在波美拉尼亚战役[①]期间驻扎在吕根岛的普特布斯时，就不喜欢了。

这一辈子，他还从没像那时那样，差点饿死。

小法伯想跑到治安官夏尔林那里控告拉尔松有意杀死自己，可少校让他明白，这种事在这个国家不会受罚，因为在这里，弄死个德国人不用付什么代价。

小法伯这才平静下来，邀少校去他家吃猪肉肠，喝"睦玛"[②]。

少校跟他去了，因为他相信，管风琴师家一定有教堂的钥匙。于是，他们爬上坡，到了布洛教堂所在的地方，主教宅邸、敲钟人的院子和管风琴师的家都在这周围。

"抱歉、抱歉，"小法伯把少校领进家门时忙不迭地打着招呼，"今天家里不够整洁。我们忙着好多家务，我妹妹和我。我们宰了

---

[①] 1757—1762年间，瑞典和普鲁士之间的战役。
[②] 睦玛是一种传统圣诞饮品，主要由波特酒、啤酒以及其他葡萄酒和软饮料等调配而成。

只公鸡。"

"哎呀，不会吧?!"少校说。

娇小的法伯小姐捧着个装着睦玛酒的陶土大酒罐紧跟着也进来了。人人皆知少校可不会用什么和蔼的目光看女人，可当法伯小姐戴着蕾丝帽漂漂亮亮地进屋时，他还是不得不愉快地看了看法伯小姐。前额是光滑的浅色头发，她那自己织的衣服那么齐整、那么干净，她的小手那么忙碌、那么热切，她的小脸那么红润，那么圆溜。他不禁想，倘若在二十五年前，自己见到这样一个人儿，他一定会走上前去，向她求婚。

虽然她那么漂亮、红润、敏捷，她的眼睛却完全哭红了。正是因为这个，才叫他对她注入了那么多温情。

男人们又吃又喝时，她进进出出。有一次，她走到哥哥跟前，行了个屈膝礼说："哥觉得牛在牛栏里该怎么安放？"

"十二放左边，十一搁右边，这样它们就不会对着干！"小法伯说。

"我的天，法伯，你有那么多牛吗？"少校惊呼。

可这事是这么回事，管风琴师只有两头牛，但他管它们一个叫"十一"，另一个叫"十二"，这样，他谈起它们时能显得更郑重其事。

少校这才听说，法伯的牛栏在重建，所以在白天，牛在外头待着，到晚上才站到木棚里去。

娇小的法伯小姐进进出出，她再次来行屈膝礼，说木匠问了，牛栏该有多高。

"照牛的尺寸，"管风琴师法伯说，"照牛的尺寸！"

福科斯少校觉得，这回答得很妙。

突然，少校开始询问，为何小姐的眼睛那么红，于是，他被告知，她是哭过了，因为没得到和那贫穷的敲钟人结婚的允许，那个人欠着债，又没继承到什么。

听了这一切，少校陷入越来越深的思索。他一杯杯地喝，吃了一根又一根肉肠都浑然不自觉。这样饥渴的好胃口真让法伯发晕。不过，少校越是吃喝，他的脑子倒越是清楚，并且他下定了决心。

他想为法伯小姐做点什么的想法越发坚定。

这就是福科少校——猎熊者，这个神奇的男人曾于一个晚上吃光蒙克路德法官夫人的猪肉冻，她本来算好，那猪肉冻足够维持整个圣诞呢。觉得自己吃着的肉肠那么美味，他开心而柔和起来。没错，他要保证，法伯小姐的眼睛不必再哭泣。①

同时，他一直拿眼睛注意着门钮上挂着的那把牙花曲折的大钥匙。陪着少校的小法伯刚把头靠在桌上打起呼噜，少校就一把抓过钥匙，戴上帽子、匆匆地跑了。

一分钟后，他已踩着教堂钟楼的楼道而上，被他的小牛角灯指引着，最终跑到了顶端的钟屋。钟在他头顶张着宽大的喉咙，他先用锉子锉下点钟上的金属，正打算把子弹模和黄铜火炉从打猎背心里掏出来，他突然意识到，他缺少最重要的东西：他没带银。要想让子弹有威力，必须在钟楼铸造。现在万事俱备：周四夜晚、新月、没人知道他在，现在他却什么也做不了！他在静夜中发出一声咒骂，那么有力，居然引发了钟的共鸣。

紧接着，他听到底下教堂里的轻微响动，似乎还有楼道上的脚步声，没错，真是如此，重重的脚步声上楼来了。

原先站在那儿咒骂、引得大钟颤动的福科斯少校，这会儿变得小心起来。他很好奇，谁会来帮他铸子弹呢？脚步声越来越近，不管来者是谁，这人是打算一直跑到钟屋来了。

少校偷偷地躲开了，他把自己深深地藏在梁和椽之间，并熄灭

---

① 本段为学术版所增补。

了牛角灯。他并不是真怕，可要是让别人看见他站在这里，那要紧的事可就要给搞砸了。他刚藏好，那人便从地板那儿冒了出来。

少校认识这个人，他就是那位吝啬的布洛比的牧师。此人既疯狂又贪婪，有在古怪的地方藏宝的习惯。他这会儿上来是要在钟楼藏好一沓纸币。他不知有人正看着自己，掀开一块地板，把钱放进去，随即离开了。

少校可没耽搁，他掀开同一块地板，哎呀，这么多钱！一捆捆的纸币，而在褐色皮袋子里的都是银币。少校拿出铸造子弹需要的银币，没动其余的。

他又踩在地面上时，银弹已在来福枪里了。他思忖着这个夜晚还会给他带来什么更多好运。周四的夜晚是古怪的，尽人皆知。首先，他要先返回管风琴师的住处，他想，或许大熊知道管风琴师的牛正在木棚底下，那就跟在露天里一样！

嘿，他难道不是的确看见一个又黑又大的东西越过田野，朝木棚奔去了吗？一定是那头熊。

他将来福枪抵住脸颊，刚要射击又改了主意。

法伯小姐哭过头的眼睛于黑暗中浮现在他面前，他觉得自己想帮她和那敲钟人一点忙，然而，毫无疑问，不亲手杀死古立塔绝壁的大熊实在太难。事后他自己说，世上不曾有一件事让他觉得那么费劲，可法伯小姐那么美好和可爱，他必须为她做点什么。

他跑到敲钟人的住处叫醒他，对方还没穿好衣服，半裸着就给拉了出来，他叫敲钟人把那头在管风琴师家木棚附近偷偷转悠的熊给杀了。

"要是你把大熊杀了，他肯定把妹妹许给你，"少校说，"因为那么一来，你就立刻成为有名望的人了。这不是一头普通的熊，全国最好的男人也会以能打倒这头熊为荣。"

他把自己的来福枪塞到敲钟人手里，这枪里上了一颗在周四的夜晚、在新月悬挂时、于钟楼上铸造的有银有钟铜的子弹，他不禁因嫉妒而发抖，因为将是别人而不是自己要射击伟大的森林之王——古立塔绝壁的大熊。

敲钟人瞄准。"上帝帮助我们。"他说。他瞄准，好像他打算弄倒的是那头大熊，在那高高的天上，走在北极星周围轨道上的那串北斗七星，而不是在平坦的土地上逡巡的熊。砰的一声枪响一直传到了古立塔绝壁。

可不管他是怎么瞄准的，反正熊倒下了。这就是用银弹射击的结果。你会射中熊的心脏，哪怕你是对着大熊星座瞄准。

人们立刻从左近的农庄往这里聚集而来，好奇到底发生了什么，因为从不曾有一次射击发出这么巨大的响声，而回声又惊醒了这么多梦中的人。敲钟人被大大地夸赞，因为这头熊成为这片土地上的困扰已经很久了。

小法伯也跑了出来，可这会儿福科斯少校真是被残酷欺骗了。敲钟人得到了尊重，并且他挽救了法伯的牛，但这小管风琴师既不感动也无谢意。他既没对敲钟人展开双臂，也没像和妹夫或英雄打招呼那样跟他问候。

少校站着，眉头紧蹙，对这样的不幸愤怒得跺脚。他想对那贪婪的坏心肠的家伙说说，解释一下这个壮举意味着什么，可他开始口吃，因此，他吐不出一个字来。自己放弃了名誉却什么也没换成，他越想越恼火。

他实在不懂，一个人做了这么一桩大事，还不配赢得一个最骄傲的新娘吗！

敲钟人和几个小伙子打算给大熊剥皮，他们跑到磨刀石那儿把刀磨磨锋利。其他人则进屋休息去了，只有福科斯和那头死了的熊在一起。

然后，福科斯又去了教堂，又一次把钥匙插进门锁，爬上狭窄的楼道和歪斜的小梯子，弄醒了睡觉的鸽子，他再次爬入钟屋。

后来，熊在少校监督下被剥皮时，熊下巴里有了一沓纸币，共有五百瑞典塔勒。没法说得清，这一沓纸是怎么跑到熊嘴里去的，不过，那毕竟是一头神奇的熊，既然敲钟人打下那头熊，钱自然也属于他，这再清楚不过了。

这事为人知晓后，小法伯终于明白敲钟人做了件多么有头有脸的事，声称为能当他的大舅子自豪。

在参加了敲钟人家的狩猎宴和管风琴师家的订婚宴后，星期五晚上，福科斯少校动身赶回埃克比去。他是带着一颗沉重的心一路独行的：他的敌人死了，可他一点欢欣也没感受到，也没从那张敲钟人赠给他的熊皮上获得一丝快乐。

在今日，很多人或许认为，他是在伤感那位娇小的法伯小姐要属于另一个人了。哦，不，他不是为此伤心。让他不能释怀的是这事儿：那个老迈的独眼熊如今死了，可他没能亲手拿银弹射击它。

这么着，他走上侠士之翼，侠士们正围坐在炉边，他一言不发地将熊皮扔在他们中间。别以为他会告诉他们自己的作为！是很久很久之后，有人才把真相从他口中挖出。他也没透露布洛比牧师藏钱的地方，牧师也许从未意识到钱被偷过。

侠士们察看着那张熊皮。

"可真漂亮，"贝伦克鲁兹说，"我只是搞不懂，这家伙怎么从冬眠中跑出来了呢，或许是你把它射死在窝里了？"

"它是在布洛比被射死的。"

"嗯，它不像古立塔的熊那么大，对吧？"尤斯塔说，"可它也不错。"

"假如它是独眼，"凯文乎勒说，"那我会信你独自射死了它，可这家伙眼上没有伤。所以，它一定不是那头大熊。"

福科斯起先骂自己真蠢，可接着，他的脸亮堂了，他真是变得很帅。就是说那头大熊还没死在别人的射击下。

"上帝，我们的主，你是多么仁慈啊！"他说，并且合起了双手。

# 第九章　比雍纳庄园的拍卖

时常地，我们年轻人对老人们讲述的那些故事很是惊奇和疑惑。

"那么，在你们灿烂的青春时代的全过程中，是每一天都有舞会的啰？"我们问他们，"那时的生活会不会只是一个长长的历险？"

"在那个时候，所有的年轻姑娘都美丽而可爱吗？每一次宴会结束，尤斯塔·贝林都和其中的某一位私奔了吗？"

于是，老人们会摇着他们可敬的头，继续讲述那纺车车轮的旋转和织机的沙沙作响，谈起厨房的忙碌，谈起连枷的敲打和森林里斧头的节奏；不过，他们很快便回到了老路上。于是，雪橇驾到了门前，于是，马儿带着快乐的年轻人穿越黑暗的森林；于是，舞蹈飞旋，小提琴的琴弦响动了。带着轰鸣和碰撞，历险的狂野追猎激烈冲击着芦汶长湖沿岸。从很远的地方都能听见那隆隆的声音。森林摇动和倾倒，所有毁灭的力量全被释放了出来，灾火闪光，洪水肆虐，野兽饥饿地在庄园周围徘徊。在那有八只脚的马儿①的蹄子的践踏下，所有宁静的满足都被踩成灰烬。无论这场追猎跑到哪

---

① 八只脚的马儿，表示马的神奇和迅速。就像奥登的坐骑有八只马蹄，可在天地之间飞奔。

里，都会在那里点燃男人心中的狂野，而叫女人们在让脸色苍白的恐惧中逃离她们的家。

我们这些年轻人惊奇地坐着，一声不吭，既惊惧又感到极度幸福。"这样的人们啊，"我们想，"我们永远看不到像他们那样的人了。"

"那时的人们就没想一想自己是在做什么吗？"我们问。

"他们当然想过，孩子们。"老人们会这么回答。

"不过，跟我们想得不一样。"我们固执地认为。

老人们不明白我们是什么意思。

可我们想着，我们，想着那个已深入我们内部的自我观察的古怪精神。我们想着那个有细长的冰眼，有修长而弯曲的手指的他，他坐在灵魂的黑暗角落里将我们扯碎，就像老妇人们扯碎丝绸和羊毛废料。

一点一点，那修长、坚硬而弯曲的手指扒拉着，直到我们整个的自我都躺在那里，像一堆破布。于是，我们最好的感情，我们最原初的想法，所有的，那些我们做过和说过的，都被检查，被彻底研究，被拆卸，而冰眼一直看着，那张没牙的嘴巴嘲弄地笑了，并且低语："瞧，是些破烂，只是破烂。"

那时的人们中也曾有一个，对那带着冰眼的精神敞开了自己的灵魂。他在他们中的那一个人旁边坐着，一直在观察行动的泉源，嘲弄地笑对邪恶与美好，理解一切，不下判决，调查、研究、拆卸，通过不可撤销的冷笑，让心的运动及思考的力量瘫痪。

可爱的玛瑞安的体内就有这自我观察的精神。她觉得他的冰眼和冷笑跟随着每一步、每一句话。她的生活成了一出戏，他是唯一的那个看戏的人。她不再是一个人：她不受苦，她不欢乐，她不热爱，她只是表演了一个可爱的玛瑞安·辛克莱尔的角色，而自我观察带着直瞪瞪的冰眼和忙碌拆卸着的手指坐在一边，看着她的表演。

她被分割成了两半。苍白地、没有同情心地并且冷笑着,她自己的一半坐着看另一半如何行事,那个把她拆卸了的古怪精神从没有吐出过一个有感情或是同情心的字眼。

然而,她感受到生命的丰满的那个夜晚,这个行动泉源边的苍白观望者到哪里去了呢?当聪慧的玛瑞安在成百双眼睛前亲吻了尤斯塔的时候,他在哪里?当她在愤怒中把自己投入雪堆求死的时候,他又在哪里呢?那时,冰眼瞎了,讥讽的笑瘫痪了,因为激情在她的灵魂中掀起了风暴。对历险的狂野追猎的呼号鼓动了她的耳朵。在那一个可怕的夜晚,她成了一名完整的人。

哦,你这自嘲之神,当玛瑞安不停地努力,要抬起僵硬的胳膊勾住尤斯塔的脖子,那时,你和老贝伦克鲁兹一样,你不得不把眼睛从地上转开,去看星星。

在那一夜里,你毫无力量。你是死了,死了,当她做了一首爱的颂歌时;死了,当她跑到湖庄去找少校时;死了,当她看见火焰将森林树梢上的天空染红时。

看吧,它们来了,这些有力的风暴鸟,破坏一切的激情的格里芬。带着火焰的翅膀和钢铁的爪子,它们冲向你,你这有一双冰眼的精神,它们把爪子插入你的脖子,把你扔到不知晓的地方,你死了且被碾碎。

不过现在,它们继续猛冲,这些骄傲而威武的鸟。它们的路没有已知的测算,也没有观察者跟随。在不可知的深处,那奇怪的自我观察的精神复活了,又一次在可爱的玛瑞安的灵魂里安了家。

整个二月,玛瑞安都病倒在埃克比。她出门去找湖庄的少校时染上了天花。这可怕的病带着全部的暴力朝她扑来,她病得厉害,精疲力尽。死亡离她很近,可到了月底,她又恢复了过来。她还是很虚弱,被严重地毁了容。她再也不能被称作美丽的玛瑞安了。

不过那时，除了玛瑞安和她的护士，这一切还不为人知。就连侠士们也不知晓。天花肆虐的病房对谁也没开放。

还有什么时候，比在复原的漫长钟点里时，自我观察的力量会更强大呢？于是，他坐着、瞪着，用冰眼瞪着，还用骨节突出的僵硬手指挑着、挑着。你要是仔细看，他后头坐着个更苍白的家伙，瞪着、瘫痪着、嘲笑着，后头还有一个又一个，嘲笑彼此，还对着整个世界嘲笑。

当玛瑞安带着所有这些直瞪瞪的冰眼看自己时，她内在的所有原初的感情死了。

她躺在那儿，表演自己是病着；她躺在那儿，表演自己不开心，表演是在恋爱里，表演是想复仇。

她是所有这一切，可这却不过是表演。在盯着她的冰眼的注视下，一切都成了表演和不真实的，而冰眼自己也被另一双背后的眼睛盯着——一双盯着一双，以无穷尽的视角。

生命的强大动力都在沉睡。她只在一个夜晚有过燃烧的仇恨和奉献的爱的力量，但仅此而已。

她甚至不明白自己是否爱过尤斯塔·贝林。她期盼见到他，好检验他是否能把她从她自身中提出来。

病魔还控制着一切时，她只有一个清醒的想法：她一心注意的是不让自己的病为人知晓。她不想见父母，不想与父亲和解。她明白，假如父亲知道她病得多厉害，他会回心转意。所以，她吩咐对她父母以及所有人，都只说，那个她回家乡时常犯的眼疾复发了，迫使她留在室内，坐在放下的窗帘后。她不许护士通报她病得有多严重，不许侠士到卡尔斯塔德请来医生。她是得了天花，不过挺轻，埃克比药柜里的药足以救她的命。

她从没想到死；她只是躺着等待健康的一天，可以跟尤斯塔一起，到牧师那儿要求公布结婚预告。

可现在，疾病和发热都走了。她又变得冷漠和明智。对她而言，似乎在疯人的世界里，独有她明智。她既不恨也不爱。她理解父亲，她理解他们所有的人。能理解的人不会恨。

她获知麦克尤·辛克莱尔打算在比雍纳拍卖，扔掉全部所有，这么一来，她从他那儿就什么也继承不到了。据说，他将尽可能彻底地破坏：首先，他要拍卖家居和日常用品，然后是家畜和设备，最后是庄园本身，他会将所有的钱塞进一只袋子，沉到芦汶湖的深处。她继承的会是侵占、困窘和毁坏。玛瑞安听到这消息赞同地笑了：这是他的性格，他必得这么做。

她觉得奇怪，自己作了那首伟大的爱的赞歌。像其他人那样，她梦想过烧炭人的茅屋。如今，她觉得古怪，自己竟然有过一个梦。

她为天性叹息。她厌倦于不停的表演行为。她从未有过强烈情感。她也没怎么为自己的美伤怀，可她为陌生人的同情打着寒颤。

哦，有一刻能忘掉自己就好了！能有一个姿势、一个语词、一个动作是没算计好的就好了！

一天，房间被消毒后，她穿戴好，躺在沙发上，召唤尤斯塔·贝林进来。得到的回复是，他到比雍纳庄园的拍卖会上去了。

*

比雍纳的这场拍卖实在了得。这是个古老而富裕的家园。人们不惜赶了好远的路来参加拍卖。

了不起的麦克尤·辛克莱尔把家里的物件都堆到了大客厅里。几千样东西，一堆堆地从地板上堆起，几乎碰到了天花板。

他自己在房内兜来转去，像审判日的破坏天使，把一切想拍卖的东西扔在一处。厨房里的，那些黑色的壶、木椅、锡罐和铜锅，这些他没碰，因为这些东西没一件会勾起他对玛瑞安的记忆。可它们也是唯一躲过了他的愤怒的物件儿了。

他闯进玛瑞安的房间，摧毁了那里头的一切。她的玩偶柜在那儿，她的书架也在，还有他为她做的小椅子，她的首饰和衣服，她的沙发和床——所有这些统统得拿走。

然后，他从一个房间走入另一个，他抓起任何一件叫他不称心的东西，捧了一大堆带到拍卖场。他因为沙发和大理石面的沉重气喘吁吁，可他坚持不已。他在可怕的混乱中把一切都扔在一块儿。他一把拉开橱柜，把精美的家族银器拖了出来。拿走！玛瑞安碰过。他抱着满满一胳膊雪白的大马士革织锦缎和光滑的亚麻桌布，桌布有着一掌宽的花边，是体面的自家手工品，多年的劳动成果，统统给扔到堆里去了。拿走！玛瑞安不配得到这些。他旋风般地从房里扫荡出一堆堆瓷器，根本不在意是否会碰坏成打的盘子。他抓住烧着家族纹章的纯正的杯子。把它们拿走！谁想用就让谁去用吧！他从阁楼上扔下堆成小山的寝具，垫子和枕头那么柔软，沉浸其中就像在波浪里。拿走它们！玛瑞安在上头睡过。

他朝古旧而熟悉的家具掷去愤怒的目光。有没有一张椅子是她不曾坐过，一张沙发是她不曾用过，一幅图画是她不曾看过的呢？有没有一副不曾照亮过她的烛台，一面不曾复制过她的面庞的镜子？他阴郁地朝着记忆的世界握紧拳头。他真想带着挥舞着的棍子冲向它们，把它们都弄成碎屑和残片。

不过，将所有的一切拍卖是个更聪明的报复。一切都会到陌生人手中！在佃农的屋里灰头土脸，在满不在乎的陌生人手里衰败。他不知道，那些拍卖掉的，在农舍里缺了角的家具会跟他那美丽的女儿一样变得不名誉吗？拿走它们！愿它们站在那儿，填充料被撕开、金箔磨损、缺腿、表面沾上了颜色并想念它们原来的家！把它们带到天下的每一个角落，这样，没有眼能发现它们，没有手好收集它们！

拍卖开始时，他已经用那乱得不可思议的堆积着的家用器具填满了半个房间。

在房间的另半边，他搁了一张长柜台。柜台后，拍卖官站着喊价，书士坐着记录。麦克尤·辛克莱尔拿了一桶烧酒站在那里。在房间的另一边，在前厅及院子里，都是买家们。许多许多的人，许多喧闹和欢腾。喊价密集，拍卖活跃。身边是酒桶，身后是堆得乱糟糟的他的财物，麦克尤·辛克莱尔坐着，半醉半疯。他发红的脸上竖着一蓬草丛，眼珠子转着，苦涩而充血。他尖叫又大笑，似乎正处于最高的兴致里，他把每一个报出好价格的人喊过来，招待他们喝上一杯。

在注视着他的人中，也有尤斯塔·贝林。尤斯塔·贝林混在一大群买家里溜进来，不过，他躲避着麦克尤·辛克莱尔的眼睛。看到眼前的景象，他陷入了思虑，心中有一种不幸的预感。

他十分奇怪，在所发生的这一切之下，玛瑞安的母亲此刻在哪里。眼下，他违抗着自己的意愿，被命运驱使着向前，要找到古斯塔娃·辛克莱尔太太。

他找到她之前，得穿过好多道门。伟大的铁厂主性子急，对女人的哀叹和埋怨毫无耐心。他厌倦于看到她对失去家中宝贝的命运流泪。他愤怒极了，她竟为亚麻和床单哭泣，而更为重大的是，他连最宝贵的女儿本身都失去了，所以，他举着拳头在房子里追赶她，把她逼到了厨房，一直逼入食物贮藏室。

她没法逃得更远了，见她待在那儿，蜷缩在楼梯后，等着严厉的抽打——或许是死亡，他也满意了。他便由她待在里头，不过他锁上了贮藏室的门，把钥匙搁进自己兜里。拍卖时她可以坐在那里头。她不会挨饿，而他的耳朵可免于听她的哀叹。

当尤斯塔从厨房和客厅间的通道上走过来时，她还在那儿，在自己的食物贮藏室坐着牢。他看见了墙上高处的一扇小窗户里辛克莱尔太太的脸。她正爬在梯子上，朝狱外张望。

"您在那儿干什么呢，古斯塔娃大婶？"尤斯塔问。

"他把我关起来了。"她低声说。

"铁厂主吗？"

"是的，我以为他要杀了我。不过听着，尤斯塔，拿上客厅门上的钥匙，到厨房去，再把食物贮藏室的门打开，我就好出来了。那把钥匙能打开这里。"

尤斯塔听从了，几分钟后，这小个子女人跑到了空荡荡的厨房里。

"大婶该叫某个女仆拿客厅钥匙替您把门打开。"尤斯塔说。

"你以为我该教她们这个窍门吗？那我可就再不敢把什么留在食物贮藏室了。再说，我利用这机会清理了顶层的那些架子。你知道，它们需要清理。我都不明白我怎么会叫它们积了那么多垃圾。"

"大婶需要料理的事太多了。"尤斯塔道歉似地说。

"没错，可以这么说。要是我没照应着一切，纺车和织布机都不能按正确的速度旋转。要是……"

说到这儿，她停住了并擦干眼角。

"上帝帮助我，瞧我说的这些废话，"她说，"我多半不会有什么要照料的了，不会是我了。他正在卖掉我们所有的一切。"

"是啊，这是一份苦难。"尤斯塔说。

"你知道客厅里那面大镜子吗，尤斯塔，它可是不同寻常，因为玻璃是完整的一块，不是拼接的，一点瑕疵也没有。我从母亲那儿继承来的，现在，他却要把它卖了。"

"他疯了。"

"可以这么说。我猜他并不比疯了好多少。不弄到让我们跟少校夫人一样到路上乞讨，他就不会停手。"

"总不至于走那么远。"尤斯塔回答。

"会的,尤斯塔。少校夫人离开埃克比前对我们预言过不幸,现在它来了。她不会允许这事儿发生,就是说由着他卖掉比雍纳。你想想,他家的瓷器,他家的独一无二的瓷器也要给卖了。少校夫人绝不会允许这种事发生。"

"可他到底是怎么了?"尤斯塔问。

"唉,你看,还不是因为玛瑞安没回来。他在家里等了又等。他成天在路上来回地走,候着她。他想她想得快疯了,可我什么也不敢说,我不敢。"

"玛瑞安以为他在生她的气。"

"听着,她不会这么以为的。她太了解他了,可她太骄傲,不肯走第一步。他俩都是既死板又坚硬,他俩没什么好抱怨的。我是被夹在当中的一个。"

"大婶想必知道玛瑞安要和我结婚了吧?"

"嗨,尤斯塔,她永远也不会的。她这么说只是为了让他生气。她被宠坏了,不可能和穷人结婚,而且她也太骄傲。你回去告诉她,要是她再不赶紧回来,她所有的家产可都要泡汤了。哦,他很可能一无所获地扔掉一切。"

这下子,尤斯塔彻底地对她恼起火来。这个人坐在一张厨房的桌子上,除了她的镜子和瓷器,心里没别的。

"婶子应该感到羞耻,婶子!"他脱口而出,"把女儿扔在雪堆里,而后却认为她不回来是心怀恶意。放弃她在乎的人,只因为不这样她就会继承不到财产——不觉得她会比这样的人更好吗?"

"亲爱的尤斯塔,别生气,可别连你也生起气来。我甚至都不明白自己在说些什么。我想尽了办法替玛瑞安开门,可他抓住我,把我拉开了。在家里,他们总说我啥也不懂。我不会舍不得把玛瑞安给你,尤斯塔,假如你能让她幸福,可让一个女人幸福不那么容易，尤斯塔。"

尤斯塔看着她，他怎能也对她这样一个女人愤怒地提高嗓门呢！她很害怕，她遭到迫害，可她有着一颗善良的心。

"婶子没问玛瑞安过得怎么样。"他缓缓地说。

她迸发出哭泣。

"要是我问你，你不会生气吗？"她说，"我一直想问。想着，我对她的情况一无所知，甚至都不知道她是死是活。一直都没收到她的问候，就连我给她送衣服时也没有，于是我就想，你和她不愿意让我知道她的情况。"

尤斯塔再也受不了了。他是狂野的，他是不羁的。有时，上帝必须将自己的狼群派来追逐他，迫使他服从，可这老妇的眼泪，这老妇的抱怨比狼的嚎叫还让他难以忍受。他让她知道真相。

"玛瑞安一直病着，"他说，"她染上了天花，她应该是今天能起来，躺在沙发上了。自那一夜以来，我还没见过她。"

古斯塔娃跳到地板上。她一句话没说，朝她丈夫那儿奔去，任由尤斯塔站在原地。

拍卖间的人见她跑到丈夫面前，激动地对着他耳朵嘀咕了些什么。然后，他们看见他的脸变得更红了，他搁在酒桶龙头上的手动了一下，烧酒淌落到地板上。

大家都惊呆了，似乎古斯塔娃带来了一个重大消息，重大到拍卖将不得不立刻终止。拍卖官的木槌没敲，书士的笔停住了，新的喊价也听不到。

麦克尤·辛克莱尔从思绪里浮了上来。

"啐，"他喊道，"那又怎么样？"

于是，拍卖全力再开。

尤斯塔还在厨房里，古斯塔娃太太跑来对他哭诉。

"没用，"她说，"我还以为他只要听到玛瑞安病了，会终止拍卖，可他却让拍卖继续。我明白他其实想停，可现如今，他抹不下面子。"

尤斯塔耸了耸肩，跟她说再见，没再有别的表示。

在前厅，他碰到了辛特拉姆。

"多么带劲的娱乐啊！"辛特拉姆喊道，搓着两只手，"你是大师，你，尤斯塔，天哪，瞧你把一切弄得多糟！"

"待会儿还要有趣，"尤斯塔悄声说，"布洛比的牧师拉着满满一雪橇的钱就要到了。他们说，他要拿现金买下整个比雍纳。我倒要看看那时候的了不起的铁厂主，辛特拉姆大叔。"

辛特拉姆缩着头，自个儿笑了好一会。然后，他跑到拍卖间，径直朝麦克尤·辛克莱尔走去。

"要是你想喝上一杯，辛特拉姆，你他妈得先拍个价。"

辛特拉姆一直跑到他身边。

"兄弟，你可真幸运，从来都是，"辛特拉姆说，"有个大人物拉着满满一雪橇的钱来买庄园了。他要买下比雍纳，买下里里外外的一切。他吩咐好多人来替他竞拍，似乎他不希望自己在这儿被看见太久。"

"告诉我这人是谁，兄弟，为了给你添的麻烦，我请你喝一杯。"

辛特拉姆喝下这杯酒，退后两步，然后才回答："好像是布洛比的牧师，麦克尤兄弟。"

麦克尤·辛克莱尔有许多比布洛比的牧师更好的朋友。他俩较劲好多年了。传说了不起的铁厂主会在漆黑的夜里、躺在牧师可能路过的地方，给这个谄媚小人和折磨农人的家伙好多鞭笞。

幸好辛特拉姆退后了几步，可他还是没能完全躲开这位威武的家伙的愤怒。辛特拉姆的眉心上砸来一只酒杯，而整个酒桶砸到了他脚上。不过，接着出现的一个场景让他的心快乐了很久。

"布洛比的牧师想要我的庄园？"辛克莱尔吼道，"你们站在这里喊价都是为了他？哦，你们真该感到羞耻！你们得学点规矩！"

他抓起一个烛台和一个牛角墨水壶朝人丛扔去。

他那可怜的心脏里所有的苦涩总算发泄出来。他像野兽一般吼着，对周围的人挥拳，手边抓到什么、就把什么朝他们砸过去。酒杯和酒瓶在房间乱飞，他在愤怒中失去了自控。

"拍卖结束了，"他吼道，"你们都给我滚！只要我活着，布洛比的牧师就休想得到比雍纳。滚！我会给你们一点教训，我会的，你们这些替布洛比的牧师喊价的家伙！"

他解散了拍卖官和书士。这两个人赶紧逃，慌乱中，他们撞倒了拍卖柜台，而铁厂主带着无法描述的愤怒冲向一群和平的人们。

那里是溃逃和狂乱。几百个人为躲避一个人往门口挤。而他直立着，吼着："你们给我滚开！"他诅咒他们，站在什物堆上，时不时举起一把凳子挥舞，似乎挥舞的是根棍子。

他追他们一直追到门口，不过没追更远。当最后一个外人离开了台阶，他回到客厅，把屁股后的门关上。然后，他一把将一张床垫和几个枕头拉在一块，在上头躺下，于全部的破坏的正当中睡去。他一直睡到第二天才醒。

尤斯塔回家后，得知玛瑞安想和自己说话。这可真是巧，他正琢磨怎么才能跟她说上话呢。

他跑到她躺着的昏暗房间时，不得不在门口站了一会——他看不见她在哪里。

"就待在你站的地方，尤斯塔！"玛瑞安对他说，"你要是走近了，说不定会有危险。"

然而因急切和向往而颤抖的尤斯塔可是一步两个台阶地奔上来的。他怎会在乎传染！他想享受看见她的幸福。

因为她是美丽的，他的爱。没人拥有这么柔软的发，这么清洁、明亮的前额，她整个的脸是一个构成完美的轮廓。

他想着她的眉,清楚而鲜明就像百合花上的蜜标①,她的鼻子和嘴唇的轮廓柔和得像滚动的波浪,还有她椭圆的脸和线条精美的下巴。

他想着她淡玫瑰色的肌肤,她那妩媚的印象:炭黑色的眉在浅色头发下、蓝色眼睛上,那瞳仁游在清澈的洁白里,眼角闪着光亮。

她光彩照人,他的爱。他想着在骄傲的外表下,她隐藏了一颗多么温暖的心。在那美好的肌肤和骄傲的言语下,她蕴含着奉献和牺牲的能量。见她是一种幸福。

他两步就跨到了门口,她觉得他可以停在那里。而他大步向前,跪倒在她枕边。

可他的目的是看看她,亲吻她,并且跟她道别。

他爱过她。毫无疑问,他永远不会停止爱她,可他的心习惯于被践踏。

哦,在哪里他才能找到那个她,那颗没有支持也没有根的玫瑰呢,他好拿起来,称其是自己的?甚至她也不行,这个曾在路边奄奄一息而被他发现的女人,也没法留得住。

他的爱何时才能唱出自己的歌谣:高亢而清澈、没有任何不和谐来干扰?他的幸福城堡何时才能建筑在这样的基地上呢,没有一个人的心会在忧虑和思念中对这块基地向往?

他在考虑,怎么和她告别。

"你家里一片混乱,"他可以这么说,"一想到这个,我的心就被扯成了两半,你得回家,让你父亲恢复理智。你母亲始终处于危险之中。你得回家,我的爱。"

---

① 许多花儿在分泌花蜜的部位呈现出与其他部位不同的、或者是鲜明的颜色,可帮助找到花蜜,是为蜜标。

看，这样自我否定的话就在他唇边，可它们没被吐露出来。

他倒在她枕边，用手抓住她的头亲吻她，可他找不到一句话。他的心剧烈跳动，仿佛就要蹦出胸膛。

天花毁了她精美的面庞。皮肤变得粗糙，落了麻子。脸颊上再不能有红晕，太阳穴那儿不会再瞧得见好看的蓝血管。浮肿的眼帘下眼睛扁平，眉毛落了，眼白那儿的彩色闪光碎成了黄色。

全都给毁了，明快的线条变成粗重的了。

后来为玛瑞安失去的美貌哀叹的人实在不少。在整个韦姆兰，人们都为她浅色的肌肤、闪亮的眼睛和金色的头发的消失而抱怨。没有一处地方像这里这么尊重美貌。这些快乐的人们悲叹，就好像荣誉王冠上的珠宝丢失了，就好像生命的光辉给玷污了。

不过，在她失去美貌后第一个见到她的男人没有让自己屈服于悲伤。

无法表达的情感充满了他的心。他看她看得越是久，他越觉得内心温暖。爱情生长又生长，像春天的河流。在火焰的波浪里，爱情冲出他的心，充满他整个的存在——它作为泪爬上他的眼，它在他唇边叹息，在他手上颤抖，在他整个的躯体里。

哦，去爱她，防卫她，不让她受伤害，确保她免于伤害！

做她的奴隶，她的保护神！

爱是强大的，当爱接受着痛苦的火热洗礼时，他没法和玛瑞安说分手和自我否定。他不能离开她。他欠她自己的命。他能为她犯下不可饶恕的大罪。

他没说一句有条理的话，只是哭泣和亲吻，直到老护士觉得是时候叫他走了。

他离开后，玛瑞安躺在那里，想着他，还有他的激动。"被这么爱着真好。"她想。

没错，被爱着是很好，可她自己如何呢？她感到了什么？哦，什么也没有，比没有还少。

是死了吗？她的爱；还是说，迁移到了别处？究竟躲到哪里去了，她心灵的孩子？

它还活着吗，是蹑手蹑脚地跑到了心的黑暗角落，坐在那儿，在冰眼下受冻，被苍白的嘲笑吓怕，被骨节突出的手指弄得几近窒息了吗？

"哦，我的爱，"她叹了口气，"我心灵的孩子！你是活着，还是死了——死了，就跟我的美一样？"

\*

第二天，了不起的铁厂主一早就跑去找他妻子。

"你负责让房子恢复秩序，古斯塔娃！"他说，"我去把玛瑞安接回家。"

"好的，亲爱的麦克尤，这里保证马上会重新理顺。"她说。

就这样，他们之间的一切就都厘清了。

一小时后，铁厂主已在去埃克比的路上。

他披着最好的皮外套、系着最好的腰带坐在雪橇里，找不出比他这个铁厂主看来更高贵、更仁慈的老绅士了。这会儿，他那梳得平滑的头发贴在脑门上，他的脸色苍白，眼睛深陷在眼窝里。

从洁净的天空上射向这个二月的日子的光辉无边无际。雪闪烁得像是第一支华尔兹奏响时年轻姑娘们的眼，白桦朝着天空伸出它们美丽的蕾丝——那些细瘦的棕红色枝条，而在某些枝条上挂着闪闪发光的冰柱。

这一天有光辉，也有微微闪亮的喜庆。马儿伸出前腿，像是在跳舞；车夫在纯粹的喜悦中甩着响鞭。

在一段短程旅行后，了不起的铁厂主的雪橇已停在埃克比庄园高高的台阶前。

男仆出来了。

"主人在哪儿?"铁厂主问。

"他们在古立塔绝壁猎捕大熊呢。"

"是所有的人吗?"

"是的,铁厂主。那些不是为了熊跟去的人,至少也是为了午餐篮子。"

铁厂主笑得那么厉害,回声震荡在寂静的院子里。他给了男仆一个塔勒奖励他的回答。

"现在,去告诉我女儿,我上这儿接她来了!她不会挨冻的。我驾的是有防风罩和护脚袋的双人雪橇,我还备了张狼皮,好把她裹起来。"

"您不想进来吗,铁厂主?"

"谢谢,我站在这儿也不坏。"

男仆退下,铁厂主开始了他的等待。

这一天,他的心情实在是太好了,就没什么事会叫他不开心的。他多半是考虑到总得等上玛瑞安一会,也许她还没起身。他暂且四处转转,自娱自乐。

檐口那儿挂着个长长的冰凌,让阳光伤透了脑筋。阳光是从顶上开始的,先融化了一小滴,打算让这一滴水沿着冰凌落到地上。可这滴水还没走到一半,就又冻上了。阳光继续开始新的尝试,一次次地都不成功。然而,终于,阳光中有一个粗暴的家伙,一个小不点,死死吊在冰凌尖头,热切照射和闪亮,没错,它达成了目标,有那么一滴响亮地落到了地上。

铁厂主旁观了,大笑了:"你干得不坏,你!"他对阳光说。

庄园寂静而荒凉。听不到大房子里有任何动静。可铁厂主没变得不耐烦,他明白,女人出门前总需要好多时间收拾停当。

他坐看着鸽舍。鸽舍的开口处有栅栏。只要冬日持续,栅栏是封闭的，这样老鹰不会将鸽子掳走。不时地有一只鸽子来到栅栏边，在栏杆间伸出它白色的头来。

"她在等待春天，"麦克尤·辛克莱尔说，"不过，她暂且还得有点耐心。"

鸽子很规律地飞来，他掏出表来放在手里观察她。每隔准准的三分钟，那鸽子便伸出一次头来。

"哎呀，我的小朋友，"他说，"你以为春天会在三分钟内来到吗？得学会等待。"

而他自己也得等待，可他有充裕的时间。

先是马儿不耐烦地刨起了雪，接着，它们因为对着阳光站立开始瞌睡。它们把头靠在一起睡着了。

车夫直直地坐着座位上，马鞭和缰绳都捏在手中，脸迎着太阳睡了，睡了，睡得发出了鼾声。

可铁厂主没有睡。他从未像现在这样睡意全无。没有什么时间比这快乐的等待时分更让他享受了。玛瑞安生了场病。先前她没能回家，可现在她就会回家了。哦，她当然会。然后，一切都会重新变好。

现在，女儿当然会明白他没生她的气。他亲自带着两匹马和双人雪橇来了。

在蜂窝入口，一只山雀带着真正邪恶的诡计盘踞着。它自然是想得到自己的午餐，它用锐利小巧的喙敲打着蜂窝口。可在蜂窝里头，所有的蜜蜂被吊在一个巨大而漆黑的袋子里。一切都在最严格的秩序中，饮食管理人负责分发食物，斟酒者带着花蜜和仙馔蜜酒在这一张和那一张嘴巴间奔忙。那些吊挂在最里头和那些在最外头的蜜蜂，在稳定的爬行中交换位置，以便让热量和舒适度得到平均分配。

然后它们听到了大山雀的敲门声，整个蜂窝因为好奇嗡嗡作响。这是一个朋友还是一个敌人？这对我们的社会是一分危险吗？女王有了不祥的感觉。她不能在平心静气中等待。外头的这一切是被刺杀了的雄蜂的鬼影在作祟吗？"出去看看是怎么回事！"女王对妹妹——守门人下令。真地这么做了。随着"女王万岁！"的一声高呼，妹妹跑了出去，哎呀，大山雀在她上头。大山雀伸长了脖子，翅膀因兴奋而煽动，他抓住了她、碾碎了她、吃掉了她，没有谁把她的命运通报女王。而大山雀又开始敲门了，女王继续把守门人派出去，一个个全失踪了。没一个回来通报到底是哪个家伙在敲门。哦，黑暗的蜂窝内开始变得可怕！复仇的精神追逐着外头的游戏。假如缺了耳朵就好了，假如不那么好奇就好了！假如能平和地等待就好了！

了不起的麦克尤·辛克莱尔笑了，眼里笑出了泪，笑蜂窝里妇道人家的愚蠢，也笑外头那个聪明的黄绿色的流氓。

当你对所做的事胸有成竹，当你有好多能分散思考的东西时，就不需要什么等待的窍门。

庄园的大狗跑来了。狗用爪尖悄没声地来偷袭，眼睛一直盯着地面，时不时地摇尾，好像打算做最无关紧要的事。可突然间，狗在雪地里猛挖起来。毫无疑问，这个老恶棍把什么不义之财藏在那里了。

可就在狗抬起头来，看看是否这会儿好安静地咀嚼时，见两只喜鹊站在自己跟前，不由得大失所望。

"小偷！"喜鹊们说，看起来兴趣浓厚，"我们是警察，那可是偷来的东西！"

"嘿，嘘，你们这些强盗！我可是庄园治安官。"

"好一个治安官！"喜鹊们嘲笑。

狗朝喜鹊们扑去，她们扑扇着慵懒的翅膀飞起来。狗在后头追逐、跳跃、吠叫。可当他追赶其中一只时，另一只已经返回。她飞到洞里，拖出那块肉，却没能把肉提起来。狗把肉拽到自己一边，放在两爪间，并且咬住。喜鹊们就坐在狗面前，说些刻薄话。狗一边吃一边斜着眼瞄她们，要是事情发展得过分，他就跳起来轰她们走。

太阳开始朝着西边的山峦降落。了不起的铁厂主看了看他的表，是三点。而妈妈，是准备了十二点的午餐的！

就在这时，男仆走来通报，玛瑞安小姐要和他谈一谈。

铁厂主把狼皮搭在臂弯上，兴致勃勃地迈上楼梯。

玛瑞安听到楼梯上他重重的脚步声时，还不知道自己该不该跟着他回家去。她只知道，必须给这漫长的等待作个了结。

她期待过侠士们能回家来，可他们没有。所以她就得自个儿把这事处理掉了，她不能再等下去。

本来，她以为，只要等上五分钟，他就会怒气冲冲地拂袖而去，或是冲进门内，要给房子点上一把火。

可他平静地坐在那里，并且微笑，并且只是等着。她对他既没有恨也没有爱。可有一个内在的声音和她在一起，警告她别把自己再次放在他的权力之下。此外，她也想对尤斯塔信守诺言。

要是他睡着过，要是他言语过，要是他不安过，要是他流露过一丝犹豫，要是他曾把车拉到绿荫下！可他只是很耐心，很笃定。

确信，极富感染力地确信：她会来——只要他等。

她的头在痛。所有的神经都在抽搐。只要她知道他还坐在那儿，她就永远不得安宁。似乎是他的意志把她捆着并拖下了楼梯。

所以她至少得跟他谈谈。

在他进来之前，她吩咐把窗帘往上拉起，她这么吩咐，是为了让自己的脸充分暴露在日光下。

毫无疑问，她有意让他经受一项考验，不过在那一天，麦克尤·辛克莱尔实在是一位了不起的男人。

他看见她时，没做出任何手势，没发出一声惊呼。就好像他没看出她有什么变化。她明白他对她的美丽外表有多么珍爱，可他没让人察觉出任何悲哀。他控制住了自己，以免让她难过。这叫她感动。她开始懂得为何母亲总是觉得他可亲。

他没表现出一点迟疑。他既没有带着责备也没有带着歉意而来。

"我会拿狼皮裹住你，玛瑞安。皮子不凉，我一直把它摆在我腿上的。"

可不管怎么说，他走到火炉边把狼皮烤烤暖。

然后，他帮着玛瑞安从沙发上起来，将狼皮裹在她身上，拿披肩往她头上一套，再拉到肩膀下，于背后打上结。

她听之任之。她没有自己的意愿。被照顾着真好，不需要想望真是愉悦。最重要的是，对于像她这样一个被拆得支离破碎，没有自己的思想和情感的人来说，这挺好。

了不起的铁厂主把她抱下来，放到雪橇里，拉好顶篷，拿几张毛皮毯在她身子四周塞紧，驶离埃克比。

她闭上眼睛，叹息——一半是喜悦，一半是失落。她离开了生活，真正的生活，可这或许横竖是一码事，对她来说——她这么个不能活着，只是表演自己活着的人。

\*

几天之后，她母亲安排了一个机会，让她和尤斯塔见了面。古斯塔娃趁铁厂主长途步行到运木材的人那里时，叫来尤斯塔，把他领到了玛瑞安面前。

尤斯塔进来了，他既没和玛瑞安打招呼也没说话。他一直站在门边，看着地面，像一个固执的男孩。

"哎呀，尤斯塔！"玛瑞安叫道。她坐在带扶手的靠背椅上看着他，一半觉得好笑。

"没错，是我的名字。"

"来，到我这儿来，尤斯塔！"

他缓缓走近她，却没有抬起眼。

"再走近点！把膝盖放这儿来！"

"上帝啊，这一切能落个什么好呢？"他感叹，可他服从了。

"尤斯塔，我想告诉你，我是觉得，我还是回家来最好。"

"我们就祈愿他们不会再把玛瑞安小姐扔到雪堆里去吧！"

"唉，尤斯塔，你不再喜欢我了吗？你觉得我太丑了吗？"

他拉过她的头，吻她，可他看起来依然冷漠。

她觉得这真是很有趣。他要是嫉妒她的父母，这算什么呀，很快会过去的。现在她乐于重新赢得他。她可以说并不明白自己为何这么做，可她就是想这样。她记起，毕竟，虽只有那么一次，他得以将她从自身中解放出来。他大概是唯一那一个能再次做到这一点的人了。

现在，她开始说话，急于要把他赢回来。她说，她并不是要永远地抛弃他，可为了外观的缘故，他们可能不得不分开一阵子。他自己也能看出，她的父亲正处于疯狂的边缘，母亲一直陷于致命的危险里。他得理解，她是迫不得已才回了家。

这下子，他的怒气变成话语脱口而出。她没必要装模作样。他可不想再当她的玩物了。她一旦得以回家便立刻抛弃了他，他不能再爱她了。当他前天打猎回来，发现她一句话也没有、一个字都不留就离开了的时候，他的血液在血管里冷冻，他几乎因悲伤而死。他不能爱这个带给他那么巨大的苦痛的人。此外，她从未爱过他。她是个征服者，希望在家乡也有个亲吻她、抚慰她的人，仅此而已。

那么，他是相信她习惯于让单身小伙子爱抚她啰？

没错，他基本是信的。女人可不像她们看上去那么神圣。从头到尾都自私而爱调情！不，假如她能明白他打猎回家后的心情！那就像是跋涉在冰水里。他将永远没法克服这份悲痛。它会跟随他的余生。他将再也不能成为人了。

　　她试图跟他解释，这一切是怎么发生的。她试图提醒他，她始终是忠诚的。

　　没错，反正都一样，因为现在他不再爱她了。现在他已看穿了她。她自私。她不爱他。她连再见都不说就走了。

　　一次次地，他回到这一点上。她几乎觉得这场景有趣。她没法生气。她太理解他的愤怒了。她也没感觉受到什么真正的分手的威胁。可到最后，她开始担心起来。他真有了这样一个变化吗，他对她再也爱不起来？

　　"尤斯塔！"她说，"我去湖庄找少校时，我自私吗？我可知道那时他们那儿正流行天花。再说，穿着那么薄的鞋走在冰天雪地里也不是什么好事。"

　　"爱因为爱而活，不是因为什么服务或善行。"尤斯塔说。

　　"那么你是希望，从今往后，我们对彼此而言是陌生人了，尤斯塔？"

　　"我希望。"

　　"尤斯塔·贝林真是善变。"

　　"人们常这么指责我。"

　　他冷冷的，难以解冻，可说到底，她还要冷。自我观察坐着一边轻蔑地冷笑，笑她试图表演自己还在爱。

　　"尤斯塔！"她说，她再一次做出努力，"我不是有意要委屈你，虽然看来是如此，我求你了：原谅我吧！"

　　"我没法原谅你。"

　　她明白，要是她拥有一份完整的感情，就定能把他赢回来。她表演出很激动的样子，冰眼却嘲笑了她，可她还是尝试了，她不想失去他。

"别走，尤斯塔！别气呼呼地离开！想想我变得多么丑！再没有人会爱我了。"

"我也不会，"他说，"你会习惯自己的心被践踏，就跟其他人一样。"

"尤斯塔，我除了你从不曾爱上过一个人！原谅我！别抛弃我！你是唯一一个能把我从自己那儿拯救出去的人。"

他把她推开。

"你不说真话，"他带着冰凉的冷静说，"我不知道你想让我怎么样，可我看得出你在撒谎。你为何要拢住我？你那么富有，不缺求婚者。"

说完，他走了。

他还没关上门，思念和痛苦便在玛瑞安心中举行了庄严的入场式。

那是爱——她自己心灵的孩子——从冰眼把他驱逐而入的角落里跑了出来。他来了，那个被期待的人，可如今已经太迟。如今，他往前走，严肃而庄严，思念和痛苦托着他那皇家的斗篷。

当玛瑞安能确信地对自己说，尤斯塔已抛弃她时，她体会到纯粹的肌体的苦痛，那么厉害，击打得她简直要丧失知觉。她把手按在心口上，在同一位置坐了几个小时，和无泪的悲伤对抗。

而那个遭罪的人是她自己，不是个陌生人，不是个演员。她自己是那遭罪的人。

为何她的父亲要赶到，并把他们分开？她的爱并没有死。只是因为她处于大病初愈后的虚弱中，没能体会到爱的力量。

哦，上帝，哦，上帝，她已经失去了他！哦，上帝啊，她醒得太晚了！

啊，他是那唯一的一个，他是她的心的征服者！她能承受他的一切。来自于他的严厉和尖刻的话语只会让她对谦卑的爱弯腰。假如他抽打了她，她恐怕会像一只狗一样朝他爬过去，并亲吻他的手。

她不知道该怎么做才能缓解这隐痛。

她抓过笔和纸，带着可怕的热情书写。她先是写她的爱和失落。继而，她祈求了——不是他的爱——只是他的怜悯。她写了个诗一样的东西。

写好之后，她想，要是尤斯塔能看到，他可能会相信她爱过他。那么，为何不把她所写的寄给他呢？第二天，她会把信发出，她相信，这会叫他回心转意。

第二天，她陷入焦虑，和自己冲突起来。她所写下的看来那么可怜和愚蠢，既不押韵，也谈不上有什么格律，不过是散文，对这样的所谓诗他只会报之一笑。

她的自尊也苏醒了，假如他不再爱她了，那么，去乞求他的爱实在是一份可怕的羞辱。

一时间，智慧回到了她身边，对她说，她得开心才是，因为她得以摆脱和尤斯塔的关联以及由此可能引起的一切可怕情形。

然而，内心的折磨是那么可怕，最终，她的情感胜出了。她意识到自己的爱的三天之后，她把诗文扎起来，在封面写上了尤斯塔的名字。不过，它们没被寄出。在她还没找到一个合适的送信人之前，她听到了关于尤斯塔的一些事，她意识到，要赢回他来，已太迟了。

而这成为她一生的悲痛——没在她可以重新赢得他时，把那诗文及时发出去。

她全部的苦痛牢牢地结于一点："要是我没犹豫那么久，要是我没犹豫那么多天！"

它们——那些写出的文字可能就帮她赢得了生活的幸福或至少是生活的现实。她确信它们本可以让他回到她的身边。

然而，悲伤和爱一样也来为她服务。这让她成为一个完整的人，能够对好的和坏的奉献自己。沸腾的感情自由地在她的灵魂中奔流，未被那冰冷的自我观察所屏蔽。于是，虽说她丑陋，但她被人深深热爱。

不过，人们说，她从未忘记尤斯塔·贝林。她为他悲恸就像一个人悲恸被浪费的生命。

而她可怜的诗文一度广为阅读，却在很久前被遗忘。可我觉得它们显出一种奇怪的感人，写在发黄的纸上，有褪了色的墨水，密集而整洁的笔迹。整个生命的失落就聚集在这些可怜的字符里，而我写着它们，带着一份确定的神秘恐惧，好像神秘的力量就住在其中。

我请求你们阅读它们，思考它们。谁知道假如它们邮出去了，会产生什么样的力量呢？然而它们足够热情，以见证一份真实的感情。或许，它们会将他带到她面前。

在一种尴尬的无形无式中，它们足够感人，足够温柔。没人能期望它们是另外的样子。没人希望它们被韵脚和格律的锁链捆绑，可想起来又是那么让人遗憾，或许正是这一点不完美，阻止了它们被及时发出。

我请求你们阅读它们，并且爱它们。这是一个处于极度悲痛下的人写的：

孩子，你爱过，但你不会
　　再尝爱的喜悦。
激情的风暴已撼动过你的灵魂。
高兴吧，你正趋于宁静！

你将不再被投入激烈的喜悦
高兴吧,你正趋于宁静!
不会再被降至痛苦的深处
　　　哦,永远不会!


孩子,你爱过,但你不会
　　再将灵魂搁在火上。
你像一片干枯的草地,
　　短时内被火焰席卷。
因滚滚的烟云和灰烬的光亮
　　天堂的鸟儿惊叫着飞离。
愿它们回家!你不会再燃烧了,
　　再不能燃烧了。


孩子,你爱过,但你不会
　　再听爱的声音。
你心灵的力量,就像疲惫的孩子,
　　坐在学校的硬板凳上,
　　憧憬着外头的自由和游戏的孩子,
　　可现在没人再叫他们了,
他们坐着好似被遗忘的哨兵,
　　没人再叫唤他们了。


孩子,那唯一的人走了
　　和他一起走的还有全部的爱和爱的喜悦
他,你那么热爱的人,他教会了你
　　展翅飞入天空。

他，你那么深爱的人，他给予过你
　　被淹没的村庄中唯一的安全之地
　　他走了，他，那唯一的一个知道如何
　　打开你心扉的人。

*

我只求你一件事，我爱的你：
永远别给我加上仇恨的重负！
脆弱的一切中最脆弱的，不正是人的心吗？
心怎能活在如有刀割的想法下：
　　另一个人正受煎熬？

哦，我爱的人，假如你要杀我，
　　别备剑，别买毒药或绳索！
只需让我知晓，你愿见我消逝
　　从大地的葱绿草地，从最丰富的生活那儿消逝
　　我便坠入坟墓。

你给了我生活的生活，你给了我爱。
你又来取回你的礼物。哦，我完全明白，
然而，别用仇恨来换！
我还是热爱活着——哦，记住这一点！
可我明白，我会死在仇恨的重负之下。

## 第十章　年轻的伯爵夫人

　　年轻的伯爵夫人每天早上睡到十点,需要每天都能在早餐桌上看见新鲜面包。年轻的伯爵夫人在圆绷上绣花,也阅读诗歌。她对织布和烹饪一无所知。年轻的伯爵夫人被娇惯坏了。

　　可年轻的伯爵夫人很快乐,且让她的愉快照耀着每件事和每个人。人们甘愿她享受早晨的酣睡和新鲜的面包,因为她对贫穷的人乐善好施,对每个人都很友爱。

　　年轻的伯爵夫人的父亲是一位瑞典贵族,一辈子住在意大利,是被那里的美丽乡村和那美丽国度的美丽女儿中的一个留住了。当亨利·杜纳伯爵在意大利旅行时,他在这个贵族的家中受到款待,认识了贵族的女儿们,和其中的一个结婚,并把她带到了瑞典。

　　一直会说瑞典语,并被培养得热爱瑞典的一切的她,在这熊出没的北方过得挺自在。她在围绕着芦汶长湖的长久欢舞中快乐旋转,人们简直可以认为她是从小就生活在这北方的。不过,她对于怎么去当一位伯爵夫人知之甚少。在这个快乐的年轻女子身上看不到一点讲排场、僵硬和居高临下的做派。

　　老绅士们最喜爱年轻的伯爵夫人。她在他们那里取得的成功是惊人的。当他们在舞会上见到她,毫无疑问,你明白,他们所有的人——蒙克路德的法官，布洛比的主任牧师，麦克尤·辛克莱尔①和贝尔雅的上尉都十分肯定地对他们的妻子说，假如自己在四十或三十年前见到了她……

"是呀，可那时她还没出生哪！"那些夫人们说。

而下一次再碰面时，她们就取笑年轻的伯爵夫人，她可是把老头儿们的心从她们身边带走了。

这些上了年纪的夫人们看着她有些担心。她们清楚地记得梅尔塔伯爵夫人第一次到贝尔雅时也是这么开心、美好而惹人喜爱。可如今，她只是成了个毫无用处、寻欢作乐的征服者，她除了自己的消遣，啥也不想。"要是她有个丈夫让她忙乎就好了！"老夫人们说，"要是她能摆出一台织布机来就好了！"因为，摆开一台织布机能消耗所有的悲伤，吞噬所有的兴趣，那是许多女人的拯救。

年轻的伯爵夫人很想成为一名好主妇。她觉得再没有比做美好家庭中幸福的妻子更好的事了，她时常到这些大聚会里，和老妇人们坐在一块儿。

"亨利克特别希望我能成为一名能干的主妇，"她说，"就像他妈妈那样，教教我怎么摆弄织布机吧！"

老夫人们不由得发出两声叹息：第一声是为亨利克伯爵，他竟相信自己的母亲是能干的主妇；第二声是为把这么个年轻且啥也不会的人儿放在这一复杂的工作里为难。你只需和她谈谈线束、线筒和滑轮，谈谈平纹、扁平纹，便足以让她的脑子晕乎乎地打转，更不用说去谈鸟眼纹、鹅眼纹和浮线挑花技法了。

见到这位年轻的伯爵夫人的人都不禁疑惑，她为何要嫁给愚蠢的亨利克伯爵呢。

愚蠢的人也真是可怜！不管他在哪个地方，都会叫人痛心。而

---

① 在辛克莱尔的名字前，作者没有写他居住的地点比雍纳。

最让人痛心的要数住在韦姆兰的蠢人了。

关于亨利克伯爵的愚蠢，流传着不少故事，而他才不过二十出头。人们会说起，在几年前的雪橇聚会上，他怎么乐坏了安娜·萧安乎克。

"你真美，安娜。"他说。

"你可真会说话。亨利克。"

"你是全韦姆兰最美的。"

"我可不是。"

"反正你是雪橇聚会上最美的。"

"哎呀，亨利克，那我也不是。"

"嗯，不过，你是这架雪橇上最美的。这你可没法否认。"

嗯，她没法否认。

因为亨利克伯爵一点不美。他有多蠢那么他就有多丑。人们总是说，他脖子上的那颗脑袋在他的家族里遗传了好几百年了。所以，到最近的继承人这里，脑袋已用破了。"显然，他根本没什么自己的大脑，"人们说，"他借了他父亲的。他甚至不敢低头，担心头一低就会把脑袋弄丢。他已有了发黄的皮肤和脑门上的皱纹。那颗头没准祖父和父亲都用过。不然，头发怎会那么少，嘴唇怎会那么白，下巴怎会那么尖呢？"

总有捣蛋鬼在他周围，故意惹他说些蠢话，然后，收集了这些话，传播它们，使用它们。

好在他什么也察觉不到。他在所有的行动中都保持严肃和威严。他怎能想得出别人并非如此呢？高贵住在他的身体里：他有目的地移动，他笔直地行走，他从不会不动身子就扭头。

几年前，他拜访过蒙克路德的法官。伯爵是骑马去的，戴着高帽、穿着黄色的裤子、套着闪亮的靴子，他笔直而骄傲地坐在马鞍上。到达时一切顺利。可当他要策马离开时，白桦道上一根倒挂的枝条撞开了他的帽子，他下马戴上帽子，继续在同一根枝条下骑过去，帽子再次被撞开。就这样重复了四次。

最后，法官跑来对他说："下一次，老弟从树枝的边上骑过去如何？"

第五次，他成功地从那根树枝边通过了。

可事情就是这样，虽说他生了个老男人的头颅，年轻的伯爵夫人喜欢他。她在南方的罗马遇见他时，自然不知道他在自己国家顶着"愚蠢"这个烈士冠冕。在国外时，他还有些年轻人的光泽，而他们又是在特别浪漫的氛围中结合在一起的。你只需听伯爵夫人说说，亨利克伯爵是怎么不得不绑架她的。僧侣和枢机主教陷入愤怒，因为她竟想背弃自己一直属于的母亲的宗教，成为一名新教徒。大众哗然。她父亲的住地被围攻。亨利克被黑帮追捕。母亲和姊妹求她放弃这桩婚事。可她的父亲十分恼火，意大利强盗竟不让他把女儿嫁到一个他乐意的地方。他命令亨利克绑架她。就这样，因为他们不可能在任何地方结婚而不被发现，她和亨利克偷偷从后街和暗巷走到了瑞典领事馆。她放弃天主教并皈依新教后，他俩立刻成婚并乘着一辆飞驰的四轮遮篷马车往北方奔去。"没时间听教堂宣读结婚预告，您明白吗？根本没时间，"年轻的伯爵夫人会这么说，"这当然挺遗憾，我们是在领事馆而不是一间漂亮的教堂结的婚，可要是不那样，亨利克就得不到我了。南边人人都是火爆脾气，爸爸和妈妈，枢机主教和僧侣，他们每个人都是。所以一切都必须秘密进行，要是有人看见我们从家里偷偷跑出来，准会杀了我们两个以拯救我的灵魂。而亨利克的灵魂自然是要定罪的。"

不过，这位年轻的伯爵夫人爱她的丈夫，甚至在回到了博宜，开始了更稳定的生活后。她爱他从那古老的名字和英雄的祖先那儿得到的光芒。她喜欢看见自己的存在如何软化他的僵硬，听见她和他说话时，他的声音如何变得温柔。此外，他关心她、宠爱她，并且，最重要的是，她嫁给了他。年轻的伯爵夫人没法想象，一个已婚女人会不爱自己的丈夫。

在一定程度上，他也对应了她理想中的男子气概。他正派，他热爱真理，他从不食言。她认为他是一个真正的贵族。

*

三月八日，治安官夏尔林庆祝他的生日，于是很多人赶到了布洛比坡。东边和西边的，熟悉和陌生的，受邀和没受邀的，在这一天总会到治安官的庄园来。所有的人都受欢迎。所有的人都能找到足够的吃的喝的，在舞厅里，会有足够的旋转空间供给来自七个教区的热切的舞蹈者。

年轻的伯爵夫人也来了，就像她会前往任何一个能期待舞蹈和娱乐的地方。

可她抵达时闷闷不乐。似乎她有预感——如今轮到她要被卷入历险的狂野追猎中去了。

在路上，她坐看太阳西沉。它从一片清澈的天空上落下，没给臃肿的云朵留下金边。苍灰暮色中的空气，以清冷的狂风席卷大地。

年轻的伯爵夫人看到日与夜如何搏斗，所有的生灵如何在两大势力的争斗之际处于紧张和恐惧。马儿加紧要卸掉最后一趟负载，以便尽快站到屋檐下。伐木工匆匆从森林往家赶，女仆们从仓房往屋内跑。野兽在森林边缘咆哮。白日，这人类的最爱被攻克了。

颜色苍白了，光亮熄灭了。寒冷和丑陋是她唯一之所见。她憧憬、热爱和做过的一切都让灰灰的薄暮包围。对她，对自然中的一切而言，这都是疲劳、溃败和无力的时刻。

她想到自己的心，如今，闪烁着愉悦火花的这颗心将整个存在罩入了紫色和金色，她想，或许有一天，她的心将失去点亮她的世界的力量。

"哦,无力,我自己的心的无力!"她对自己说,"令人窒息的灰白的暮色女神,有一天,你会是我的心的主宰者。于是,我将看到生活丑陋又灰暗,或许它原本如此,于是,我的发会白,我的背会弯,我的脑会瘫。"

就在这时,雪橇弯进治安官的庄园,就在年轻的伯爵夫人抬起头时,她的视线落到了偏屋一扇有铁栏杆的窗户上,落到了窗户后一张严厉的、眼睛正狠狠瞪着的脸上。

这张脸属于埃克比的少校夫人。年轻女人明白,当晚的娱乐给毁了。

没看见悲痛时,人是可能开心的,只是听人谈起悲痛,就像在外国的客人。可要是面对面看见夜一般黑的、严厉地直瞪着的苦难,就很难保护内心的欢愉。

伯爵夫人或许知道治安官把少校夫人关进了监狱,少校夫人必须为那一夜在埃克比那场盛大舞会后的暴行接受审讯。可伯爵夫人没想到少校夫人被关在治安官庄园里,离舞厅那么近,从舞厅能看到少校夫人的屋子,近得少校夫人也一定听得见舞蹈的音乐和那些快乐的喧嚣。关于少校夫人的念头带走了伯爵夫人的快乐。

年轻的伯爵夫人的确跳了华尔兹和四对舞,她也参加了小步舞和英格兰仕女舞。可在每个舞蹈的间隙,她都会溜到窗边去看侧屋。那里有少校夫人窗口的光亮,她能看见少校夫人在室内来回走动。少校夫人似乎从不休息,只是不停地行走。

伯爵夫人完全无法从舞蹈中感受到乐趣。她只想着少校夫人如何像一头困兽在监狱里来回走动。她惊诧所有其他的人还能跳舞。肯定有好多人和她一样,得知少校夫人离他们那么近而感到沮丧,可没人表露出什么。住在韦姆兰的是隐忍的人。

每一次她朝外头看过,她的舞步便愈发沉重,笑声就堵在了嗓子里。

治安官夫人注意着她，当她擦干窗上的水气朝外看时，治安官夫人走了过来。

"真是不幸！哎，这是多么大的不幸啊！"她对伯爵夫人耳语。

"我感觉今晚根本没法跳舞。"伯爵夫人悄声回答。

"她就关在那里，而我们却在开什么舞会——这也不是我愿意的，"夏尔林夫人说，"她被捕后就一直给关在卡尔斯塔德，现在审讯就要开始了，所以她今天被带到了这儿。我们不想让她待在可怕的法院监狱，于是把她安置在偏屋的织布间。伯爵夫人，要不是今天来了这么多人，她会待在我的沙龙里。您不怎么了解她，可她对于我们这里所有的人来说，就像母亲和王后。她会怎么看我们呢，我们这些在她处于巨大苦痛时跳舞的人？还好，多数人不知道她就在那儿。"

"她不该被捕。"年轻的伯爵夫人严正地说。

"不该，您这话一点不错，伯爵夫人，然而没别的法子，不然或许会发生更大的不幸。没人认为她在自己的干草堆上点把火，并赶走侠士就有什么不对，可少校自然到处猎捕她。要是她没被扣起来，上帝知道他会做出什么事来。伯爵夫人，由于逮捕少校夫人，夏尔林不得不承受很多屈辱。甚至在卡尔斯塔德，大家对他也很不满，因为他没能对埃克比的事睁只眼闭只眼，可他做了他相信是最妥当的。"

"不过现在她将被定罪，是吗？"伯爵夫人问。

"哦，不会，她不会被定罪。少校夫人很可能被释放，可即便如此，最近她不得不承受的一切对她还是太要命了。她或许会疯。伯爵夫人肯定能理解，她这么个骄傲的女人，怎能忍受被当作罪犯对待？我觉得，要是她能自由是最好。或许她可以自己逃走。"

"放了她吧！"伯爵夫人说。

"除了治安官和他妻子,谁都可以这么做,当然。"夏尔林夫人说,"我们不得不看管她,特别是今晚,她的很多朋友都在时。门口有两个男人守着,她那里都有铁栏,没人进得去。可要是有谁能把她弄出去,伯爵夫人,那么夏尔林和我都会很高兴。"

"我可以到她那儿去吗?"年轻的伯爵夫人问。

夏尔林夫人热切地抓住伯爵夫人的手腕,把她拉了出去。在前厅,她们围上披肩,匆匆穿过院子。

"她也未必会跟我们说话,"治安官的妻子说,"可她还是能看到,我们并没忘了她。"

她们走进侧屋的第一个房间,两个男人看守着有栅栏的门,她俩没被阻拦,进入了少校夫人的屋子。她在一个大房间里,周围全是纺车和其他设备。这确实是个织布间,可窗上有栅栏,门上有坚固的锁,所以在有紧急需要时能充作牢房。

少校夫人正在里头来回走动,没注意到她俩。

这些天,少校夫人开始了长长的旅程。她想不起其他任何事,除了得走一百二十多英里的路,好抵达母亲那里,母亲正坐在北面的河之谷的森林里等着她。她没时间休息。她必须行走。不安的紧急笼罩着她。她的母亲已九十出头了,很快就要死了。

她用厄尔丈量着地板的长度,现在,她把厄尔加起来,换算成英寻,再把英寻换算成半英里和英里。

她的路看来沉重而漫长,而她不敢休息。她在深深的积雪中跋涉。她行走时,听得见无边的森林对她叹息。她在芬兰人的小屋和烧炭人用枝条搭成的窝棚里休息,有时,要是好几英里地不见人烟,她就得掰断枝条,自己搭棚,在云杉脚边休息。

终于,她抵达了终点,一百二十多英里结束了,森林展开了,红色的房屋竖立在白雪覆盖的庄园里。以一连串的小小激流,克拉尔河向前翻滚,从这熟悉的水流的吼叫声里,她听出自己是到了家。

而她的母亲看见乞丐般的她，似乎早知会是如此，出来迎她。

少校夫人走了那么远之后，她总抬起头，环顾四周，看到关闭的门，才明白自己到底是在哪里。

她怀疑自己是快疯了，于是坐下来思考和休息。可过了一会，她又走动起来，把厄尔和英寻加起来换算成半英里和英里，在芬兰人的小屋小憩，并且日夜无眠，直到再次走完那一百二十多英里的路。

在整个被捕的日子里，她几乎一直没睡。

两个前来看望她的女人焦虑地注视着她。

年轻的伯爵夫人此后将一直记得那个在那儿走动的少校夫人。后来，伯爵夫人时常在梦里看见她，从梦境中惊醒，眼里是泪水，唇上是哀叹。

这老妇人焦虑而潦倒，她的头发看上去很薄，几缕松散的发从窄窄的发辫里跑了出来。她的脸松弛且下陷，她的衣衫不洁而破损。尽管如此，在很大程度上她依然是一个高贵而全能的女统治者，她不单是引人怜悯，更是让人尊敬。

不过伯爵夫人最记得的是那双眼睛：沉陷、内省，尚未失去所有理性之光，可几乎就要熄灭，而疯狂的火花潜伏在深处，以至你会又害怕，怕这老妇人在下一刻会扑过来，她的牙齿已准备好来咬，手指已准备好来抓。

她们站了有一会了，少校夫人突然在年轻女子跟前停住脚步，死瞪着她。伯爵夫人退后一步，抓住夏尔林夫人的胳膊。

少校夫人的身体突然重新捕获了生命和表情，她的眼睛带着完全的理解，看见了外头的世界。

"哦，不，哦，不！"她说着且微笑，"还没那么糟，我亲爱的年轻女士。"

现在，她请她们坐下，自己也坐了下来。她有一种老式的庄严风范，是那些埃克比的宴会和国王派驻卡尔斯塔德的督查联络官官邸举办的王室舞会上所熟悉的，她们忘却了破衣烂衫和监牢，只看见韦姆兰最骄傲和最富有的夫人。

"我亲爱的伯爵夫人！"她说，"是什么让您离开舞蹈，来看像我这么个孤独的老太婆呢？您一定十分善良。"

伊丽莎白伯爵夫人没法回答。她的声音因激动而哽咽。夏尔林夫人替她说明，她没法跳舞，是因为一直在想着少校夫人。

"亲爱的夏尔林夫人，"少校夫人说，"我影响到年轻人的娱乐了吗？您可不必为我哭泣，我亲爱的年轻的伯爵夫人。"她继续说，"我是个刻薄的老女人，就配我这命运。您总不会觉得抽打自己的母亲是正确的吧？"

"不会，可是——"

少校夫人打断了她，并且抚摸着她前额上卷曲的浅色头发。

"孩子，孩子，"她说，"您怎么会嫁给那个愚蠢的亨利克·杜纳？"

"可我爱他。"

"我明白是怎么回事，我明白是怎么回事，"少校夫人说，"一个善良的孩子，再没别的。为苦难哭泣，为幸福欢笑。并且不得不对第一个说'我爱你'的人表示愿意，没错，就是这样。去跳舞吧，我亲爱的年轻的伯爵夫人！跳舞并快乐，您身上没有一点恶。"

"可我想为少校夫人做点什么。"

"孩子，"少校夫人庄严地说，"在埃克比住过一个能把天堂的风捕获的老妇人。如今她被抓了，而风自由了。大地上席卷着风暴，这奇怪吗？

"上了年纪的我以前见过这风暴，伯爵夫人。我感觉到风。我知道这雷鸣般的上帝的风暴①就要落在我们身上。先席卷的是那些巨大的王国,继而是那些微小且被遗忘的社区。上帝的风暴什么也不会遗忘,它既扫荡大的,也冲击小的。看到上帝的风暴来临是件伟大的事。

"上帝的风暴,那有福的我主的天气,正朝地球上吹!声音在空气里,声音在水里,发出响动且骇人!让上帝的风暴轰鸣!让上帝的风暴骇人!让裹挟着雨雪的暴风扫过大地,冲向颤巍巍的墙壁,冲开已生锈的门锁和倾斜而快要倒塌的房舍!

"焦虑将在大地蔓延,小鸟的巢将从它原本被牢牢绑着的树枝上掉落,松树梢的老鹰窝会被削断而带着巨响坠入地上、风会伸出龙舌嘶嘶地一直舔到石缝中的猫头鹰窝。

"我们以为自己这儿一切都好,其实不是。上帝的风暴或许必不可少。我能理解,所以我没啥好抱怨,只希望能被允许上我母亲那儿去。"

她突然打住。

"现在,走吧,年轻的女子!"她说,"我时间不多了,我得走了。走吧,留神那些骑在风暴云上的!"

她说着又恢复了跋涉。她的表情松弛了,目光转为内省,伯爵夫人和夏尔林夫人不得不离开她。

她们重新和那些舞蹈的人们在一起后,伯爵夫人径直走到尤斯塔·贝林那儿。

"我给贝林先生带来了少校夫人的问候,"她说,"少校夫人在等贝林先生把她带出监狱。"

"那就让她等着好了,伯爵夫人。"

---

① 《圣经·旧约》中描述了上帝如何一再掀起毁灭性的风暴,比如在《以赛亚书》(29:6)中。

"哦，帮帮她吧，贝林先生！"

尤斯林茫然地瞪着自己的前方。"不行，"他说，"我为何要帮她？我欠她什么？她做的一切导致了我的毁灭。"

"可是贝林先生——"

"要是她不存在，"他激烈地说，"我如今已沉睡在无边而永恒的森林里了。就因为她把我变成了埃克比的侠士，我就得为她冒生命危险吗？伯爵夫人，你相信侠士这种位置能带来什么好声誉吗？"

年轻的伯爵夫人一言不发地走开，她生气了。

她走到自己的位置那儿，苦涩地想着这些侠士。他们带着法国号和小提琴来到这里，指望弓一直擦着弦，直拉到马鬃磨损，不去想欢快的旋律会传到监狱的悲苦房间里。他们来这里是为了跳舞，直跳到鞋上沾满灰尘，不去想他们的旧恩人透过有水气的窗户看得见他们旋转而过的影子。哦，世界变得多么灰暗和丑陋！哦，朝年轻的伯爵夫人的灵魂压来的，是多么巨大而带阴影的苦痛和严苛！

过了一会，尤斯塔过来邀她跳舞。

她断然拒绝了。

"伯爵夫人不愿和我跳舞吗？"他问，脸涨得很红。

"我不愿和您或任何其他埃克比的侠士跳舞。"她说。

"这么说，我们不配有这个荣幸？"

"这不是什么荣幸，贝林先生，可我觉得，和那些忘却感恩的人跳舞不舒服。"

尤斯塔已转过身去。

这一幕让很多人都看见和听到了，大家觉得伯爵夫人没错。侠士们对少校夫人的不知感恩和没有心肝已引起众人的不满。

可那个时候，尤斯塔·贝林比森林里的野兽还要危险。自从他打猎归来，发现玛瑞安已不见，他的心就是一个疼痛的伤口。他有十足的欲望要对什么人制造血腥的不公，并在广泛的范围内传播悲伤和折磨。

要是她想这样,他对自己说,那也可以如她所愿,但她也就不能光省着自己那张皮。年轻的伯爵夫人喜欢绑架。她将得到满足。他对冒险没意见。他因为一个女人,悲哀了有八天了,说来已经够长。他喊上贝伦克鲁兹上校,喊上克里斯蒂安·贝里——就是那个强壮的上尉,还有对疯狂的冒险从不犹豫、冷静而淡漠的克里斯托弗老哥,他跟他们讨论,怎么才能为侠士的荣誉雪耻。

\*

宴会的尾声到了。一长排的雪橇给驾到了院子里。先生们披上他们的皮衣。女士们在乱成一团的更衣室找她们的衣服。

伯爵夫人急于离开这个让她愤恨的舞会。她是女士中第一个穿戴好的。当门被打开,而尤斯塔·贝林出现在门槛上时,她正站着、微笑着,在房间正当中,注视着一片混乱。

可是,没有任何男人有权进入这个房间。老妇们已拉开装饰用的帽子,而露出稀薄的头发。年轻姑娘们已把裙子拉上去,塞到皮衣底下,这样骑马时,僵硬的褶边不至于被夹住。

对要求停步的惊呼毫不在意,尤斯塔·贝林冲到伯爵夫人身边,拉住了她。

他拉住她的胳膊,把她拎到室外,到前厅,到外头的台阶。

受惊妇女们的尖叫不能阻止他。她们紧跟其后,只看见他把伯爵夫人抱在怀里,冲上了一架雪橇。

她们听见车夫抽了一鞭子,看见马奔驰起来,她们认得车夫,那是贝伦克鲁兹,她们认识那匹马,那是唐璜。在对伯爵夫人的命运的惊恐中,她们把男人们喊来。

没法把时间浪费在太多的问询上,取而代之,他们冲向雪橇,伯爵领头,他们追赶着绑架妇女的人。

可他躺在雪橇里，紧紧抱着年轻的伯爵夫人。他已忘记了所有的悲痛。因冒险的醉人愉悦而恍惚，他用最大的声量唱着一首爱和玫瑰的民谣。

他把她抱得紧靠着自己，她也没试图逃离。她白皙、严肃而没有表情的脸就在他胸前。

哦，一个男人会怎么做呢，当他看见一张苍白、无助的脸离自己那么近，看见那浅色头发垂到了一边，而本来会给白皙又发光的前额投上阴影的眼帘重重地合在那双能发出俏皮闪光的灰眼睛上？

当红色的嘴唇在他的眼前发白时，他该怎么办呢？

亲吻，自然是亲吻那褪色的唇、紧闭的眼、白皙的额。

可这么一来，年轻的伯爵夫人醒了。她推开了他。她就像弹簧。他用尽全力和她搏斗，才叫她没法跳出雪橇，最后，他迫使被制服了的颤抖的她坐在雪橇的一个角落里。

"看！"尤斯塔十分平静地对贝伦克鲁兹说，"伯爵夫人是唐璜和我在这个冬天拉的第三个女人。可其他那两个吊在我脖子上吻我，这一个既不肯被我亲吻，也不肯和我跳舞。你能明白这些女人吗，贝伦克鲁兹？"

不过，当尤斯塔驾车离开庄园后，当女人们尖叫、男人们诅咒，当雪橇铃儿叮当、鞭子抽响，一切都狂躁而混乱时，看守着少校夫人的两个人开始觉得奇怪。

"到底发生了什么事？"他们想："他们喊什么？"

突然，门被打开了，有个声音朝他们吼道："她跑了，他带着她一起跑啦！"

两个看守奔了出去，奔得跟疯子似的，没去查看跑了的到底是少校夫人还是别的什么人。幸运的是，他们甚至跳上了一辆往外赶的雪橇。他们结结实实地追了很久才弄清，到底追的是谁。

而贝里和克里斯托弗老哥平静地走到门边，砸开门锁，为少校夫人开了门。

"少校夫人自由了。"他们说。

她出来了。他们像树桩一样笔直地站在门的两边,都不看她。

"外头有雪橇和马,少校夫人。"

她出去了,在雪橇上坐好,驾着雪橇走了。没人追她,也没人知道她往哪里去。

下了布洛比坡,唐璜匆匆地在坚冰覆盖的芦汶湖表面驰骋。骄傲的奔跑者在向前飞。让人神清气爽的冰凉空气在策马者的颊边呼啸而过,雪橇铃儿叮当,星星和月亮闪烁。蓝白色的雪闪耀着自己的光泽。

尤斯塔感到诗意在自己体内苏醒。

"贝伦克鲁兹,"他说,"看,这就是生活。就像唐璜拉着这年轻女人在奔跑,时间也在拉着每个人奔跑。你是需要,你指引旅程。我是欲望,掌控自由的意愿。而她是被拉的、那个无力的人,会往下落得越来越深。"

"别说话,"贝伦克鲁兹吼道,"现在他们追上来了!"

他甩了个响鞭,把唐璜带入更狂野的步伐。

"那里是狼,这里是猎物,"尤斯塔喊道,"唐璜,我的伙计,想象你是一头小驼鹿!在荆棘中奔跑,在沼泽里跋涉,从山脊跳入清澈的湖泊,带着勇敢的昂起的头颅游过湖面,然后消失、消失在浓密的云杉林救赎的黑色里!跑吧,唐璜,你这老是诱拐女人的家伙!像一头年轻的驼鹿那样奔跑吧!"

他狂野的心因加快的速度而填满欣喜。追逐者的喊叫对他来说是欢快的歌曲。当他感觉到伯爵夫人的身体因恐惧而颤抖,当他听得见她的牙齿格格作响时,喜悦填满他不羁的心。

突然,他对她的铁一般的抓握松弛下来,他站在雪橇上,挥舞自己的帽子。

"我是尤斯塔·贝林！"他喊道，"一万个亲吻和一万三千封情书的主人，为尤斯塔·贝林欢呼！能抓到他的，你就来吧！"

而在下一个瞬间，他对伯爵夫人耳语："不觉得这节奏很好吗？这岂非一个高贵的航程？在芦汶湖之外有维纳恩湖，在维纳恩湖之外有大海，到处伸展的是无边的、清澈而蓝黑的冰，在此之外是一个发光的世界。滚动的雷鸣在冻结的冰下，严厉的喊叫在我们身后，流星在天上，叮当的雪橇铃在我们前头！向前！一直向前！年轻又美丽的女士，您有欲望试试这样的航程吗？"

他让她自由，她则把他狠狠地推开。

下一刻，他的腿跪在了她的脚边。

"我是个混蛋，混蛋！伯爵夫人不该惹我。您那么骄傲、那么美好地站在那里，不相信侠士的拳头会向您挥去。天和地爱您。您不该增加那些天地所蔑视的人的负担。"

他把她的手拉向自己，抬起来放在他的脸上。

"但愿您能明白，"他说，"做一个被摒弃的人是个什么滋味！没人会管你做什么，没人。"

与此同时，他注意到她手上什么也没有。他从口袋里拉出一副皮手套，给她戴上。

这么一来，他一下子彻底平静了。他在雪橇上重新坐好，坐得距伯爵夫人尽可能地远。

"伯爵夫人无需害怕，"他说，"您不明白我们在做什么吗，伯爵夫人？您该明白我们不敢伤着您。"

因害怕而脑子几乎一片空白的她，这时发现，他们已驶过湖面，唐璜正奋力登上博宜的陡坡。

他们在伯爵邸宅的台阶边停下马。让年轻的伯爵夫人在自家的大门前跨出了雪橇。

仆人们奔出来围绕了她之后，她重新有了勇气和理智。

"照看好马儿,安德松!"她对自家的马夫说,"这几位绅士把我送回了家,我们不该招待他们到屋里来坐一会吗?伯爵马上就到了。"

"要是伯爵夫人愿意。"尤斯塔说,立刻从雪橇里下来了。贝伦克鲁兹眼睛都没眨一下便毫不犹豫地把缰绳松开了。而年轻的伯爵夫人在他们前头进了门,带着难以掩饰的幸灾乐祸,把他们领到了客厅里。

伯爵夫人可能以为侠士们会对于等待她丈夫到来的邀请犹豫。

那时,他们还不知道,伯爵是怎样一个严厉而正派的人。他们没害怕他会对他们进行关于强迫她和他们一起乘雪橇一事的审讯,她想听他宣布,禁止他们踏入她的家。

她想看见他唤来所有的仆人,对他们指出,不能让侠士穿过博宜的门。她希望听他表达他的轻蔑,不仅是对于他们对她所做的,还有他们对少校夫人、他们的恩人所做的。

没错,他,单是对她温柔和放任的人,他会站起来严厉地质问她的迫害者。爱会在他的言语间点上火。他,保护和尊重她,像是她比任何其他人都要美好,他绝不会允许一个粗鲁的男人扑向她,就像鸟儿扑向一只麻雀。她闪烁着对报复的渴望。

贝伦克鲁兹,有着浓密的白胡髭的上校,面无难色地走进客厅,跑到火炉边——伯爵将从舞会上归来时,这个火炉总是点着。

尤斯塔在门口的黑暗里停住了,他默默地观察伯爵夫人,而仆人接下了她的外衣。看着这个年轻女子时,他觉得好多年没这么快乐过了。在他看来,她身上有着最可爱的灵魂。这很显然,显然得就像是一个启示,虽然,他不明白自己是怎么发现这一点的。

这灵魂暂时还在束缚和沉睡中,但毫无疑问,它就会呈现出来。他很高兴发现了她内心深处的纯净、虔诚和无辜。他几乎要笑,因为她看起来那么生气,嘴巴鼓着,眉头皱着。

"你不知道你是多么温柔和美好。"他想。

她这个人的面对感官世界的一切，并不能对她内在的自我有一个完全真切的裁判，而尤斯塔·贝林从这一刻起将成为她的奴隶，就像人必须服务于所有美好和神圣的。没错，没法后悔，他对她刚做了这么个鲁莽而粗暴的事。假如她不是那么害怕，假如她不曾那么狂暴地将他推到一边，假如他没注意到她的内在被他的粗鲁点燃，那他就不知道她的内部有那么美好和高贵的精神。

以前他没想到这一点。她只是喜欢跳舞，看起来快活。并且，她可是和愚蠢的亨利克伯爵结了婚。

没错，现在他愿意做她的奴隶，直到死：狗与奴隶，像克里斯蒂安上尉常说的，没别的。

尤斯塔·贝林在门边坐下，两手交叉，就像在一个教堂礼拜中。自感受到灵感火焰的那天以来，他不曾体验到灵魂中的这种神圣。他没让自己被打扰，虽然伯爵领着一帮咒骂着侠士们的行为的人进来了。

他让贝伦克鲁兹应对风暴。这个经历过无数历险试炼的人懒懒地、冷静地站在火炉边。他把脚踩在壁炉栅栏上，胳膊休息在膝盖上，下巴搁在手里，看着一帮人暴风般地卷进来。

"这一切是怎么回事？"那小伯爵对他吼叫。

"这意味着，只要大地上还有女人，那就有排队等着跳舞的傻瓜。"

年轻的伯爵脸红了。

"我在问，这是什么意思?!"他重复着。

"我也在问，"贝伦克鲁兹嘲弄地说，"我在问，亨利克·杜纳的伯爵夫人不肯和尤斯塔·贝林跳舞是什么意思。"

伯爵转而向他的妻子询问。

"我做不到，亨利克！"她哭喊，"我想到少校夫人是因为他们才在狱中凋零。"

小伯爵拉直他僵硬的身体，抬起他的老人头。

"我们侠士，"贝伦克鲁兹说，"不允许任何人侮辱我们，不肯和我们跳舞的就得和我们一起坐车。伯爵夫人没受到任何伤害，这样，这事就结了。"

"不行！"伯爵回答，"这事不能就这么完了，我对我妻子的行为负责。我要问，在我妻子冒犯他之后，尤斯塔·贝林为何不到我这儿来，以便得到满意的对待？"

贝伦克鲁兹笑了。

"我在提问！"伯爵重复。

"人不会去求一只狐狸允许，好把它的皮给撕了。"贝伦克鲁兹说。

伯爵把手放在他小小的胸膛上。

"我是个有着公正之名声的人，"他咆哮着，"我能裁判我的仆人，为何不能裁判我的妻子？侠士们没有权利裁判她。我宣布侠士对她的裁判作废。这事从没发生过，明白吗？先生们，从没发生过。"

伯爵用最高的假嗓子叫出这些字眼来。贝伦克鲁兹朝聚集的人群投去迅速的一瞥，那些在场的，辛特拉姆、丹尼尔·班迪克斯和达尔贝里，还有其他跟进来的，没有一个不是乐呵呵地看他作弄愚蠢的亨利克·杜纳。

年轻的伯爵夫人没能立刻明白。统统作废，这是什么意思？她的焦虑，侠士把她柔弱的身子死死地抓住，狂野的歌，狂乱的言语和狂放的亲吻，这一切都是从未发生过的吗？这个夜晚不存在吗，对此，那灰色的暮色女神不加以掌控的吗？

"可是，亨利克……"

"闭嘴！"他说。他径直走去要给她一个教训。"该死，你是女人，却要裁判男人！"他说，"该死，你是我妻子，却要冒犯一个我愿意和他握手的男人！侠士们让少校夫人入了狱，这关你什么事？他们就没权利吗？你永远无法想象，男人听说女人的不忠时，他的灵魂深处有多愤怒。你护着这样的女人，你也想走上这条邪恶之路吗？"

"可是，亨利克……"

她像孩子一般抱怨，伸出双臂，似乎要把那些不好的话挡开。她或许从未直接听到这么严厉的话冲着自己说出来。在这些厉害的男人中，她是那么无助，如今，她唯一的守护人也反对她。她的心再也不能有力量点亮世界了。

"可是，亨利克，明明是你该保护我的啊！"

尤斯塔·贝林这会儿才开始注意，可已经迟了。老实说，他不知该怎么做。他希望她好，可也不敢介入丈夫和妻子之间。

"尤斯塔·贝林在哪儿？"伯爵问。

"在这儿！"尤斯塔应道。他试图对这一切报以一笑："伯爵显然是要演说，而我睡着了。伯爵，这样好吗，我们回家去，让您二位也可以休息？"

"尤斯塔·贝林，因为我的夫人拒绝和你跳舞，我命令她吻你的手，并请求原谅。"

"我亲爱的亨利克伯爵，"尤斯塔·贝林说，"这只手可不配让年轻女子亲吻。昨天它还因一只被射中的驼鹿的血而发红，今夜因为和烧炭人争斗而发黑。伯爵宣布了一个高贵又高尚的裁决。这就很让人满意了。走吧，贝伦克鲁兹！"

伯爵挡住他的去路。

"别走！"他说，"我的妻子必须服从我。我想让我的伯爵夫人明白，自行其是会导致什么后果。"

尤斯塔无可奈何地停了下来。伯爵夫人脸色一片苍白，可她没动。

"去！"伯爵说。

"亨利克，我做不到。"

"你可以，"伯爵严厉地说，"你可以。可我明白你想要什么。你想强迫我和这男人决斗，因为你任性地不喜欢他。好吧，假如你不想让他满意，那么我会。女人总是觉得这很珍贵，要是男人因你们而死。你做了错事，却不肯承认。那么，我必须这么做，我将决斗，我的伯爵夫人。几小时后，我会是一具血淋淋的尸体。"

她深深看了他一眼，她看见了那个他：愚蠢、胆怯，充满傲慢和虚荣，人之中最可悲的一个。

"你冷静点！"她说，她已经冰一般冷了，"我会这么做。"

可这么一来，尤斯塔·贝林担心到了极点。

"不可以，伯爵夫人！您不能这样做！您实在不过是个孩子，一个脆弱而无辜的孩子，您却要亲吻我的手！您有那么一个洁白而可爱的灵魂。我将不再靠近您，哦，绝不再靠近！我给一切美好与无辜的都会带去死亡和毁灭。您不能碰我。我在您面前颤抖就像火在水面前，您别碰我！"

他把手藏到背后。

"这对我不算什么了，贝林先生，我现在无所谓了。我请求您的原谅。我请您让我亲吻您的手吧！"

尤斯塔始终把手藏在背后。他看着这情形，朝门口走去。

"假如你不接受我妻子的改过，我就要和你决斗，尤斯塔·贝林，此外，我还要给她其他更重的处罚。"

伯爵夫人耸耸肩。"他因懦弱而发疯了，"她低语，"来吧！我除了丢脸也没别的。这不正是您一直要求的。"

"我要求了吗？您以为我希望那样吗？假如我根本不再有什么手好被亲吻，您会明白，那不是我想要的。"他说。

他跑到火炉边,把双手伸了进去。火苗吞噬着它们,皮肤皱了,指甲折了。可与此同时,贝伦克鲁兹揪住他的脖子,把他头朝着地板摔出去。他撞上了一把椅子,一屁股坐在上头。他坐着,几乎为这样一个愚蠢的举动羞愧。她会不会觉得他这么做只为炫耀?在一个挤满了人的屋子里这么做,看起来确实像愚蠢的炫耀。根本没有一丝危险。

就在他打算起身之前,伯爵夫人跪到了他身边。她拿起那双红黑的手,察看着。

"我要吻它们,吻它们,"她喊道,"趁它们还没太软、太痛!"看见水泡从烧伤的皮肤下鼓出,她的泪扑簌簌地落了下来。

就这样,对她来说,他好像成了一个未知的壮丽的启示。这样的事竟还会在这世上发生,这样的事竟是为了她而做!哦,多么了不起的男人,他难道不正是这样的人吗?这人随时准备好做一切,在善与恶中都气壮山河,一个有伟大行为和铿锵言语的男人,一个有壮观行动的男人。一个英雄,一个由与他人不同的材料铸就的英雄。是人性和瞬时意愿的奴隶,狂野而可怕,但也是野蛮力量的拥有者,不因任何事而退缩。

这一晚她都垂头丧气,除了悲哀、残酷和怯懦,就没看见别的。现在,一切都被遗忘。年轻的伯爵夫人再次为活着而高兴。暮色女神被打倒了。年轻的伯爵夫人看见光亮和色彩照亮了世界。

\*

同一个夜晚,在侠士之翼。

他们在责怪尤斯塔·贝林。老绅士们想就寝,可这根本做不到。他不让他们有片刻安宁。他们拉上床帘,吹灭蜡烛也是徒劳,他只一个劲地说话。

如今,他让他们知道,年轻的伯爵夫人是个安琪儿,而他对她如何地膜拜。他将为她服务，爱慕她。如今，他对所有的人对他的抛弃感到满意。如今，他可以把全部的一生奉献给她了。她蔑视他，自然。可他会因为能作为一只狗匍匐在她脚下而心满意足。

他们注意过芦汶湖上的拉格文岛了吗？他们可曾从南边看它，在那边，有嵯峨的悬崖陡然从水面冒出。他们从北面看过它吗？它缓缓地体面地降到湖上，那里有狭窄的沙滩，长着巨大的云杉，一直蜿蜒到水边，形成了最美妙的小湖泊。在陡峭的悬崖顶端，在古老的海盗遗迹残留的地方，他要为年轻的伯爵夫人造一座宫殿，一座大理石宫殿。宽阔的可让蒸汽船停靠的台阶，是从岩石上凿出的，会一直铺到湖边。会有闪光的大厅和高高的镀金尖塔。那会是适合伯爵夫人的住所。那个博宜的老旧的木房子可不值得她涉足。

当他这么喋喋不休时，一些鼾声已响起在黄色的格子条纹的床帷后。可多数人是在骂他，抱怨他和他的胡言乱语。

"人们，"于是，他肃穆地说，"我看见绿色的大地上满是人的产物，或产物的废墟。金字塔沉重地压向大地，巴比塔直刺天空，可爱的庙堂和灰色的城堡从砾石中竖立，可所有这些手工建造的，岂有一样没有倒塌，或将永不倒塌的？哦，人们哪，扔掉镘子和黏土模！把泥水匠的围裙铺在脑门上，躺下来建筑梦的明亮殿堂吧！精神和那些石头或黏土的庙堂有什么关系呢？学习建筑梦想和幻景的不朽城堡吧！"

他说完这话，笑着休息了。

不久之后，当伯爵夫人发现，少校夫人被释放后，她向侠士们发出了午餐邀请。

从此，开始了她和尤斯塔·贝林长久的友谊。

# 第十一章　鬼故事

哦，后来的时代的孩子们！

我没什么新事对你们讲述，只有那些古老的、几乎被遗忘的。我的传奇有来自育儿室的，在那里，小家伙们坐在矮凳上，围着讲萨迦的白发老太；有来自木屋火堆边的，在那里，雇工和佃农坐着聊天，蒸汽从他们潮湿的衣服上升腾，他们从脖颈边挂着的皮鞘里抽出刀来，好把黄油涂抹在又厚又软的面包上；还有来自客厅的，在那里，老先生们坐在摇椅上，因为冒热气的托蒂酒恢复了活力，谈论起流逝的岁月。

于是，有个听到白发老太们、劳工们和老先生们言谈的孩子，在一个冬天的夜晚立于窗边，看见天边没有一片云朵，有的是侠士，正驾着单马拉的车快速穿过苍穹；星星是蜡烛，点在博宜岬角上那座古老的伯爵庄园里；而在隔壁房间嗡嗡作响的纺车，是被老乌瑞卡·迪尔纳踩着。这孩子的头脑中填满那些过去的时代的人。这孩子为他们活着，爱着他们。

不过，这么个整个灵魂里填满萨迦的孩子，被派到黑暗的阁楼，派到储藏室去找亚麻布和面包干，于是，那小脚儿急急忙忙，飞速冲下楼梯，穿过前厅，落到厨房里。因为在阁楼上的黑暗里，孩子不得不想起听到的那些关于福尔斯邪恶厂主的故事，这人和魔鬼曾经结盟。

邪恶的辛特拉姆的遗骨已在黑湖墓园长眠了很久，却没人相信，他的灵魂像墓碑上说的那样，已被上帝召回。

他活着时，他是那些在悠长的下雨的周日午后，被沉重的、黑马拉的车造访的人们中的一个。一名一身玄衣的优雅绅士下了车，带着纸牌和骰子，来帮屋里的主人打发让他绝望的呆滞时间。牌局持续到午夜，陌生人在晨光中离开，总会留下某个带来不幸的告别礼物。

是呀，只要辛特拉姆在这地球上，他便是那些人中的一个——他的到来总有灵的预示。魂灵们走在这些人之前，他们的马车车轮滚滚进入庄园，他们的鞭子在抽打，他们的声音在台阶上响动，前厅的门开开合合。狗和人都因这喧嚣而惊醒，这喧嚣那么强大而有力，却没有任何人进来——只是魂灵先到一步。

哎呀，这些邪恶之灵找寻的可怕的人们！在福尔斯的辛特拉姆时代，怎会有一只大黑狗露面的呢？它有可怕的、发光的眼睛；从气喘吁吁的喉咙里，长长地耷拉下的、滴血的舌头。一天，就在雇工们于厨房中吃晚饭时，它忽然跑来抓挠厨房的门，女佣们都因惊惧而尖叫，可雇工中最高大、最强壮的那一个，从火炉中抽出一根燃烧的木头，拉开门、扔进了狗嘴里。

于是，黑狗带着可怕的嚎叫逃窜，火苗和烟从它嘴里冒出来，火星围着它飞舞，它踩在路上的印迹也跟火一样闪亮。

还有，难道这事儿不是很可怕的吗？每次辛特拉姆从旅途中回家，拉车的牲口都会改变。他出门时驾的明明是马儿，可他在夜间回家时，车前套着的却总是黑色公牛。他经过时，路边住民看见巨大的黑角背靠夜空的剪影，听见那禽兽的吼叫，而牛蹄和车轮撞在干燥的石子路上，迸出一道道火星，不由得魂飞魄散。

是呀，那双小脚必须快速穿过巨大而黑暗的阁楼。你想，没准会有可怕的事发生；会有什么不能说出名字的家伙从那黑暗角落里跑出来！谁能说得准呢？那家伙可不仅是在恶人前露面，乌瑞卡·迪尔纳不就见过吗？她和安娜·萧安乎克都能说明，她们是看见了他。

*

朋友们，人类的孩子，舞蹈的你们，欢笑的你们！我衷心地请求你们，和缓地舞、轻柔地笑，因为那么多不幸会被引发，假如你薄薄的丝鞋踩踏的是敏感的心而非坚硬的木板，你们精力充沛的银色笑声会追猎一个灵魂直至它绝望。

真就是这样，年轻人的脚过重地踩踏了老乌瑞卡·迪尔纳，年轻人的笑声对她的耳朵来说，听来太鲁莽，因为，对一名已婚女子的身份和尊严的难以遏制的渴望朝她压来。她终于对邪恶的辛特拉姆长时间的追求说了声"愿意"，并跟随他到福尔斯做他的妻子，而和她在贝尔雅的老友、亲爱的老活计，还有那时日已久的、对每日面包的担心说再见了。

这场配对进行得迅速而滑稽。辛特拉姆是在圣诞期间求的婚，婚礼于二月便举行了。那一年，安娜·萧安乎克住在乌格拉上尉家，是老乌瑞卡的一个良好接班人，乌瑞卡可以不受良心责备而去获取太太头衔。

没有良心责备，但不是没有懊悔。她搬入的可不是什么好地方：大而空的屋子里填满令人毛骨悚然的恐怖。天一暗，她就开始颤抖，觉得害怕。她开始想家，想得要死。

长长的周日下午比其他任何时候都更艰难。这些日子还有那些冗长的、在她脑子里拉来扯去的痛苦想法，都没个尽头。

三月的一天，发生了这么一件事。辛特拉姆没从教堂回家来吃午饭，她走进楼上的沙龙，坐到了钢琴边。那是她最后的慰藉。白色琴盖上画着一个长笛演奏者和一个牧羊人的这架钢琴是她自己的，是她从父母那儿继承而来。她能对它诉说自己的苦恼和需要，而它能理解她。

可这难道不是既可悲又可笑的吗？知道她弹的是什么曲子吗？只是一首波斯卡①——而她的心却是那么痛苦！

哎呀，其他的，她什么也不会。在她的手指因搅拌器和切肉刀变得僵硬之前，她学会了这唯一的一首波斯卡。这一曲留在指间，可她不会其他的，不会什么葬礼进行曲，也不会什么充满激情的奏鸣曲，甚至连一支哀怨的民谣也弹不了，除了这波斯卡。

她弹这曲子，一有什么要托付给这架老钢琴时就弹。她弹它，既在想哭时，也在想笑时。庆祝自己的婚礼那会儿，她弹了，第一次进家门那会儿，她弹了，现在也是。

老琴弦似乎理解她，她不幸福，不幸福。

一位路人听到这波斯卡或许以为，邪恶的厂主是在给邻居和亲戚开舞会，它听上去是那么欢快。这是一曲喜悦而强健的旋律。从前，她曾在贝尔雅庄用它弹来无忧、弹去饥饿。每当这音乐响起，人人便起身跳舞。它能打破患风湿病关节的束缚，让八十岁的老侠士上了当，而试图站立起来。整个世界都想跳这曲波斯卡，它听来那么开心，而老乌瑞卡却在哭泣。

她有喜怒无常、爱发脾气的仆人在其左近，还有凶暴的动物。她向往友好的面庞和微笑的嘴唇。她的这一绝望的憧憬正是那欢快的波斯卡该诠释的。

人们老是记不住她是辛特拉姆太太，大家都还是喊她迪尔纳小姐。你看，就是这意思，波斯卡的旋律能表达她对虚荣的悔恨，是这份虚荣诱使她追求了太太头衔。

---

① 波斯卡是北欧民族音乐和舞蹈的一种。

老乌瑞卡弹奏着，仿佛想把琴弦弹断。要倾泻的是那么多：穷苦的农人的嚎哭，受折磨的佃农的诅咒，目中无人的仆人的冷笑，而最先也是最后的耻辱，是成为一个邪恶的人的妻子的耻辱。

在这曲调中，尤斯塔·贝林曾拉着年轻的杜纳伯爵夫人起舞，玛瑞安·辛克莱尔曾和她众多的崇拜者旋转，埃克比的少校夫人也曾跟着节拍跃动——那是英俊的阿尔特林戈尔还在世那会儿。乌瑞卡看见他们一对又一对，年轻而美丽，旋转着滑过。一股快乐的电流从他们那儿传到她身上，又从她那儿传给他们。是她的波斯卡让他们的脸颊闪光、眼眸发亮。而今，她和这一切都分开了。让波斯卡轰鸣吧！有那么多记忆，那么多甜蜜的记忆需要倾泻。

她弹奏以缓和她的焦虑。看见那只大黑狗，听到仆人就那几头大黑牛的事窃窃私语时，她的心因为恐惧几乎要迸裂，她一遍遍地弹奏，以缓和她的焦虑。

这时，她意识到，丈夫回了家。她听见他走进房间，坐到摇椅上。她对椅子撞上地板时吱吱的摇晃再熟悉不过，都用不着转身去看。

她弹琴时，晃动一直继续。现在她再也听不到音符，只有摇椅的晃动声。

可怜的老乌瑞卡，那么饱受折磨，那么孤立，那么无助，在敌国里迷失，没有一个朋友好让她诉苦，除了嘎嘎作响的钢琴用波斯卡对她作答，没有别的安慰。

就像葬礼上的大笑，教堂里的饮酒歌。

就在摇椅继续晃动时，她突然听到钢琴在嘲笑她的抱怨，她在一个小节中停了下来，起身看去，看到了摇椅。

可就在下一个瞬间，她倒在地上失去了知觉。并不是她丈夫坐在摇椅上，而是别的。那家伙的名字，小孩都不敢提，假如孩子们在荒凉的阁楼上碰见了他，定会吓得要死。

\*

哦，灵魂曾被古怪的传奇填满的人，能让自己自由于传奇的统治吗？夜风在屋外咆哮，印度榕和夹竹桃在用它们粗硬的叶片鞭打阳台的柱子；天空在延绵山峦上架起黑色的穹顶。而在夜里独坐书写的我，我的灯点着，窗帘往上拉开着，我如今老了，照说也该明智了，可我还是像第一次听到故事时一样，背脊上爬起一阵颤栗，我只能不停地从工作中抬起眼，看是否有人藏在那边的角落里。我不得不看一看外头的阳台，以确认并没有一只黑狗爬上栏杆。那份由那些古老的故事引起的恐怖从未离开过我，当夜正黑，孤独深刻，最终，它对我来说那么具有压倒性，我不得不扔下笔，爬入我的床，拉过被子、盖住双眼。

这是我童年时代巨大而隐秘的感佩，乌瑞卡·迪尔纳在那个午后居然活下来了。换了我，我可活不了。

真是万幸，安娜·萧安乎克很快便赶到了福尔斯，发现乌瑞卡躺在沙龙的地板上，唤醒了她。可要是我，一切肯定不会那么顺利，我一定已经死了。

我祝愿你们，亲爱的朋友们，你们可以避免看见那些老眼的泪水。

或者祝愿你们不必在灰白的头倚在你们胸前求依靠时，在苍老的手抓住你们的手默默祈祷时，无助地站着。但愿你们不会看见那些老人沉浸在悲痛中，而你们无法给予安慰。

年轻人的抱怨又能有什么呢？他们有力量，他们有希望。可要是老人们哭泣，那便不是什么小事，要是你们年少时帮过你们的人陷入无力的抱怨，是多么让人绝望。

安娜·萧安乎克坐听老乌瑞卡诉说，却看不到她的出路。

老人哭着、抖着。她的眼睛狂乱。她说呀说呀，有时那么迷茫，似乎不再明白自己到底在哪儿。那纵横在她脸上的成千的皱纹比平时深了两倍，假卷发挂下来盖住眼睛，让泪水给弄直了，整个长而羸弱的身子因哭泣而抽搐。

最终，安娜·萧安乎克不得不结束这哀号。她做了决定。她要把乌瑞卡带回贝尔雅。没错，乌瑞卡是辛特拉姆的妻子，可她不能再待在福尔斯了。假如她继续跟他在一起，厂主会叫她发疯。安娜·萧安乎克决定把老乌瑞卡带走。

哦，那可怜的人对这一决定又喜又怕！可她自然不敢离开她的丈夫和她的家。他也许会派出那条巨大的黑狗追她。

不过安娜·萧安乎克半是玩笑半是威胁地战胜了乌瑞卡的排斥。半小时后，她把乌瑞卡放到了雪橇里，坐在自己身边。安娜自己驾车，老狄莎拉着雪橇。行路艰难，因为是三月底，然而，坐在熟悉的雪橇里，坐在那熟悉的、当贝尔雅的忠仆和她一般长久的老马狄莎后头，叫乌瑞卡感觉不错。

因为心情好了，也没了畏惧，在驶过阿维德斯托普时，这个老仆人停止了哭泣，到赫格贝里时，她已笑出声来，然后，当她们路过蒙克比时，她正在讲述年轻时给斯瓦纳霍尔姆的伯爵夫人做女仆的情形。

这会儿，她们驶入蒙克比北面、陡峭石头山路上的一块荒凉而人烟稀少的地域。道路向所有的山丘延伸，似乎可以通往每一处，它以缓缓的弯曲偷偷爬上山顶，又很快往下冲至谷底，以便立刻找到新的悬崖往上攀爬。

她们正要驶下西屋坡，老乌瑞卡突然沉默了，她紧紧抓住安娜的胳膊，盯着路边的一条大黑狗。

"看！"她说。

狗消失在森林里，安娜没怎么看清它。

"赶车！"乌瑞卡说，"尽快地赶！这会儿，辛特拉姆已经得知我离开了。"

安娜试图拿笑声来打消她的焦虑，可她还是坚持己见。

"很快我们就能听到他的雪橇铃声，你瞧着吧，我们在爬上下一个山顶前就能听到。"

当狄莎在艾洛夫坡顶喘气的瞬间，她们听见了下边传来的雪橇铃声。

这下子，老乌瑞卡因为忧虑完全发了狂。她颤抖、抽泣、呻吟，就跟不久前在福尔斯沙龙里时一样。安娜想叫狄莎快跑，可马儿只是转过头来，给了安娜一个无法言传的惊愕表情。安娜以为狄莎忘记了什么时候该跑，什么时候该走吗？安娜是要教她怎么拉雪橇，教她，一匹二十多年前就已知道每一块石、每一座桥、每一道栅栏门、每一座山坡的她吗？

这时，雪橇铃的叮当声越来越近。

"那是他，是他！我听出了他的雪橇铃声。"老乌瑞卡呻吟道。

铃声愈发迫近。有时，那声音大得很不自然，安娜转过头，看是否辛特拉姆的马头已经伸到她的雪橇上，有时那声音又完全消失。她们先是听到那声音在路的右边，继而到了左边，可她们不见有人驾驶。好像是雪橇铃声在独自追赶她们。

现在，道路在夜色中，就像人们从一场晚宴上回家时那样。雪橇铃响出了旋律，它歌唱、说话、回答。森林回应着雪橇的铃铛碰出的声响。

安娜几乎期望追逐者最终果真靠近她们，这样她就能看见辛特拉姆本人和他的红色的马。可怕的雪橇铃声让她觉得阴森森的。

她不怕，她从不曾害怕，但这些雪橇铃铛刺痛和折磨着她。①

"这些雪橇铃铛折磨着我。"她说。

---

① 本段为学术版所增补。

这话立刻被铃铛们捡拾起来。"折磨我",它们响着,"折磨我,折磨、折磨、折磨我"——它们用所有可能的旋律响动着。

不久之前,她在同一条路上驾驶过,并被狼群追赶。在黑暗中,她看见了白牙在大张的嘴巴里闪烁,她想象过自己的身体会被森林里的野兽撕扯,可那时,她没有怕。她从不曾体验过更辉煌的夜晚,拉她的马强大且俊美,强大且俊美的是那个和她分享了历险的快乐的男人。

哦,老马,老马,无助而颤抖的旅伴!她觉得自己那么无力,她想哭泣。她无法逃离这瘆人的、响动的铃铛声。

于是,她平静下来,并走出雪橇。这事总得有个头。她为何要逃跑呢,倒好像她害怕这个古怪又卑鄙的坏蛋?

终于,她在聚集的暮色中看见一只马头探了出来,马头后是整匹的马,整个的雪橇,还有在雪橇上坐着的辛特拉姆本人。

她注意到,其实,并不是说这一切一直都跟在路上——这雪橇、这马、这厂主,而更像是在她眼面前,在暮色中被创造的,因为一切都是现成的。

安娜把缰绳扔给乌瑞卡,自己走向辛特拉姆。

他驾驭着马。

"瞧瞧,瞧瞧,"他说,"一个可怜人的运气是多么好啊!亲爱的萧安乎克小姐,让我把我的同伴放到小姐的雪橇上去吧,他今晚要到贝尔雅,而我急着赶回家。"

"厂主的雪橇上拉的是哪个旅伴?"

辛特拉姆拉开雪橇上的脚套,让安娜看,是个男人躺在雪橇板上。"他有些醉了,"辛特拉姆说,"可这有什么关系呢,他会一直睡着,顺便说一句,是个熟人,萧安乎克小姐,是尤斯塔·贝林。"

安娜不寒而栗。

"瞧,我想说,"辛特拉姆接着往下讲,"那个放弃了爱人的,是把爱人卖给了魔鬼。我就是这样落入他爪下的。人自然是以为自己做得不错。放弃是好事，而爱是坏事。"

"厂主是什么意思？厂主到底在说些什么？"安娜问，她浑身抖得厉害。

"我是说，安娜小姐就不该让尤斯塔·贝林离开自己。"

"是上帝想那样，厂主。"

"没错，没错，是这么回事，放弃是好的，爱是坏的。好心的上帝不愿见人幸福，他派出狼群追赶他们。可要是派出狼去的不是上帝呢，安娜小姐？难道就不会是我吗，就不会是我叫我那些小灰羊们从陡符勒山来追赶年轻小伙和年轻姑娘的吗？想想吧，假如是我派出了那些狼，是因为我不想失去一个我的人，想想，假如压根就不是上帝派的！"

"厂主不该诱惑我怀疑这件事，"安娜声音微弱地说，"我可是糊涂了。"

"看看这儿，"辛特拉姆一边说，一边俯身朝向睡着的尤斯塔·贝林，"看看他的小拇指！那个小伤口永远不会愈合。他签契约时，我们是用了那里的血的。他是我的。血之中有自己的力量。他是我的，只有爱能解救他；可要是我一直管着他，他会很不错。"

安娜·萧安乎克争斗着、争斗着，要摆脱控制着她的魔法。这一切自然是疯狂、疯狂。没人会发誓把灵魂交给一个魔鬼诱惑者。可她对自己的想法没有控制力，暮色那么深重地笼罩着她，森林屹立，那般漆黑而无声。她无法逃离这一刻的骇人恐怖。

"或许小姐觉得，"厂主接着说，"他已没剩下多少好被破坏了？别这么以为！他有没有折磨过农人，有没有背叛过穷苦的朋友，有没有在玩牌时作弊过，安娜小姐，他有没有当过有夫之妇的情人？"

"我觉得厂主自己是那邪恶之人！"

"让我们做个交易，安娜小姐！拿走尤斯塔·贝林，拿走他，和他结婚！拿走他，把钱给贝尔雅的人！我放弃他，把他给小姐。小姐也知道，他是我的。想想吧，那天夜里可不是上帝派出狼群追赶小姐的，让我们做个交易！"

"厂主想换什么？"

辛特拉姆冷笑。

"我吗？我要什么？哦，我只要一丁点儿就满足了。我只想要安娜小姐雪橇里的老女人。"

"撒旦，诱骗者，"安娜喊道，"从我身边滚开！难道我会背叛一位信任我的老友吗？难道我会把她交给你，你就好把她折磨到疯狂吗？"

"哎呀，哎呀，哎呀，别激动，安娜小姐！想想吧！这儿可是个俊美的年轻男子，那儿不过是个又老又破的女人，我总得得到他们当中的一个。安娜小姐肯让我得到哪一个呢？"

安娜·萧安乎克在绝望中笑了。

"厂主是觉得我们可以站在这儿交换灵魂，就像是人们在布洛比集市交换马匹吗？"

"正是如此，正是。不过，要是安娜小姐愿意，我们可以用另一种方式来安排，我们可以考虑萧安乎克家族的名誉。"

他于是开始大声叫唤坐在安娜雪橇里的他的妻子，让安娜吃惊得说不出话来的是，他妻子竟立刻听从叫唤，走出雪橇，战战兢兢地朝他们走来。

"看看，看看，看看，一个多么听话的老婆！"辛特拉姆说，"她在丈夫召唤时来了，这就不是安娜小姐的错了。现在，我把尤斯塔抬出来就丢在地上。永远地丢开他，安娜小姐。谁要是愿意，可以把他捡去。"

他弯下身子去抬尤斯塔，可安娜凑近了他的脸，拿眼睛直盯着他，像一头动物一样咬牙切齿地说："以上帝的名义，赶快回家！你不知道在沙龙的摇椅上坐等你的是谁吗？你敢让那位绅士等待吗？"

看到这番话怎么影响了这个邪恶的男人，对安娜来说，几乎成了这一天的恐怖的最高点。他拉住缰绳，转弯，朝家的方向驶去，他用鞭子的抽打和狂野的喊叫让马狂奔。冲下可怕的山坡，进行着危险的驾驶，薄薄的三月雪上，在雪橇滑板和马蹄下，是一长串飞溅的火花。

安娜·萧安乎克和乌瑞卡·迪尔纳孤单地站在路边，不过她们没说一句话，乌瑞卡因为安娜发狂的目光而颤抖，而安娜对这个可怜的老女人也无话可说，是为了这个女人，她牺牲了自己的爱人。

安娜真想哭泣、愤怒、在路上打滚，想把雪和沙扔在自己的头上。

此前，她感受过放弃的甜美，如今她感受的是它的苦涩，这算得了什么呢，牺牲你的爱比之于牺牲你爱的人的灵魂！

她们在同样的沉默中赶着雪橇来到了贝尔雅，可她们到达时，大厅的门开着，安娜·萧安乎克平生第一次也是唯一的一次晕了过去。大厅里坐着辛特拉姆和尤斯塔·贝林，他俩平静地说着话。托蒂酒盘子已在那里摆着，他俩起码已经待了一个钟头。

安娜·萧安乎克晕倒了，老乌瑞卡却平静地站着，乌瑞卡可能注意到了，在路上追赶她们的人有点不对劲。

然后，乌格拉上尉和他的夫人与厂主做了些交涉，老乌瑞卡被允许留在贝尔雅。辛特拉姆态度不错地让了步，他自然也不想让她发疯，他说。

\*

哦，后来的时代的孩子们！

我自然不要求任何人相信这些古老的故事。它们不过是谎言和虚构。可在心中前后翻滚的悔恨终于开始抱怨,就像辛特拉姆客厅摇椅下的地板开始呻吟;而耳边响起的怀疑,就像在那片荒漠森林里,为安娜·萧安乎克响起的雪橇铃声,它们是何时成了谎言和虚构呢?

哦,它们竟能变成谎言和虚构!

## 第十二章　爱芭·杜纳的故事

芦汶湖东岸的平静岬角,入口处滑入柔而光的波浪,那骄傲的岬角是博宜的宅邸坐落的地方——假如你上那儿去,可得小心。

芦汶湖再没有比从这个高度看去更宏伟的了。

没人知道它有多么美丽——我的梦之湖——在他从博宜的岬角,见过早晨的薄雾打抛光的表面滑过之前;在他从那住着许多回忆的蓝色小书房的窗边,看见湖水对淡红色落日的反照之前。

可我还是要对你说:别去那里!

因为你可能会被这样一种愿望攫住,想留在那个古老庄园充满悲伤的大厅里,也许你让自己成为那美丽土地的主人,假如你年轻、富有又幸运,你,像很多其他人一样,和你年轻的配偶在那里建立起自己的家。

不,最好别去看那美丽的岬角,因为在博宜不会居住任何幸福。你得明白,无论你有多富裕、多幸运,一旦入住,那积满老泪的地板也会立刻啜饮你的泪,而那些会重复那么多怨声的墙壁,也会收集你的叹息。

一个严酷的命运悬在这可爱的庄园之上。就好像不幸被埋葬在那里,可它在坟墓中找不到安宁,经常爬出来折磨还活着的一切。假如我是博宜的主人,我会将地面全面搜索,无论是云杉下的基岩，还是住房地窖里的地板，或是田野里的沃土，直至我找到巫婆被蛆虫侵食的尸骸，然后，我会在黑湖教堂墓园神圣的土地里给她一座坟。葬礼上，我不会吝于为钟声付钱，钟声必须为她长久而有力地敲出，我会给牧师和管风琴师都送上贵重的礼物，带着双份的能量、他们能用演说和歌曲送她进入永恒的安息。

假如这不奏效，我会在一个风暴的夜晚，让火焰靠近弯曲的木头墙，让火焰蹂躏一切，这样，就不再有人被诱惑着居于这一个不幸的家里。然后，不再有人走进这被诅咒之地，只有教堂尖顶的寒鸦能在黑暗又阴森地耸立于荒凉土地的大烟囱上找到一块领地。

可我肯定会焦虑，当我看见火焰在屋顶缠绕，当因为火光而变红且夹杂着火花的浓厚烟雾从古老的伯爵宅邸里冲出。在炸裂和哀叹声中，我会觉得我听到了无家可归的记忆的哀嚎，在火苗的蓝色尖头上，我觉得看到了被打扰的幽灵们在徘徊。我会想着悲伤如何美化，不幸如何装饰，而我会哭泣，好像古老的神灵的庙宇却注定要衰败。

但是，正为不幸而啼哭的你，别出声！博宜还屹立并闪耀在岬角的高处，它让园内巨大的云杉围护，而下边被白雪覆盖的田野，正在三月刺眼的阳光下闪烁；墙内，那喜乐的伊丽莎白伯爵夫人的欢笑还能听得见。

在礼拜日，她会前往紧挨着博宜的黑湖教堂，会聚成一个小小的午宴。蒙克路德的法官和他的夫人通常会来，贝尔雅的上尉及助理牧师还有他们的妻子也会来，此外是那个恶毒的辛特拉姆。假如尤斯塔·贝林到黑湖，在芦汶湖的冰面上徘徊，她也会邀请他。她为何就不能邀请尤斯塔·贝林呢？

她多半并不知道，诽谤已在窃窃私语，尤斯塔·贝林常常穿过东岸，就是为了见她。他或许也来和辛特拉姆喝酒打牌，可人们不觉得那有什么，人人都知道，他的身体是铁打的，他的心却是另一回事。反正没人相信，他看见一对闪烁的眼睛，还有那在白皙前额上的卷曲浅发，不会坠入情网。

年轻的伯爵夫人对他很好。这里头没什么好奇怪的——因为她对人人都好。她能让褴褛的乞儿靠在自己的膝上，要是她在大路上驱车时路过一个可怜的老人，她会让车夫停下，把贫苦的步行者放到她的雪橇上。

尤斯塔通常坐在蓝色小书房里，那里有美妙的湖景，他在那儿给她读诗。这没什么不对。他没忘记她是伯爵夫人，而他不过是无家可归的冒险者，对他来说，和地位显贵的人相处有好处。他是可以想象自己和伯爵夫人坠入爱河，不过，那就同想象自己和装饰着黑湖教堂布道坛的示巴女王陷入爱河一样。

他只是愿为她服务，像一个门童服务于高高在上的女主人，可以给她系滑冰鞋，抓住她的线团，驾驶她的雪橇。他们之间根本没有爱的问题，不过，他正是一个能在浪漫而无害的痴情中找到快乐的人。

年轻的伯爵夫人沉默而严肃，尤斯塔则快活极了。他正是年轻的伯爵夫人想要的同伴。看到她的人都不会认为她藏着什么禁断的爱。她想的是舞蹈，想的是舞蹈和欢愉。她但愿地球是完全扁平的，没有石头，没有山峦和湖泊，那样就好到任何一个地方跳舞去了。她愿踩着窄窄的薄底绸鞋跳舞，从摇篮到坟墓。

可谣言对年轻女子并不友好。

每一回伯爵夫人的客人到博宜午餐，餐后，先生们通常到伯爵的房间打盹和吸烟，上了年纪的女士们陷在客厅的靠背扶手椅里，把她们可敬的头抵在椅把上，而伯爵夫人和安娜·萧安乎克则会走进蓝色书房，交流无尽的信赖。

在安娜·萧安乎克把乌瑞卡·迪尔纳带回贝尔雅的那个礼拜日之后的礼拜日，她俩又坐在了那里。

这世上没有比安娜这姑娘更不开心的人了。她所有的快乐都已远去,她对过于靠近她的一切人和事的快乐蔑视也不见了。

那天回家路上发生的一切,对她的知觉而言,都已沉降到了暮色里,那个制造了一切的暮色。她不再有任何清晰印象。

说来也有,有那么一个,毒害了她灵魂的那一个。

"假如并不是上帝想那样的呢,"她时常自言自语,"假如不是上帝派出了群狼呢?"

她要求一个指示,要求奇迹。她环顾天空和大地,可她看不到一根手指从天上伸出,来指出她的道路。在她面前没有雾、没有光。

当她这会儿正对着伯爵夫人坐在蓝色小书房时,她的视线落在了伯爵夫人白皙的手里握着的一小捧蓝色獐耳细辛上。像是霹雳击中了她,她知道这獐耳细辛原本长在哪里,又是谁采摘了它们。

她无需询问。在整个地区里,四月初会冒出獐耳细辛来的地方,除了那片在埃克比的湖岸坡上的白桦牧草地,还能有哪里呢?

她朝着这小小的蓝色星星凝视着、凝视着,这些赢得了所有人的心灵的幸运家伙,这些小小的预言家,它们自己很可爱,也被它们宣告的美好的一切,被即将到来的美好的一切的光泽照耀。她观察它们时,她的灵魂开始愤怒地发出响声,雷霆一般轰鸣,闪电一样震耳。"是借着什么权利,"她想,"杜纳伯爵夫人拿着这束从埃克比湖边小径上采摘的蓝色獐耳细辛呢?"

他们都是诱惑:辛特拉姆,伯爵夫人,所有的人都想诱惑尤斯塔·贝林走到邪恶中去,而她要与众人对抗,以保护他。即使这要耗费她的心头血,她也会这么做。

她想,在离开蓝色书房之前,她必须看到这些花从伯爵夫人手中被拿走、被踩踏、被粉碎。

她这么想着,对抗着这些小小的蓝色星星。外头客厅里,老妇人们把可敬的头靠在椅把上，什么也不怀疑；绅士们平静地在伯爵的房间里吸着烟斗；只有这蓝色小书房里翻腾着绝望的争斗。

啊，那些让手远离着宝剑的人能做得好，那些人，他们懂得静静地韬光养晦，懂得让心平静，而由上帝驾驭！不安宁的心总是迷路。邪恶总是让邪恶变本加厉。

可安娜·萧安乎克以为，这会儿她终于看到天空上的手指。

"安娜，"伯爵夫人说，"讲个故事吧！"

"关于什么呢？"

"哦，"伯爵夫人拿白皙的手抚摸着花束，"你知道什么关于爱，关于坠入情网的故事吗？"

"不，关于爱，我什么也不知道。"

"瞧你说的！这里不是有个地方叫埃克比，而那地方满是侠士吗？"

"没错，"安娜说，"是有个地方叫埃克比，还有一群人，吮吸着大地的精髓，让我们不能从事严肃的工作；毁坏我们成长的青春，让我们最好的天才迷失。你想听他们的故事，你想听关于他们的爱情故事吗？"

"我愿意，我喜欢那些侠士。"

于是，安娜·萧安乎克讲了起来，说的都是些短句子，像是古老的赞美诗集。她正因为汹涌的感情而几乎窒息。隐匿的感情在字眼下颤抖，伯爵夫人既害怕又感兴趣地听着。

"一个侠士的爱是什么？一个侠士的忠诚是什么？今天一个心爱的，明天又是一个，今天在东边，明天在西边。对他来说，没什么太高，没什么太低，一日是伯爵的女儿，另一日可以是乞丐的丫头。这世上没有什么比他的心更开阔。可要是有谁爱上了侠士，那真是可怜！她得寻找他，那个醉倒在路边的他；当他把她的孩子的家在牌桌上赌掉时，她得默默看着；她得忍受他和陌生女人周旋。

哦,伊丽莎白,要是一个侠士请一位有身份的女子跳舞,她可得拒绝;要是他送她一束花儿,她该把花扔在地上并踩踏。要是她爱他,她更应赴死而不是和他结婚。在侠士中,有那么一个,是被革职的牧师。他因酗酒丢失了牧师袍。他在教堂内醉了。他喝掉了圣餐酒。你可曾听说过他?"

"没有。"

"他一离开职位,就在乡间乞丐般地流浪。他像疯子一般酗酒,他为了得到烧酒,不惜偷窃。"

"他叫什么名字?"

"他已不在埃克比了……埃克比的少校夫人照料了他,给了他衣服,说服你的婆婆老杜纳伯爵夫人,让这人做你丈夫、年轻的亨利克伯爵的家庭教师。"

"一个被革职的牧师!"

"哦,他年轻,有力,知识丰富。他只要不喝酒就没问题。梅尔塔伯爵夫人并不是一丝不苟。可以戏弄一下主任牧师以及牧师助理,这叫她高兴。不过,她不许任何人在她的孩子面前提及他的过去。否则,儿子会失去对家庭教师的尊重,女儿也会无法忍受,因为这女儿是一名圣徒。

"于是,他就到博宜这里来了。他进门后总是挨在门边,坐在凳子的最边缘。他在桌上也保持沉默。要是来了客人,他就逃到花园里去。

"可在那里,在那些清寂的小径上,他时常碰到年轻的爱芭·杜纳。她不是个喜欢嘈杂宴会的人,自打老伯爵夫人成了寡妇,这些宴会时常喧闹在博雅的客厅里。她不是个对世界投去挑衅一瞥的人。她是那么轻柔,那么羞涩。到了十七岁,她依然是个柔弱的孩子,可毫无疑问,有着棕色的眼睛,有着脸颊上一抹可爱淡红的她,十分美丽。她精致、苗条的身子微微前倾。她纤细的手悄悄摆在你手里,带着害羞的轻轻一按。她的小嘴最静默、最严肃。哦,她的声音,她甜美的声音,那么和缓而美好地吐露每一个字眼——从不是带着年轻的力量,年轻的热度,而是带着平淡的语调,像一位疲惫的音乐家最后的和弦。

"她跟其他人不同。她的步子走在地上,那么轻盈,那么静默,好像她只是个降落此地的受惊的难民。她总让眼睛低垂,以免因被观察到内部辉煌的幻景而受打扰。在她还是个小孩时,她的灵魂就离开了地面。

"她小时候,祖母时常给她讲故事,一天晚上,她俩在火炉边,而故事讲完了。卡卢斯、莫德鲁斯、隆肯图斯,还有可爱的梅路丝娜①活过。就像火焰,他们在生活和光泽中翻腾过,如今,英雄被击倒了,直至下一场火再次唤醒他们。可小姑娘的手依然抓着老妇人的裙子,她缓缓地摩挲着丝绸,这有趣的面料像一只小鸟发出啼叫。这摩挲就是她的请求,她是那种从不用言语请求的孩子中的一个。

"于是,老妇人很快对她讲起了犹大王国一个孩子的故事,一个生来要成为伟大国王的孩子。他出生时,天使用爱的歌曲填满了地球。东方之王来了②,被天上的星星引领,赠给他金子和香,年迈的男人和女人预言了他的荣耀。这孩子长得比别的孩子都要英俊和聪慧。甚至在他不过十二岁时,他的智慧就超过了大祭司和书吏们。

"然后,老妇人告诉她世上见过的最美妙的事,关于那孩子在人间,在那些邪恶的人类中间的生活,人类不愿承认他是他们

---

① 瑞典以及欧洲民间传说中的形象。卢卡斯和莫德鲁斯是一对佃农兄弟,他俩有历险和成功。隆肯图斯是一个极其善于奔跑的怪物。美丽的梅露斯娜原是国王的女儿,后来,每个礼拜六,下半身会变成蛇。
② 根据《马太福音》(2:1-12),耶稣诞生时,有三位智者从东方来拜。

的王。

"她告诉她,那孩子是怎么成了男人,而奇迹始终照射着他。

"地上的一切都为他奉祀,也都爱着他,除了人类。鱼儿让他的网把自己拉住,面包填满他的篮子,水自动地变成葡萄酒,在他需要的时候。

"可人类没给这伟大的国王什么金色的王冠,什么闪光的宫殿。他没有低头哈腰的朝臣围绕,人们让他在他们中间行走,仿佛乞丐。

"可他对他们那么好,这个伟大的君王。他治愈了他们的疾病,让失明的人重见光亮,还把死去的人唤醒。

"'可是',老妇人说,'人们不愿让这个好国王做自己的主人。'

"他们派出士兵对抗他,抓他入狱。为了嘲弄他,他们给他佩上王冠、权杖以及丝绸斗篷①,让他拉着一个沉重的十字架,走向刑场。哦,我的孩子,这位好国王热爱那高高的群山。入夜,他时常爬上山巅,和天上的住民交谈;白天,他喜欢坐在山坡上,和倾听的人们说话。可现在,他们叫他到一座山上去,是为了钉死他。他们让钉子穿过他的手与足,把好国王吊在十字架上,好像他当过强盗和罪犯。

"人们嘲笑他。只有他的母亲和朋友哭了,因为他在成为国王之前就得死了。

"哦,无生命的一切为他的死亡哀悼!

"太阳失去了它的光泽,山峦震动,圣殿的帷幔开裂,坟墓为那些死去的人们打开——这样,他们好跳出来表达自己的悲哀。

"于是,小女孩把头靠在祖母的膝上,抽泣得好像心都要裂了。

---

① 根据福音书的讲述,为戏弄耶稣,耶稣被戴上荆棘编的冠冕,塞了芦草充作权杖,并被披上紫袍。

"'别哭,小家伙!好国王后来从坟墓里站起来,回到他父亲的天堂里去了。'

"'祖母,'可怜的小家伙问:'那么,他从不曾得到一个王国吗?'

"'他如今正坐在天堂里,在上帝的右手边。'

"可这不足以安慰小女孩,她哭得无助,没法停止,像一个孩子会哭成的那个样儿。

"'他们为何要对他那么恶毒?为何他们可以对他那么恶毒?'

"老妇人对这强烈的悲哀有些惶恐起来。

"'告诉我,祖母,告诉我,你没把故事讲对!告诉我这故事可不是这样结束的!说他们没对好国王那么恶毒。说他最后得到了地上的王国。'

"她拿胳膊搂住祖母哀求,泪水不停地流淌。

"'孩子,孩子,'她的祖母于是抚慰说,'是有人相信他会回来。那时,他会把地球放在他的王国里,主宰它。美丽的大地上会有个壮丽的王国,它会存在一千年①。那时,邪恶的动物会成为善良的,小孩将在毒蛇的巢穴玩耍,熊和牛会一起吃草。再也没有谁伤害谁了。矛会被弯成镰,剑会被锻成犁,一切都将是玩耍和欢笑,因为那些美好的将拥有地球。'

"于是,这小家伙的脸在泪水后头明亮起来。

"'好国王会有一座宫殿吗,祖母?'

"'一座金子的宫殿。'

"'还有仆人和大臣以及金子的王冠?'

"'他会。'

"'他很快就来了吗,祖母?'

---

① 根据《新约圣经》的《启示录》,上帝重建的地上王国会存在一千年。

"'没人知道,他什么时候到来。'

"'到时候,我可以坐在他脚边的矮凳上吗?'

"'当然,你可以!'

"'祖母,我真高兴。'小家伙说。

"一夜又一夜,穿过许多冬天,这两个人坐在火炉边,谈论这位好国王以及他的王国。小家伙白天黑夜都梦想着千年王国。她用自己能想得到的每一个美好的东西装饰它,从不厌倦。

"我们周围很多不吭声的孩子都是这样,他们携带着一个都不敢提及的秘密的梦想在行走。奇怪的想法盘踞在许多柔软的头发里,闭上的柔和的眼睛在合上的眼帘后看见了奇妙的东西。许多可爱的少女都有在天堂的新郎。许多玫瑰色的脸颊都希望用膏油触碰好国王的脚,再用自己的头发将它擦干。

"这个爱芭·杜纳没敢对任何人提及,可从那个夜晚开始,她只为主的千年王国活着,并等待着主的降临。

"当落日的光辉打开西门,她就琢磨着他是否会从那里走出,温和的光泽满面,被百万的天使跟随,从她身边行进而过,而她被允许去摸他的斗篷的边缘。

"她也喜欢想起那些包着头巾,永远不将目光从地面离开的虔诚女人们,她们把自己关在灰色修道院的宁静里,在小小密室的黑暗里,以便总能看见显现于灵魂之夜的辉煌景象。

"她是这么成长的,当她在清寂的小径上与那位新家庭教师相遇时,她就是这么个样子。

"对他,我不想说过多不必要的坏话。我愿相信,他爱过这个很快便选他作为孤独散步的同伴的孩子。我相信,在与这个未曾对他人吐露过什么的、寡言的孩子并肩散步时,他的灵魂重新获得了翅膀。我想,他觉得自己好像成了个孩子,良好、虔诚、贤德。

"可要是他爱她,他为何不想想呢,对她,他不可能给出比他的爱更糟的礼物了。他这个人,世上被否定的人中的一个,他想怎样,他和伯爵的女儿并肩行走时到底想些什么?当她对他吐露自己那些虔诚的梦时,这位被革职的牧师到底想了些什么?当机会来临,这个曾经是、还会再度是酒鬼和争斗者的人,在这么一个梦想着天堂里的新郎的女孩身边时,他想怎么样?他为何没离开她,离得远远的呢?对他来说,在行乞和偷盗中游荡于乡间,岂不比在宁静的松柏林荫道上重归良好、虔诚和贤德更好,既然他过去的生活不能从头来过,而爱芭·杜纳会不可避免地爱上他。

"别以为他长得像个褴褛的醉汉,有灰白的脸颊和血红的眼睛!他依然是个堂皇的男人,灵魂和肉体都俊美而无损。他有着尚未被狂野生活损害了的王一般的姿态,铁一般的体魄。"

"他还活着吗?"伯爵夫人问。

"哦,不,他如今多半是死了。都是很久以前的事了,所有这一些。"

安娜·萧安乎克这么回答时,心里像是有些什么开始颤抖。她开始想到,永远不能告诉伯爵夫人,谈论的这男人是谁,她必须让伯爵夫人相信,他是死了的。

"那时,他还年轻。"她于是重新开始了讲述:

"生活的快乐再次于他身上点燃,美丽言辞的天分属于他,他还有火热而容易激动的心。

"有一个晚上,他和爱芭·杜纳谈起了爱。她没回答,她只告诉他祖母在冬夜所讲述的故事,并对他描述了她的梦之国度。然后,她从他那儿得到了一个保证。她让他保证,他会成为上帝话语的传道者,为主准备道路的人之中的一个,这样,主就能来得快些。

"他能怎么办呢?他是个被革职的牧师,对他来说,再没有比她希望他走的那条路是更封闭的了。可他不敢告诉她真相。他无心让这个他爱着的善良的孩子忧虑。他承诺了她期望的一切。

"从此,他们之间无需更多语言。很清楚,有一天她会成为他的妻子。这不是亲吻和拥抱的爱。他几乎不敢走近她。她如同纤弱的花儿一般精致。不过,她棕色的眼睛时而会从地面上抬起,来搜寻他的眼睛。在一些多云的夜晚,他们会坐在底楼的长阳台里,她会蹑手蹑脚地坐得离他很近,他于是亲吻了她的头发,并不让她觉察。

"不过你明白,他的罪在于,他既忘却了过去也忘却了将来。他贫穷而微不足道,他自己自然更愿意忘记,可他应该始终是明白的,有一天终究会到来,那时,在她的感知中,爱会起来反抗爱,地会反抗天,那时,她必须在他以及那千年王国光辉灿烂的君主间做选择。而她不是可以承受这样的斗争的人。

"一个夏天过去了,然后是一个秋,一个冬。当春天到来,冰雪消融,爱芭·杜纳病了。山谷的土地解冻,小溪水涨,湖上的冰不安全,道路不论是用雪橇还是大车都无法通行。

"那时,杜纳伯爵夫人想从卡尔斯塔德请来一位医生。近处没有人。可她这么命令也是徒劳。无论是用请求还是威胁,她都无法让仆人上路。她跪在马车夫跟前,但他拒绝了。她为自己的女儿伤心得抽搐。梅尔塔伯爵夫人在悲伤中发狂,就跟在欢喜中发狂一样。

"爱芭·杜纳得了肺炎,她的生命危在旦夕,却请不到一个医生。

"于是,那个家庭教师到卡尔斯塔德去了。走这么一程就是玩命,可他这么做了。他走过屈曲的冰,跨过危险的浪,有时,他必须在冰上为马儿砍出台阶,有时,要把马儿拉出深深的黏土。人们说,医生不肯跟他来,可他手持匕首迫使医生服从。

"当他回来时,伯爵夫人简直要扑倒在他脚下,'把一切都拿走

好了,'她说,'说吧,你想要什么,你喜欢什么,我的女儿,我的宅邸,我的金钱!'

"'您的女儿。'家庭教师回答。"

安娜·萧安乎克突然不出声了。

"哎呀,后来呢,后来发生了什么?"伊丽莎白伯爵夫人问。

"这会也讲得够多的了。"安娜回答。因为她是那些可怜的、活在疑惑的焦虑和恐惧中的人们中的一个。她这样子有一个礼拜了。她不明白自己要什么。这一刻对她来说似乎正确的事,下一个瞬间就感觉是错了。此时此刻,她真希望自己从未开始讲这个故事。

"我开始觉得,你是在拿我开心,安娜,你不明白吗,我必须听到这故事的结局。"

"也没多少可讲的了。爱芭·杜纳搏斗的时刻到了。爱起来对抗爱,地对抗天。

"梅尔塔伯爵夫人告诉爱芭,这年轻人为了爱芭所做的惊人旅行,夫人也告诉女儿,作为回报,她因此要把女儿交到他手中。

"那时候,年轻的爱芭小姐已经好多了,和衣躺在沙发上。她虚弱而苍白,比平时更沉默。

"爱芭听到这话,朝母亲抬起她那棕色的眼睛,对她说,'妈妈,你把我许给了那个被革职的牧师吗?许给了那个,丧失了做上帝仆人的资格的人,许给了一个小偷和乞丐?'

"'哎呀,孩子,是谁跟你说这些的?我以为你什么也不知道。'

"'我碰巧知道了,我听到你的客人谈论他,就在我病了的那一天。'

"'可是孩子,想一想,是他救了你的命!'

"'我想着是他欺骗了我。他本该告诉我他是谁。'

"'他说,你爱他。'

"'我确实爱过他。我不能爱欺骗我的人。'

"'他到底是怎么骗了你的?'

"'你不会懂的,妈妈。'

"她不想和母亲谈论梦中的千年国度,那个她爱的人本可帮助她成就的国度。

"'爱芭,'伯爵夫人说,'假如你爱他,就不要问他曾经是什么,而是和他结婚。杜纳女伯爵的丈夫自然会变得足够富足,足够有力,那么他年轻时的罪就会被饶恕。'

"'我不是在乎他年轻时的罪,妈妈,是因为他永远不能成为我希望他成为的人,所以我不能和他结婚。'

"'爱芭,别忘了,我可是答应他了!'

"女孩变得尸体一般惨白。

"'妈妈,我告诉你,假如你让我嫁给他,就是叫我和上帝分离。'

"'我已决定要让你幸福,'伯爵夫人说,'我知道你和他在一起一定会幸福。你不是已成功地把他改造为一个圣徒了吗?我已决定不顾祖先的要求,忘记他是贫穷和被蔑视的,给你一个重塑他的声誉的机会。我觉得,我做的是正确的事。你是知道的,我蔑视所有古老的偏见。'

"不过,她这么说只是因为,她不能忍受任何人违背她的意愿。或许也是因为,她说了就会做到。梅尔塔伯爵夫人不那么容易让人看懂。

"伯爵夫人离开后,年轻的姑娘在沙发上继续躺了很久。她打了她的仗。地起来对抗天,爱对抗爱,而她儿时的爱赢得了胜利。就从她躺着的沙发那儿,她看见了西天因为壮丽的夕阳而发亮。她觉得这是那个好国王的问候,既然她活着便不能保持对他的忠诚,她决定去死。她没法做别的,既然母亲要求她去给那个不能成为好国王的仆人的人做妻子。

"她走到窗边,打开窗户,让黄昏寒冷而潮湿的空气冷却她可怜的、虚弱的身体。

"让死亡降临到自己身上,对她不是难事。要是再发病,死亡就是必然,于是就这么发生了。

"除了我,没人知道她求死,伊丽莎白。我在窗口发现了她,我听到了她发烧的狂言,在最后的日子里,她喜欢我在她身边。

"看见她死去的是我,是我看见,她在一个夜晚时分,如何朝着发光的西方伸展开臂膀,然后死了,微笑着,好像她看见了某个人从那落日辉煌中出现,并且来迎接她。也是我,将她最后的问候传送给她所爱的人。我请求他原谅,她不能做他的妻子,好国王不允许这样。

"可我不敢对那男人说,他是杀死她的那个人。我不敢把这样折磨人的负担压在他肩上。然而,他,是他对她的爱撒了谎,难道他不是杀死她的那个人吗?他不是吗,伊丽莎白?"

杜纳伯爵夫人停止抚摸那些蓝色的花儿已有一会了。现在,她站起身,花束落到了地板上。

"安娜,你一直是在拿我开心。你说这是个老故事,而这男人很久前就死了。可我知道爱芭·杜纳死了还不到五年,并且你明明说起,你自己就参与其中。你又不老。告诉我,那男人是谁!"

安娜·萧安乎克开始大笑。

"是你要听一个爱情故事。你听到了一个,一个让你既哭泣又忧虑的故事。"

"你是说,你说的是谎言?"

"没有别的,除了虚构和谎言,所有这一切!"

"你真刻薄,安娜。"

"很可能。我得说,我自己也不怎么开心。不过,夫人们醒了,绅士们去了客厅,让我们上那里去吧!"

在门槛那儿,她被尤斯塔·贝林拦住了,他正是来找年轻女士们的。

"你们得对我有点耐心,"他笑着说,"我只耽搁你们十分钟,可你们得听一首诗。"

他告诉她们,昨夜他做了个不同寻常的生动的梦,以至写下一首诗。他这个人们口中所谓的"诗人"——虽然到目前为止,根本配不上这个称号——在半夜里爬了起来,在半睡半醒中开始书写。早上,他在桌上发现了一首完整的诗。他从不曾相信自己能写出这样的东西来。女士们现在来听一听。

于是他读道:

现在月亮升起,一天中最甜蜜的时分随之而来。
从那清晰、淡蓝而高远的拱顶
他把自己的光芒洒落在藤蔓环绕的一楼长凉台上,
颤抖着落入凉台脚下的花之瓮
一朵黄里带红的百合,花杯镶着金边。
在宽宽台阶的坚硬表面
我们都坐下来,老的和少的,
起初是沉默,让感情歌唱
心灵的老民谣,在一天中最甜蜜的时光。

甜蜜的香气从木犀丛那儿传到我们这里,
从有着精修的树木和灌木的园子的墨色那儿
暗影偷偷越过闪光的、落露的草坪。
然后,从身体的黑暗
精神舞到光的王国,
到一个他几乎无法预见的地域

到那个明亮、浅蓝的高楼，

在其清澈中，一颗星星几乎能被辨识

哦，谁反对那个感情会被击败的戏剧

在夜的阴影的游戏边，带着充满悲哀的木犀气息？

一朵法国玫瑰静静凋零其最后的苍白花瓣

没有风的耍玩迫其牺牲

于是，我们想，我们自己的生命是否会像音符一样消失在空间

像秋天发黄的树叶，没抱怨自己成了空无。

哦，我们延长年代之绳，

打扰自然的宁静，享受生活的幻景。

死亡是生命的回馈。所以愿我们能静静离开，

就像一朵法国玫瑰静静落下其最后的苍白花瓣。

借着摇摆的翅膀，一只蝙蝠飞过

飞着，在月亮闪光处又被看见。

可接着，那个问题又从苦闷的心里升起

还不曾有人作答。

那问题，像悲哀一般沉重；那问题，和痛苦一般古老：

"哦，我们是要往哪里去，我们将走向哪条路，我们，

当我们不再于地上的绿草地漫步之时？"

可有谁为另一人指示灵魂之路？

他更容易给刚从我们身边飞过的动物指路。

然后，她把她的头、她柔软的发靠在我肩膀上，

她，爱过我的人，对我耳语：

"别信灵魂飞到了空中的遥远国度,
当我死了,别信我在远处!
在一个我爱的人的灵魂里,我无家可归的精神会游走,
我会来到并和你住在一起。"
哦,多么巨大的焦虑!因为悲哀,我的心要迸裂。
她要死了,很快就要死了。这一夜可是她的终结?
我是否将最后的吻给予我爱人翻卷的发?

此后,多年消逝。我依然多次
坐在那老地方,当夜黑暗而宁静。
可我因在葡萄藤缠绕的长凉台上的月光而颤抖。
唯有他知道,在那里我多么时常地吻过我的爱。
他,会抖落颤动的光在眼泪中,
落在我爱的发上的泪。
折磨人的记忆的悲哀!这是我可怜而有罪的精神的折磨。
他是她的家!他还能期待怎样的惩罚,
一个曾和自己连接的灵魂,那么纯粹,那么无辜?

"尤斯塔,"安娜用开玩笑的口气说,而她的嗓子发出的声音和焦虑相连,"大家都说,你比那些一生中没干别的事的写诗的人,经历了更多的诗歌。可你知道吗,你以自己的方式作诗更好。你知道吗,这首诗不该见到日光。"

"你不温和。"

"跑来读这么个关于死亡和苦难的东西!不觉得羞耻吗?"

尤斯塔不再听她说话了。他的眼睛转向年轻的伯爵夫人。伯爵夫人完全僵硬地坐着,一动不动、好像一座雕像。他觉得她快要晕倒了。

然而，带着无穷的艰难，一个字眼从她唇边挤出来：

"走！"她说。

"谁必须走？我吗？"

"牧师该走！"她结结巴巴地说。

"伊丽莎白，现在别说话！"

"醉酒的牧师必须离开我的房子！"

"安娜，安娜，"尤斯塔问，"她是什么意思？"

"你最好走开，尤斯塔。"

"我为何必须走？这一切是怎么回事？"

"安娜，"伊丽莎白伯爵夫人说，"告诉他，告诉他……"

伯爵夫人把牙齿咬在一起，克服着自己的激动。

"贝林先生，"她说，朝他走去，"您有出色的能力让大家忘记您是谁。我不知道这一切，直到今天。我刚听说了爱芭·杜纳之死的故事，听说她爱上了个不值得爱的人，这一点杀死了她。您的诗让我明白，这人就是您。我不理解，有您这样的过去的人怎可有体面的女子作伴。我没法理解这一点。贝林先生，我说得够清楚了吗？"

"是很清楚，伯爵夫人。我只想说一点来为自己辩护。我以为，我一直以为，您知道所有关于我的事。我从没有想隐瞒什么，不过，又不能把自己苦涩的不幸大声嚷嚷，特别不可能的就是自个儿嚷嚷了。"

他离开了。

与此同时，杜纳伯爵夫人把她的小脚踩在了带着蓝色星星的花束上。

"你现在做了我所希望的，"安娜·萧安乎克严厉地对伯爵夫人说，"不过现在，我们的友谊也结束了。你可不要以为我会原谅你对他的残酷。你赶他走，你嘲笑他，伤害了他，而我，假如必须，我愿意随他同下牢狱，同坐耻辱凳。想看护他、保护他的人是我。你做了我所希望的，但我永不会原谅你。"

"可是安娜，安娜！"

"我告诉你吧，你以为我做这些是带着快乐的心的吗？我难道不是坐在这里，把我的心从胸膛里拉出来，撕扯成一片又一片吗？"

"你为何要这么做？"

"为何？因为，你，我不想——不想让他成为一个有夫之妇的情人……"

## 第十三章　老小姐玛丽

哦，安静，以一切方式，安静！

它在我头顶嗡嗡地响。一定是熊蜂飞来了。别，别动！闻到了这样的香气！我是那么真切地活着，这不是青蒿、薰衣草、稠李、丁香和诗人水仙嘛。在灰色的秋夜，于城市中心感觉到这样的气息是一份荣耀。仅仅推出我记忆里一小块被祝福的土壤，立刻便有嗡嗡声和香气环绕着我，不经意间，我便移至一个小小的四方形的玫瑰园，园里有好多花，被女贞树篱围绕。角落里的丁香花丛的绿荫边是窄窄的木头长椅，在心形和星星状的花床外，是一条条散布着白色湖沙的细道。玫瑰园的三面都是森林，半野生、开着好看的花儿的花楸和稠李站得最近，和丁香混合着香味。在它们之外，站着几排白桦树，然后是云杉林——那真正的森林——静默而幽暗，胡子拉碴又刺人。

在第四面坐落着一个小小的灰色农舍。

我如今想念着的这个玫瑰园，六十年前属于黑湖的莫瑞由斯太太，她以给农人们绗缝被褥、烹饪宴席的食物为生。

亲爱的朋友们！在所有我祝福你们的好事物里，我首先要提及绗缝架和玫瑰园。我希望你们有一个巨大的摇摇晃晃的旧式绗缝架，里头有破损的手套和细碎的线轴，有了它，五六个人好一起干活的那种；你们比针线活，看谁的背面针脚最好看，你们吃烤苹果，做"格陵兰旅行"和"藏指环"游戏，大笑，以至森林里的松鼠于惊恐中一头栽了下来。冬天的一只绗缝架，亲爱的朋友们，还有夏天的玫瑰园！不是什么你得耗费比享受所值还要昂贵的一大笔钱财的花园，不，一个玫瑰园，就像过去的时日所说的！你该有这么个园子，用自己的手来照管。小玫瑰灌木得站在小土堆的最上方，勿忘我的花环绕其脚下。自己把自己种下的，那大大的、飘飞的罂粟花会跑得到处都是——在草上，也在沙石路上。那里还应有个给晒得发黄的草泥沙发，在座位和沙发背那儿都长着耧斗菜和花贝母。

在她的时代，老莫瑞由斯太太拥有的东西算得上很多了。她有三个勤勉的女儿，还有一座路边的小屋。她有箱底的存钱罐、挺刮的绸围巾、直背椅，以及很多对那些必须自己赚得面包的人来说很有用的知识。

可她拥有的最好的东西，是给她带来一年到头的工作的绗缝架，以及只要夏天还在，就给她带去快乐的玫瑰园。

现在必须说明，在莫瑞由斯太太的小屋里有个房客，是个干瘪的四十岁的老小姐，住在阁楼的山墙房间里。通常被唤做玛丽小姐的她，对许多事都有自己的看法，就像很多常常独自久坐的人喜欢的那样，她会让自己的想法围着亲眼看到的东西打转。

玛丽小姐认为，爱是这个充满悲伤的世界里所有邪恶的根和源。

每一夜，在她睡觉之前，她都会双手交叉，作夜晚的祷告。在她念完"我们在天上的父"，以及"主祝福我们"之后，最终，她总是求上帝保护她身处情爱之外。

"情爱之中只有悲惨，"她说，"我又老又丑又穷，不，让我免于坠入情网！"

她坐在莫瑞由斯太太家的阁楼房间里，日复一日，缝制带着鱼鳞状花纹的针织窗帘和桌布。然后，她把这些统统卖给农人和绅士们，她正给自己缝出一座小农舍来。

因为，有一个位于带风景的山坡上的、正对黑湖教堂的农舍是她的愿望。一个高高坐落在山坡上的农舍，从那里，可以看得很自由，望得很遥远，而这，是她的梦。可她不想听关于爱的一个字。

一个夏夜，她听到十字路口的小提琴声，小提琴手坐在围栏的梯磴上，年轻人在波斯卡的舞蹈中围着他旋转，尘土飞扬。她于是去森林中兜了一大圈，以避免听见和看见这一切。

圣诞节后的一天，五六个农人的新娘来让莫瑞由斯和她的女儿们帮着穿戴。于是，她们给装扮上香桃木花环、高高的带玻璃珠的绸缎头冠、华丽的腰带、自家制的玫瑰胸花，还有边缘镶着塔夫绸花的裙子。玛丽小姐便留在自己房间里，避免见到她们如何以爱的荣誉被打扮。

当莫瑞由斯的女孩们在冬夜里坐在绗缝架前，而前厅左边的大房间里洋溢着舒适的光芒，果肉透明的"玻璃苹果"挂在了燃烧的炉火前，旋转又冒汗；当英俊的尤斯塔·贝林或善良的费尔丁南德恰好来拜访，试着为姑娘们从针里扯出线来，或是骗她们缝出了歪歪斜斜的针脚，房间里会回响起开心和欢笑、交谈和调情，也会有手儿在绗缝架下的碰触，那么，玛丽小姐会恼怒地卷起自己的针线走开，因为她仇恨爱以及爱之道。

然而，她知道爱的劣迹，也知道怎么谈论这些。她诧异爱竟还敢在地上露脸，还没让被抛弃的人们的哀叹吓坏，没被已变为罪犯的人们的诅咒和已给扔进仇恨锁链的人们的哀号惊跑。她诧异，爱的翅膀还能那么自由和轻盈地带着它，它并没有被痛苦和耻辱压倒，沉入无以名状的深处。

不，她当然也和其他年轻人一样年轻过，可她从未爱过情爱本身。她从未让自己被舞蹈和抚爱诱惑。母亲的吉他在阁楼里挂着，积满灰尘，没了琴弦。她几乎从未拿起它弹过苍白的爱之歌。

她母亲的那棵花盆里的玫瑰树在她窗前站着。她只是给它一点儿水。她不喜欢花，这个爱的孩子。叶子带着尘土耷拉着，蜘蛛在枝条间玩耍，而花骨朵从不会冒出来。

但在莫瑞由斯太太的玫瑰园：那里，蝴蝶扑闪、鸟儿歌唱；那里，溢着香气的花儿对嗡嗡的蜂发出爱的讯息；那里，一切都诉说着那可恶的东西。所以，那地方，玛丽小姐极少涉足。

有那么一段时期，黑湖教区要在教堂设置管风琴。那是侠士管理一切之前的那个夏天。一个年轻的管风琴建造师来到这里。他也成了莫瑞由斯太太的房客，也住在阁楼上的一间小山墙房间里。

后来，他造了那架管风琴，它有奇怪的音符，它可怕的低音会在一个平和的赞美诗的中间突然迸发，没人知道是为什么，又怎会如此，它能让孩子们在圣诞日凌晨的礼拜中哭泣。

这个年轻的管风琴建造师到底是不是他业内的大师，可以怀疑。但他是个快活的家伙，眼里有阳光。对富的和穷的，对老的和幼的，他对每个人都有友善的语言。他很快就和他的房东一家成了好朋友，哎呀，比好友更胜。

晚上下工回来，他会抓着莫瑞由斯太太的线束，会在玫瑰园和莫瑞由斯太太的女儿们一起劳作。他朗诵了《阿克赛》，演唱了《弗雷肖夫》①。他会拾起玛丽小姐的线团，不介意她掉下多少次，他还让她墙上的钟又走动起来了。

从最年长的太太到最年轻的姑娘，他在舞会上不和大家都跳上一曲就不会离开；要是他遇到挫折，他就坐在第一个遇到的女人身边，取得她的信任。没错，这是个女人在梦中塑造的男人！可不能

---

① 《阿克赛》和《弗雷肖夫》都是瑞典诗人 Essaias Tegnér（1782—1846）写的长诗。

说他和某个人谈了情说了爱。但他在莫瑞由斯小小的山墙屋里住了几星期后,所有的姑娘都爱上了他,而可怜的玛丽小姐明白,自己也是,她的祷告都白做了。

这是一段悲伤的时光,快乐的时光。眼泪落在绗缝架上,抹掉了粉笔记号。入夜,一个苍白的做梦的女人坐在丁香花丛里,而在玛丽老小姐的小屋里,新上了琴弦的吉他上响起了苍白的爱的民谣——那是玛丽小姐从母亲那里学到的。

年轻的管风琴建造师还是那么无忧和快乐,在这些憔悴的女人中播撒笑容和服务,她们在他外出工作时因他而争吵。终于,他必须离开的日子到了。

马车就在门口,箱子牢牢地绑在了车尾,而年轻人说了再见。他亲吻了莫瑞由斯太太的手,将哭泣的姑娘们搂在怀中,亲吻了她们的脸颊。他自己也为不得不离别而落泪,因为他在这个小灰房子里度过了一个阳光之夏。最后,他环顾四周找寻玛丽小姐。

这时,她穿着最好的衣服走下古老的阁楼的梯子。吉他用一根宽宽的绿色绸带吊在了脖子上,手里是一束中国月季——因为这一年,她母亲的那盆玫瑰树开花了。她在年轻男子前停下,弹起吉他,唱了起来:

> 你将从我们身边离开。欢迎很快再来!
> 听,真挚的友谊之声在说话,
> 你要幸福,也别忘了一个爱你的朋友
> 就在韦姆兰的森林和山谷!

然后,她把花儿插在他的铜纽扣眼里,直接吻上他的嘴。就是这样,然后,她又消失在阁楼的梯子上,这古老的美丽幻影。

爱自己已对她复了仇,让她成为人们的笑柄。可她再没抱怨过爱。她再没丢开吉他，再没忘记小心浇灌母亲的玫瑰树。

她学会了去热爱爱情，带着它所有的折磨、眼泪和向往。

"有爱的哀伤好过无爱的快乐。"她说。

\*

时光流逝。埃克比的少校夫人被赶走了，侠士掌了权。就像不久前谈到的，在一个礼拜天的晚上，尤斯塔·贝林在博宜对伯爵夫人朗诵了一首诗，从此被禁止在她的邸宅出现。

据说，当尤斯塔把大门于自己的身后关上时，他看见几架雪橇朝博宜奔驰而上。他对坐在领头那架雪橇上的小女人瞥了一眼，那个时刻对他而言本是阴沉的，看到这一景象则变得格外阴沉。他匆匆跑开，以免被认出来，但一种郁闷的感觉充满他的心头。是屋里头的对话招来了这女人吗？一个不幸总是生出另一个不幸。

不过仆人们匆忙地奔出来了，护脚套还没解开，毛皮小毯子给拉到了一边。是谁来了？那个雪橇里的小女人是谁？哎呀，那其实是梅尔塔·杜纳本人，那个有名的老伯爵夫人！

她是女人中最有趣也是最愚蠢的。世上的"欢愉"将她升入它的宫殿，让她做了它的王后。游戏和娱乐是她的臣民。当生活的幸运被分配时，她得到了游戏、舞蹈和历险。

她如今快五十岁了，不过她是那种不去数年岁的聪明人中的一个。"一个不能抬起腿脚舞蹈，不能扬起嘴角的微笑的人，"她说，"他是老了，他会感到年龄的可怕负担，但我不会。"

欢愉王在她年轻时也并不具有完全不可撼动的宝座，不过，变化和不确定只是加大了它的有趣存在的快感。这有着蝶翅的欢愉王，头一天在斯德哥尔摩王宫的宫女那儿喝咖啡，第二天，会在巴黎穿着夜礼服，带着棍棒跳舞。它参观拿破仑的营地，它和纳尔逊的舰队一起在蓝色地中海上航行，它参加维也纳的一场会议，它敢于在一场著名战役的前夜到布鲁塞尔参加舞会。

哪里有欢愉,哪里就有梅尔塔·杜纳——欢愉选中的王后,舞蹈、游戏和玩笑在全世界追逐着伯爵夫人梅尔塔。还有什么是她不曾看见,不曾体验的呢?宝座跳塌了,玩埃卡特纸牌把公国玩输了,玩笑引起了破坏性的战争!她的世界欢乐而疯狂,并且将始终如此。她的身体对舞蹈来说还不算老,她的心对爱情来说尚不算老。她何曾厌倦假面舞会和喜剧、开心的故事和忧伤的民谣呢?

有些时候,在一个已变成战场的世界里,欢愉无家可归,她便赶往芦汶长湖边古老的伯爵庄园,在那里长住或小憩。她也会在神圣同盟期间,在王子们和他们的随从让她觉得沉闷时回到这里。是在这样一个访问中,她让尤斯塔·贝林做了儿子的家庭教师。她在这里通常觉得很自在。欢愉从不曾有过更辉煌的王国。这里有歌曲和游戏,热爱冒险的男人和美丽而快活的女人。这里从不缺宴会和舞会,在月光照射的湖面上的划船,在黝黑森林里的雪橇的飞驰;不缺惊心的游戏,也不缺爱的悲伤和痛楚。

然而当她的女儿死去,她便停止了拜访博宜。她有五年没来了。如今,她来看看她的媳妇是如何在云杉、大熊和飘雪中度日的。她觉得,来看看愚蠢的亨利克有没有拿他的乏味来折磨媳妇是母亲的职责。现在,她会是家庭内部的温柔天使。阳光和快乐就装在她那四十个大皮箱里。"有趣"是她的女仆的名字,"玩笑"是她的马车夫,"游戏"是她的女伴。

她一跑上台阶,便被张开的臂膀迎接。她在一楼的老房间等待着她。她的仆人,她的女伴和贴身女仆,她的四十个皮箱子,她的三十个帽盒子,她的必需品、披肩和毛皮,一样样,都渐次进了屋。到处是喧嚣和杂音。有砰砰的关门声,有楼梯上咚咚的脚步声。能注意到,梅尔塔伯爵夫人到了。

＊

这是一个春天的晚上，一个真正的美好夜晚，虽然还是四月，冰还未破。玛丽小姐打开了她的窗。她坐在自己高处的那个房间里，弹起吉他把歌儿唱。

她那么专注于自己的吉他和回忆，没注意马车是如何在路上驾驶并在小屋前停住。马车里坐着梅尔塔伯爵夫人。看见玛丽小姐坐在窗前，吉他挂在颈上，眼睛朝着天空，唱古老而磨损了的情歌，伯爵夫人很开心。

最后，伯爵夫人走出马车，走进小屋。屋里，善良的姑娘们正坐在绗缝架前。伯爵夫人从不傲慢：革命之风吹拂了她，把新鲜的空气吹进了她的肺。

她是伯爵夫人，这一点她无能为力，她总这么说，可在任何场合，她都希望以让她开心的方式生活。她在农人的婚礼和在宫廷舞会上都会一样开心。身边没观众时，她给自己的女仆演喜剧，她用漂亮的小脸和充溢着的无畏，给每一个有她在场的聚会带去喜悦。

她向莫瑞由斯太太订购了被子，夸赞了姑娘们。她环顾了玫瑰园，讲述了自己旅行中的历险。她总是有历险，她说。最后，她敢于爬上阁楼的陡得吓人、窄得吓人的梯子，在玛丽的山墙房间里拜访了老小姐。

在那里，她将自己的黑眼睛扫向那个孤独的小人物，而旋律之音爱抚着她的耳朵。

她从玛丽小姐那儿买了窗帘。要是没有那鱼鳞纹图案的窗帘在所有的窗户上，她可没法住在博宜，她还要在所有的桌子上都铺上玛丽小姐的桌布。

然后，她借用玛丽小姐的吉他，为她歌唱快乐和爱。她还给玛丽讲故事，于是玛丽小姐感觉自己被移入一个有趣又繁华的世界。

伯爵夫人的笑是那么一种音乐，甚至玫瑰园里受冻的鸟儿听了也能开始歌唱。伯爵夫人那张脸因为被化妆糟蹋了的皮肤和带冷酷特征的嘴角，基本已再也谈不上好看，可对玛丽小姐来说，却还是那么美，她感慨小小的镜子怎好让美消失，既然一度已在光滑的表面捕捉过它。

临走，伯爵夫人亲吻了玛丽老小姐，并邀她到博宜访问。

玛丽小姐的心就像圣诞时节的小燕子窝一样空空的。她是自由的，可她为枷锁哀叹，就像一个奴隶在年迈时获得了自由。

这下子，老小姐玛丽又开始了欢喜和悲哀的时节，不过并不长，只有短短八天。

伯爵夫人不停地将她接到博宜。她给她演喜剧，讲述自己的求婚者们，玛丽小姐笑得那么厉害，就好像以前从不曾笑过。她们成了最好的朋友。伯爵夫人很快便知道了有关那个管风琴建造者的一切，也知道了那场离别。在暮色里，伯爵夫人让玛丽小姐坐在蓝色小书房靠窗的椅子上，接着，把吉他带子吊在玛丽小姐的脖颈上，叫她唱情歌。然后，伯爵夫人坐看老姑娘干瘦的手指和丑陋的小脑袋，在红色夜光中形成剪影，她说，可怜的老小姐好比城堡中含情脉脉的女子①。可每一首歌都是关于温柔的牧羊人和残酷的牧羊女，玛丽小姐的嗓音又是最尖最细的那一种，很容易看明白，伯爵夫人是要从这样的喜剧中取乐。

接着，是博宜的夜宴，伯爵的母亲要是回了家，自然就是这样。宴会也和往常的一样开心。参加的人并不多。只有同一教区的几个人受邀。

餐厅在一楼。餐后，客人们没上楼，而在隔壁里间的梅尔塔伯爵夫人的房间坐下了。于是，伯爵夫人拿起玛丽小姐的吉他开始为

---

① 所谓城堡中的女子，是南欧中世纪游吟诗人的诗歌中常出现的被骑士保护的女子。

客人们唱歌。她是个开心的妇人,能模仿任何人。这会儿,她有了个模仿玛丽小姐的念头。她将眼睛对着天空,用尖细而可怕的童音唱了起来。

"哦,不,哦,不,伯爵夫人!"玛丽小姐请求。

可伯爵夫人觉得痛快,而多数人都忍不住大笑,虽然他们可能也觉得对不住玛丽小姐。

伯爵夫人从百花香罐里抓了一把干玫瑰花瓣,一边以悲剧的姿态走向玛丽小姐,一边带着款款的深情唱道:

> 你将从我们身边离开。欢迎很快再来!
> 听,真挚的友谊之声在说话,
> 你要幸福,也别忘了一个爱你的朋友
> 就在韦姆兰的森林和山谷!

然后,她把玫瑰花瓣洒在玛丽小姐头上。众人大笑,可玛丽小姐愤怒得发狂,看起来好像要把伯爵夫人的眼珠子抠出来似的。

"你是个坏女人,梅尔塔·杜纳,"她说,"体面的女人不该和你在一起。"

梅尔塔伯爵夫人也发了火。

"滚出去,老小姐!"她说,"我受够了你的蠢事。"

"行,我这就走,"玛丽小姐说,"但我得先拿到你在这里用的窗帘和桌布的报酬。"

"那些破旧的玩意儿!"伯爵夫人吼道,"她还想拿那些破烂换钱!把它们拿走!我可不想再看见它们。立刻拿着它们滚开!"

这么说着,伯爵夫人把桌布朝玛丽小姐扔去,又扯下窗帘,因为现在,她完全疯狂了。

第二天,年轻的伯爵夫人求她的婆婆同玛丽小姐和解,可老伯爵夫人不肯,她已厌烦玛丽小姐了。

伊丽莎白伯爵夫人于是把玛丽小姐存着的所有窗帘都买了下来,挂在整个二楼。这么做,她觉得玛丽小姐的声誉给重新修复了。

梅尔塔伯爵夫人针对她媳妇的鱼鳞纹窗帘开了不少玩笑。梅尔塔伯爵夫人也可以掩藏她的愤怒,让愤怒保持康健和新鲜许多年。她是个十足的有天分的人。

第 二 部

# 第一章　克里斯托弗老哥

侠士之翼有一只老猛禽。他总坐在炉边的角落里，持续地注意不让炉火熄灭。他头发蓬乱而灰白。小小的头外加威武的喙，无神的眼睛悲哀地靠在又长又瘦、从浓密的毛领子里伸出的颈项上——因为这猛禽冬夏都披着毛皮的外套。

过去，他是追随那个伟大皇帝①席卷欧洲的那群人中的一个，可如今，没人敢说他的名字和头衔。在韦姆兰，人们只知道，他参加过伟大的战争，在雷霆般的战役中经历了可怕的浩劫，在1815年②后，他离开了不愉快的父国，到瑞典王储③那儿避难，王储建议他去那遥远的韦姆兰隐姓埋名。在那个时候，他的名字能让世界颤抖，现在得高兴，已没人知道他那个让人一度畏惧的名字了。

他曾给予王储自己的承诺，不会离开韦姆兰，不会不必要地提及他曾经是谁。于是，他被送往埃克比，带着一封王储极力推荐他的亲笔信。于是，侠士之翼的门为他打开了。

起初，人们猜测了很多，这个用假名隐藏着的著名男人到底是

---

① 指拿破仑·波拿巴。
② 1815年，拿破仑战败，被流放至圣赫勒拿岛。
③ 让-巴蒂斯特·贝尔纳多特（Jean-Baptiste Bernadotte，1763—1844），生于法国，1804年被拿破仑封为法国元帅，1810年被选为瑞典王储。

谁。渐渐地，他被改造成了一个侠士和韦姆兰人。人人都叫他克里斯托弗老哥，也不弄清楚他是怎么得了这么个称谓。

叫一只猛禽困在笼里可不好。很好理解，他不习惯从这根栖木跳到另一根，从看管他的人那儿得到食物，而是习惯于另外一些事。过去，屠杀的刺激和致命的危险能让他的脉搏燃烧。沉闷的和平让他厌恶。

这的确是事实，其他侠士也算不上绝对的家禽，可他们中没有哪一个的血液会像克里斯托弗老哥的，燃烧得那么热。猎熊是唯一能让他那松弛的生活欲望活跃起来的事，猎熊或女人，一个独一无二的女人。

一直活到十年前，他才第一次见到当时已是寡妇的梅尔塔伯爵夫人。一个女人，像战争一样多变，像危险一样令人兴奋，一个闪光而奢侈的尤物——他爱过她。

而今，他坐在那儿，苍老，灰白，不能再要求她成为他的妻子。如今，他有五年没见着她了。像被捕获的鹰，他在一点点地凋零、垂死，就像被捕获的猛禽通常会经历的那样。每一年他都格外干瘪和冰冷。他得爬进毛皮，贴近火炉。

\*

这一天早上，他就这么坐着，受着冻，阴阴沉沉、须发蓬乱而灰白。晚上会燃放复活节爆竹，复活节的女巫将被烧死。侠士们都出去了，只有他坐在室内炉边的角落里。

哦，克里斯托弗老哥，克里斯托弗老哥，你难道不知道吗？

他已微笑着到来了，那诱人的春天。

自然从懒散的睡眠中跃起，在那蓝蓝的天空上，有着蝶翅的精灵在喧闹的玩耍中打滚。在云朵间，他们的面容闪耀，密集得像野灌木上的玫瑰。

大地，那伟大的母亲，开始活起来了。晕乎乎像个孩子，她从春天江河里的洗浴，从春雨的洗礼后站起身来。石头和土壤因欲望发亮。"到生活的循环运动里去！"那些最小的家伙在欢呼，"我们会像清风中的翅膀一样旅行，我们会在年轻姑娘的脸上发亮。"

有趣的春的精神随空气和水游入身体，颤动如血液中的鳗鱼，让心摇荡。到处是一样的声响。在心和花，还有一切可摇荡与颤动的一切那里，蝶翅的精灵牢牢勾在一起，响了起来，像是成千只警钟敲响："欲望和喜悦，欲望和喜悦，他已到来，那微笑的春。"

然而克里斯托弗老哥静静地坐着，什么也不明白。他把头靠在僵硬的手指上，梦着弹雨和荣耀，在战场上的成长。在他内在的视野里，他变幻出了不需靠春天微弱的美来绽放的桂冠和玫瑰。

这对他来说还是太糟糕了，这个孤独的入侵者，坐在侠士之翼，没有民众，没有国度。他这个从没听到自己祖国的语言的人，他这个会在布洛墓园有座无名坟墓的人。一只鹰，生来是要追逐和杀戮——这是他的错吗？

哦，克里斯托弗老哥，你在侠士之翼坐着梦想、怕有些太久。站起身来，去那些高高的城堡里啜饮生活的起泡的葡萄酒吧！知道吗，克里斯托弗老哥，这一天，一封信已到少校手中，一封皇家的书信，标着瑞典王国的封印！信是写给少校的，包含的却是对你的关切。看你读这封信的样子一定十分美好，你这古老的猛禽。你的眼将发亮，你头会高昂。你能看见牢笼的门打开，而自由的空间会提供给你那向往的翅膀。

\*

克里斯托弗老哥在他的衣箱深处里掏来挖去。然后，他焦急地拉出那里存着的镶金边制服，穿上身。他把装饰着羽毛的帽子压在头上，很快便骑上他那匹配着白鞍的骏马，冲出埃克比。

不过,这和抖抖缩缩地坐在炉边角落里可不一样。现在,他也能看到春天是来了。

他从马鞍上抬起身,让马飞跃。衬着皮毛的骑兵用短夹克制服在飘动,帽上的羽毛在摇摆。这个人跟大地一样焕发了青春。他从一个长长的冬天中苏醒了。老金子还能发亮。勇敢的战士的脸在三角帽下依然是个骄傲的图景。

他的马术相当出色。他骑马所到之处,地上溪流涌出,银莲花钻出。迁徙鸟围着这被释放的囚徒欢快地鸣叫。大自然全都参与到他的喜悦里。

他像个胜利者一般宏伟地来了。春天自己在前头骑在一片飘浮的云上。他放松而轻快,是光亮的精灵,克鲁姆管就在嘴边,带着快乐的泡沫。在克里斯托弗老哥周围,有一群装配着武器的老弟兄策马奔腾:"幸运"踮着脚尖站在马鞍上,"荣誉"伏在它庄严的快马身上,"情爱"骑的是火热的阿拉伯马。策马是非凡的,策马者是非凡的。那擅长语言的欧歌鸫对他呼唤:"克里斯托弗老哥!克里斯托弗老哥!你骑马到哪里?你骑马到哪里?"

"到博宜去求婚,到博宜去求婚。"克里斯托弗老哥说。

"别去博宜,别去博宜!未婚的男人没有悲伤。"欧歌鸫追着他尖叫。

可他不听警告。上坡又下坡,他骑着马儿,直至终于抵达。跳下马鞍,他被领去见伯爵夫人。

一切进展良好。梅尔塔伯爵夫人对他很亲切。克里斯托弗老哥看出,她不会拒绝背负他那闪亮的姓名,也不会拒绝去统治他的城堡。他坐着,拖延着给她看王室来信的迷醉时刻——他享受这等待。

她说话,并用成千的故事让他开心。他对一切都报以大笑和欣赏。当他俩坐在伊丽莎白伯爵夫人挂着玛丽小姐的窗帘的那些房间中的一间里时,她也说起了她们。她尽量让一切显得滑稽。

"瞧,"她最后说,"我是多么坏!这些窗帘如今挂在这儿,于是每一天、每一刻,我都想起我的罪。这是个无与伦比的惩罚。哦,这些可怕的鱼鳞纹窗帘!"

伟大的战士克里斯托弗老哥带着燃烧的目光看着她。

"我也老了,也穷困,"他说,"我还在炉边角落坐了十年,憧憬着我的最爱。仁慈的伯爵夫人也会对此发笑吗?"

"哦,这可是另一码事!"伯爵夫人脱口而出。

"上帝把我的财富和父国从我这儿拿走,迫使我吃别人的面包,"克里斯托弗老哥严肃地说,"我得以学会尊重贫穷,我。"

"您也真是!"伯爵夫人喊道,举起她的手,"人们好贤德啊!哦,他们变得好贤德啊!"

"没错,"他说,"注意,伯爵夫人,要是有一天上帝把财富和权力还给我,我会好好使用它们,而不是拿它们和那种世俗的女人分享,那种伪装的、没心的、拿贫穷取笑的耶洗别。"

"您做得对,克里斯托弗老哥。"

就这样,克里斯托弗老哥走出房间,又往埃克比骑去。然而精灵没有跟随他,欧歌鸫没有呼唤他,他也不再看得到微笑的春天。

他回到埃克比时,复活节的爆竹正要被点燃,复活节巫婆正要被焚烧。复活节巫婆是个干草扎出的大大的人偶,有一张破布做的脸,还有拿炭做成的眼睛、鼻子和嘴巴。她穿的是穷苦的士兵的婆娘扔掉的破衣服。长柄烤箱耙和扫帚就摆在她身边,黄油牛角罐就挂在她脖上。她已准备好飞往蓝山。

福科斯少校给他的来福枪上了弹,一次次对着天空开火。干树枝篝火已点燃,巫婆被扔了进去,很快便猛烈燃烧起来。毫无疑问,侠士们正尽其所能,用传统的、被证明的方式摧毁邪恶势力。

带着阴郁的表情,克里斯托弗老哥站在那里,注视这一切。突然，他从袖子里抽出那封王室来信，扔进火中。只有上帝知道他转的是什么念头。也许，他自以为着是梅尔塔伯爵夫人本人在篝火中燃烧，也许他觉得，在所有说过的做过的一切之后，这个女人不过是用破布和干草扎出的，世上再没什么是有价值的了。

他又走进侠士之翼，点上炉火，藏起制服。他重新坐到了炉边角落里，一日又一日，他变得越发阴阴沉沉，胡子拉碴，头发灰白。他在一步步走入死亡，就像老雕被囚禁时通常会变成的那样。

他再也不是囚徒了，可他没心思考虑如何利用他的自由。宇宙为他敞开，战场、荣誉和生活等待着他，可他再没力气展开羽翼直至飞翔。

## 第二章　生活的路

那些路是那么沉重——人在地上要跋涉的那些路。

沙漠中的路，沼泽里的路，山峦上的路。

为何有那么多悲痛不被打断，直到人在沙漠中迷失，在沼泽中沉陷，在山峦上跌落？哪里有采集花儿的小女子，哪里有传说中的小公主，哪条路上玫瑰生长，哪里是将在沉重的路上撒花的人儿？

现在，尤斯塔·贝林，那个诗人，决定结婚。他只寻找一个足够贫穷、足够低贱、足够被抛弃的人，这样好配得上一位疯牧师。

美丽和高贵的女人爱过他，可她们不会走上前来，为赢得他的双手而竞争。被否定的人在被否定的人中挑选。

他会选谁，他将寻出谁来呢？

有时，一个姑娘会从远远群山的森林中的一个荒漠村庄，走到埃克比来卖扫帚。那个村里，长期的贫穷和巨大的苦难处于主导地位，好多人精神不怎么正常，这姑娘就是其中之一。

可她漂亮。她浓密黝黑的头发编成那么粗的一根辫子，在她头上几乎没法全部盘下，她的鼻子端正，大小适当，眼睛湛蓝。她有一种忧郁的、圣母玛利亚式的美，就像人们还能在芦汶长湖岸边的女孩身上找到的那种美。

瞧，那儿就有尤斯塔的未婚妻——一个半痴的扫帚姑娘会是疯牧师的好妻子。再没有比这更般配的了。

他只需要跑到卡尔斯塔德买来戒指，然后，他们能于芦汶湖岸边再有一个狂欢之日。愿他们再次笑话尤斯塔·贝林，当他和扫帚姑娘订婚时，在他与她庆祝婚礼时！愿他们大笑！他可曾为自己想到过比这更滑稽的恶作剧？

人在地上要跋涉的路是那么沉重：沙漠中的路，沼泽里的路，山峦上的路。①

被拒绝的人不就是该走被拒绝的人的路吗，正如愤怒的人走愤怒的人的，悲伤的人走悲伤的人的，不幸的人走不幸的人的路？假如他跌倒了，被摧毁了，又有什么关系？有什么在乎的人会阻止他吗？有人会对他伸出支持的手和清醒的饮料吗？哪里有采集花儿的小女子，哪里有传说中的小公主，哪条路上玫瑰生长，哪里是将在沉重的路上撒花的人儿？

不，不，博宜的那个年轻、温柔的伯爵夫人可不会打乱尤斯塔·贝林的计划。她得想想自己的名声，想想她丈夫的愤怒和她婆婆的仇恨，她不能做任何事去阻止他。

在黑湖教堂长长的礼拜中，她将交叉双手，为他祷告；在无眠的夜里，她能为他哭泣并担忧。可她没有鲜花好撒在被拒绝的人的路上，没有一滴水给那口渴的人。她没有手能伸出来，把他从深渊的边缘拉回。

尤斯塔·贝林无意用丝绸和珠宝来装扮他挑选的新娘。他任由她如同习惯的那样，带着扫帚从这个农庄走向另一个农庄，可一旦把所有埃克比地区有头有脸的男女聚集到一个大宴会上，他就会宣布他的订婚。然后，他会把她从厨房叫出来，那时的她从长途跋涉中业已归来，衣上沾着路上的尘和土，也许破破烂烂，也许蓬头垢

---

① 本段为学术版所增补。

面，眼睛困惑，嘴里胡言乱语。他会询问客人们，如今，他难道不是选了个般配的新娘，一个疯狂的牧师难道不该为有这么个可爱的未婚妻，这么个有着温柔的圣母玛利亚式面孔的，有着蓝色的、梦一般的眼睛的姑娘而骄傲吗？

他不想让任何人提前知道这一切，可他未能成功保密，得知消息的人中的一个，就是年轻的杜纳伯爵夫人。

可她又能做什么来拦住他呢？订婚的日子近了，这一天的暮色时分已经降临。伯爵夫人站在蓝色书房的窗口，朝北面探望。她几乎相信，她能看到埃克比，虽然泪和雾让一切朦胧。她清楚地看到，高大的三层楼的房子因三排装饰着烛光的窗户而发亮，她能想象香槟如何被注入杯中，祝酒辞如何响起，还有尤斯塔·贝林如何宣布他和扫帚姑娘的订婚。

要是这时候她靠近他，轻轻把手放在他臂膀上，或只是给他一个友善的注视，他就不会因此转而离开那条被拒绝者的恶之路吗？假如她说过的一句话能将他逐入如此绝望的行为，难道就不会也有那么一句来自她的话，能阻止他？

她为他将对这可怜而贫困的孩子犯下的罪颤抖；她为他将对这不幸的生灵犯下的罪颤抖，这个人将被吸引而爱上他——恐怕只因为一天的玩笑。也许，她还更加要为他将对他自己犯下的罪颤抖——好像一条沉甸甸的负担的锁链牢牢拴在了他的生命上，总是抵消着他的精神抵达高处的力量。

而归根结底，罪是她的。是她用谴责的话语把他扔在恶之路上。她这个来祝福，来缓解的人，为何她竟在罪人的荆棘之冠上又扎进了一根刺呢？

对，现在她明白自己该做什么了。她会把黑马套在雪橇上，赶紧穿过芦汶湖，冲进埃克比庄园，径直站在尤斯塔·贝林跟前，告诉他，她不该蔑视他，她不明白自己把他从家中赶走时都说了些什么……不,她还是不能做这样的事,她会害臊,不敢吐出一个字。她,一个结了婚的人,必须小心。要是她这么做了,会引发太多流言蜚语。可要是她不这么做,他又会出什么事呢?

她得去。

接着,她想到要跑这一趟并不可能。这一年里,已经没有一匹马能再横穿芦汶湖了。冰在融化,随时会与大地分离了。冰是松动而破裂的,看起来很可怕。水潺潺地上下其中,在一些地方,聚成一个黑池塘;在另一些地方,冰又白得让人眼花;而在更多的地区却是灰色,且因融雪而发脏,道路纵横于表面、像又长又黑的条纹。

她怎能想去呢?老伯爵夫人梅尔塔,她的婆婆,绝不允许她做这样的事。她必须一整晚坐在起居室,在婆婆身边,听那些老掉牙的求爱故事,那是那个老妇人的乐趣。

然而,夜来临,而她丈夫不在家,这会儿,她自由了。

她不会赶车,她不敢叫仆人,可她的焦虑把她赶出了自己的家。她别无所能。

沉重的,是人在地上要跋涉的路,沙漠中的路,沼泽里的路,山峦上的路。

可这融化的冰面上的夜路,我拿什么来形容它好呢?这条路不正是那小小的采集花儿的女子们必须走的路吗,一条易变、崎岖又打滑的路;她们——这些希望能愈合伤口、修正错误的她们的路;轻捷的脚、明快的眼、勇敢而满怀着爱的心之路。

伯爵夫人抵达埃克比的湖滩时,午夜已过。她曾倒在冰上,她曾跃过宽宽的裂缝,她匆匆穿过了那些自己的脚印被冒出的水流淹没的地方,她滑倒过,她爬行过。

这是一段艰难的路程。她边走边哭,她又湿又累,在黑暗的冰面上,苍凉和空旷让头脑中生出过可怕的想法。

现在，最终，在埃克比的湖滩，她必须在没脚的水中跋涉，以便上岸。当她终于到了岸上，她除了在一块石头上坐下，因疲劳和无助而哭泣，再没有勇气做任何事。

沉重的路上走着人类的孩子，那些小小的采集花儿的女子们有时会在她们的花篮边崩溃，就在她们赶上想播撒花朵的那条路时。

而这个高贵的女士是个迷人的女主人公。在她明亮的故乡，她从不曾走过这样的路，当她坐在这可怕的湖边，潮湿、疲惫又不快，很可能会想起那温柔而镶着花边的、南方的祖国的路。

哎呀，对她而言，这已不再是南方和北方的问题。她站在生活的正当中。她并非因思乡而哭泣。她，这个采集花儿的人，这个小小的女主人公在哭，因为她太疲惫，她赶不上那个她想给他撒花的人的路了。她哭泣，因为她相信她来晚了。

这时，人们沿着湖边跑着。他们从她身边匆匆奔过，没看见她，不过她听见了他们的话。

"要是大堤倒了，铁匠铺可就完了。"一个人说。"磨坊、车间还有铁匠们的住房也就完了。"另一个人补充说。

于是，她获得了新的勇气，站起来，跟上他们。

\*

埃克比的磨坊和铁匠铺坐落在一个狭窄的地峡上，被一条咆哮着的、叫白桦湖的河流包围着。这条河直朝着地峡冲来，翻卷出白花花的水浪，拍打在为保护地峡建筑免于水流侵袭而造的防波堤上。可防波堤旧了，况且落到了侠士手中。在侠士的管理期，坡上的车间里有的是舞蹈，却没人花时间注意激流、严寒以及时日如何作用于这条石头砌成的旧防波堤。

然后，春汛来了，防波堤开始颤颤巍巍。埃克比的落瀑是一条巨大的花岗岩石阶，河里的波浪从石阶上奔跑直下。它们因速度而发晕，跌跌撞撞地碰在一起，一路翻着筋斗；它们对着彼此喷吐泡沫，又继续翻滚，到一块石头上，到一根木头上，起身又摔倒，一次又一次，吐着泡沫，嘶叫着，咆哮着。

眼下，这些狂野而兴奋的波浪，这些因春天的空气而迷醉，因新获的自由而眩晕的波浪，开始对石堤发起猛攻。它们嘶叫着、撕扯着来了，朝着石堤冲得高高地，又退后一步，好像它们是撞着了自己白色的头发卷曲的头颅。这袭击不比任何的袭击差：它们拿大块的冰做庇护，拿木头当冲车，它们对着可怜的石堤又是撬，又是打击和吼叫，直到突然间，好像有谁提醒它们注意。然后，它们都朝后跑去，在它们身后，一块从堤上松动下来的大石头，咆哮着跌落在激流里。

看来这使它们震惊，它们一动不动地站着，它们欢呼，它们商议……就这样，又开始新一轮猛攻！它们带着冰块和木头又来了，因为摧毁的意愿而邪恶、无情、野蛮和疯狂。

"只要防水堤没了，"波浪们说，"只要防水堤没了，接下来就轮到铁匠铺和磨坊了。"

"现在是自由的日子……自由于人类，还有人类的劳作！他们拿木炭熏黑我们，用面粉弄脏我们，他们把轭放在我们身上好像我们是牛，他们将我们赶成一圈，把我们关在里头，用水闸阻挡我们，强迫我们拉沉重的车轮，拉笨拙的木头。不过现在，我们要赢得自由了。"

"自由的日子来到了！听着，北面白桦湖的波浪，听着，在沼泽，在高山小溪，在森林流水中的兄弟姐妹们！来吧，来吧！快冲到白桦湖河里，带着新鲜的力量来吧，咆哮着，嘶嘶地响着，准备好去打破几世纪的漫长压迫，来吧！暴政的壁垒必须倒塌。让埃克比去死！"

于是它们来了——一浪又一浪拿头去冲撞大堤，去协助这伟大的工作。酣醉于新获的自由，无数团结的它们从颤巍巍的防波堤上松动下一块又一块石头，一堆又一堆草。

然而为何人们听任野蛮的波浪愤怒，而不加以阻止呢？埃克比是死灭了吗？

不，那里有人，一群困惑、茫然和无助的人。夜很黑，他们看不见彼此，看不见自己的路，冲来的水声巨大，冰块破裂和木头折断的怒吼惊人，他们听不到他们自己的声音。充满了那些怒吼的波浪内心的狂乱眩晕，也填满了人的头脑。人的脑中不再剩下任何想法，也全无理智。

铁厂的钟在敲。"任何带耳朵的人，听着！我们在埃克比的铁匠铺快完了。大河就在我们上头。防波堤在摇晃，铁匠铺告急，磨坊告急，告急的还有我们自己贫寒、渺小却被我们热爱的住房。"

波浪满心以为这钟声是为了呼唤它们的朋友，因为并没有任何人出现。不过，在远处的森林和沼泽里一片紧急。

"派出援手，派出援手！"钟声敲荡。"当了几个世纪的奴隶后，我们终于解放了自己，来吧，来吧！"波浪咆哮。喧嚣的水柱和鸣响的铁厂的钟，唱着一首有关埃克比所有荣誉和光芒的死亡之歌。

与此同时，讯息一个接一个被送往埃克比宅邸，要送达侠士那里。

他们是处在能考虑铁匠铺和磨坊的心境里吗？一百个客人聚在埃克比辉煌的大客厅里。扫帚姑娘正在外头的厨房里等候。会叫人惊诧的时刻就要来了，香槟在玻璃杯里起泡，尤利由斯起立给宴会致辞。埃克比所有的老历险者都为这即将淹没众人的惊奇而得意。

在外头的芦汶湖冰面上，年轻的伯爵夫人走着可怕而危险的路，只为对尤斯塔·贝林轻吐一句忠告。在底下的落瀑边，波浪正对埃克比的荣光发出猛攻。而在大客厅里，只有喜悦和热切的期待，蜡烛亮着，葡萄酒淌着，里边没人想到在黑暗的狂暴春夜里，到底发生着什么。

这会儿,时刻到了。尤斯塔起身去带未婚妻。他必须走过前厅,而前厅的门敞开着。他停下脚步,朝外头漆黑的夜看过去,他聆听着,聆听着。

他听到钟的敲动,激流的咆哮。他听到破裂的冰块的轰响,折断的木头的聒噪,还有暴动的波浪那嘶嘶冒泡、充满揶揄、欢庆胜利的自由之歌。

于是,他冲到外头的夜里,忘却了一切。就让屋里的人站在那儿,握着举起的酒杯等待,一直等到世界的最后一日好了,他不再关心他们。未婚妻可以等,乡绅尤利由斯的致辞可以死在他的嘴唇上。戒指不会于今夜交换,令人石化的惊奇不能落在这群聚集一堂的出色的人们中了。

现在,不幸的你们,叛逆的波浪们,现在真是到了为你们的自由而战的时候了!现在,尤斯塔·贝林到了洪水边;现在,人们有了个指挥者;现在,勇气在害怕的心中点燃;现在,防卫者爬上了高墙;现在,一场伟大的战斗开始了。

听听他怎么对人们呼唤!他下达命令,他让人人在行动中。

"我们得有光亮,让光照亮一切,在这里,磨坊主的牛角灯可不顶用,看见那几堆树枝么,把它们搬到坡上点起来!这是女人和孩子的活。不过得快,准备好一堆又大又亮的篝火,让它燃烧!它会照亮我们的劳动,也能被远处的人看见,给这里唤来援助。千万别让它熄灭!把干草和枝条搬来,让明亮的火焰对着天空燃烧吧!"

"看着,看着,你们这些成年男人,这是你们的工作!这里是木头,这里是木板,放在一起做个应急堤坝,我们好将它沉在快要倒塌的石堤前。快,赶快干活,把它做结实,做牢靠!准备石块和沙袋,好和它一起给沉下去!快,挥舞你们的斧头,让锤子敲出雷鸣，让钻子咬住木头，让锯子尖叫着进入干燥的木板！"

"男孩们在哪儿？过来，过来，你们这些没用的野小子！拿上竿子，拿上钩船篙，投身到战斗的人群中去！到堤坝上去，孩子们，到那吞吐着、嘶叫着朝我们喷来白色泡沫的波浪中去！防范、减弱和抵制这些要弄垮堤坝的冲击！把木头和冰推开，要是没别的办法，就把你们自己扔进去，用你们的手把松弛的石头抵住！咬住它们，用铁钳抓住它们！战斗，男孩们，没用的家伙，野蛮的脑袋！都到石堤上去吧！我们要为每一寸土地而战！"

尤斯塔自己站到了堤坝的最远处，那里浪花飞溅，他脚下的地在震颤，波浪轰鸣而愤怒，然而他狂野的心因处于危险、骚动和战斗而快活。他笑，因堤上围在他身边的男孩们而开心，他从未经历过比这更有趣的夜晚。

救援工作快速推进，篝火闪烁着，伐木工的斧头轰响着，而堤坝屹立着。

甚至其他的侠士和成百的客人们也已来到了河水倾泻的地方。远近的人们奔跑到这里，都在工作：忙于篝火，忙于应急堤坝，忙于沙袋——在那条就要倒塌的、动摇的石堤上。

现在，木匠已把应急堤坝做好，就要将它下沉到颤巍巍的防波堤前。把石头和沙包备好，还有钩船篙和绳子，这样，它就不会被拉跑，这样胜利就会是人们的，而被制服的波浪将做回奴隶！

就在那决定性的一刻之前，尤斯塔的目光落到了河边石块上坐着的一个女人身上。篝火的光芒照亮了她坐的地方，她正在那里直瞪瞪地看着波浪。难以透过烟雾和泡沫把她看清，可他的眼睛被不停地拉向她，他觉得似乎这女人正是找他有什么事。

在几百个于河边劳作和奔忙着的人中间，她是唯一静坐不动的，他的目光不得不始终不停地转向她，他看不见别人，除了她。

她坐得很远，就到了水边，波浪打着她的脚，泡沫飞溅到她身上，她一定是湿透了。她穿着黑衣，头上裹着黑色披巾，她蜷着身子，下巴靠在手上，不停地盯着远处防波堤上的他。他感觉到这凝视的眼睛拽着他、诱惑着他，虽然还是不能看清她的脸，除了这个坐在白色波浪边的女人，他没法再考虑别的了。

"这是芦汶湖里的水宁芙跑到了河里来，要毁灭我，"他想，"她坐在那儿诱惑、诱惑，我得去把她赶走。"

所有这些带着白色头颅的波浪在他看来都像这个黑衣女的军队，是她煽动了它们，是她领着它们来袭击他。

"我必须赶走她。"他说。

他抓起一个钩船篙，跳上岸，匆匆朝那女人跑去。

他离开了防波堤最外头的那个点，以撵走水宁芙。在这激动的时刻，对他来说，好像深处的邪恶力量在和他对抗。他不知自己在想什么，相信什么，可他必须把黑衣女从河边的石块上赶走。

哦，尤斯塔，在那决定性的一刻，为何你不在你站立的地方？他们带着应急堤坝来了，一长排的男人上了防波堤，他们带着绳索、石头和沙袋，准备好把应急堤坝放下并固定，他们站好了，等着，听着。指挥者哪里去了？那指挥和管理的声音为何听不到？

没有了，尤斯塔在驱赶水宁芙，他的声音听不到，他没有指挥任何人。

这么一来，紧急大坝不得不在他缺席的情况下被沉降。波浪走到一边，它沉入深处，在石头和沙袋之后。可是没有指挥的工作怎么会很好呢？没有小心，没有秩序。波浪又一次冲来。它们带着刚刷新的愤怒对着这新的阻碍冲来，它们开始冲走沙袋，扯下绳索，松动石头。而它们成功了，它们成功了！带着嘲笑和开心，它们把整片应急堤坝放在结实的肩膀上，拉拽着、撕扯着，就这么，将它置于它们的力量下。把这没用的防波堤拉走，带到芦汶湖底！然后，重新冲击摇摆而无助的石堤。

尤斯塔却在追逐水宁芙。他摇晃着钩船篙朝她走来时,她看见了。她开始害怕。似乎她想过跳入水中,可她改变了主意,朝陆上跑去。

"水宁芙!"尤斯塔喊道,朝她摇晃船钩。她匆忙跑入岸边的桤木丛里,被浓密的灌木枝钩着,站住了。

尤斯塔扔掉船钩,走上前去,把手放在她肩上。

"这么晚了,您还在外头,伊丽莎白伯爵夫人。"他说。

"别碰我,贝林先生,让我回家!"

他立刻听从了,从她身边走开。

然而,因为她不仅是个高贵的女子,而其实更是个善良的、无法忍受让他人陷入绝望的小女子,因为她是个采集花儿的小女子,篮里总有足够的玫瑰装饰那最荒漠的路,所以,她立刻后悔了,从后头追上他,抓住了他的手。

"我来,"她开了口,结结巴巴地,"我来是因为……哦,贝林先生,您还没那么做吧,做了吗?告诉我您还没有!……您朝我跑过来时,我害怕起来,可我来就是为了见您。我想请您不要在意我上次说过的话,您还会照常来我家。"

"您是怎么到这儿来的?伯爵夫人。"

她紧张地笑了:"我猜我是来晚了,可我不想告诉任何人我要出来。此外,您也知道,湖上是没法再驾车越过了。"

"伯爵夫人是穿过湖面走来的?"

"是的,当然,不过,贝林先生,现在告诉我!您订婚了吗?您明白吗,我多么希望您并没有。这不对,您知道,并且,我觉得我对整个事件有罪,您不该对我说的一句话那么介意。我是对此地的风俗并不了解的外人。自从您不再来了,博宜是那么空,贝林先生。"

对尤斯塔·贝林来说,当他站在泥泞土地上的,潮湿的桤木丛中时，好像有人给他投来一大捧玫瑰花。他在玫瑰中跋涉，玫瑰一直没到膝盖，黑暗中，它们在他眼前闪亮，他贪婪地啜饮它们的芳香。

"您做了吗？"她重复地问道。

他必须回答，以终止她的焦虑，虽然他对这忧虑感到巨大的喜悦。不，他内心变得那么温暖，那么明亮，当他想到她如何跋涉，如何湿透，如何发冷，如何焦急，她哭喊的声音是个什么样。

"不，"他说，"我没订婚。"

于是，她又一次抓住他的手，抚摸。"我是那么高兴，我是那么高兴。"她说，而她的胸膛，那个曾被焦虑压抑的胸膛，因为抽泣而颤抖。

于是，诗人的路上有了足够的玫瑰。所有黑暗、邪恶和仇恨的一切都从他心头融化。

"您是那么好，您是那么好！"他说。

很快，就在他们上头，波浪再次袭击埃克比的荣誉和光芒。如今人们不再有什么领袖，没有谁在他们的心中注入勇气和希望，现在防波堤崩塌了，波浪一起跃过它，带着确信的胜利急匆匆往前，朝着岬口——那个磨坊和铁匠铺坐落的地方奔。不再有人为阻挡波浪而忙乎，没人再想别的了，除了保命、保财产。

对两个年轻人来说，尤斯塔送伯爵夫人回家再自然不过。他当然不能把她独自丢在黑夜里，也不能让她再一个人涉过正在融化的冰湖。他们甚至都没去想，上头的铁匠铺需要他，他俩很高兴又成了朋友。

很容易相信，年轻人彼此有着爱意，可谁能肯定地知道这一点呢？他们生命的耀眼历险抵达到我这里时已是散落的碎片。我又不知道，完全不知道，他们灵魂的深处到底住了些什么。我对他们行为的动机又能说什么呢？我只知道，在那个夜晚，一个年轻可爱的女子冒着她的生命、荣耀、名誉和健康的风险，把一个可怜而不幸的人拉回正道。我只知道那个夜里，尤斯塔·贝林让那座热爱的领地的荣光坍塌，以便追随她——一个为了他的缘故，克服了对死亡、羞耻和惩罚之恐惧的人。

我时常在遐想中，跟随他们到那可怕的夜晚的冰上，那夜对他俩自然是有个美好结尾。我不相信，在他俩穿过冰面，快乐地攀谈着所有于不和谐的时日里发生的一切时，他们的灵魂里有任何隐藏了的以及被禁断的东西。

他再次成了匍匐在她脚下的，她的奴隶、她的门童，而她是他的女主人。

他们只觉得快乐，只觉得幸福。他们中没人吐露一个意味着爱的字眼。

他们的笑穿过岸边的水飞溅着。他们大笑，在找到路时，在迷失时，在路滑时，在跌倒时，在又爬起时，他们始终大笑。

这被祝福的生活再次成为有趣的游戏，而他们是一度顽皮又争吵的孩子。哦，这是多么好啊：和解并且重新开始游戏！

流言来，流言走。伯爵夫人跋涉的故事及时找到了抵达安娜·萧安乎克的路径。

"那么我明白了，"她说，"上帝并非只有一根弦在他的弓上。我好放宽心，留在我被需要的地方了。没有我，他也能让尤斯塔·贝林成为男子汉。"

# 第三章 赎罪

亲爱的朋友们,若是你们碰巧遇到一个可怜而不幸的人,一个亲爱的苦恼人,他将帽子挂在背上,鞋子抓在手上,以便没有什么能抵挡太阳的曝晒及路上的石子,一个不加防卫的人自愿召唤所有的不幸到自己头上,那么,带着默默的不寒而栗走过他身边吧!这是个赎罪的人,你们明白么,赎罪的人,走在通往神圣之墓的路上。

赎罪的人必须穿粗衣①,以白水和干面包维系生命——即便他是国王。他必须步行,而不是骑乘。他必须乞讨而不是拥有。他必须在蓟草间睡觉。他必须用跪拜穿破坚硬坟墓的石板,他必须在背上甩动荆棘的鞭笞。他没法体验甜蜜,除了在受苦中;他没法体验欢愉,除了在悲哀里。

伊丽莎白伯爵夫人一度就是个穿着粗衣、在荆棘路上穿行的人。她的心指控她有罪。这颗心向往苦痛,好像向往温暖的沐浴。她把严酷的不幸带给自己,她几乎是快乐地,把自己降到受难的夜里。

她丈夫,有着老人头的年轻公爵在埃克比的磨坊和铁匠铺被春

---

① 粗衣是用粗布制成的外套,盖着头但没有袖,僧侣时常穿着这样的衣服。

汛摧毁的那一夜后的早晨,回到博宜的家。他还没完全进得门来,梅尔塔伯爵夫人就把他叫去,告诉他一些奇怪的事。

"昨夜你妻子外出了,亨利克,她出去了好几个小时。她是在一名男子陪伴下回家的,我听见他怎么对她道晚安,我也知道那男人是谁。我听到她什么时候出去,什么时候回来,不过,那完全是在无意间。她在欺骗你,亨利克。她在欺骗你,这个把鱼鳞纹针织窗帘挂在所有窗户上的道貌岸然的家伙只是想让我不开心。她从未爱过你,我可怜的儿子。她父亲只希望她嫁给有钱人,她找你可以让你养着她。"

她是那么言之有理,亨利克伯爵给激怒了。他想离婚。他想把妻子送回她父亲那里。

"不,我的朋友,"梅尔塔伯爵夫人说,"那么做只会把她托付给邪恶。她被宠坏了,教养不好。不过由我来照管她好了,让我来把她矫正到职责之路上!"

于是,伯爵叫来他的夫人,告诉她,从此必须处于婆婆的指挥下。

哦,接下来的是怎样的一幕啊!与悲哀结合的这座房子恐怕还没演绎过比这更惨的一幕。

年轻男人让年轻女人听了很多恶毒的字眼。他举手朝天,指责说他的名声被一个无耻的女人拖入了污秽。他在她的脸前挥舞握紧的拳头,问她,对于她这样的罪行,怎样的惩罚才算够。

她一点都不怕这男人。她一直相信自己处理得很对。她告诉他,自己已经感冒了,这个惩罚应已足够。

"伊丽莎白,"梅尔塔伯爵夫人说,"这可不是什么开玩笑的事。"

"我们两个,"年轻的公爵夫人回答,"从未在玩笑和严肃上达成共识。"

"可你总明白,伊丽莎白,没有一个高贵的女人会离开家,在半夜里和一个众所周知的冒险者一起乱走。"

于是,伊丽莎白·杜纳明白,她的婆婆已决心摧毁她。她看出自己必须斗争以避免可怕的不幸。

"亨利克,"她请求道,"别让你妈妈站在我俩之间!让我告诉你都发生了什么!你是公正的,你不会不听我陈述就裁判。让我告诉你一切,那么你会看到,我是按你教我的方式行事的。"

伯爵默许了,伊丽莎白伯爵夫人告诉她,自己曾把尤斯塔·贝林赶上了邪路,她告诉了他,在那蓝色书房里发生的一切,以及她如何被自我感觉驱使,而去弥补做错了的事。

"我自然无权裁判他,"她说,"而我的丈夫本人曾教育我,没有什么牺牲会过于巨大,假如你要把错的弄成对的,不是吗,亨利克?"

亨利克伯爵转向他的母亲。

"母亲对此怎么看?"他问。他小小的身体这会儿因为尊严格外僵硬,而他高高的狭窄的前额严重起皱。

"是呀,"伯爵夫人说,"我得说,安娜·萧安乎克是个睿智的姑娘,把那故事讲给伊丽莎白听时,她知道自己在做什么。"

"母亲选择误解我,"伯爵说,"我是在问,您觉得这故事怎么样?梅尔塔伯爵夫人是否曾强迫自己的女儿,我的妹妹,嫁给一个被革职的牧师?"

梅尔塔伯爵夫人沉默了片刻。哎呀,这个亨利克,真蠢,真蠢!这会儿,他自然是追猎到了错误的路上。她的猎狗追的是她这个狩猎的主人而让兔子跑了。可要是梅尔塔伯爵夫人曾有那么一时半会无话可说,她才不会一直那样。

"亲爱的朋友,"她耸了耸肩,"有一个让所有关于那个不幸男人的故事休息的理由,同样的理由,我要求你平息所有公开的丑闻：就是说，极有可能，他在昨夜死了！"

她用一种轻轻的悲哀的口气说话，可她的话里没一句是真的。

"伊丽莎白今天是睡了很久才起来，所以还没听说人们已被派出，围绕着湖泊寻找贝林先生了。他没赶回埃克比，大家担心，他多半是淹死了。冰是今晨破的。你看，风暴把冰裂成了一千块。"

伊丽莎白伯爵夫人朝外头一看，湖几乎是透明的。

然后，她为自己感到可怜。她想逃脱上帝的裁决。她说谎了，伪善了。她拿无辜的白斗篷包裹了自己。

绝望的女人跪倒在自己丈夫跟前，坦白冲出了她的嘴唇：

"裁判我，抛弃我吧！我爱过他。别怀疑，我爱过他！我在悲哀中扯我的头发，撕我的衣服。他死了，如今我什么也不在乎了。我不在意保护自己。你会获得所有的真相。我把心中的爱从丈夫那里取出，交给了一个陌生人。哦，我是该被抛弃的，我是那些被禁断的爱诱惑的人中的一个！"

你这年轻而绝望的人，躺在你的裁决者脚下，对他们吐露了一切！欢迎，殉教！欢迎，耻辱，欢迎！你将怎样迫使天堂的雷电闪落在你年轻的头上啊！

告诉你的配偶，当激情有力而不可抗拒压向你时，你是如何地害怕，你又如何为内心的痛苦颤抖！你宁可遭遇墓园的鬼魂而不是自己灵魂中的恶魔。

告诉他们，你是如何从上帝面前被放逐，感觉自己不配走在地球的表面！在祈祷和眼泪中，你挣扎了。

"哦，上帝，拯救我！哦，上帝之子，魔鬼的驱逐者，拯救我！"你这么祈祷过。

告诉他们，你考虑到最好是隐瞒一切！谁也不会发现你的不幸。你以为，这么做会让上帝满意。你也相信，援救你爱的男人也是上帝希望你做的。他对你的爱一无所知。他不会因你的缘故迷失。你知道什么是对吗？你知道什么是不对吗？只有上帝知晓，而他审判了你。他打碎了你心中的偶像，他引领你走向伟大的、治愈的赎罪之旅。

告诉他们，你知道在隐瞒中没有救赎！心魔喜欢黑暗。愿你的审判者的手握住鞭子！惩罚会降落，如同慰藉的膏油在罪的伤口上。你的心向往受苦。

告诉他们所有这一切，你跪在地板上，在剧烈的痛苦中拧自己的手，用绝望而狂乱的声音诉说，用可怕的笑声欢迎惩罚和不名誉的想法，直至你丈夫抓住你，把你从地板上拉起来！

"举止要像个杜纳伯爵夫人的样子，我必须要求我母亲惩罚你，像惩罚一个孩子！"

"你想怎样就怎样！"

于是，伯爵的处罚落了下来。

"我母亲已为你求过情。因此，你可以留在我家里，但从现在起，她命令，你服从。"

\*

看看赎罪者的路！年轻的伯爵夫人成了仆人中最卑微的一个。这会有多久，哦，有多久？

多久，一颗骄傲的心能够服从？多久，一张焦躁的嘴会保持沉默，多久，一只急切的手能被束缚？

羞辱的苦难是甜蜜的。背因重活疼痛而心却平静。对一个在硬硬的草床上只睡短短几小时的人来说，睡眠不招而至。

让这老妇转为邪恶之灵，把那年轻人折磨个够吧！她感谢这个恩人。这人心里的邪恶还未死去。每天早上四点，叫醒那个瞌睡的女孩！给这没练习过的人在沉重的织布机边一个不合理的工作量。这很好。也许赎罪者自己没有足够的力气对自己鞭笞。

到了春天的大洗涮期，梅尔塔伯爵夫人让伊丽莎白伯爵夫人的手浸泡在洗衣房的盆里，还亲自检查她的劳动。"盆里水太凉了。"梅尔塔伯爵夫人说，把壶中沸腾的水浇在伊丽莎白伯爵夫人光光的胳膊上。

当洗衣妇们必须站在湖边漂洗衣服时，天很冷。风暴云向前奔腾，在她们头上落下一阵阵雨夹雪。洗衣妇们的裙子湿了，重得跟铅似的。拿着捣衣捶是辛苦的劳作，血从她们好看的指甲上流出来。

不过，伊丽莎白伯爵夫人没有抱怨。赞美上帝的好意！除了从惩罚中，赎罪者还能从哪里获得甜蜜？鞭笞的荆棘之结轻轻落下，好像那是玫瑰花瓣、落在赎罪者的背上。

然而，年轻女人很快发现尤斯塔·贝林活着。老女人只是想骗她坦白。好吧，那又怎么样呢？看上帝的路！看上帝的指引！他因此将有罪的人引上了赎罪的路。

只有一件事她不得不担心。她婆婆会怎么样呢，为了她的缘故，上帝已将婆婆的心变硬。哦，上帝会温和地裁判婆婆，婆婆不得不恶毒，好让有罪的她重新赢得上帝的爱。

她是不知道，一个尝够所有其他感官快乐的灵魂，在残酷中寻找娱乐会有多么经常。当奉承、抚爱、旋转的舞蹈及表演的蛊惑，在不耐烦且已发黑的灵魂里缺失时，灵魂会驱入晦暗的深处，把残酷带出来。在对动物和人的折磨中，还能为麻木的情感找到一点喜悦的成分。

老女人没觉得自己有多恶毒。她只相信自己是在惩罚一个散漫的妻子。于是，有时她在夜里醒来，琢磨新的折磨手段。

一天晚上，她穿过房间，让伊丽莎白伯爵夫人用蜡烛给她照路。蜡烛抓在手上，没有烛台。

"蜡烛燃尽了。"年轻女人说。

"蜡烛尽了,烛台会燃烧。"梅尔塔伯爵夫人回答。

她们继续往前走,直到烧煳了的灯芯掉在因此被烧焦的手上。

不过,这是孩子气。有些折磨是对灵魂的,超过了对肉体的折磨。梅尔塔伯爵夫人邀请客人们,而让主妇围绕她自己的桌子,伺候他们。

看,这是那赎罪者的重大日子。外人会看到她的降级。他们会看到她已无资格坐在丈夫身边。哦,这么一来,轻蔑会带着冷冷的注视留在她身上。

比这更糟糕,三倍糟糕的是,没一个视线接触她。桌上的每个人都沉默而萎靡,男男女女都一样被制服了。

可她把这些如同发光的炭一般都收集起来,堆放在自己的头上①。她的罪真有那么可怕吗?靠近她就那么可耻吗?

然后,诱惑来了:看,安娜·萧安乎克,一度是她的朋友,还有蒙克路德的法官,安娜的邻桌,在她过来时从她手上拿走肉盘子,推出一把椅子,不让她走。

"坐在这儿,孩子,坐下!"法官说,"你没做错什么。"

在这一句话之后,晚宴上的所有客人都说,要是她不留在桌上,他们就得离开。他们不是刽子手的帮凶。他们可不管梅尔塔伯爵夫人的事。他们才不像那笨头笨脑的伯爵那么好糊弄。

"哦,好心的先生们,哦,我爱的朋友们!别这么富于怜悯!你们迫使我为自己的罪哭泣。是有那么个人,对我来说太珍贵。"

"孩子,你不知道什么是罪。你不明白自己有多无辜。尤斯塔·贝林又不知道你喜欢他。现在,重新占据你在家里的位置吧,你没做错任何事。"

---

① 此处活用了《圣经·箴言》(25:22)中,"把炭火堆在他的头上,耶和华也必赏赐你"的说法。这里强调的是,不要自己动手,而让上帝的愤怒行其事。

他们在一时间让她鼓起勇气，而他们自己突然变得跟孩子一般开心。笑声和打趣在餐桌上回荡。

这些冲动而易感动的人，他们很善良，可他们也被脾气驱使。他们要让她明白，她是烈士，公开嘲笑梅尔塔伯爵夫人是个巫婆。可他们不明白这事。他们不明白灵魂如何向往清洁，赎罪者如何被心驱使，让自己成为路上之石子和太阳之火焰的对象。

有时，梅尔塔伯爵夫人强迫她一整天都坐在绣花绷子前，然后，告诉她无穷无尽的关于尤斯塔·贝林这个牧师和冒险者的故事。要是记忆不够，梅尔塔伯爵夫人就开始杜撰，她添油加醋，目的就是让这人的名字整天都在年轻女人耳边。这是年轻女人最怕的。这些天里，她感觉自己赎罪的日子将永远无尽头。她的爱不会死，而她相信自己会先死去。她的体力开始让她失望，她常常病得很厉害。

"可你的英雄都在哪儿逗留呢？"伯爵夫人嘲弄地问，"一天天地，我等待他带着一队侠士过来。他为何不来冲击博宜，把你放在宫殿里，把我和你丈夫关入塔中呢？你已被他遗忘了吗？"

年轻女人几乎要为他辩护，是她自己禁止他来给予任何帮助。不过，不，最好是沉默，保持沉默并承受。

一天一天，她被这过多的刺激之火损耗。她持续发烧，虚弱得没法站起身来。她只想死。强烈的生命力被压垮了。爱和欢乐不能动弹，她不再存放任何对受难的恐惧了。

\*

似乎她丈夫已不知道她存在。他把自己关在书房里能关一整天，不停地看那些难懂又古老的、字迹模糊的手稿。

他阅读羊皮纸上的贵族身份证书，下头垂挂着瑞典王国的印，大而有力，用火漆压成，放在一个雕刻的木盒里。他研究古老的家徽，那上边有白色原野上的百合花和蓝色的格里芬。这些东西他懂，这些他能轻易地解释。他一遍遍阅读高贵的杜纳家族的葬礼致辞和传记，他们的业绩在那里被拿来与以色列的英雄和希腊的天神相比拟。

你看，这些旧东西总是让他高兴。可他不再有心去考虑他年轻的妻子了。

梅尔塔伯爵夫人说了一句话，杀死了他内心所有的爱。"她选你是为了钱。"没有一个男人能承受这样的话。这会让所有的爱僵硬。现在，年轻女人无论发生任何事对他都没什么差别了。假如母亲能将她拉回职责的正轨，那自然很好。伯爵对自己的母亲有巨大的崇拜。

这个苦难持续了一个月。这段日子并没有像它被压缩于几张写下的纸头里时，表现得那么狂暴和激烈。伊丽莎白伯爵夫人在外表上似乎一直表现得平静。只是在她发现尤斯塔·贝林可能死了的那一次，她确实被情感压倒。没能保护好对丈夫的爱的苦闷那么强烈，要不是有一夜老管家跟她说了一席话，她很可能会听任梅尔塔伯爵夫人把自己给折磨死。

"伯爵夫人，您应该和伯爵去说说，"女管家说，"上帝啊，伯爵夫人还是个孩子，大概都不知道在发生着什么，可我看得很清楚。"

然而问题就在于，当他抱着对她这么黑暗的怀疑时，她没法和她丈夫谈谈。

当夜，她悄悄穿戴好，跑了出去。她穿了普通农村姑娘的衣服，拿了个包袱在手里。她打算逃出这个家，再也不回来。

她离开不是为了免于折磨和受苦。而是觉得上帝给了她一个暗示，她得走，她必须保存健康和体力。

她没有朝湖的西面走，因为那里住着她倾注了那么多爱的那个人；她没有朝着北面，因为那里住着好多她的朋友；也不是朝南，最南面，远远的南方，是她父亲的家，她不想靠近那里一步。她往东面去了，因为她明白，那边，没有家，没有她喜爱的朋友，没有熟人，没有帮助和安慰。

她不是带着轻松的步子在行走，因为她不认为自己已和上帝和解。可她还是很开心，从此就能在陌生人中背负自己罪的包袱了。那些漠然的眼神会停息在她身上，抚慰如同钢铁放在一个肿胀的肢体上。

她打算一直走下去，直至走到森林边缘，一个没人认识她的地方，找一个小木屋。"您能看出我身上都发生了什么，我父母把我赶出来了，"她会这么说，"请让我得到吃的，并有一片屋顶在头上，直到我能赚取自己的面包！我不是没带钱。"

就这样，她穿过明亮的六月的夜向前走，因为五月已在她饱受煎熬的时期逝去。哦，五月，这美好的时节，当白桦把淡绿色混入云杉林的墨色里，当南风带着饱和的热量从遥远的南方吹来！

我可能比其他享受了你的礼物的人更不知感恩，你这美丽的月份。我不曾用一个字眼赞颂你的美。

哦，五月，你这亲爱的、明亮的月份，你可曾注意到一个孩子坐在妈妈的膝上、听着萨迦？只要孩子听到巨人的残暴和美丽公主的受苦，她立刻把头抬起，睁开双眼，可要是母亲开始讲述快乐和阳光，孩子就闭上眼，开始静静地入睡，头抵在妈妈的胸前。

是的，你这美丽的月份，我也是这样一个孩子。愿其他人聆听鲜花和阳光的故事，可我选择黑暗的夜，充满幻境和历险；我选择那些严酷的命运；我选择野性心灵里填满悲伤的感情。

## 第四章　来自埃克比的铁

这是春天,韦姆兰所有铁厂的铁都要被运往哥德堡。

可在埃克比,他们没什么铁好运。秋天缺水,而在春天,侠士们开始管理。

在侠士管理的时日,苦啤酒翻着泡沫冲下白桦湖瀑布宽宽的花岗岩石阶,芦汶长湖不是填满了水,而是充满了烧酒。在他们的时日,铸造间里没有生铁,而铁匠穿着衬衣,趿拉着木拖鞋在炉前旋转长杆子上的巨大牛排,铁匠铺男孩用长钳把肥嫩而涂了油的阉鸡搁在燃烧的炭上。在那些日子里,厂房那儿的山坡上舞蹈在进行,人们在工作台上睡觉,在铁砧边打牌,那些日子里,没有铁被锻造。

不过春天来了,在哥德堡的批发商办公室,人们等着来自埃克比的铁。人们翻阅和少校夫妇签的合同,那里写的是,几十吨①的铁要发送。

然而,侠士们怎么会理睬少校夫人的合同呢?他们继续开心,继续地拉小提琴,举行宴会。他们注意的是,铁厂的山坡上舞蹈

---

① 原文是几百 skeppund。"skeppund"是瑞典旧的重量单位,一个 skeppund 相当于 170 千克。

不停。

铁从斯特姆奈来,从瑟里耶来。来自希姆斯贝里的铁一路穿过荒野直抵维纳恩湖。铁从乌德霍尔姆来,从蒙克福斯来,也来自好多其他铁厂。然而哪里是来自埃克比的铁呢?

埃克比不再是韦姆兰最著名的铁厂了吗?没人照管这老庄园的荣誉了吗?像风中的灰烬,它被丢在漫不经心的侠士手里。他们让舞蹈在铁厂的山坡上跳个不停。他们可怜的头脑还能照管些什么?

然而,激流与江河,小货船和大驳船,码头和水闸困惑并询问:"没有铁来自埃克比吗?"

这话儿由森林对着湖泊,山峦对着山谷耳语和问询:"没有铁来自埃克比吗?难道再没有什么铁来自埃克比了吗?"

而在密林深处,烧炭窑开始笑,黑暗的铁匠铺里的伟大铁锤开始冷笑,矿山咧开它们的大嘴大笑,那个存放着少校夫人签了的合同的批发商办公室的抽屉里翻腾着笑。"你们可听说过这么好笑的事吗?埃克比没有铁,在韦姆兰最好的铁厂里,没有铁!"

起来,你们这些漫不经心的人,起来,你们这些无家可归的人!你们能听任这份耻辱落在埃克比吗?哦,你们当然热爱上帝的绿色地球上这一个最美妙的所在,就好像它是你们在遥远路途上憧憬的目标,假如在陌生人中提起它的名字,你们也定然无法忍住眼泪,起来,侠士们,拯救埃克比的荣誉!

不过,要是埃克比的铁锤已停息,它们可曾在我们下属的六个工厂里工作?一定有足够的,甚至比足够更多的铁。

所以,尤斯塔·贝林出发去和六家铁厂的经理谈话。

首先,他觉得没有理由去白桦湖河上的赫格福斯,那地方就在埃克比北面一丁点,距离太近,就跟在侠士统治下一样。

但他向北跑了十二英里,直至露塔福斯,毫无疑问,这是个美丽的地方,它在芦汶湖前展开,在它背后紧挨着的古立塔绝壁,有陡峭的顶以及适合一座古老山峦的野性和浪漫。然而铁匠铺自然不是它应有的样子：飞轮坏了，并且这光景已持续了一年了。

"那么，怎么就没修好呢？"

"那个木匠，我亲爱的朋友，那个木匠，这一地区唯一能修这玩意儿的人正在别处忙乎着。我们要打造哪怕两吨都办不到。"

"那么，为何不去把木匠找来？"

"找木匠！好像我们不曾天天去找他，不过，他自然不在家。他在埃克比忙着造九柱戏球馆和花园凉亭呢。"

于是，尤斯塔明白他跑的这一趟会是什么结果。

他继续北上，跑到比安尼德。那也是个美丽和锦绣的地方，环境很适合一座城堡。这座巨大的宅邸主宰着半月形的山谷，三面环绕着巍峨的青山，第四面则是芦汶湖，那里是湖泊的端点。尤斯塔明白再没有比这段沿河的水岸小路更好的、月下散步与坠入浪漫迷恋的地方，穿过飞瀑，一直通向铁匠铺，铁匠铺就坐落在青山围成的穹窿中。然而，铁呢，那里有铁吗？

没有，当然没有。他们又没什么炭，从埃克比，他们没拿到一点钱款来支付烧炭人和运输者。整个铁矿的生产在冬天暂停了。

于是，尤斯塔又开始南下。他去了位于芦汶湖东岸的宏恩，还去了森林深处的芦夫斯塔甫斯，可那里的结果也不妙。没有一处出铁。并且，每一处都是因为侠士的错才陷入这种局面。

最后他到了艾耶福斯，东部山丘深处的一座小厂，是被祝福的、总给人以巨大吸引力的地区之一。那里有森林中丰厚的狩猎、湖泊里美妙的捕鱼。那里有覆盖了白桦，能让人在沉思中打发日子的岬角；那里有一种沉静与平和，让人不复以为从属于一个苦恼和烦忧的世界。

不过，主宰着那里的宁静力量始终让人觉得，到达那山上的路会叫人难以承受或近乎难以承受。在和唐璜抵达工厂之前，尤斯塔·贝林已充分意识到了这一点。

古斯塔夫·班迪克斯是艾耶福斯的受托人。听了尤斯塔的事，他将自己的长脸放进无比严肃的皱褶里。

"他们别处啥都没了？"他说。

"没了，天晓得。"

"这些混蛋，"古斯塔夫喊了起来，"竟这么说！你知道，冬天我在这儿的森林里撞见过他们的车队。他们已经把自己的铁弄到哥德堡去了，相信我，尤斯塔！"

尤斯塔于是找到了希望。他先前不大信古斯塔夫·班迪克斯，可这会儿他开始觉得，这里会有铁。

古斯塔夫·班迪克斯拉住他的手，把他拉进厂办公室。

"我给老弟看样不可思议的东西。"这个爱恶作剧的老家伙从一只盒子里掏出两个小钢条。

"老弟你猜得到吗，我是在哪儿找到这些的？"古斯塔夫·班迪克斯说，他那饱经风霜的脸看上去充满发自内心的焦虑。

不，尤斯塔可猜不着。

"是这里。"他说着从同一个盒子里拖出一只死了的大老鼠，拿给尤斯塔看，这老鼠没有老鼠们通常会有的前牙，却有一对小钢条在嘴巴里。

"老弟对此有什么说法？"古斯塔夫·班迪克斯问，"我觉得我们的主不对。这样的老鼠自然会把铁块咬碎，它们也的确这么干了，这些小魔鬼。我们所有的铁都让它们嚼了。存下的数数都不到一百七十公斤。昨天我走进仓库时发现，存下的全没了，仓库空了，给扫得一干二净。只有些碎铁片，外加一只死老鼠，还有它嘴里的钢条，于是我明白了，这一切是怎么回事。老弟想要钢条吗？它们到底是神奇的。"他将他那忧虑的脸转向尤斯塔，尤斯塔跌坐在办公室椅子里，几乎要笑死，虽然他并不是第一次听说，工厂老鼠会吃铁。①

就这样,尤斯塔赶回埃克比,侠士们带着忧郁的表情琢磨着在仓库中残存的一吨左右的铁,他们的眉因悲伤而重重地下垂,他们听见自然都在讥笑埃克比,他们觉得,大地因哭泣而摇摆,树木用生气的姿势威胁他们,而禾草与香草在为埃克比过去的荣誉哀怨。

\*

不过,这么多话,这么多吃惊有什么用?当然会有来自埃克比的铁!

那里就是,就在克拉尔河岸边的驳船上载着,已准备好驶出大河,准备好在卡尔斯塔德的称铁大秤上过秤,接着由船只在维纳恩湖上运输,直抵哥德堡。那么,埃克比的荣誉是获救了。

然而,这怎么可能呢?在埃克比,连一吨的铁都不足,在另外六个铁厂没有铁,怎么可能有装载得满满的驳船,如今带着这么大量的铁到卡尔斯塔德的秤上去呢?是啊,这可得问侠士们。

侠士们自己就在那条沉重而丑陋的货船上。他们打算跟随铁从埃克比到哥德堡。不是通常的驳船帮工,不是通常跟随铁航行的一类人。侠士们带着酒瓶子和食篮子来了,带着法国号和小提琴来了,带着来福枪、钓鱼线和奇乐牌来了。他们要为他们亲爱的铁做一切,在铁搬到哥德堡的码头前,不会离开。他们会亲自装,亲自卸,亲自关照船帆和方向盘。他们正是完成这项任务的合适人选。会有克拉尔河里的一个沙洲,或维恩纳湖上的一块礁石是他们不知道的吗!舵柄和滑车在他们手里使用起来不就跟弓箭和缰绳一样自如么!

要是他们在世上爱着什么,那就是这些驳船里的铁。他们守卫这最精美的玻璃,他们把篷布覆盖于其上。没有一块可以露天。是

---

① 从"最后他到了艾耶福斯"开始的以上十三段为学术版所增补。

这些沉重的灰色铁块将举起埃克比的荣誉。没有一个陌生人可以对它们投去冷漠的一瞥。哦，埃克比，我们憧憬的土地，祝愿你的荣耀闪亮。

没有一个侠士留在家里，埃伯哈德大叔离开了他的写字台，克里斯托弗老哥从炉边角落抽身，甚至亲切的路维博耶也在。在关系到埃克比的荣誉时，没人能置身事外。

可对于路维博耶来说，看见克拉尔河并不是好事。他有三十七年没见它了。他也不曾在一条船上待这么久。他恨湖泊空空的表面以及灰色的河流。每当他到了水边，会想起一些伤心的往事，他通常都会避免，可今天他没法待在家里。甚至，他必须跟着去拯救埃克比的荣誉。

是这么回事，三十七年前，路维博耶看见自己的未婚妻淹死在克拉尔河里，打那以后，他那可怜的头脑就时常神志不清。

当他站着注视河流，他那衰老的头开始变得更加错乱。灰色的河流，与很多小小的闪亮的波浪一起向前，是有着银色鳞片的、在伏击中等待着的大蛇。那些被河流冲刷出沙沟的高高的黄色沙墙是一堵陷阱之墙，它的底部潜伏着蛇，而那在沙墙上挖了洞，穿透深深的沙子的宽阔大路蜿蜒到渡口，就在驳船停泊处的旁边，那里正是骇人的死亡之洞的洞口。

这小老头站在那里，用他小小的蓝眼睛凝视。他长长的白发在风中飘动，他的脸通常是轻柔的粉色，如今因为焦虑已变得完全苍白。就跟有谁告诉了他似的，他明确知道，有一个人很快会跑到这条路上，落入潜伏的蛇嘴中。

现在，侠士们打算解开船，拿长篙抵岸，把驳船开到河中间去，可路维博耶喊了起来："停，我跟你们说，停，看在上帝的份上！"

他们明白他是开始困惑了，因为他感到驳船开始在脚下摇摆，不过他们无条件地立刻停止了使用长篙。

而他似乎知道河流是要伏击某个必将到来、跌落河中的人，用警告的姿势指着那条路，好像他马上就要看到某个人走过来了。

大家都知道，生活喜欢安排接下来发生的这种巧合。有些困惑的人会讶异，侠士们驾着他们的驳船恰好于伊丽莎白伯爵夫人开始徒步向东行进的那一夜之后的早晨停在克拉尔河渡口。不过，这一定更加古怪，这个年轻女人在苦难中还未找到帮助。就在侠士们正要出发的这一刻，她这个走了一夜的人沿着道路朝渡口奔来。侠士们站在那里，见她与摆渡人说话，而摆渡人解开了船。她穿得像农庄里的姑娘，他们没猜到她是谁。可他们还是盯着她看，总觉得有些面熟。现在，当她站在那里和摆渡人说话之时，能看见路上出现了一团尘土之云，从这尘土云中，一个巨大而有黄色车篷的马车冒了出来。年轻女人意识到那辆车来自博宜，是来找她的，她就要被发现了。搭摆渡人的船离开已无法想象，她看到的唯一躲避处只有侠士们的驳船。她朝他们冲去，没顾上看看船上都是些什么人。还好她没看，不然她一定宁可把自己扔到马蹄之下，也不会逃到他们那里去。

上船后，她一个劲地叫着："把我藏起来，藏起来！"然后，就绊了一跤，跌倒在铁块上。不过侠士们请她镇静。他们迅速离岸，所以，那马车出现在渡口时，驳船已进入外头的激流中，朝卡尔斯塔德进发了。

马车里坐着亨利克伯爵和梅尔塔伯爵夫人。这会儿，伯爵奔到摆渡人那儿，想询问是否见到过伯爵夫人。可亨利克伯爵对打听一个逃跑的妻子感到尴尬，所以他只是问："有件东西丢了！"

"是吗？"摆渡人回答。

"有件东西丢了，我在问，是否看到了什么。"

"您问的到底是什么？"

"唉，是什么都一个样，我是说，有件东西丢了。我想问，今天有没有把什么渡过河去?"

以这样的方式,他可什么也问不出,伯爵夫人不得不亲自去和摆渡人说话。很快明白,丢掉的人是跟着驳船缓缓滑走了。

"驳船上都是些什么人?"

"哦,是侠士,我们总这么叫他们。"

"啊!"伯爵夫人说,"好,那么你妻子是落在好人手里了,亨利克。我们可以立刻回家了。"

\*

外头的驳船上,并不如梅尔塔伯爵夫人所以为的有多少快乐君临。黄色马车不见踪影后,蜷缩着坐在货物上的担惊受怕的年轻女子没有动,也没说一个字。她只是直瞪瞪地望着河岸。

她可能是在看见黄色马车离开后,才认出了侠士们。她跑了起来,好像要再次逃离,可她被距离最近的一位侠士阻止,又一次沉下去,带着低微的呜咽落回货物上。

侠士们没敢和她说话,也没敢问她问题。她看上去正处于发疯的边缘。

那些无忧无虑的头真是被责任压得沉重起来。铁对于不习惯的肩来说已是重负,如今,还要附带照看和开导一位年轻的、逃离了丈夫的贵族女子。

当他们在冬天的宴会上遇到这位年轻女子时,他们中有那么一两位已把她看成往昔爱过的小妹妹。当他和这妹妹玩耍和打斗时,对她得谨慎而委婉;当他和她说话时,得注意自己,不可说什么不雅的字眼。要是一个陌生男孩在游戏中,追逐她追得太野,他会带着无边的愤怒,几乎命都不要地扑将过去,因为,他的小妹妹不可听到任何坏话,遭任何罪,或碰上恶与恨。

伊丽莎白伯爵夫人曾是他们所有人的快乐妹妹。当她把她的小手放在他们粗糙的拳头里时,就好像她在说:"感觉一下我有多脆弱!可你们是大哥哥,你们会保护我对抗他人也对抗你们自己。"而他们会是温文尔雅的骑士——只要他们看到了她。

如今,侠士们看她带着沮丧,简直不能完全认出她来。她枯萎而憔悴。脖颈失去了圆润,脸上没有血色,夜里的徒步穿行一定伤着了她,因为,时不时地,就有一滴血液从她鬓角的伤口那儿落下来。挂落在前额的淡色卷发粘上了血。她的衣服因为露湿的道路上的漫长跋涉而脏乎乎的,她的鞋子简直是给踩烂了。侠士们有一个可怕的感觉,这是个陌生人。他们认识的伊丽莎白伯爵夫人可没这种野蛮而发光的眼睛。他们可怜的妹妹快给逼疯了。好像是有个灵魂从其他的纬度降落,和正确的灵魂搏斗,为争夺这个受折磨的身体的主权。

然而,他们不必担心该对她做什么。老的想法在她体内苏醒。诱惑又回到她这里来了。上帝想要再次要考验她。看,她是在朋友们中间!她打算离开赎罪者之路吗?

她起身喊道,她必须离开。

侠士们试图让她平静。他们对她说,她会很安全。他们会保护她不受任何迫害。

她只求允许自己爬下驳船边挂着的小船,划到岸边去,好继续独自跋涉。

可他们不能就这么让她走。那么一来,谁知道会有什么样的事发生在她身上呢?她留在他们身边更好。他们只是贫穷的老头,可他们肯定能找到帮她的办法。

她于是绞着手,求他们放她走,可他们不能应允,他们看她那么悲苦,那么虚弱,觉得她肯定会死在路上。

尤斯塔·贝林站在一段距离之外,望着水面。也许年轻女子并不愿看到他,他对此不清楚,但他的想法反正在玩耍和微笑。"现在没人知道这年轻女子在哪里，"他想，"我们可以立刻把她带到埃克比，我们能把她藏在那里，我们侠士们，我们会对她好。她会是我们的女王，我们的女君主，不过，不能让其他人知道她在。我们会好好守护她，好好地。也许，她在我们当中会开心。她会被每一个老头儿像宠爱女儿一般地宠爱。"

他从不敢完全明白地对自己说，他爱她。他不能拥有她而不觉得有罪，他不想把她拽到任何低的或贱的所在，这是他明白的。然而，在别人对她那么残酷之后，把她藏在埃克比，对她好，让她享受所有美好生活所拥有的一切，哦，这是个多么美好的梦，多么幸福的梦！

可他从梦中醒来，因为伯爵夫人正处于完全的无望中，她的话里有绝望的调子，她跪倒在侠士们跟前，求他们让她走。

"上帝还没原谅我"，她喊道，"让我走吧！"

尤斯塔见没人听从她，明白他自己必须听从。他，爱着她的人，必须这么做。

他发觉举步维艰，好像身上的每块肌肉都违背自己的意愿，可他还是把自己拉到了她身边，说自己会送她上岸。

她立刻站起身来。他把她提起来、放进一只小船里，划她到河的东岸，他在一条小径边停靠，帮她下船。

"现在您会怎么样呢，伯爵夫人？"他问。

她严肃地抬起手指，指向天空。

"要是您处于悲苦，伯爵夫人……"

他没法说话，声音背叛了他，可她听懂了，说："我会给您发去消息，当我需要您时。"

"我愿保护您抵抗所有的恶。"他说。

她伸出手跟他告别，他再也说不了别的。她的手在他手中冰冷而瘦软。

伯爵夫人除了内心的声音，那个驱使她在陌生人中行走的声音，什么也注意不到。她几乎并未察觉，如今她离开的、正是自己所爱的男人。

就这样，他让她走了，自己划回侠士们那儿。他爬上驳船时，因为劳累而摇摆，看上去筋疲力尽——在他看来，他做了一生中最重的活。

几天后，他又重新有了力气，直至埃克比的荣誉被拯救。他把铁送上了堪尼肯奈赛特的秤。然后，在很长时间里，他的劲头和生活勇气都离开了他。

还在船上时，侠士们没注意到他的变化。他拧紧了每根神经以保持快乐和轻松，因为埃克比的荣耀得在快乐和轻松中加以保全，这场冒险怎能带着愁苦的脸和气馁的心来完成呢？

假如真如流言所说的那样，这次侠士们装在驳船上的沙子远比铁多。假如果真如此：在堪尼肯奈赛特，侠士们是抬着相同的一批铁锭反复上下，直至那几十吨的铁被称量。假如这是真的：一切可以得逞，是因为负责给铁称重量的人及其手下都被埃克比带来的食品篮子和酒瓶好好招待了一番。不难明白，人家对铁满意。

如今谁能把这事弄明白呢？可要真是那样，尤斯塔·贝林一定不曾有时间悲伤。然而，他对经历奇遇和风险的快乐一点也没感受到。一旦好悲伤了，他就陷入绝望。

"哦，埃克比，我憧憬的地方，"他对自己呼喊，"愿你的荣耀闪亮！"

侠士们一拿到称铁人的收据，就把他们的铁运到了维纳恩湖上的一只单桅帆船中。通常，专门的船运人员会负责运货到哥德堡去，韦姆兰的铁厂一般不用再管他们的铁，一旦拿到收据，便万事大吉。可侠士不想让工作半途而废，他们要伴着铁一路直到哥德堡。

半路上他们遇到了不幸。夜里起了风暴，船漂了起来，触到了一块礁石，所有贵重的货物都沉没了。于是，法国号、纸牌，还有没喝完的葡萄酒瓶全都到了水底。可要是人正确地看待此事，铁没了又有什么关系？埃克比的荣誉可是保全了。铁在堪尼肯奈赛特已被称过。即便少校必须坐下来，给那大城市的商品交易员写上一封粗鲁的信，通知说，他不需要钱，因为对方没有真正得到他的铁——那也没关系。埃克比富有，而名誉已保全。

可要是码头和水闸，要是矿山和烧炭窑，要是小货船和驳船开始嘀咕些奇怪的事呢？要是一个无声的叹息穿过森林，说整个旅程是一条诡计，要是全韦姆兰都说，本来就只有很少的，不超过一吨的铁在船上，船难是故意安排的呢？一个勇敢的行为被执行，天才的侠士的计谋完成了。这样的事不会有损古老庄园的声誉。

不过那是很久以前了。很可能侠士从别处买到了铁，或从某个先前未知的仓库找到了铁。这种事里的真相永远没法找到。至少称铁的那个人绝不会听说其中可能有骗局，他当然应该是什么都知道的。

侠士回家后，听到了一些消息。杜纳伯爵的婚姻将被废止。伯爵派出了他的管家到意大利搜集证据，以证婚姻无效。管家在夏天来临时也带回了满意的材料。到底内容是什么，我不确定。你必须小心地跟随那些古老的萨迦，它们就像衰老的玫瑰，假如在生活中距之太近，它们极易掉花瓣。人们说，意大利的婚礼没能由合适的牧师主持。我对此也没法知道更多。然而，这一点却是真的，在布洛法庭，杜纳伯爵和伊丽莎白·冯·托尔恩之间的婚姻也被宣布从不存在。

对此，年轻女子一无所知。假如她活着，她正在遥远的地方，住在农人当中。

# 第五章　利里亚克罗纳的家

侠士中有一个我时常提及的伟大音乐家。他是个五大三粗的男人，头大，有浓密的黑发。那时，他肯定还不到四十岁，可他有一张丑陋而粗糙的脸以及随意的举止。这让许多人觉得他老。他是个好人，不过很抑郁。

一天下午，他把小提琴夹在胳膊底下，离开了埃克比。他没和任何人道别，而他也没打算再回来。自从看到伊丽莎白伯爵夫人身处不幸，他就对那里的生活感到厌恶。他走了一下午，走了一整夜，没有停息，一直走到太阳刚升起时，他抵达了一座小庄园，叫叶之谷，这地方属于他。

天色太早，还没有谁起身。利里亚克罗纳坐在主建筑外头的绿色跷跷板上，打量自己的产业。上帝啊！比这更美的地方不存在。屋前的草坪微微起伏，覆盖着好看的淡绿色的草。没有什么比得上这草坪的。羊群可放牧于此，孩子们游戏时可在这里蹦跳，而这草地始终是一样地稠密和翠绿。镰刀从不打这里走过，不过，至少一礼拜一次，女主人会从新鲜的草地上扫去所有的树枝、杂草和枯叶。他看着屋前的沙砾路，突然收了收他的脚。昨夜，孩子们将这里耙得很有型，而他的长脚对他们的杰作造成了极大破坏。想象一下，一切是如何在这里生长的！六行守卫着庄园的园子的花楸树，和山毛榉一般高，和橡树一般阔。这样的树木你肯定不曾见过。它们华丽而雄伟，厚厚的树干上裹着黄色的地衣，在葱郁的绿叶间伸展着一簇簇白色的花——他不由得想起天空和星星。你也许会奇怪，树木是怎么在这园子里长成的。有一棵老柳树，那么粗壮，两个男人也抱不过来。这棵树如今腐朽了，给掏空了，雷电切掉了它的头部，可它不愿死。每个春天，一枝新绿从断裂的主干上冒出来，表示它活着。东山墙那儿的篱笆已和树一般大了，给整座房子投上了绿荫。整个茅草顶因为落下的花瓣而成了白色，因为篱笆正盛开着花儿。而一小群、一小群地、这里那里站在田里的白桦，显然在他的领地上拥有了自己的乐园。在那里，它们发展出了这么多不同的生长方式，似乎它们已将自己投身于对其他树木的模仿。一棵像是椴树，浓密有绿荫，有一个白色拱顶；另一棵稳稳地站着，跟金字塔一般的，像白杨；而那第三棵，挂下枝条，像垂杨柳。一棵和一棵不同，而它们加在一起，十分壮丽。

然后，他站起身，围绕着建筑物踱步。那里有个奇妙的果园，他必须在里头停一停，喘口气。苹果树在开花。没错，他自然知道。他在所有其他庄园也看到过，只是，它们没在其他任何园子以在这里的方式绽放，从孩提时代①，他就一直在这个园子里看到它们开放。他紧紧合着双手，踩着小心的步子，忽上忽下地走在沙砾路上。地是白的，树是白的，有一两棵轻轻染上了一抹粉色。他从未见过这么美的。他熟悉每棵树就像熟悉姊妹兄弟和玩伴。阿斯特拉罕苹果树已完全白了，冬季苹果树②也是。不过，夏季黄苹果树的花是粉色，天堂苹果树红彤彤的。最漂亮的是那棵古老的、未嫁

---

① 此句初版为"自从他结婚以来"。
② 在瑞典，夏季和秋季苹果于八月至深秋成熟，这一类苹果可以直接食用。还有一些品种的苹果，霜冻前采摘，要摆放到圣诞节，甚至更久才会从又酸又硬变得又甜又软，可以食用，这一些就是冬季苹果。

接的苹果树，它的小而涩的苹果谁也吃不了。它毫不吝啬地开着花，就像早晨霞光中的巨大雪堆。

因为，要记住，这是清晨！露珠让所有花瓣闪着光，所有灰尘被洗尽。在后面森林覆盖的山上，紧靠着庄园坐落的地方，太阳的第一道光芒正匆匆向前。似乎它们已点燃云杉的树梢头。在年轻的首蓿地上，在黑麦和大麦地上，在新发芽的燕麦上，停息着最轻的雾，一副最薄的美丽面纱，阴影落下来，如同在月光里一般鲜明。

他静静地看着在果园小径间了不起的香草地。他明白，他妻子和她的女仆在这里倾注了劳作。她们挖了，耙了，施了肥，拔了草，整了土，直至它变得好了、松了。在她们把花床弄齐整，而把边沿理清后，用绳子和标记棒画出了界限和边缘。然后，她们在走道上踩出了一条小小的有趣的台阶，播种和安置了植物，直到每一条每一块都给填满。带着纯粹的快乐，孩子们乐于在那里帮忙，虽然对孩子们来说，弯腰站着、把手伸过宽宽的花床是个重活。谁都能明白，孩子们难以置信地帮了大忙。

如今播下的东西开始往外冒了。

上帝祝福它们，它们那么勇敢地站在那里，豌豆和豆子都带着两片厚厚的心型叶片！胡萝卜和芜菁冒了出来，那么齐整而好看。最有趣的是小小的卷曲的欧芹叶子，它从地面才抬起那么一点点，和生活暂且玩着躲猫猫。

这里，有一块小苗圃，界限不那么齐整，一个个小方块像是一张试验地图，来展示可以种下、播下的一切。这是孩子们的一片地。

利里亚克罗纳匆忙地把小提琴摆在下巴底下，开始演奏。鸟儿在那个从东翼给屋子遮阴的大灌木丛里歌唱起来，任何一个有嗓音的都没法沉默，早晨如此美好，琴弦完全是自个儿在舞动。

利里亚克罗纳上上下下地在小路上一边走，一边拉琴，"不，"

他想,"更美的地方没有了。没有比这里更美的所在了。"埃克比和叶之谷相比如何! 他的家盖着绿草皮,只有一层高。它在森林边缘,上头是山,前面是长长的山谷。没什么特别:没有湖泊,没有瀑布,没有岸边的草地和公园,尽管如此,它还是美。它美,因为它是美好而和平的家。在这里生活很容易。在他处可能会带来苦涩和仇恨的一切,在这里被轻柔地化解。这就是一个家该有的样子。

屋内,妻子正睡在朝着果园的房间里。她突然醒了过来,聆听着,但她没有动。她带着微笑躺着,并且聆听。然后,音乐越来越近,最后,似乎小提琴手停在了她的窗下。她不是第一次听见小提琴在自己窗下演奏。他时常是这么来的,她的丈夫,每当埃克比那边有了什么疯狂事情的时候。

他站在那里,坦白并请求原谅。他对她形容,那个驱使他从最爱的一切身边——从她和孩子身边——离开的黑暗力量。可他爱他们,哦,他当然是爱他们的!

他弹奏时,她披上了衣服,不知到底做什么才好。她完全被他的演奏占据了。

"不是奢侈和有保障的生活诱我离开,"他演奏着,"不是对其他女人的爱,不是名誉,而是生活那诱人的多重性;我必须能感觉到生活甜蜜、苦涩和丰富的环绕。而今,我已体会够了,疲惫而满足。我再不会离开我的家。原谅我,怜悯我!"

于是,她拉开窗帘,打开窗户,他看见了她那美丽而善良的面孔。

她善良,她也睿智。她的目光倾泻如同太阳之光,给它们遇到的一切带去祝福。她指引,她关切。她所在之处,一切都会生长和繁荣。她的体内携着幸福。

他爬上窗台,到她身边,快乐得如同一个年轻的情人。

然后,他把她举起,带到果园里,放在苹果树下。在那里,他对她解释,一切是多么美;他给她看香草地,孩子们的苗圃以及那小小的、滑稽的欧芹叶子。

孩子们醒后,因为父亲的归来欢欣鼓舞。他们指挥起他来。他可一定要去看看所有新的和惊人的东西:小小的靠水力推动的钉锤,在那边的小河里敲打;柳树上的鸟巢;还有在池溏边缘游动的数千条黑鲫小鱼苗①。

其后,父亲、母亲和孩子们往田野走去,走了长长的一段路。他必须看看黑麦长得有多密,苜蓿如何在生长,马铃薯怎样开始冒出皱皱的叶芽。

他得去看奶牛从草场上回家,到牛棚和羊圈与新来者打招呼,捡蛋,给所有的马儿分糖②。

孩子们在他脚跟后跟了一天。没有作业,没有活计,只是围着父亲打转!

到晚上,他给他们演奏波斯卡。他这一整天都是他们的好同志和好玩伴,他们带着虔诚的祈祷入睡了,他们祈祷父亲能始终在他们身边。

他也待了整整八天,始终和一个男孩一般快活。他爱家里所有的一切,爱妻子和孩子们,从不想埃克比。

可他离开的早晨来到了。他没法再停留了,对他而言,这快乐是过度的。埃克比要糟糕一千倍,可埃克比处于事件的漩涡中心。哦,在那里有那么多可梦想、可耍玩的事!他的生活怎能和侠士的功绩分离,和芦汶长湖分离,在长湖周围,爆发出的是狂野的、对历险的追求。

在他的产业上,一切都还是和往常一样平静。一切都在亲切的

---

① 此句初版为"还有几天前出生的小马驹"。
② 这里的"糖"在初版中为"面包"。

女主人的照料下繁荣和生长。在庄园里，一切都进入一个平静的幸福。在别处会带来纷争和苦涩的，打这地方一走而过，不会留下什么抱怨和苦痛。一切都是该有的样子。可要是屋主向往作为侠士在埃克比生活，那又能怎么样呢？抱怨天上的太阳，因为每晚它从西边消失，让地球处于黑暗，能有什么用吗？

没有顺从，谁能做到不可征服？没有耐心，谁能确信胜利？

## 第六章　陡符勒的巫婆

这会儿，陡符勒[①]的巫婆正沿着芦汶湖岸行走。人们看到了她，个小、背圆，穿皮裙、上头是箍银皮带。她怎么从狼窝里出来，跑进了人的世界？这老女人从山上跑到这山谷的绿色中找寻什么呢？

她乞讨着来了。她小气，贪求礼物，虽说她那么富有。在山崖上，这老女人藏着沉重的银锭，而在深山里的润湿草甸上，她放牧着一大群黑色的黄角母牛。可她还是拖着白桦树皮鞋和油腻的皮衣跋涉向前，皮衣的斑驳接缝，在百年污垢下可见。她的烟斗里塞着青苔，她向最穷的人乞讨。耻辱属于这样的人，从不说声谢，也从不觉得够！

她老了。粉色的青春光泽何时停在这张宽阔的、有着油腻腻的棕色皮肤的脸上，何时停在那只塌鼻子上，还有那对小眼睛上的呢？那眼睛里闪着的污秽的光，像来自于灰烬上的炭火。她何时看起来曾像一个姑娘，坐在山上夏天的牧草地里，用吹角回应了牧羊小伙的情歌？她已活了几百年。老人们都想不起来，她不曾在乡间漫游的时候。老人们的父母在年轻时见过她老迈的样子。她还没死。我这正在书写的人自己，也见过她。

---

① 陡符勒（Dovre），挪威山脉名称，也会被用来指示南北挪威之间的整个山区。

她强有力。她,擅长魔法的芬兰人的女儿,不对任何人屈服。她宽大的脚不会在大路的沙砾上踩下胆怯的足迹。她能唤来冰雹,能控制闪电,她能让牧群误入歧途,而把狼派到羊群里。她能做点善事,但做得更多的还是恶事。最好是对她客客气气。即便她问你讨要你那唯一的山羊和整捆的羊毛,给她!否则,马会倒下,否则,农舍会燃烧,否则奶牛会被毁,否则,孩子会夭折,否则节俭的家庭主妇会失去理智。

她从不是个受欢迎的客人。然而最好是对她笑脸相迎。谁知道这带来不幸的人是为算计谁而在山谷漫游?她不单为填满乞讨袋而来。邪恶的蛇跟着她,黏虫显现,狐狸和猫头鹰在暮色中发出瘆人的嚎叫,吐着毒液的红毛虫和黑毛虫从森林里出来,一直爬到门槛上。

她骄傲。她的头脑里藏着她祖先的智慧。这智慧能提升思想。珍贵的符文刻在她的棍子上,就算给她满山谷的金子,她也不卖。她能唱魔法歌,她会烹煮含着邪恶魔力的饮料,她熟知香草和药草,她能在一面水镜上放出魔术弹①,她能给风暴打结。

但愿我能诠释一个几百岁的大脑里的奇思怪想。从森林的幽暗中来,从雄伟的大山中来,她会怎么看山谷中的人们?对她这么个相信雷神索尔、巨人杀手以及威武的芬兰诸神的家伙来说,基督徒好比灰狼面前驯服的农庄狗。如暴风雪一般绝不驯服,同激流般强壮有力,她永远不会爱平原的儿子。

可她还是会一直下得山来,看看那些矮人们的状况。看到她,人们都因恐惧而发抖,而荒野的强健女儿自信地走在人群中,被恐惧所保护。她的部落的行为尚未被遗忘,她自己的也没有。就像猫相信它的爪子,她相信自己大脑中的智慧,以及被神圣授予的魔法

---

① 一种巫术,对着复仇对象的图片射出子弹,以复仇。

歌的威力。没有一个国王确信自己的帝国，比得过她确信自己统治的恐怖王国。

就这样，陡符勒巫婆穿行了许多山谷。这一刻，她走到了博宜，没因为是到一座伯爵庄园而畏缩。她很少利用通向厨房的小道，径直往上露台的台阶那儿走去。她把宽大的白桦皮鞋踩上镶着鲜花的沙砾小径，自信得如同走在山腰草甸的小道上。

碰巧这时，伯爵夫人梅尔塔走出台阶，领略六月天的美好。台阶下的沙砾小径上，两个女仆在去储藏室的途中停下了脚步，她们从烟熏火腿肉的桑拿室来，刚熏好的火腿就在她们挑着的担子上。"我们亲切而高尚的伯爵夫人想闻一闻，摸一摸吗？"女仆说："看看火腿熏得够不够？"

博宜当时的女主人梅尔塔伯爵夫人从栏杆那儿弯下身来看火腿，就在这个时刻，老巫婆把手伸到了其中一块火腿上。

光是看看这棕色的闪亮的火腿，那厚厚一层脂肪！闻一下刚熏好的火腿上杜松子的香气！哦，往昔的诸神的食物！巫婆想拥有这一切。她把手放到火腿上。

哦，大山的女儿可不习惯乞讨和请求！难道不正是因为她的怜悯，花儿才繁盛、人们才活着吗？冰霜、破坏性的风暴与洪水，全都在她控制之下。因此，她可不是那个该请求和乞讨的。她把手放在需要的东西上，那东西就是她的。

然而梅尔塔伯爵夫人对这老巫婆的威力一无所知。

"滚开，讨饭的老女人！"她说。

"给我火腿！"狼群的女统帅陡符勒巫婆说。

"她真是疯了！"伯爵夫人喊了起来，命令女仆带着她们的担子往储藏室去。

几百岁的眼睛闪出愤怒和渴望的火焰。

"给我棕色的火腿！"她吼道，"不然的话，让你倒霉。"

"我宁可把它给喜鹊,也不给你这样的家伙。"

老巫婆在愤怒的风暴下颤动。她朝着高山伸出她那刻着符文的棍子,胡乱舞动。她的嘴巴念叨着奇怪的字眼,她的头发直立,她的眼睛发光,她的面孔扭曲。

"喜鹊要来吃的是你!"最后,老巫婆这么喊道。

说完,她就离开了——嘀咕着咒语,狂乱地晃动着刻有符文的棍子,往家走。她并没有朝南方走多远。如今,这个荒野的女儿已完成了从山里出来要办理的事。

梅尔塔伯爵夫人还站在台阶上,嘲笑老巫婆不可理喻的愤怒。不过,笑声很快就会在她的唇上静止,因为它们来了!她没法相信自己的眼睛。她以为自己是在做梦,可它们来了,那些要来吃她的喜鹊。

从花园和果园,它们朝她俯冲而下,几十只喜鹊带着张开的爪子,往前伸出的要啄咬的喙来了。它们在叫嚣和笑声中来。黑色和白色的翅膀在她眼前煽动。仿佛是在癫狂之中,她看见这一地区的喜鹊都在这一群后头,朝这里迫近。整个天空充满黑色和白色的翅膀。在上午的刺眼阳光下,翅膀闪烁着金属光泽。它们的喉咙起皱,好像愤怒的鸢鸟。一圈紧似一圈,鸟儿包围着伯爵夫人,拿喙和爪对准她的脸和手。她必须逃进门厅,关上房门。她抵在门上,因焦虑喘气,而那些大笑的喜鹊还在屋外盘旋。

就这样,她就从甜蜜和葱绿的夏天,还有生活的喜悦那儿给隔绝开了。此后,对她来说,就只有关闭的房门和拉下的窗帘,对她,就只有绝望、焦虑以及处于疯狂边缘的困惑。

这故事可能会被看作是疯狂的,但这故事一定是真的。数百人能认出它来,并且见证,这是一个古老的传奇。

鸟儿在廊柱和屋檐下定居。它们坐在那儿,好像就只是等伯爵夫人露面,好朝她扑过去。它们在花园里安家,留在了那里。把它们从这庄园里赶走绝无可能。假如你射击它们，只会更糟，一只倒下，会有十只新的飞来。有时，一大群喜鹊必须外出觅食，却始终有忠实的哨兵留下。而且，要是梅尔塔伯爵夫人露了面；要是她只不过透过窗户朝外看了看，或只把窗帘拉开了短短一瞬；要是她试图走到外头的台阶上——它们立刻就来。那可怕的一大群朝房子冲过来，带着雷鸣般的翅膀，伯爵夫人于是躲进了最里头的一个房间。

她住在红色沙龙里头的卧室里。我时常听到人们描述这个博宜被喜鹊袭击时期的可怕房间。门和窗上都有厚厚的挂毯，地板上是厚厚的地毯，还有蹑手蹑脚、轻声耳语的仆人。

在伯爵夫人心中，苍白的惊愕已经驻下。她的头发变灰，皮肤起皱。一个月的功夫，她就成了个老太婆。对于可恶的巫术，她无法让心灵对抗犹疑。她会大叫着醒来，因为在梦中，喜鹊正在吞噬她。她坐起身，为那一天的无法避免的命运哭泣。逃离人，害怕成群的喜鹊会跟着任何一个人的脚后跟跑进来。最经常的是，她无言地坐着，手捂在脸上，身子在摇椅上晃来晃去，在窒息的空气中，她精神萎靡，垂头丧气，时而会迸出抱怨的哭号。

没人会有比这更苦涩的生活。有谁能避免对她的怜悯？

眼下，关于她，我也没有更多好说的了，我讲述的事也不怎么好。似乎我的自我感觉在打击我。没错，年轻时，她心肠好，充满活力，有关她的好多趣事愉悦了我的心，可这儿不是适合讲那些故事的地方。

不过，是这么回事——虽然这个可怜的流浪者不明白——灵魂是永恒的饥饿者。他没法靠轻浮和玩耍活着。假如得不到别的养分，他就会像一头野兽，先撕碎别人，然后是他自己。

这就是这则萨迦的含义。

## 第七章 仲夏节

那天是仲夏节,就像我在书写的现在。一年中最美妙的时节来临了。

这是一年中辛特拉姆,就是福尔斯的那个恶毒的厂主,变得焦虑和悲伤的时节。他被白昼中日光的胜利行进,被黑暗的节节退败而搅扰。他为包裹着树木的绿叶之袍和覆盖着大地的彩色地毯而生气。

一切都裹在美丽之中。就连以前是灰灰的、尘土飞扬的道路,路边都有了花:黄色和紫色的仲夏的花,峨参以及百脉根。

当仲夏日的光辉洒在山丘,而布洛教堂的钟声被颤动的空气一直带到福尔斯,当节日不可思议的宁静君临乡村,他于是在愤怒中立起身来。在他看来,似乎上帝和人都忘却了——他还存在,他决定,他也要到教堂去。那些为夏天欢欣的人们必须见到他:辛特拉姆,热爱黑暗而没有早晨的人,热爱死亡而没有复活的人,热爱冬天而没有春天的人。

他穿上他的狼皮,戴上毛茸茸的羊毛皮手套。他把大红马套在一架单人座、身后可站一人的溜冰雪橇上,把雪橇铃铛放在发亮而装饰着滚珠的马具上。他就这么装备得好像外头是零下二十度似的,往教堂赶去。他以为垫木下的吱吱声是因为严寒,而马背上的白沫是冷霜。他感觉不到温度。冰冷从他身上射出,就像热量从太阳那儿射出。

他沿着布洛教堂北面的宽阔平原奔驰。沿路都是巨大而富裕的村庄,而田野里,歌唱的云雀在飞翔。我从未听到云雀像在这片田野上唱得那般美。我时常困惑,他是否会在这数百位歌手前,把自己弄成个聋子。

他必须路过好多,他哪怕瞥上一眼都会很不开心的东西。在每一间农舍门口,他都会看到两个白桦枝搭成的拱门,透过敞开的窗户,他能看到房间的天花板和墙上都披挂着鲜花和绿枝条。最年幼的小乞丐走在路上,她的手里捧着一束丁香,每一个农庄的主妇都有一枝花儿插在她头巾上。

五月柱立在农庄的园子里,柱上是干瘪了的花朵和垂了头的花环。在它们周围,草地被踩踏过,因为在夏夜里,那里有过快乐的舞蹈。

在芦汶湖上,木头拥挤地漂流而过。小小白帆因这一天的荣耀而升起——虽说没有风儿填满它,而在每一个桅杆上端都挂着绿色的花环。

在很多通向布洛的道路上,去教堂的人在行走。妇女们穿着自制的夏日浅色连衣裙,特别雅致——裙子是特意为这一天做的。人人都穿着节庆的盛装。

人们抑制不住地要欢庆脱离了日常劳作的节日的平和与休憩,欢庆甜蜜的温度,欢庆确实的丰收,欢庆开始成熟于路边的野草莓。他们注意到空气中的沉静、无云的天空和云雀的歌唱,说:"看得出,这一天属于我们的主。"

然后,辛特拉姆赶来了。他咒骂着,他抽打疲惫的马。沙粒在滑板下难受地吱吱作响,雪橇铃铛的尖锐声音盖过了教堂的钟声。他的额头在皮帽下愤怒地皱着。

然后，来教堂的人发抖了，以为看到了恶魔本人。甚至在今天这样一个夏天的节日，他们都没法忘记邪恶和寒冷。苦涩是他们的命运，这些地上的漫游者。

那些站在教堂的绿荫下或坐在教堂矮墙上的人们，等待着礼拜开始，用一种默默的疑惑看着辛特拉姆走进教堂大门。就在不久前，美妙的一天用快乐填满了他们的心，他们能踩着地上的小径，享受存在的甜蜜。如今，当他们看见辛特拉姆，不幸的感觉朝他们袭来。

当他从人丛中走过时，人们从他打招呼的方式中注意到隐秘的惊悚。那些他路过时假装没看见的人很开心，因为他只和对他的事有用的人招呼。在布洛牧师面前，他的帽子落到了地上，在玛瑞安·辛特莱尔和侠士们面前，他抬了抬帽子，而对布洛的主任牧师和蒙克路德的法官，他压根就没搭理。①

辛特拉姆走进教堂，坐在自己的位置上。他把手套扔到凳子上，手套上缝着的狼爪的碰撞声全教堂都听得见。有几个已坐在教堂前排的女人，看见这毛茸茸的家伙昏厥过去，不得不被抬出教堂。

可是，没人敢把辛特拉姆撵走。他打搅了人们的庄严平和的心境，但他太可怕了，没人敢命令他离开教堂。

老牧师徒劳地谈起夏天的明媚节日。没人听他的。人们只想着邪恶和寒冷，还有这邪恶的厂主会给他们预示的不幸。

一切结束后，这邪恶之人被看见爬上了布洛教堂坐落的那座山的斜坡上。他俯视着布洛比峡口，让视线追随牧师宅邸及左岸的芦汶湖的三个岬角。人们看见他握紧拳头，对着峡口和葱茏的湖岸摇晃。然后，他的目光朝南边扫去，越过下边的芦汶湖，一直到那个

---

① 本段为学术版所增补。

似乎把湖泊封住的蓝色岬角。朝北，他的视线飞过几英里，穿过古立塔绝壁，直到比雍尼德特，那是湖泊结束的地方。他朝西看，朝东看，是被长长的山峦围绕的山谷，他再次握紧拳头。每个人都觉得，要是他右手里有几束闪电，他会在一片巨大的欢乐中把它们朝着这平静的乡村砸下来，把悲惨和死亡一直散步到他力所能及的地方。因为，如今他习惯于让心和邪恶相伴，他除了在悲惨中，就不知快乐。他逐步学会了爱一切丑陋和卑鄙的东西。他比最野蛮的疯子还疯，可没有人明白到这一点。

然后，乡村中开始流播奇谈。据说当教堂司事来关教堂大门时，钥匙的齿断了，因为一张卷得紧紧的纸塞在锁里。他把纸条交给了牧师。这纸条，如你可能猜到的，由另一世界的生物写成。

到底写了什么，人们议论纷纷。牧师烧掉了纸条。可教堂司事在那穷凶极恶的东西燃烧时朝它看了看。字母在黑色背景上显出清晰的红色。他忍不住读了起来。他读了，上头说，只要布洛教堂的尖顶还看得见，恶魔就要让这片土地荒芜。恶魔想看到森林把教堂掩藏，想看到熊和狐狸住在人的房子里；田野应该荒着，在这些地区，无论狗还是公鸡的声音都别想被听见。这邪恶的人愿意成为每个人不幸的根源，以此来祀奉他的主人。这是他所保证的。

人们在沉寂的绝望中度日，因为他们知道，这恶人的力量是巨大的，他仇恨一切活着的生物，他希望看见野生的力量一直跑到山谷，他喜欢让瘟疫或饥馑或战争，帮他驱赶每一个热爱那美好并带来快乐的劳动的人们。

# 第八章　音乐夫人

自从帮年轻的伯爵夫人逃走后,就没有任何事能让尤斯塔·贝林开心。侠士们决定从善良的音乐夫人那里寻求帮助,她是个神奇的精灵,宽慰了多少不幸的人。

因此,在一个七月的夜晚,他们打开埃克比大客厅的门,解开窗拴。阳光和空气流泻而入,窗外是迟暮夜晚巨大而鲜红的太阳,和凉爽夜晚柔和而蒸腾着的空气。

条纹布罩从家具上掀去了,钢琴打开了,围着威尼斯吊灯的纱罩摘下了,白色大理石桌面下的金色格里芬又见到了日光。白色的女神在镜子上的黑色田野里舞蹈。形式各异的锦缎花在夜晚的光辉中发亮。玫瑰给采摘并送进来了,整个房间充溢着它们的香气。里头有美妙的、带陌生名字的玫瑰,是从外国运到埃克比的。那些黄玫瑰,叶脉里血液发着微微红光,像在人体中;而那奶白色的,花瓣有参差不齐的边缘;粉色的,叶片宽大,最边缘变得无色如水;而那深红色的,有着黑色阴影。他们拿进所有阿尔特林戈尔的玫瑰,皆运自外国,为取悦美丽女人们的眼睛。

然后,乐谱和乐谱架立好了,铜管乐器和各种型号的弓和提琴都拿进来了,因为现在,美好的音乐夫人要君临埃克比,试图抚慰尤斯塔·贝林了。

音乐夫人挑选了和蔼可亲的海顿爸爸的《牛津交响曲》，让侠士们排演。乡绅尤利由斯挥舞着指挥棒，其他人照管各自的乐器。每个侠士都会演奏，否则他们就不叫侠士了。

当一切就绪，尤斯塔给唤了过来。他还很虚弱、气馁，不过他因宽敞的房间和即将听到的动听音乐而欢喜。因为谁都知道，音乐夫人是任何一个受苦之人的最好陪伴。她快活而有趣，跟个孩子似的；她火热而迷人，仿佛少妇；她美好而睿智，像已度过美好一生的老人。

就这样，侠士们演奏起来，那么和缓，如同轻轻的低语。

小鲁斯特对这事很上心，读谱时鼻梁上架着眼镜，他从长笛上吻出柔和的乐调，让手指围绕琴键和音孔玩耍。埃伯哈德大叔佝偻着腰抚弄大提琴，假发滑到了耳际，嘴唇因激情而抖动。贝里举着他那长长的巴松管骄傲地站着。有时，他忘却了自己，任全力从肺里发出来，可这么一来，尤利由斯会拿指挥棒在贝里厚厚的脑壳上重重敲击。

一切顺利，进展出色。从无生命的乐谱中，他们把音乐夫人本人变了出来。展开你那神奇的斗篷吧，亲爱的音乐夫人，把尤斯塔·贝林带到快乐的土地上，那个他原本生活的地方！

唉，苍白又泄气地坐在那儿的是尤斯塔·贝林，老先生们是要把他哄得开心起来，就像哄一个孩子！现在，韦姆兰缺乏快乐。

我大致也理解为何这些老先生爱他。我知道冬夜会有多么漫长，抑郁会如何潜入荒凉庄园里的人的灵魂。我完全理解，他来到时，是个什么感觉。

哦，想象一下吧，在一个礼拜天的下午，工作给丢在一边而思绪迟缓！想象，一阵固执的北风，把寒冷抽打到室内——没有一团火能对抗这份寒冷而送出慰藉！想象，只有一支牛油蜡烛，须持续修剪！想象，单调的赞美诗的歌声从外头的厨房传来。

就是这样,然后,雪橇铃叮当响了;然后,是门廊外,双脚快速跺掉脚上的白雪的声音;然后尤斯塔·贝林进屋来了,他大笑,他打趣。他是生活,他是温暖。他掀开钢琴盖,他弹奏,于是古老的琴弦让人震惊。他会唱所有的民谣,弹所有的旋律。他能让屋内所有的人快活。他从不冷漠,从不疲惫。看到了他,悲伤的人便忘却自己的悲伤。哦,他有一颗多么美好的心啊!他对虚弱和贫穷的人是多么富于同情!并且,他是一个多么了不起的天才啊!是的,你真该听听老人们怎么谈论他。

是这样的一个夜晚,他到了蒙克路德,那个仁爱的法官的住所,到了那个宁静而甜蜜的家,这地方在这些故事里很少被提及,因为时代的风暴不曾夺走那里的幸福,是在那里,他也遇到了布洛的主任牧师。

主任牧师一见他,就把他拉到钢琴那儿。"在钢琴边坐下,尤斯塔·贝林,"主任牧师说,"在这里,你最有用。"于是,尤斯塔弹奏了,并且歌唱,他这么表演了一阵后,人们再也按耐不住。那些年迈的、智慧的先生和女士们不得不站起来舞蹈。所有的关节都抽动起来。他们没法静静坐着。于是他们围成一圈,尤斯塔奏出一曲贝尔曼的歌,他们全进来了,主任牧师夫人那么老、那么胖,她提起裙子、蹦跳又转圈,正如她二十岁、有着好看的细腿时一样。她歌唱,嗓音那么假,那么碎:

哎呀,看乌拉舞蹈
蕾丝宽袖、面纱和穗

白羽饰和花环
白花花的腿,白花花的腿
伴着烛和灯的光辉

主任牧师以及他们其他人都对着她笑,他于是说:"对呀,我这混蛋就该坐在钢琴边,好让老家伙们变成这样的疯子。"

而现在,尤斯塔·贝林沉默而悲伤,他听见音乐夫人试图让他振作。他或许最好与自己的悲伤和平共处,但为了那些老绅士们,他自然必须聆听。他多少明白,他们很可怜,因为他这么抑郁。自从他变了,他们已没了身为埃克比主人的乐趣。他觉得自己看得出:他们变老了。①

而现在,就在他们演奏时,他迸出了泪。他觉得生活——所有的生活,都是那么悲惨。他把头抵在手上啜泣。侠士们惊慌而沮丧。那可不是音乐夫人挑起的轻柔和治愈的泪。他是在绝望中哭泣。他们困惑地把乐器搁下。

于是音乐夫人暗示他们可以试些开心点的,乡绅尤利由斯拿出他的吉他,唱起一首滑稽的农人歌谣。他挤眉弄眼,模仿牛和羊。

美好的音乐夫人的这个主意并不怎么好。尤斯塔将一只拳头敲在桌上,以至尤里尤斯跳得老高,尤斯塔让他们听听自己对歌谣的看法。

"假如我是个被唾弃的混蛋,走在这世上只为制造忧伤,"他说,"还轮不着你们侠士拿我的苦恼取笑。比你们好的人对这种事也会谨慎。"

他荒唐,他自己明白这一点,却没法让自己挣脱出来。因此,接下来,他羞愧地坐着,一言不发。其他人求他也不行。他们深深受伤,然而,为自己辩护有什么用呢,就连很喜欢尤斯塔·贝林的好心的音乐夫人都快泄气了,不过她记起,她还有个侠士中的有力冠军。②

---

① 以上四段为学术版所增补。
② 以上四段的大部分内容为学术版所增补。

这个人就是儒雅的路维博耶，在浑浊的河水中失去未婚妻的那个人，并且，他比任何其他人都更是尤斯塔·贝林的奴仆。这会儿，他悄悄走到钢琴边。他围着钢琴走动，小心地感觉，用轻柔的手抚摸琴键。

在侠士之翼，路维博耶有一张大木头桌，他在桌上画了个键盘，还安置了谱架。他能在桌前坐上几个钟头，让手指在黑色和白色的琴键间跑动。在那里，他既训练了音阶，也训练了练习曲；他演奏了他的贝多芬。他除了贝多芬就不弹奏别的。音乐夫人早就带着特别的喜爱站在他身旁，所以，他着实把那三十二首钢琴奏鸣曲抄录了不少。

可这老头儿除了那张木头桌不敢尝试其他乐器。他对钢琴有敬畏。钢琴诱惑着他，也更叫他害怕。这高昂的、让许多波斯卡发出轰响的乐器是他的圣殿。他从不敢碰它。想象一下，这神奇的有许多琴弦的东西，能让大师的杰作活起来呢！他只需把耳朵贴近它，然后，立刻，就能听到行板和谐谑曲在里面私语。是的，钢琴只是个恰好的祭坛，在那里音乐夫人能受到膜拜。可他从没在那上边弹奏过什么。他从未有足够的钱能给自己买钢琴，这一架钢琴他又从不敢弹，少校夫人也没那么愿意为他把钢琴打开。

他自然听到过波斯卡和华尔兹如何被演奏，还有贝尔曼的旋律如何在那上头叮咚作响。可在那些不圣洁的音乐中，伟大的乐器只能呜呜哀鸣。不，假如贝多芬来，那就能听到钢琴正确和纯粹的音色了。

现在，他觉得，他和贝多芬的时间大概到了。他会鼓起勇气，抚摸神殿，让他年轻的先生和当家人为这沉睡的悠扬谐音而欣喜。

他坐下来，开始弹奏。他根本就没把握，而且特别激动。他在几个小节里磕磕绊绊地摸索向前，找寻着正确的音调，他皱着眉头，再次尝试，然后把手捂在脸上，哭了起来。

哎呀，亲爱的音乐夫人，这对他来说太苦涩了。这神殿自然不是神殿。没有藏在里头梦着的、清晰而纯粹的音调，没有沉闷而有力的雷鸣，没有威猛咆哮的飓风。穿过天堂的空气絮絮而来的无尽谐音，没一个留下。这不过是个陈旧的叮当响的钢琴而已，没别的。

不过，音乐夫人给了机敏的上校一个暗示。上校带着鲁斯特走进侠士之翼，把路维博耶的大木桌抬了过来，就是那个画着琴键的桌子。

"瞧，路维博耶，"他俩回来后，贝伦克鲁兹说，"这是你的钢琴！为尤斯塔演奏吧！"

于是，路维博耶停止哭泣，坐下来为他悲伤的年轻朋友弹奏贝多芬。这下子，他的朋友毫无疑问会重新高兴起来了。

老头儿的脑中，回荡着所有美妙的音调。他想不到别的，除了认为，尤斯塔定能听出他弹得有多妙。尤斯塔确实注意到路维博耶今晚弹得多么好。对路维博耶而言，再没有什么困难了。他弹奏着最难把握的部分。他甚至希望大师本人也能听到。

他弹得越久，越是入迷。他听得见每一个音符，带着超自然的力量。

"悲伤，悲伤，"他弹着，"为何我不能爱你？因为你的唇冰冷，你的脸枯槁，因为你拥抱窒息，你的目光呆滞？

悲伤，悲伤，你是那些骄傲和美丽的女子中的一个，你们的爱难以赢得，却比他人的燃得更热烈。你这拒绝的女人，我把你放在心上，并且爱过你。我从你的四肢上吻走寒冷，而你的爱用幸福填满了我。

哦，我都受了怎样的苦！哦，我曾如何地向往，自从失去了第一次爱上的那个人！我的身体内外都是黑夜。在祷告里，我被湮没——在沉重而不被听见的祷告里。天堂在我长久的等待前关着门。从闪烁着星星的空中，没有甜蜜的精灵前来给我慰藉。

不过，我的向往撕开了那层遮蔽的面纱。你来了，通过一架月光之桥，飘落到我面前。你在光亮中来，哦，我的爱，你的嘴唇在笑。快乐的精灵在你周围环绕，他们捧着玫瑰花环，他们演奏着齐特琴和笛子。见到你真是一份祝福。

然而，你消失了，消失了！当我想跟随你时，却没有月光之桥。我躺在地上，没有翅膀，为尘埃束缚。我的抱怨像发狂的野兽的吼叫，像空中震耳欲聋的雷鸣。我想给你发去闪电作为信使。我诅咒了绿色的大地。愿大火焚烧植物，瘟疫打击人类！我吁求死亡和深渊。我想，永恒之火中的折磨也比我遭的罪甜美。

悲伤，悲伤！是那时，你成了我的朋友。我为何不能爱你，像男人爱那些骄傲又凛然的女人，她们的爱难以赢得，却比其他人的燃烧得更热烈？"

他就这么弹奏着，可怜的神秘者。他坐在那儿，散发着激动和感情，听着最美妙的旋律，确信尤斯塔一定听到了，且被抚慰了。

尤斯塔坐看着他。起先，他神色严峻地看着这场闹剧。不过，一点一点地，他变得柔和起来。这老头，他是不可抗拒的，当他坐着享受贝多芬时。

而尤斯塔开始考虑，如今这么儒雅、这么无忧无虑的人，曾如何沉浸于苦难，失去了自己的爱人。而今，他坐在那儿，在他的木桌边，快乐得容光焕发。那么，一个人的幸福已经完满到不需要再添什么了吗？

他觉得无地自容。"怎么，尤斯塔，"他对自己说，"你不再能忍耐和坚持了吗？你这一生在穷困中被锻炼的人，你，听过森林中每棵树木，草地上每个草丛宣讲困苦和耐心的人，你，被带到这片土地，这个冬天严峻、夏日短促的地方，你忘记忍耐的艺术了吗？

"哦，尤斯塔，男人须带着心中的勇气和唇上的微笑，承担生活提供的一切，否则，他不是个男人。尽你所愿地思念吧，要是你失去了你的爱，让悔恨在内部撕咬你，但你得表现出自己是一个男人和一个韦姆兰人！让你的目光闪耀快乐，并用快乐的话语迎接你的朋友们！

"生活是严峻的，自然是严峻的。然而，两者都可以生成勇气和快乐，作为抵抗硬度的一种平衡，否则，没有人能忍受它们。

"勇气和快乐！似乎那是生活的首要责任。你此前从未背叛它们，现在也不能。

"难道你还不如坐在木头钢琴边的路维博耶，不如其他侠士，那些勇敢、无虑，永远青春的人吗？你很清楚，他们中没有一个曾免受苦难。"

就这样，尤斯塔看着他们。啊，这是怎样的一场娱乐啊！他们坐在那里，所有的人都十分严肃，听着那音乐，那无人能听见的音乐。

突然，一个发自内心的笑声让路维博耶从自己的梦中惊醒。他把手从键盘上抬起，听着，似乎是处于狂喜之中。那是尤斯塔从前的笑声，他的美好、亲切、有感染力的笑声。这是这个老人一生中听到的最甜蜜的音乐。

"我难道不知道贝多芬会帮你么，尤斯塔！"他喊道，"如今你岂不是又好了。"

善良美好的音乐夫人就这样治愈了尤斯塔·贝林的抑郁。

## 第九章　布洛比的牧师

厄洛斯，统治一切的神，你一定明白，总是有这样的感觉，似乎有人已自由于你的领地。在她心中，所有团结了人类的美好想法似乎是死了的。疯狂伸开爪子，朝向不幸；然后，那时候，你来了，在你的无所不能中，你这生活的捍卫之主，像那个有力的圣人的手杖①一样，干涸的心开了花。

没有人比布洛比的牧师更吝啬。没有人会比他，因为卑劣和小气，而格外与人隔绝。他的房间在冬天不生火；他坐未油漆的凳子；他穿破衣烂衫；他嚼干硬的面包；乞丐跑进他门里时，他愤怒。他卖掉干草，让马儿在马厩里挨饿；他的母牛嚼的是路边的枯草及房墙上的青苔；饥饿的羊儿咩咩地叫，远在路上都听得见。农人给他扔来的食物是他们的狗都不吃的，对他施舍的衣服是穷人都不穿的。他的手伸出是为了讨要，他的背弯下是为感谢布施。他跟有钱的讨要，他借贷给穷人。要是他瞧见一枚硬币，钱币落入他的口袋前，他的心会因焦虑而疼痛。到了该付款的日子，要是有人没把该付他的钱准备好，这人可要倒霉了。

---

① 传说圣克里斯托弗帮助过化身为儿童的耶稣过河。圣克里斯托弗多以背小孩，拄着开花的手杖的形象出现。

他结婚很晚，不过，他要是从未结婚其实更好。饱受折磨外加过分操劳，他妻子死了。如今，他女儿在陌生人中做女仆。他年纪越来越大了，年龄却没给他的野心带来解脱。疯狂的吝啬从未远离他。

不过，八月初的一个美丽的日子，来了一辆沉重的马车，它被四匹马拉着，爬上布洛比坡。一个体面的年迈的小姐带着车夫、仆人和贴身女仆华丽地来了。她来见布洛比牧师。他是她年轻时爱上的人。

当他在她父亲的庄园做家庭教师时，他们爱上了彼此，虽然傲慢的家族拆开了他俩。如今，她乘车爬上布洛比山，想在临死前再看看他。生活还能提供给她的一切，也就是再看看年轻时的爱人了。

这个小巧体面的小姐坐在那辆大马车里，梦着。她不是爬上布洛比坡到一位贫穷牧师的园子里去。她是去花园里那个凉爽又稠密的、绿树围成的天然凉亭下，在那里，爱人正等着她。她看到他了，他年轻，他会吻，他能爱。眼下，她明白很快就要见到他，他的样子带着不可思议的清晰浮现在她面前。他是那么英俊，那么英俊！他能沉迷，他能燃烧，他用激情之火填满了她的身心。

如今，她蜡黄、枯萎又衰老。或许，他没法认出六十岁的她，不过她来不是为了被看见，而是见，见她年轻时的爱人，那个在时间的冲击下毫发无损的，那个依然年轻、美好、内心温暖的人。

她是从老远的地方跑来的，没听说过关于布洛比牧师的一个字。

于是，马车哒哒地上了山坡，坡顶的牧师宅邸已在视线中。

"看在上帝的份上，"一个路边的乞丐低语，"给穷人一个子儿吧！"

这高贵的女人给了他一枚银币，询问是否牧师邸宅就在附近。

乞丐对她报以犀利的一瞥。"牧师宅邸就在前面，"他说，"不过牧师不在家，那里没人在家。"

那小巧的高贵的小姐一下子脸色苍白。清爽的凉亭消失了，心爱的人已不在。她怎好想象，在四十年的等待后，还能在这里找到他呢？

这位仁慈的小姐要去牧师宅邸做什么呢？

这位仁慈的小姐来见牧师，她以前认识他。

四十年和四百英里分开了他们，她来了，越来越近，一英里又一英里，她每走过的一段路程都让她抛开一年的带着悲伤和记忆的负担，就这样，当她抵达牧师邸宅时，她又成了那个二十岁的人，没有悲伤，没有记忆。

乞丐站着看她，看她从二十岁变为六十岁，又从六十岁变为二十岁。

"牧师下午回家，"他说，"仁慈的小姐最好是先到下边的布洛比客栈去，下午再来。"乞丐保证："下午，牧师就会在家里。"

在下一瞬间，沉重的马车带着这位小小的枯萎的贵妇往山下的客栈驶去，然而，那个乞丐站立着，颤抖并注视着她。他觉得他愿意跪下来、亲吻车辙。

优雅，刚剃了胡须，修饰一新，穿一双闪亮的带扣的鞋、绸袜，戴着荷叶领和卡夫袖，布洛比牧师在这一天的正午时分，站在布洛主任牧师夫人面前。

"一个体面的小姐，"他说，"一个伯爵的女儿。主任牧师夫人，您觉得，我，一个穷人，好请她来拜访我吗？我的地板肮脏，我的沙龙空无家具，我的起居室的天花板因霉菌和潮湿而发绿。帮帮我！想想吧，她是个贵族，伯爵的女儿。"

"就说您不在家好了！"

"亲爱的主任牧师夫人，她颠簸了四百英里来见我这么个穷人，她不知我的处境。我不能给她提供一张床，不能给她的仆从提供一张床。"

"那么，让她回去好了！"

"哎呀，天哪，主任牧师夫人！您不明白我的意思吗？我宁愿付出所有的一切，我用勤奋和努力获得的一切，也不愿她不被我在自家屋檐下招待一番就离开。我上次见她，她二十岁，是四十年前。想想这个，主任牧师夫人！帮助我，让我能在自己家里见到她吧！这里是钱，要是钱能帮上忙，可这事需要的不止是钱。"

哦，厄洛斯！女人们爱你。她们宁可为你走上一百步，而不是为其他的神走上一步。

布洛主任牧师的屋子空了，厨房空了，食品储藏室空了。在布洛主任牧师的屋子前，马车给装满，驶往牧师邸宅。当主任牧师给打算受坚信礼的人们进行教理讲习后回家时，他会走进空荡荡的房间，推开厨房门，问晚饭在哪儿，却发现那里空无一人。没有午餐，没有妻子，没有女仆！对此，谁又能有什么法子？厄洛斯愿意如此，厄洛斯，那个统治一切的神。

午后不久，那辆沉重的马车又辚辚地驶上布洛比山冈。娇小的小姐坐着沉思，是否又会发生什么新意外。是否这确实是真的，她如今就在遇见生命中的喜悦的路上。

然后，马车驶进牧师宅邸，在拱道上停下了：车太大，拱道太窄。车夫抽了抽鞭子，马儿后退，仆人咒骂，但马车后轮无助地陷在地里。伯爵的女儿没法进入爱人的院子。

不过，有人跑出来了，他来了！他把她从马车里拉出来，他把她抱在自己臂弯里，他的力气没丢，她是被搂在一个还和以前一样温暖的臂弯里——跟四十年前一样。她看着那双眼睛，那双眼睛闪亮着，好像只看过二十又五个春天。

感情的风暴朝她压来——比以往任何时候的都要温暖。她想起，有一回，他抱她上了台阶，直到阳台。她，相信自己的爱在这些年里一直活着的人，却忘记了依靠在有力的臂弯里，看一双年轻而闪亮的眼睛是怎么一回事。

她没看出他老，她只盯着他的眼睛、眼睛。

她没看见那肮脏的地板，那有霉菌的发绿的天花板，她只看见他闪亮的眼睛。那一刻，布洛比牧师是个气派的男人，英俊的绅士。他变得英俊起来，当他注视着她时。

她听见了他的声音，他的清晰、强健的声音，听来仿佛是抚爱——他只有对她才这样说话。他哪里需要从主任牧师家里拿来家具填充他空空的房间呢，哪里需要食物，哪里需要仆人？老小姐几乎不会去渴望那些，她听着他的声音，看着他的眼睛。从来没有，从来没有，她此前从未如此幸福！

他鞠躬如此优雅，优雅又骄傲，好像她是公主，而他是被她选中的最爱！他对她说话时用了好多老人用的字眼。她只是微笑，十分开心。

向晚时分，他对她伸出胳膊，他俩一起在他古老而衰败的果园散步。她看不到任何丑陋和疏于照管的东西。长得过高的灌木成了被修剪的篱笆；杂草自动把自己安排成了齐整而闪亮的草坪；长长的林荫道给她投下绿荫；在沉郁绿色的壁龛里，闪烁着关于青春、关于忠诚、关于希望、关于爱情的白色雕像。

她知道他结了婚，可她不记得。她怎能记得这种事？她明明是二十岁，而他二十五岁。他自然只有二十五岁，年轻，有足够的力量。是这个他，日后要成为吝啬的布洛比牧师吗，他——这个微笑的年轻人？时不时地，幽暗命运的讯息拂过他的耳际。不过，那些穷人的哀叹，那些受骗者的诅咒，那些蔑视者的嘲弄，那些讽刺的歌曲，那些揶揄的耻笑，所有这些对他来说都不复存在。他的心单为了纯粹和无辜的爱在燃烧，这骄傲的年轻人不会是某一天那么贪图金子，为了得到它，甘愿爬入最低的污秽，从旅人手里祈求，不惜承受羞辱、责备、冷酷和饥饿的人吧？他会为了不幸的金子，让孩子挨饿并折磨妻子吗？这是不可能的。他不会是那样的人。和其他人一样，他是个好人。他不是魔鬼。

青春时代的爱人没有走在那个被鄙视的，和他敢于选择的职业全然不配的坏蛋身边！她不会这么做。

哦，厄洛斯，统治一切的神，不是这个夜晚！这个夜晚，他不是布洛比的牧师，不是第二天，也不是第三天。

她在第三天上路。拱道拓宽了。马车轻快地往布洛比坡下驰去——以休憩过的马儿可能有的速度。

这么一场梦，一场如此神奇的梦！这三天里，不曾有一片云。

微笑着，她往家里去，到她的城堡和记忆里去。她再没听见他的名字被提起，她也没再问起他。她会在有生之年梦见这场梦。

布洛比牧师坐在他闭塞的家里，于绝望中哭泣。她让他年轻了。眼下，他会再次变老吗？邪恶的精灵会跑回来，而他会变得卑鄙，像一度变成的那样吗？

## 第十章　乡绅尤利由斯

乡绅尤利由斯把他的红漆木箱从侠士之翼抬下来了。他在一只于很多旅程中跟随了他的绿桶里，装上芳香的苦橙烧酒；在一个木雕大食盒里，放上黄油、面包、美味的棕绿色相间的老奶酪、肥火腿、涂抹了树莓酱的小煎饼。

然后，乡绅尤利由斯眼里噙着泪水，去和埃克比辉煌的一切说再见。他最后一次抚摸磨损了的九柱戏球和铁厂坡上圆脸的孩子，他绕着果园里的篱树凉亭和花园里的石洞转。他去了马厩和牛栏，抚摸马儿的后腿，拉扯凶猛的公牛的角，让小牛舔他的光手。最终，他带着哭泣的眼睛走向庄园的主屋，在那里，告别的早餐等待着他。

唉，悲伤的存在！它怎会充满如此多的黑暗？如食物里的毒药，葡萄酒里的胆汁。侠士们的喉咙和他的一样，都因情感而哽咽。泪水的雾迷住了眼。离别的话被哭泣打断。悲伤的存在！他的生活从此将只是长长的向往。他将永不能让自己的嘴唇微笑，民谣将从他的记忆里死绝，如同花儿在秋天的大地上死去。他会褪色、掉落、枯萎如霜打的玫瑰和干渴的百合。侠士们再不能看到可怜的尤利由斯了。沉重的征兆爬过他的灵魂，就像被风暴追逐的云影爬过我们新播种的田野。他要回家去死了。

带着健康和安宁的勃勃生机，他站在他们面前。可他们再不会看见他像如今这个模样了，再不会开玩笑地问他，上一次他看见自己的脚尖是什么时候了。他们再不会希望他的脸撞上九柱戏球了。魔鬼已稳固地藏在他的肝和肺里。它咬噬着、侵蚀着。他对此感觉已久。他的日子已屈指可数。

哦，埃克比的侠士会把死去的人保存在忠实的记忆中！哦，他们将不会忘记他！

责任召唤了他。在家里，坐着他的母亲，母亲等待着他。十七年了，她等待他从埃克比回家。如今，她写了封召唤信，而他将听从。他知道这会是他的死，不过他必须听从，如同一个好儿子。

哦，那些天堂般的欢宴！哦，那些甜美的岸边草地、骄傲的激流！哦，那些欢欣鼓舞的历险，那光滑又雪白的跳舞的地板，那可爱的侠士之翼！哦，小提琴和法国号，哦，幸福和愉悦的生活！是死亡把人和这一切分开。

然后，乡绅尤利由斯走进厨房，和那些帮佣道别。所有的人和每一个人，从女管家到受救济的贫穷士兵的婆娘，大家都带着满溢的情感拥抱并亲吻他。女仆们哭了，为他的命运哀伤。这样一个美好而风趣的绅士就要死了，她们再也见不着他了！

乡绅尤利由斯吩咐，他的单马拉有篷轻便车得从车库里拖出来，他的马必须牵出马厩。

他这么吩咐时，他的声音几乎出卖了他。这么说，这辆车不会在埃克比慢慢腐烂了，老凯萨要和熟悉的马槽分离了！他不想说母亲的任何坏话，假如她不替他考虑，她也该替车和凯萨考虑。它们如何承受这么长的旅程？

然而，最苦涩的是和侠士们的离别。

矮小滚圆的乡绅尤利由斯，被制造得更适合滚动而不是行走。他感觉悲剧气氛一直延伸到了指尖。他想起那位伟大的雅典人，那位平静地在哭泣弟子的围绕中饮尽毒药杯的人;想起老国王尤斯塔,他曾向瑞典民众预言,有一天,他们将愿意把他从地底下拖出来。

最后,他为他们唱他最好的民谣。他想起那只在歌唱中死去的天鹅。他希望他们能这样记住他:一个从不把自己降低到抱怨中的王者精灵,相反,他被旋律携带着向前。

最后,最后的酒樽空了,最后的歌曲唱了,最后的拥抱给了。他穿上外套,一手抓住鞭子。在他周围,没有一双眼睛是干爽的,他自己的眼里充满升腾的悲伤之雾,所以他什么也看不见。

于是,侠士们抓住他,把他抬起。欢呼声在他周围响着。他们让他在某一处坐下了,他看不见是什么地方。一声响鞭,马车似乎在他身下动了起来。他被载走了。当他重新获得眼睛的功能时,他已在大路上。

侠士们实在哭得厉害,并被巨大的损失击中,然而悲伤并未冻结心中全部的快乐情感。他们中的一个——是尤斯塔·贝林,诗人吧?抑或贝伦克鲁兹,玩奇乐牌的老战士?抑或游历过世界的克里斯托弗老哥?有人这么做了安排,老凯萨不必从它的马厩里出来了,发霉的车子也不必从车库里出来。而是有一头巨大的有着白色斑点的公牛被套在干草车上,在放上了红箱子后,绿酒桶和木雕食盒给摆了上去,最后,双眼因泪水而生着雾气的乡绅尤利由斯本人也给放了上来,不是在食盒或箱子上,而是在花白的公牛背上。

看,这就是人类!过于软弱,没法在所有这些苦涩中面对悲伤!侠士们为这位将死的朋友哀伤,这棵正凋谢的百合,这只受了致命伤的歌唱的天鹅。不过,他们内心的压迫减轻了,当他们看见他骑在雄伟的牛背上离开,同时,他肥胖的身体因哭泣颤抖,他那在最后的拥抱中伸开的手臂绝望地垂下,而他的眼睛在冷峻的天空中寻求正义。

在外头的大路上，雾开始为乡绅尤利由斯慢慢散去，他注意到自己是坐在一头动物晃动的脊背上。然后，据说，他开始沉思这十七年漫长岁月中会发生的一切。显然，老凯萨变了。是埃克比的黑麦和苜蓿地造成了这变化吗？他喊道——我不知道路上的石头和灌木丛里的鸟儿能否听见——不过，他确实是喊了："魔鬼会折磨我，要是我不相信你长出了角来，凯萨！"

又一阵沉思后，他让自己从牛背上慢慢滑下，爬上干草车，坐在食盒上，继续前行，陷入沉思。

过了一会，当他朝布洛比进发时，他听到了有板有眼的歌：

　　一和二
　　六和七
　　韦姆兰的猎人来到了

他听到了这歌声，却并没有看到什么猎人，而是来自贝尔雅的快乐的小姐们和蒙克路德法官的几个漂亮女儿在沿路漫游。他们把食物兜吊在棍子上，而棍子扛在肩膀上、好像来福枪。他们在夏天的热浪中勇敢前行，节奏明快地唱着："一和二，六和七……"

"去哪儿啊，乡绅尤利由斯？"她们遇见他时，问道，没注意覆盖在他眉头的悲哀。

"我从罪过和虚荣的房子里出来，"乡绅尤利由斯回答，"我再也不想与懒骨头和混蛋住在一起了。我回母亲的家。"

"哦，"她们惊呼，"不会吧！乡绅尤利由斯不会想离开埃克比吧！"

"会的，"他说，一拳打在衣箱上，"就像罗特从索多玛和蛾摩拉逃离，我逃出埃克比。那里没一个好人。然而，当地球在他们脚下崩裂、当硫酸雨啪嗒啪嗒从天上落下时，我会为上帝正确的审判而愉悦。再见，姑娘们，留神埃克比！"

这么说着，他继续行进，然而这可不是这些快乐姑娘们的意思。她们是想远足到雷鸣崖爬山，可道路漫长，她们很想骑着尤利由斯的干草车，一直到山脚。

幸运的她们，可以享受生活的阳光而无需用什么葫芦那样的爬藤植物①遮盖脑袋！两分钟内姑娘们就如愿以偿。乡绅尤利由斯掉转车头往雷鸣崖去了。他微笑着坐在食盒上，干草车上全是姑娘。路边，雏菊、黄春菊和苦苣子在生长。牛时不时地得休息一会。于是，姑娘们跳下车去采花。很快，华丽的花环就套在乡绅尤利由斯的头上和公牛角上了。

再往前去，她们遇到浅色的年轻白桦和深色的桤木灌木丛，她们爬下车去，折了些枝条来装饰车子。不久，这干草车看起来就像一个移动的小树林。这一整天都充满趣味和嬉戏。

这一天越是往后，乡绅尤利由斯就越是亲切和明快。他拿出食盒和姑娘们分享，还为她们唱民谣。当他们站在雷鸣崖的顶端时，宽阔的风景那么骄傲而可爱地躺在脚下，因为这份美丽，他们的眼里流出了泪，尤利由斯感觉心脏在有力地搏动，语言排山倒海地冲到唇边，他为自己所热爱的土地说了这番话：

"啊，韦姆兰，"他说，"你这美丽的，宏伟的！②时常，当我在眼前的地图上看到你时，我疑惑你到底代表着什么，而今我理解你是谁了。你是一个老迈而虔诚的隐士，盘着腿、手摆在膝上，静静

---

① 典故来自《圣经·约拿书》，中文和合本记载："耶和华神安排一棵蓖麻，使其发生高过约拿，影儿遮盖他的头，救他脱离苦楚；约拿因这棵蓖麻大大喜乐。"这里明确提及是蓖麻。其实，到底是什么植物，是一个悬而未决的公案，有说是热带的生长迅速的植物，有说是葫芦、黄瓜等葫芦科藤本植物。这里按小说中的意思选用葫芦那样的爬藤植物。
② "啊，韦姆兰，你这美丽的"来自 Ander Fryxells 和 A. F. Dahlgren 1822 年创作的歌词，也是歌名，这首歌后来成为瑞典的著名民谣，也称《韦姆兰之歌》。

地坐着,梦想。你有一顶尖头帽拉下来,盖住半闭的眼。你是个思索者,一个神圣的做梦人,你非常美好。宽大的森林是你的衣裳,蓝色流水的长丝带以及和流水平行奔跑着的黛色山丘是边饰。你是那么朴素,陌生人看不出你有多么美。你贫穷——就像虔诚的人的模样。你一动不动地坐着,而维纳恩湖的波浪冲洗着你的脚与交错的腿。左边,你有你的矿田和矿山——那是你跳动的心脏。北边,你有苍凉而神秘的沉郁又美丽的地区,那是你梦想着的头脑。

"当我看到你,你像个巨人,你严肃,我的眼睛不得不被泪水注满。在你的美好中有一分凛然,你是沉思、贫穷和困苦,然而,我还是能看到你凛然的亲切中的愉悦特征。我看着你,并且膜拜。只要我看到那宽阔的森林,只要能触摸到你衣衫的一角,我的精神就能被治愈。一小时,又一小时,一年又一年,我凝视着你神圣的脸庞。在那低垂的眼帘下,你掩藏了什么谜语,你这困苦之神?你解开了生命和死亡的秘密吗,还是你仍在沉思,你这神圣的,你这巨人?对我来说,你是伟大的严肃思想的守护者。但我看见人们爬向你,围绕你,没注意你额头的那份严肃的神圣。他们只看到你的脸庞和四肢的美丽,被它迷得那么厉害,因而忘记了一切。

"哦,可怜的我,我们大家,韦姆兰的孩子们!美丽,美丽而没有别的,是我们对生活的要求。我们,困苦的孩子,严肃的孩子,贫穷的孩子,抬起我们的手,做一个简单和长久的祷告,只希求这一样:美丽。祝愿生活像玫瑰灌木,带着爱、葡萄酒和娱乐开花,祝愿这玫瑰人人都有。看,这是我们希求的,而我们的土地有苛刻、严肃和困苦的特征。我们的大地是沉思的永久象征,可我们没有思想。

"哦,韦姆兰,你这美丽的,你这宏伟的!"

就这样,他眼里含着泪水,声音因为灵感而颤抖。姑娘们崇敬地听着,也不无感动。她们几乎不曾在闪烁着逗乐和微笑的表面下感觉到隐藏的感情的深度。

夜晚迫近,他们又爬进干草车。姑娘们不知道乡绅尤利由斯要把她们带到哪里,直到他们在埃克比的台阶前停下。

"现在,我们要进去跳上一圈,姑娘们。"乡绅尤利由斯说。

侠士们看到乡绅尤利由斯归来,帽子上顶着枯萎的花环,干草车上全是姑娘,会说些什么呢?

"我们能肯定,姑娘们带他兜了圈子,否则,他会早几个小时返回这里。"因为侠士们记得,这是第十七次,乡绅尤利由斯试图离开埃克比,每一个飞逝的年份里一次。如今,乡绅尤利由斯已把这一次和过去所有的许多次都忘了。他的意识又重新开始了自己一年的沉睡。

他是个无与伦与的人,乡绅尤利由斯。他会轻松地跳舞,精通牌桌上的游戏。钢笔、笔刷和琴弓在他手里都能被运用自如。他的心容易感动,美好的言语在他的舌上,他还有满腔的民谣。可所有这些能有什么用呢,假如他不能让自己一年感受上那么一回:就像那些蜉蝣,将自己自由于忧郁的深处,长出翅膀,只为在白天的光线和太阳的照耀下,活上那么几小时?

# 第十一章　黏土圣人

　　黑湖教堂里外都是白色：墙、讲坛、座位、楼座、天花板、窗框和祭坛布全都是白的。黑湖教堂里没有任何装饰，没有图像，没有纹章。祭坛上只竖着个披挂着白色亚麻布的木十字架。以前并不是如此。那时，天花板上布满绘画，在这上帝的屋子里，能找到各种各样多色的石头或黏土像。

　　曾经，很久以前，一位黑湖艺术家站着观察夏日的天空，注意到云儿迎着太阳的飞行。他见到早晨低低地躺在地平线上的闪亮白云，堆积得越来越高，看见期待着的巨人扩展，升起，扑向高高的天宇。它们像船那样鼓起风帆，它们像战士那样举起旗帜，它们去侵袭整个天空。在太阳这位空间的女统治者面前，这些不断增长的怪物在以一种无害的表情表演着。那里有一头饿坏了的狮子，它变成了一位涂脂抹粉的女士；那里有位巨人长着令人窒息的手臂，他躺在那儿，像做梦的斯芬克斯；有一些用金边斗篷装饰白皙的裸体，另一些在白雪般的颊上涂上胭脂；那里有平原。那里有森林。那里有竖立着高塔的带围墙的堡垒。白云成了夏日天空的主宰。它们完全填满了蓝色拱门。它们碰到了太阳，并遮蔽了她。

　　"哦，多么可爱，"虔诚的艺术家于是想到，"假如渴望的精神能站在这些高耸的山上，被它们带着，如在摇摆的船中，带得更高更高!"

突然间,他意识到,夏日的白云是船只,那些被祝福的灵魂,是乘着它们做离别的旅行。

他看见他们在那儿。他们站在滑翔的一大块云上,手执百合,头戴金冠。空中回荡着他们的歌声。天使们展开宽大强劲的翅膀来迎接他们。哦,好一群被祝福的人们!因为云儿舒展,他们也越来越多地能被看见。他们歇息在云床上,好像睡莲歇息在湖上。他们装饰了它们,就像百合装饰了草地。多么欢欣的上升!云在云之后翻卷而上,并且,全都被天堂的着银色盔甲的主人,被穿紫边斗篷的不朽的歌手填满。

这位艺术家此后给黑湖教堂的天花板画了壁画。在那里,他试图再现夏日上升的云,那个将有福的人送到壮丽天堂的云。挥舞笔刷的手是有力的,可也有点僵硬,结果,云朵最终更像是全底假发上的发卷,而不是轻柔雾气中发光的山峦。这些神圣的一切来自艺术家的想象,可他没能把他们再造出来,而是以人为原型,决定了他们的装束。或是长长的红袍,硬挺的主教帽,或是黑色的卡夫坦长衣,坚硬的绉领。他给了他们大脑袋、小身子,还给了他们手帕和祈祷书。拉丁语从他们嘴里飞出,对那些他觉得最美好的人,他给了他们结实的木椅于云背上,这样,在飞向永恒的旅程中,他们能坐得舒坦些。

然而,人人皆知,精灵和天使从不曾出现在这位艺术家面前,所以,他没法把他们画得多么超凡也是情理中事。一位优秀画家的虔诚作品在很多人看来还是相当喜乐,能激发出许多神圣情感。它可能值得被我们的眼睛欣赏。

不过,在侠士统治的那一年,杜纳伯爵让整个教堂涂成了白色。这么一来,天花板的壁画被毁了。同样,黏土圣像也都被毁了。

唉，那些黏土圣像！

对我来说那会更好，要是人类的悲哀会让我这么哀伤如同因圣像的破坏所体会的，要是人类对他人的残酷会让我这么苦涩，如同我为了圣像所感受的。

不过，想想吧：有圣奥拉夫，王冠在头盔上，斧头在手掌里，还有个跪着的巨人匍匐在脚下。圣坛上有穿红衣蓝裙的友弟德，一手是剑，另一手是沙漏，而并非亚述的指挥官的头颅。有神秘的示巴女王，穿蓝裙红衣，一条腿下是鹅掌，手上有一大捧预言之书。有灰色的圣乔治，独自躺在唱诗班的凳子上，因为马和龙都碎了。有圣克里斯托弗，挂着开花的手杖。还有圣埃里克，带权杖和板斧，袍子长及脚踝、镶着金黄的花。

许多个礼拜日，我曾坐在黑湖教堂，哀叹这些圣像的消逝并呼喊他们。我不会那么近地查看是否他们的鼻或脚有缺失，是否镀金褪色、油漆脱落，我要见他们被传奇的光芒照射。

这些圣像，似乎一直都是这样的。就是说，他们或是缺了权杖，或是缺了耳朵，少了手，需要被修理和擦拭。教民们对他们厌倦了，想摆脱他们。可要是亨利克·杜纳伯爵不存在，农民们大概也不会去损害圣像，是亨利克·杜纳伯爵把圣像弄走的。

我因此恨他，像只有一个孩子能做到的那样去恨。我恨他，像挨饿的乞丐恨小气的、拒绝给出面包的主妇。我恨他，像一个可怜的渔夫恨调皮的男孩，破坏了他的渔网，在他船上划出了破洞。在那些长长的礼拜中，我不曾饥饿和干渴吗？而他拿走了我的灵魂可赖以生存的面包。我不曾向往永恒和天堂吗？他毁坏了我的技术，撕破了网——那个能让我捕获神圣图景的网。

成人的世界里没有仇恨的真正空间。如今，我怎能恨杜纳伯爵这种可悲的，或辛特拉姆这种疯狂的，或梅尔塔伯爵夫人这种娇贵的人呢？可当我是孩子的时候，我能！这是他们的幸运，很久之前他们就死了。

也许，牧师站在布道坛上谈论了和平与和解，可在教堂里我们的位置上，他的言语却没法听得见。哦，要是我有他们在那里，那些古老的黏土圣人！他们很可能对我传道，我既能听见，也能听懂。

然后，如今，我多半只是坐着考虑，他们是怎么被弄走和摧毁的。

杜纳伯爵废止了他的婚姻而不是寻找妻子并让婚姻合法化，这个举动引起了每个人的愤慨，因为大家知道，他的妻子离家出走，只是因为不想被折磨死。如今，杜纳伯爵似乎想做一点好事，重新赢得上帝的恩典和人们的尊敬，于是，他出资修葺黑湖教堂。他让教堂全部漆成白色，把天花板上的画撕毁。他自己和他的帮工把那些圣像抬到一艘船上，然后，将它们沉入芦汶湖深处。

然后，他怎敢把手伸到这些上帝的伟大人物身上的呢？

哦，这样的暴行竟然发生了！杀了赫罗弗尼斯头颅的手，再也拿不起一把剑了吗？示巴女王忘记了比毒箭还危险的秘密知识了吗？圣奥拉夫，圣奥拉夫，你这老维京人；圣乔治，圣乔治，老屠龙者！你们的伟业的雷声消了，奇迹的光环灭了！不过可能是这么回事，圣人不想用强力来对付破坏者。因为黑湖的农人不愿再为他们支付外套的油漆和头冠的镀金了，农人们允许杜纳伯爵把圣像抬出去，沉入芦汶湖底。圣像们不想再站在那里，让上帝的屋子难看。哦，这些不可救药的人，他们可还记得祈祷和跪拜给他们带去什么的时候？

我想着那只载着圣像的船儿，于一个沉静的夏夜，在芦汶湖的表面滑行。划船的男人缓缓摇桨，对那些不寻常的、躺在船头船尾的乘客投去受惊的一瞥，也在船上的杜纳伯爵并不怕。他高高地抬起手来把它们一一扔进水里。他的前额清晰，他深深呼吸。他感觉自己像是纯粹的福音教义的捍卫者。那些老圣人的荣光身上并没有奇迹出现。无言地,颓废地,他们沉入了灭绝。

不过,下一个礼拜日早晨,黑湖教堂站立在白色的闪光中。再没有圣像去打扰内在反思的平和。只有用灵魂的眼睛,能虔诚地观察天堂的壮丽和神圣的面孔。人们的祷告要靠自己强壮的翅膀企及全能的上帝。他们将不再紧紧抓住圣像的衣角。

哦,绿色的是大地,人类热爱的居所,蓝色的是天空,人类的向往的目标。世界带着色彩闪亮。为何教堂是白的?白色如同冬天,裸露好比贫穷,苍白仿佛焦虑!它不像冬日的森林,因雾凇而闪烁。它不像一位着白的新娘,在珍珠和蕾丝中发出光芒。教堂给刷上了白白的冷色涂料,没有一座像,没有一幅画。

那个礼拜日,杜纳伯爵坐在唱诗班旁边一张装饰了花儿的扶手椅上,以便被众人看见和赞扬。眼下,他将被赋予荣誉,是他让人把旧板凳修理了,把难看的图和像销毁了,把新玻璃装进了破损的窗子,更把整个教堂刷白了。当然,他有这么做的自由。要是他想平息全能的上帝的愤怒,那么他以自己所理解的最好方式装饰上帝的庙堂肯定不错。可他为何还要接受赞扬呢?

他这个自我意识中带着不可调和的严苛的人,本该跪倒在耻辱凳前,请求教堂里的兄弟姐妹呼唤上帝,求上帝在自己的圣所里容忍他。对他来说,要是他像个可怜的恶棍那样站在那里会更好,而不是荣耀地坐在唱诗班前头,等待赞美,因为他可是想和上帝和解的。

哦,伯爵,上帝自然是在耻辱凳那儿期待了你。上帝可不能只因人们不敢指责你而让自己失望。他依然是热切的上帝,当人们沉默时,他会叫石头说话。

礼拜结束,最后的赞美诗唱完了,没有人离开教堂。牧师走上讲坛,给伯爵致谢词。不过没能说上几句。

因为大门打开了,那些老迈的圣人又冲回了教堂,身上滴着芦汶湖水,沾着绿色的淤泥和棕色的粪肥。他们看来是感觉到了,在这里即将表达对这个把他们扔进毁灭的人的谢词,这个把他们赶出上帝神圣的屋子的人,把他们丢进冰冷、溶解的波浪中的人。老迈的圣人们在这事上有话要说。

他们不喜欢波浪单调的拍打。他们习惯的是诗篇的吟唱和祷告。他们沉默,让一切发生,只要他们相信,这可以回报上帝的荣光。可如今不是这么回事。杜纳伯爵坐在唱诗班前头,要在上帝的屋子里被喜爱和赞美。这样的事,他们没法容忍。所以,他们从水坟中爬起,行进到教堂,人人都能认出他们。那里走着的是圣奥拉夫,头盔上有王冠,那个袍上绣着金黄色花儿的是圣埃里克,还有灰色的圣乔治和圣克里斯托弗,没有其他人了。示巴女王和友弟德没来。

然而,人们刚从惊愕中缓过神来,教堂里便传遍了听得见的低语:"侠士们!"

是的,没错,是侠士们。他们径直走向伯爵,没说一个字,就把他的椅子扛在肩膀上,并把他抬出教堂,放在教堂外头的坡上。

他们什么也没说,没朝左右看,只是把杜纳伯爵抬出上帝的屋子,一旦做好了这件事,他们就离开了,沿着最近的一条路,走下湖去。

他们没被搭讪,也没费时解释自己的目的。目的明显不过:"我们,埃克比的侠士,有我们的看法。杜纳伯爵不配在上帝的屋里受到赞扬。所以,我们把他扔出去。有谁愿意,你们把他抬进去好了。"

可他没被抬进来。牧师的谢辞没有发表。人们涌出教堂,没有一个人不认为侠士做得对。

他们想起那个亲切的年轻的伯爵夫人,在博宜被残酷迫害的那个。他们想起她，曾对穷人那么好的她，她看起来那么甜，看到她曾是他们的慰藉。

带着野蛮的恶作剧到教堂来是有罪的，然而，牧师和会众都觉得他们自己差点在无所不知的上帝面前开出更大的玩笑。在野蛮的老疯子们的面前，他们十分羞愧。

"人们沉默时，石头会说话。"他们说。

但是，打那以后，亨利克伯爵在博宜过得很不开心。八月初的一个暗夜，一辆遮盖着的马车停在大台阶前。所有的仆人都围绕着马车，梅尔塔伯爵夫人出来了，藏在围巾里，一条厚厚的面纱披在脸上。伯爵牵着她，可她还是摇晃、抖动。让她走过前厅和台阶，真是费了很大的劲。

她进了马车后，伯爵也跳了上去，门关上了，马车夫任马儿奔跑，就跟失控一般。喜鹊在第二天醒来时，她已不在。

伯爵后来在南方生活了很长时间。博宜被出售了，且几度易主。人人都爱它，但很少有人在拥有它时是幸福的。

# 第十二章　上帝的朝圣者

上帝的朝圣者、莱纳特上尉，在八月的一个下午，跋涉到布洛比客栈，并跑进了厨房。他是在回家的路上，他的家在黑尔格塞特，位于布洛比西北一英里左右，紧靠森林的边缘。

上尉那时还不知道，他将成为上帝在地球上的一名朝圣者。他心中充满即将重见家园的期待和喜悦。他经历过黑暗的命运，不过眼下他就要到家了，然后一切都会好起来了。他不知道，他会成为那样的人中的一个：不被允许歇息在自家屋檐下，不能在自家火炉边让自己暖和起来。

上帝的朝圣者、莱纳特上尉有喜乐的天性。因为没能在厨房找到一个人，他把那里的东西翻弄了一下，好像一个兴奋的男孩儿。匆促中，他弄进了一根不合图形的线，还让转轮的驱动带纠缠在一块。他把猫扔到狗头上，两个同志打破了长期的友谊，用伸出的爪子、野蛮的眼睛和耸立的毛发攻击着彼此。这逗得他大笑，笑声满屋子都能听见。

老板娘被喧闹声吸引，走了进来。她站在门槛上瞧着这个看动物打斗并发笑的男人。她熟悉这男人，可她上一次见他时，他坐在囚车里，还戴着手铐。她清楚地记得这一切。五年半前，在卡尔斯塔德的冬日集市上，小偷偷走了督查联络官夫人的首饰。那些戒指、手镯和胸针，是这个贵族妇人看重的东西，因为多数是从家族继承的物品以及收到的礼物。这些东西再没找到过。然而，谣言在乡间传开了，说黑尔格塞特的上尉莱纳特可能是那个贼。

这个农妇始终不明白谣言从何而起。他不是个好人和体面人吗，这个莱纳特上尉？他和妻子幸福地生活在一起，妻子是他在几年前刚领回家的，他年纪要大一些，因为先前不曾有结婚的物质条件。他如今不是有着不错的薪水和住房吗？什么会诱惑这男人去偷那些旧手镯和戒指呢？更让她奇怪的是，这样的谣言竟被相信并被完全证实，莱纳特上尉被解雇了，丢了军队里的职务，被判五年苦役。

他本人说，他确实去过集市，但他在听说失窃一事之前就离开了。在路上，他发现一个丑陋而破旧的胸针，就把它拿回家给孩子们玩，可这东西是金的，恰恰是失窃品中的一个。这成了他的不幸的根源。这一切其实是辛特拉姆的错。邪恶的厂主充当了举报人，并写出了可怕的证词。似乎他需要把莱纳特上尉除掉。因为不久，就出了一桩对付辛特拉姆的案子，他被发现在1814年的战争期间，把火药卖给了挪威。人们认为，辛特拉姆是害怕莱纳特上尉可能提出对自己不利的证词，而这下子，辛特拉姆就能因证据不足而保有自由了。

客栈老板娘看不够他，他头发灰白了，脊背驼了，肯定是吃了不少苦。可他那可亲的面庞和开朗的性情还在。他还是相同的那一个莱纳特上尉，那个当她做新娘时，领她走到圣坛的人，那个在她的婚礼上跳舞的人。他肯定还会站着和所有人说话，并给路上碰到的每一个孩子一枚硬币。他还是会和每一个脸上有皱纹的老女人说，一天天地，她越发年轻越发好看了，他还会站到桶上，也还会为围绕着五月柱的人们拉小提琴。哦，主啊，是的，他会！

"那么，卡琳老板娘，"他说，"您害怕看见我吗？"

他上这儿来其实是为了打探自己家里的情形，还想知道家人是否期待他。他们自然明白，他服刑期满了。

客栈老板娘给他的尽是好消息。他的妻子和男人一样能干。她从新官员那里租住了农舍和农庄，她一切都好。孩子们很健康，对于要见到他很是快乐。他们当然想见他。上尉夫人是个严厉的女人，从不说她是怎么想的，不过客栈老板娘知道这一点：在他不在家的时，谁也不能用莱纳特上尉的汤匙吃东西，或坐在莱纳特的座位上。在春天，她没有一天不是跑到布洛比的坡顶朝坡下的路张望，看他是不是来了。她为他准备好了衣服，是家里织的，主要都是她亲自做的。瞧，根据这一些，能明白，他是受欢迎的，尽管她什么也不说。

"那时，他们没相信吧？"上尉莱纳特问。

"没有，上尉，"农妇说，"没人相信。"

于是，莱纳特上尉不打算再在客栈待下去了，现在，他想回家。

他在外头碰巧遇上了亲爱的老朋友。埃克比的侠士们刚到客栈。辛特拉姆邀他们来给自己祝寿。而侠士们毫不犹豫地上来握犯人的手，欢迎他回家。辛特拉姆也这么做了。

"亲爱的莱纳特，"他说，"你要确信，上帝这么安排有他的意味！"

"小心，你这恶棍，"莱纳特上尉说，"你以为我不知道嘛，并不是我们的主把你从断头台上救下的？"

其他人笑了。辛特拉姆却一点不生气。他一点不反对别人影射他和恶魔的交易。

就这样，他们把莱纳特上尉又拉了进去，要和他干上一杯欢迎酒。然后，他马上就能继续上路。然而，事情朝着对他不利的方向发展。他有五年没喝这奸诈的玩意儿了。他可能一整天都没吃上一口，在长时间的跋涉后，他筋疲力尽。结果，几杯酒下肚，他的头就晕了。

侠士们把他弄得不知在做什么之后，继续灌了他一杯又一杯，他们这么做没什么恶意，纯属对一个五年没尝过好东西的人的好心。

否则，他是一个最清醒的人。他没打算把自己弄醉，毕竟，他是打算回家见妻子和孩子的。然而，他却躺在客栈长凳上，睡了过去。

他在那儿躺着时，在无意识的诱惑中，尤斯塔拿过一块炭和一点越橘汁来涂抹他。尤斯塔给了上尉一张真正的罪犯的脸。他觉得那样的脸和刚出狱的人相配。他给了上尉一双黑眼圈，鼻子上一块红色疤痕；将几缕头发拉至前额，头发上弄出纠缠不清的结；还把整张脸涂黑了。

他们对这作品笑了好一会，然后，尤斯塔打算把它洗了。

"别动它，"辛特拉姆说，"这样，他醒后也能看得到！这会让他开心。"

于是，它就留在那儿了。侠士们再也没考虑莱纳特上尉。宴会持续了一夜，天亮才散。那时，剩下的葡萄酒比大脑中剩下的知觉还多一些。

问题是，眼下，他们该拿莱纳特上尉怎么办。

"我们送他回家，"辛特拉姆说，"想想看，他妻子该有多高兴！能看到她高兴是一件乐事。想到这，我都感动了。让我们送他回家！"

他们都被这个想法打动了，所有的人。主啊，她将多么高兴啊，那严厉的、在黑尔格塞特的、莱纳特上尉的妻子。

他们把生命摇晃进莱纳特上尉体内，把他提起来，放进一辆瞌睡的马车夫早就驾到门口来的马车中。就这样，这大队人马往黑尔格塞特奔去。有的人半睡半醒,几乎从车里掉下去。有的唱着歌,以便给自己提神。他们加在一起,看起来不比一帮流浪汉更好,迟滞、懒散、脸也浮肿。

与此同时,他们到了,将马儿丢在后园里,带着一分郑重,列队行进、走上台阶。贝伦克鲁兹和尤利由斯夹持着上尉莱纳特。

"站直了,莱纳特,"他们对他说,"你现在可是到家了。你没看出,这是你的家吗?"

他抬起眼,几乎清醒了,他很感动,他们陪着他回家了。

"朋友们,"他停下来和他们大伙儿说话,"我询问过上帝,朋友们,为何这么多坏事被允许降临到我头上。"

"哦,嘘,莱纳特,别讲道了!"贝伦克鲁兹吼了一声。

"让他接着说!"辛特拉姆说,"他讲得很好。"

"我问过他,我不明白,可现在明白了。他想告诉我,我有什么样的朋友。朋友们,随我一起来看我和我妻子的快乐的朋友们。我妻子在等着我。五年的苦难和这相比算得了什么!"

眼下,坚硬的拳头敲在门上。侠士们没时间听他说更多。

里头有些动静。女仆醒了,朝外看。他们披上衣服,却不敢为这帮男人开门。终于,门栓被拉开。上尉的妻子出现了。

"你们想干什么?"她问。

贝伦克鲁兹回答:

"我们和你丈夫在一起。"

他们把莱纳特上尉往前推,她看见他跌跌撞撞地朝自己走来,醉醺醺的,带着一张罪犯的面孔。

她后退一步,他张开双臂跟过去。

"你作为一个贼离开,作为一个流浪汉归来!"她喊道,打算进屋去。

他不明白。他想跟着她,然而,她对着他的胸口推了一把。

"你以为我会让像你这样的人进来，做我的家和我孩子们的主人吗？"

门关上了，门栓又落入门锁里。

莱纳特上尉扑到门边，摇晃大门。

侠士们实在忍不住，开始发笑。他对自己的妻子那么有把握，可现在她不理他。他们觉得这太可笑了。

莱纳特上尉听见他们笑，冲过去要打。他们跑开去，逃进马车。他紧跟其后，可他太焦急，绊在一块石头上摔倒了。他爬了起来，不过他没有继续追赶。在困惑中，一个念头击中了他。这世上没有一件事不是因上帝的意志而发生的。

"你想把我带往哪里？"他说，"我是一片羽毛，被你呼出的气息驱使。我是你的玩具小皮球，你要把我引到哪里？你为何要让我家的大门为我关闭？"

他从家里走开，相信，这是上帝的旨意。

太阳升起时，他站在布洛比山的高处，俯视山谷。哦，山谷中贫穷的人们不知他们的拯救者正要到来！没有贫穷或困苦的人把那很晚才会凋零的越橘枝弯成花环挂在小屋的门上。没有飘香的薰衣草叶和田野上的花放在他很快就要跨过的那些门槛上。母亲们没有用手臂把她们的孩子举起，好让孩子们在他到来时看见他，屋里没擦亮，也不美好，黑色的炉膛藏着刺柏的味道。男人们没带着热切的勤奋在田里劳作，以便他的注视能因犁好了的地、挖好了的沟而高兴。

唉，他站在那里，他焦虑的视线看见干旱是怎么蹂躏的，丰收是怎么被烧毁的，而人们又是如何无心为了来年的收获整地。他往上看青山，早晨强烈的阳光对他展示了被烧成咖啡色的那些地方——那里，曾有森林大火肆虐。路边的白桦树几乎被干旱摧毁。他因为许多小小的迹象而明白，因为走过一座农庄时闻到的酒精气味，因为坍塌的石头垒成的低矮界墙，因为叠放在屋边砍下的木块太少，他明白人们没好好照顾自己，明白焦虑来了，而人们在冷漠和烧酒里寻求慰藉。

他看到了所看到的，也许对他来说是件好事。他没看见葱茏的绿从自家的地里冒出来，没看见燃烧的煤在自家的炉边熄灭，没感觉到他的孩子们柔软的手歇在他手里，没有一个虔诚的妻子做自己的支持。可能这对他是件好事，他的心被深深的悲哀压得沉重，他可以给那些在贫苦中的人带去慰藉。也许这对他是好事，这是一个如此苦痛的时期，在这个时期里，自然的荒芜带着需要来造访穷人，而很多曾经很幸运的人却在竭力糟蹋。

莱纳特上尉站在布洛比山上，开始觉得，也许上帝需要他。

必须注意到，侠士们后来并不明白，在上尉妻子的严厉中，他们犯下的罪。辛特拉姆一声不吭。关于这个妻子，在那一地区有很多责备的议论，她太骄傲，以至没法接受这么个好丈夫。据说，无论是谁跟她提起她丈夫，就会被立刻打断。她没法忍受他的名字被提起。莱纳特上尉没有做任何事来改变她的想法。

一天之后。

一位年迈的农人躺在他位于高山村的死床上。他已领了圣餐，他生命的能量耗尽，他不得不死了。

作为一个即将走上长长的旅途的人，他躁动不安，吩咐将自己的床从厨房转到大房间，又转回厨房。这比重重的喘息和失败的凝视更显示出：他的时刻到了。

围绕在他身边，站着他的妻子，他的孩子，还有仆人。他曾幸运、富有、被尊重。他的死床是没被遗弃的。没有不耐烦的陌生人在他最后的时刻围着他。老人对自己说话，像是站在上帝面前；那些站在他周围的人带着持续的叹息和肯定的言辞见证，他说的是事实：

"我曾是个勤奋的劳作者和好丈夫,"他说,"我对妻子亲爱,好比对我的右手。我不曾让我的孩子们在无序和关爱中成长。我不曾醉酒。我不曾超越边界。我不曾强迫马儿上坡。我不曾让牛儿在冬天挨饿。我不曾让羊儿因它们的毛在夏天受折磨。"

而在他周围,仆人们哭泣着重复,仿佛回声:"他是一个好丈夫。哦,主啊!他不曾强迫马儿上坡。不曾让羊儿在夏天因它们的毛而出汗。"

然而,一个贫穷的男人穿门而入,来讨口饭吃。他默默站在门边,也听到了垂死的人的话。

病人继续说:"我修整了森林,我给草地排水。我犁地犁出了笔直的槽沟,我把仓房造得比原先大三倍,因为比我父亲的年月的收获大了三倍,从闪亮的挪威塔勒①,我做了三个银酒樽。我父亲只做了一个。"

垂死之人的话语传到了门口那个听者耳中。他听到了垂死者的证言,好像是站在上帝面前。他听见仆人和孩子们重复着确认:"他犁地犁出了笔直的槽沟,他是这么做的。"

"上帝会在他的天堂里给我一个好位置。"老人说。

"上帝会好好接纳我们的男主人。"仆人们说。

站在门口的人听到这一番话,充满恐惧,五年来他都在为上帝奉祀,是上帝的呼吸下被吹动的羽毛。

他走到病人的床边,抓住病人的手。

"朋友,朋友!"他说,他的声音因恐惧而颤抖,"你想过没有上帝是谁?你很快将要面对的是谁?他是伟大的上帝,一个可怕的上帝。地球是他的田野,风暴是他的骏马。宽阔的天空因他重重的

---

① 挪威塔勒是在1873年开始的斯堪的纳维亚货币同盟之前,与瑞典塔勒、丹麦塔勒并行使用的货币。

脚步而抖动,而你却站在他面前说:'我犁地犁出了笔直的槽沟,我播下了黑麦,我砍下了森林。'你是要在他面前表扬自己,并拿自己和他相比吗?你不知道主有多么威武,是他的王国,你要前往!"

老人的眼睛瞪得很大,嘴巴在恐惧中抽搐,他的哮鸣越发沉重。

"别站在上帝面前说大话!"浪游者继续说,"地上威武的一切都好比他仓房门前的草。他每日的劳作是建设太阳。他挖出了大海,抬起了高山,他用香草给大地穿衣。他是个无与伦比的劳动者,你不能和他比。在他面前弯腰,你这快要飞走的人之灵魂!在你的主,你的上帝面前,深深地躺在尘土中。上帝的风暴愤怒地投向你,上帝的愤怒投向你、像复仇的霹雳。弯下你的身子!孩子一般抓住他的斗篷边缘,祈求保护!深深地躺在尘土里,祈求怜悯!让自己谦卑,人之灵魂,在你的造物主跟前!"

病人的嘴巴大张,手交叉,可他的脸发亮了,哮鸣声停止了。

"人的灵魂,飘荡的人的灵魂!"他喊道,"确信在你最后的时刻,在上帝前,你把自己放入谦逊,确定你让自己,孩子一般投入了他的臂膀,让他带你进入壮丽的天堂!"

老人喘出最后一口气,一切结束了。上尉莱纳特低下头,并且祷告。每个人都在沉重的叹息中祷告。

他们抬起头时,老农已安息。他的眼睛似乎还因为壮丽图景的反射而发着光,他的嘴巴微笑,他的面庞美好。他看到了上帝。

"哦,你伟大的,可爱的人的灵魂!"看着他的人们想,"这么说,你打破了尘埃的束缚!在最后的时刻,你起来面对造物主,你在他面前谦逊,他把你如孩子般提在了臂弯里。"

"他看到了上帝。"儿子说,合上死者的眼睛。

"他见到了天堂开启。"孩子和仆人们抽泣。

年迈的女主人把手放在莱纳特上尉手中:"你帮他战胜了那最糟糕的,上尉。"

上尉站着没说话,有力的言语和强大的行动力已赋予了他。他不明白是怎么来的。他颤抖,像是一只蛹处于化蝶的边缘,而他的翅膀已在阳光中打开,甚至翅膀本身也如阳光一般在闪耀。

\*

是这个时刻,莱纳特上尉被推进人民之中。不然,他可能还会回家去,让妻子看他妥帖的面孔,可从这一刻起,他相信上帝需要他。于是,他成了上帝的朝圣者,是来帮助穷人的。那时的需要巨大,有那么多不幸,智慧和善意能比金子和权力帮助到更多。

一天,莱纳特上尉走到一座贫穷的农庄,就在古立塔绝壁附近。他们中的需求很大:土豆没了,在森林残骸被烧净的地方,到了该把黑麦播下的时节,却没有种子,劳作无法进行。

莱纳特上尉于是上了一只小划船,径直划过湖去。他到了福尔斯,要辛特拉姆赞助黑麦和土豆给百姓。辛特拉姆好好地接待了他。辛特拉姆领他到那大大的、储物丰富的粮仓,到存放着去年丰收的土豆的地窖,让他把带来的所有袋子和包裹装得满满当当。

可当辛特拉姆看见小划船时,认为船太小载不了这么重的货物。这邪恶的人把袋子取下,放到自己的大船上,吩咐他的帮工,强健的孟斯,把船划到对岸。上尉莱纳特只需操作自己的小划船就行了。

莱纳特上尉远远地落在孟斯后头了,因为那个人是强健的划船好手。上尉滑过美丽的湖面时,坐着、梦着,思忖那些小小的谷物种子的奇怪命运。现在,它们将被播撒在石头和树桩间的富含灰烬的黑土壤里,不过,它们大概会在野地里发出芽,扎下根。他想到温柔而葱绿的新苗,会给大地穿上衣衫,在思绪中,他弯下腰来,抚摸苗尖。然后，他想着那些很晚才从地里冒出来的虚弱又可怜的家伙在秋冬天会怎样，又是如何保持健康和勇敢，当春天来临，它们就开始热切地生长。他那老战士之心开始为想到这些硬挺的麦茎高兴，这些站得笔直、几厄尔高的、头上有尖穗的家伙。雌蕊的小羽毛会颤抖，雄蕊的花粉会喷射出去，直到树梢，然后，在看得见的奋斗和焦虑中，麦穗们会被柔软和甜蜜的麦粒填满。接着，当镰刀走来，麦秆倒下，连枷开始对它们发出轰鸣，当石磨把麦粒儿碾碎，变成麦粉，麦粉被烤成面包，啊，很多的饥饿会被他前头那只船上的种子填满，不是么。

辛特拉姆的帮工在古立塔人的码头上系好了船。许多饥饿的人们往船上跑去。帮工说话了，像他的主人所吩咐的："厂主给你们送来了麦芽和谷物，农人们，他听说你们没有烧酒好喝。"

人们于是变得疯了一样。他们朝那条船冲去，跑进了水里，去抢包裹和袋子，这可不是莱纳特上尉的本意。这会儿，莱纳特也靠了岸，看到人们的行为，十分生气。他要的是土豆好当食物，黑麦可以播种，他可没想要什么麦芽。

他高喊着叫人们别动那些袋子，可他们不听。

"愿黑麦成为你们嘴里的沙子，土豆成为你们嗓子里的石子！"他于是喊道，因为他对于他们为自己抢夺种子的行为而生气。

就在这个瞬间，看起来似乎莱纳特上尉促成了一个奇迹。两个抢夺着的女人，把袋子撕出了一个窟窿，发现里头全是沙子。抬着土豆的男人觉得袋子太沉，似乎背的就是石头。

是沙子和石头，全部都是，全是沙子和石头。人们站在沉默的恐惧中，面对上帝显示的奇迹。莱纳特上尉自己也有那么一刻，吃惊得说不出话了。只有强大的孟斯在笑。

"伙计，回家吧，"莱纳特上尉说，"在农人意识到他们除了沙子，什么也没得到之前！否则，我担心他们会弄沉你的船。"

"我才不怕。"那家伙说。

"还是走吧!"莱纳特上尉以那么一个权威的口吻说,帮工走了。

然后,莱纳特上尉让人们明白,辛特拉姆欺骗了他们。可无论如何,他们不肯相信别的,除了相信,那是一个奇迹。关于这个奇迹的流言迅速传开,因为人们对奇迹的爱是巨大的,大家都信认为,莱纳特上尉能制造奇迹。就这样,他在农人中获得了巨大威望,人们都叫他"上帝的朝圣者"。

# 第十三章　教堂墓园

这是八月的一个美丽夜晚。芦汶湖躺在那里，镜子一般明亮，热霾给山峦遮上一层面纱，清凉的夜已降临。

于是贝伦克鲁兹，那个有一把白胡髭、身材矮小、巨人般强壮，屁股口袋里塞了一副奇乐牌的上校，开心地走下湖岸，在一只平底小划船里找到一个位置。跟着他的是安德斯·福科斯少校，军队里的老同志了，还有小鲁斯特，笛子演奏者，曾是韦姆兰轻骑兵中的鼓手，作为朋友和仆人，跟随了上校多年。

湖的对岸是墓园，黑湖教区疏于打理的墓园。这里那里，稀疏地立着歪斜的、咔塔作响的铁十字架，杂草丛生，仿佛从不耕种的野草地上是长疯了的莎草和鹬草。它们被播撒在那儿，似乎要提醒人，没有一个人的人生和另一个人一样，而都像草叶变幻着不同的形状。这里没有砾石小路，没有带绿荫的树木，除了一棵高大的椴树立在老教区长那被遗忘的坟上。一条石头墙，又陡又高，围住这可悲的荒野。墓园荒凉而不安，丑陋如悲伤的脸——财产被窃的人因哀伤的痛哭而枯萎了的脸。尽管如此，那些安息于其中的人还是被祝福的，那些在圣歌和祷告中被沉降到圣地里的人们。牌手阿奇隆一年前死于埃克比，不得不被葬于墙外。这个人曾经那么骄傲，那么豪迈，这个骁勇的战士、狡黠的猎人有过好运气，却以毁掉孩子们可继承的遗产——他拥有过、他妻子照料过的一切——而告终。很多年前，他抛妻弃子，在埃克比过起侠士生活。在一年前的一个夏天的晚上，他赌掉了家人赖以生存的庄园。非但不去还赌债，他还打死了自己。不过，自杀的尸体被葬于荒凉墓园里那条被苔藓覆盖的石头墙外。

他死后，侠士就只有十二名了，他死后，没人来填充那第十三个。没有人，除了那个从熔炼炉里爬出，参加圣诞前夜晚宴的黑家伙，就没别的。

侠士们觉得他的命运比他的前辈更苦涩。他们当然也明白，每年会有一个人死去。那有什么不对呢？侠士不能衰老。要是他们暗淡了的眼睛不再能分别纸牌，他们颤抖的手不再能举起酒杯，那生活对于他们算是什么，他们对于生活又算是什么呢？然而，要像一只狗一样躺在墓园墙，就是那个被苔藓覆盖的墙边，不是在安宁中休息，而是被放牧的羊践踏，被锹和犁弄伤；在那里，行走的人不会控制脚步的速度；在那里，孩子们玩耍不会让笑声和逗趣静音；长眠在那里，石头墙会阻碍声音的抵达，当天使在审判日，用他的巴松管叫醒里头死去的人的时候。哦，在那里长眠！

这会儿，贝伦克鲁兹摇着小划船穿过芦汶湖，他在夜里穿过我梦中的湖，在它的岸边，我看见过诸神漫步，而从湖心深处，我的魔法城堡升起。他穿过拉格文岛的泻湖，那里，云杉挺立于水边，在低低的环形沙礁，坍塌的海盗堡垒废墟还残留在岛屿的陡坡顶端。他从博宜岬角的云杉林下滑过，那里，根深的老松树还在悬崖上挂下来，在那里，一只大熊被捕获过；也是在那里，一座古老的石头叠成的高高地标和一方坟堆见证着这地方年代的久远。

他绕着岬角划船，在墓园脚下登岸，走过属于博宜伯爵所有的割过的草地，走向阿奇隆的墓。

到了之后，他弯下腰，轻拍草皮，就像抚摸被毯，而一个生病的朋友正躺在其下。然后,他拿出奇乐牌,坐在墓边。

"约翰·弗雷德雷克一个人在此,多么寂寞,或许,他渴望玩上一把。"

"真是罪过,真是可耻,竟让这样一个男人葬在外头。"伟大的猎熊人安德斯·福科斯说,在他身边坐下。

然而,那个笛子演奏者小鲁斯特,用一种激动的声音在说话,眼泪从他小小的红眼睛里持续滴落:"仅次于您,上校,仅次于您,他是除您之外,我认识的最好的人。"

这个小鲁斯特,卡尔斯塔德的街头顽童,一度是惹事鬼和打架王,但对音乐的热爱让他得到了奇妙的教化,所以他将自己提升得和他的主人差不多。他有两个可称道的青年时代的成就。其一是,他和阿基隆旅行到哥德堡,过得像个大人物,在最好的客栈吃喝,在最富的房里消磨时光,和最美的女子跳舞,每夜玩奇乐牌都要玩上好几千克朗——做了所有这一切却并不曾拥有一个子儿。另一桩,是他为亲爱的上校的队伍当鼓手时,在德国抵御了敌兵。那时一半的人马已被打倒,他和上校却没离开自己的位置。这时,王储的副官赶来了,"撤退!"他对上校喊道。"请向尊贵的殿下致意,我会战斗到最后一人,你快带其他人一起撤退。"上校回答,士兵们振奋而欢呼,小鲁斯特敲出激越的鼓声。从那一天起,上校和小鲁斯特就一直是朋友。不过,王储看贝伦克鲁兹不顺眼,所以贝伦克鲁兹既没得到同情也没拿到退休金就离开了。"这只是因为他太勇敢了。"小鲁斯特说。①

这三个值得敬重的男人围坐在坟墓边,认真而热切地分牌。

我环顾世界,我看见许多坟墓。有强大的,被大理石压得沉重的。葬礼的队列在他上头雷鸣。旗帜降到坟上。我看见被很多人喜

---

① 本段为学术版所增补。

爱过的坟墓。鲜花，因眼泪而湿润，被亲吻所抚爱，轻轻歇息在它们的绿草地上。我看见被遗忘的坟，妄自尊大的墓，扯谎的安息地，还有一些，什么也不说，可我此前从未见过穿黑白格子衣的大怪和帽上挂着铃铛的小丑，给一个坟墓的居住者送去喜悦。

"约翰·弗雷德雷克赢了，"上校骄傲地说，"我怎么会不知道！是我教会了他打牌。是的，现在我们死了，我们三个，他还独自活着。"

说着，他收拾好纸牌，站起身，被后头两个人跟着，往埃克比撤退。

现在，死去的那人应该明白，并且感知，不是每个人都忘记了他以及他那颓然的墓。狂放的心给那些他们所爱的带来奇怪的贡品，可那个躺在墙外的人，那个躯体不能在圣地求得安宁的人，他还是可以开心，因为不是每个人都排斥他。

朋友们，人类的孩子，当我死了，我肯定会安息在墓园里，在我祖先的墓园里。我肯定没夺走家族赖以生活的财产，没抬起我自己的手反对我自己的生活，可我肯定未能赢得这样一份爱；肯定没有人会对我做这么多，像侠士们对这个坏人所做的那样。肯定没有人会在夜晚，在太阳走开，死者的庭院变得孤独、悲凉时到来，把杂色的牌放在我瘦骨嶙峋的指间。

不会有任何人来——我更情愿如此，因为纸牌很难诱惑我——带着小提琴和琴弓，并在墓前鞠躬，这样，我那围绕着腐败之物盘旋的灵魂，可能会在音符的激流中、像天鹅在闪亮的波浪中，摇滚。

## 第十四章　老民谣

玛瑞安·辛克莱尔在八月末的一个宁静的下午,坐在房间里整理她的书信和其他纸片。

她周围一片无序。大的皮背包和包铁行李箱也给拉到了房间里。她的衣服盖住了椅子和沙发,从阁楼、柜子、染色抽屉式木橱里,一切都给扯了出来。丝绸和亚麻闪闪发光,首饰罗列出来是要清洗的,披肩和皮毛将被挑选和察看。

玛瑞安在准备一个长途旅行。她不确定是否还会返家。她正站在自己人生的一个转折点,所以才要烧掉一大堆旧书信和日记本。她不想让过去的记忆重压。

这会儿,她坐在那里,手边是翻到的一捆旧诗。是她小时候,母亲时常给她哼唱的古老民谣的抄本。她解开系着的绸带,阅读起来。

读了一会,她忧郁地笑了。古老的民谣对她宣扬着古老的智慧:

　　别相信幸福,别信任何幸福的符号,别信玫瑰及漂亮的叶片!

别信笑声,他们说,看,可爱的少女维尔博耶①驾着金色马车而来,她的唇笑着,可她那么悲伤,好像马蹄和车轮要辗过她生命中的幸福。

别信舞蹈,他们说。许多双脚轻快地在抛光地板上旋转,而心重如铅。精力充沛又晕头转向的是舞蹈的小夏斯汀②,她跳走了自己年轻的生命。

别信笑话,很多人带着说笑的嘴唇走到桌边,而心里却想为悲哀而死。那里坐着年轻的阿德琳,别人玩笑一般拿出福楼登公爵的心脏请她品尝③,这正是那个她需要勇气去死的场景。

哦,古老的民谣,人该相信什么呢,信眼泪以及悲伤?

要让哀伤的嘴巴挤出笑来容易,可那开心的人不会哭。古老的民谣信眼泪和哀叹,只信悲哀和悲哀的迹象。悲伤是真实的、持久的,它是散沙上坚固的基岩。人可以信悲哀还有悲哀的迹象。

而快乐只是掩饰了的悲伤。世上真是除了悲伤什么也没有。

"哦,绝望的你们,"玛瑞安说,"你们古老的智慧在丰富的生活前显得不够!"

她走到窗前,朝窗外的花园看去,在那里,她的父母正在散步。他们高高低低地走在宽宽的路上,谈论着他们看到的一切,谈论地上的草和天上的鸟。

"看,"玛瑞安说,"那里正走着一颗心,它带着悲哀的叹息,而它又不曾像眼下这般快乐过!"

---

① 维尔博耶指的是中世纪瑞典民谣《阿克瑟和维尔博耶》中的女主人公。这个民谣讲述了阿克瑟和维尔博耶这对青梅竹马的恋人受教会阻挠的爱情悲剧。
② 中世纪瑞典民谣中的故事,小夏斯汀以为自己的爱人已死,沉迷于舞蹈中,寻找其他的求婚者。
③ 中世纪瑞典的一首民谣中描述,阿德琳父亲的下属让她品尝被杀害了的公爵的心脏。

然后，她突然想到，最终，可能一切都在于人自己，悲伤或快乐，全在于她看待事情的不同方法。她问自己，这一年她遭遇的一切到底是幸还是不幸。她自己也几乎弄不明白。

她已度过苦痛期。她的灵魂病过。她曾在深深的羞辱中弯腰直到泥土。因为她返家时，她对自己说："我不想记得父亲的任何不好。"可她的心并不是那么说的。"他给我造成了致命的悲伤，"心这么说，"他把我从所爱的人身边分开，他抽打母亲时让我陷入绝望，我对他不抱任何恶意，但我怕他。"就这样，她注意到，父亲在她身边坐下时，她必须强迫自己安静地坐着。她只想从他身边逃开。她试着克制自己，跟往常一样同他说话，还几乎经常陪伴他。她能控制自己，但却说不出的受罪。结果是，她讨厌他的一切：他的粗糙、强劲的声音，他的沉重的步态，他的大手，他的整个一个伟大的身影。她不希望他遇到什么不好的事，没想伤害他，可她没法进一步走近他，而不感觉到恐惧和厌恶。她压抑的心在复仇。"你没有让我爱，"心说，"可我还是你的主人，你会终结于恨。"

习惯于留意到心中翻腾的一切的她，注意到了这种厌恶如何越发深重，并在每一个逝去的日子里，慢慢生长。同时，她似乎又和她的家永远地捆绑在一起。她明白，在人群中旅行恐怕是最好，可在病后初愈的现在，她还做不到。这一切将永无解脱。她只会越发受到折磨，有一天，她的自制会失控，会对父母大发脾气，对父亲展示她内心的苦涩，那时便会有斗争和不幸。

就这样，春天和初夏过去了。七月，她和阿德里安男爵订了婚，以便有一个自己的家。

一个美好的上午，阿德里安男爵骑着一匹俊美的马，跑进庄园。他的轻骑兵外套在阳光下闪烁，他的马刺、军刀和剑带闪闪发光，更别提他本人新鲜的脸和微笑的眼了。他到达时，麦克尤·辛克莱尔亲自站在台阶口迎接他。玛瑞安原本在窗前干着针线活。她看见他来，如今，又听到了他和父亲说的每一句话。

"你好，阳光骑士，"铁厂主喊道，"天哪，你看上去多英俊啊！你不是在外头忙着求婚吧？"

"正是，叔叔，这正是我要做的。"他回答，笑了。

"你就一点不害臊吗，男孩儿？你拿什么喂你老婆？"

"什么都没有，叔叔，要是我有点什么，谁还想结什么婚啊。"

"你居然这么说，你这么说，阳光骑士。可这好看的外套，你好歹还有办法拥有这玩意儿。"

"是借了贷，叔叔。"

"那你骑的马呢，我告诉你，亲爱的绅士，它可值不少。你从哪儿弄来的？"

"马不是我的，叔叔。"

这可比铁厂主能承受的还要糟糕。"上帝保佑你，男孩儿，"他说，"你显然需要一个有点什么的妻子，要是你能得到玛瑞安，那就把她拿走！"

就这样，他们之间就说定了，甚至在阿德里安男爵下马之前。不过麦克尤·辛克莱尔明白自己在做什么，因为阿德里安男爵是个好男人。

接着，求婚者跑到玛瑞安面前，雷厉风行地展开攻势。

"哦，玛瑞安，亲爱的玛瑞安！我已跟叔叔谈过了。我很想娶你做我的妻子。说你愿意，玛瑞安！"

她喜欢他的坦诚。他的父亲，老男爵，在外头再次被骗买下些空空的矿场，老男爵一生都在买矿场，可从来没从中采到过什么。他的母亲很担心，他自己欠了债。如今，他向她求婚，来拯救他的古老家族和轻骑兵制服。

他的家在赫德比庄园，在湖的另一边，几乎正对着比雍纳。她对他很了解。他俩同龄，是儿时的玩伴。

"你最好能嫁给我,玛瑞安。我的日子那么悲惨。我不得不骑在借来的马上,我不能支付定制衣服的账单。可不能老这么下去了。我会被迫离开,那就是对着自己开枪。"

"可是,阿德里安,这会是个什么样的婚姻呢?我们甚至连一星半点的彼此喜爱都没有。"

"没错,要是说到爱,我一点不考虑,"他解释说,"我喜欢骑上一匹好马,喜欢打猎,但我不是侠士,没错,我是一名劳动者。若是我能得到一笔钱,我会拿下家里的庄园,给妈妈创造几天安稳日子,那我就满意了。我既可以犁地又能播种,因为我喜欢劳动。"

然后,他用他那双高贵的眼睛看着她,她明白,他说的是实话,他是个靠得住的男人。她和他订了婚,主要是为了离开家,不过也因为她对他的印象一直不坏。

可她永远不会忘记,订婚于八月的一个夜晚被宣布后的那一个月里,一切都疯了。

一天天地,阿德里安男爵变得格外悲哀和寡言。他倒是常来比雍纳,有时一天好几次,可她不得不注意到,他有多么压抑。和其他人在一起时,他还能开开玩笑,但他没法和她单独在一块,每当如此,他就只显得沉默和无聊。她明白他是怎么回事。和一个丑女人结婚没有他以为的那么容易。如今,他对她越来越觉得倒胃口了。没有人比她自己更清楚她有多丑,她已对他表露出,她不需要任何抚爱或喜爱的表示,可他还是被她将是自己妻子的想法折磨,而且一天比一天糟糕。那么,他干嘛还要受折磨呢?他为何不毁掉婚约?她已给了他足够清楚的暗示。她自己无能为力。她父亲明确地说了,她的名声已承受不起任何毁约的冒险。于是,她对这两个人投以同样深重的蔑视,对她而言,能离开家,离开她的这一些主人,总还是好的。

所以，不过是热闹的订婚宴之后没几天，变化就突然而奇怪地出现了。

*

在沙砾路上，比雍纳主屋台阶的正前方，有块大石头，是引起许多不便和不快的原因。车子会撞上它；马和人会在那儿绊上一脚；拎了重重的牛奶桶的女仆，会在那儿磕碰，把牛奶也洒了；可石头始终在那儿，因为它在那儿已很多年了。铁厂主的父母还在时，石头就在，甚至远在比雍纳建造房屋之前。铁厂主辛克莱尔不明白自己有什么必要把石头从地上挪走。

然而，八月的最后一天，两个拎着重重的木桶的女仆，撞到了石头上。她们跌倒了，疼得厉害，她们对石头的怨恨巨大。

还只是早餐时间。铁厂主出去进行早晨的散步，可因为帮工只是在八点和九点之间才在家里，古斯塔娃吩咐几个男人挖走那块大石头。

他们于是带着铁棒和铁锹来了，挖呀，撬呀，终于让这总是捣蛋的家伙从它的洞里出来了。然后，他们把它抬到后院。这是六个男劳力的活儿。

石头刚被移开，铁厂主就到了家，立刻看到了悲剧。你能想得到，他生气了。这就不是同样的院子了，他觉得。谁胆敢移这块石头的！是吗，是古斯塔娃太太下的命令。没错，这些女流之辈，身体里就没长心。他太太就不明白他爱这块石头吗？

于是，他径直跑到石头边，用男人的力量抬起它，穿过后院，回到它本来所在的地方，把它放下来。这石头先前可是叫了六个男人才抬起来的。这了不起的行为后来为全韦姆兰人深深感佩。

他抬着石头穿过院子时，玛瑞安在餐厅窗前看着他。她从未看到他如此可怕。他是她的主人，这个可怕的男人带着他那无以计量的力气，一个不可思议、反复无常的主人，他从不管别的，除了他自己开心。

正是吃早餐的当中，她站在那里，手里有一把桌上的刀。不可避免地，她把刀举了起来。

古斯塔娃抓住女儿的手腕。

"玛瑞安！"

"怎么了，妈妈？"

"哦，玛瑞安，你看上去那么古怪，我都怕了。"

玛瑞安长时间观察她。她小巧、干瘪，在五十岁的年纪已有灰白头发和一脸皱纹。她像一只狗一样地爱，她不计打击。她通常精神不错，可她还是有一种悲切神情。她就像是海边雷击过的树，她从未获得生长的宁静。她学会了迂回行事，需要时说谎，为避免责备，她把自己弄得比实际要愚蠢，从各方面来说她就是一个男人的产品。

"如果父亲要死了，母亲会很悲哀吗？"玛瑞安问。

"玛瑞安，你生父亲的气，你一直生他的气。现在为何不能让一切好起来呢，你不是有了个新的未婚夫么？"

"哦，妈妈！我忍不住。我在父亲面前打颤，这又有什么法子？你没看到他是个什么样吗，妈妈？我干嘛要喜欢他，他那么浮躁，那么无礼，他折磨了您，弄得您提前衰老。为何他是我们的主人？他行事像疯子。我干嘛要尊重和敬爱他？他不好，他没有同情心。我知道他强健，要是他愿意，随时都能把我们打死。他能把我们扔出家门。因为这个，我就要爱他吗？"

可这么一来，古斯塔娃表现出了和先前完全不同的样子。她找到了力量和勇气说出权威性的话。

"你得留神你自己，玛瑞安。我看，好像去年冬天你爸爸把你锁在外头，就没错。你会看到，你这么说是要被惩罚的。你得学会隐忍而不是仇恨,玛瑞安,去承受而不是复仇。"

"哦,妈妈,我是那么不开心。"

紧接着,决定性的时刻到来了。她们听到前厅那里传来了沉重的倒塌的轰鸣。

她们永远也搞不清,到底是麦克尤·辛克莱尔站在台阶上,从敞开的餐厅大门,听到了玛瑞安的话,还是只因为身体用了力导致了中风。他们跑出去时,他倒在地上,失去了知觉。后来,他们从不敢问他这事。他自己也未透露是否听到了什么。玛瑞安从不敢这么想:她不情愿地还击了。然而,看见父亲躺在那个让她学会恨他的同一台阶上,她心头的苦涩立刻被全部拿走了。

他很快恢复了知觉,他安静了几天后,又恢复成了他自己——可又一点都不像他自己了。

玛瑞安看见她父母在花园里一起散步。如今总是这样。他从不独自出去,从来就不上哪儿去,他嘟囔着对访客以及把他和妻子分开的一切抱怨。他开始上年纪了。他从不独自决定一件事,而是问妻子的意见,让她作主。他总是亲切而和蔼。他自己意识到变化的来到,还有他的妻子变得多快活。

"她现在挺开心。"一天,他指着古斯塔娃对玛瑞安说。

"哦,亲爱的麦克尤,"她于是表示,"你知道,我情愿你恢复健康。"

她确实这么期待。谈论了不起的铁厂主是她的乐事,当他强健的时候。她谈论他如何承受风暴和斗争,就和任何一位侠士一样出色;他如何做生意,赚了好多钱,就在她以为他的疯狂会叫他把她们从家园中赶走时。不过,玛瑞安明白,虽然母亲抱怨了那么多,母亲还是开心的。为那男人做一切,对她就够了。他们看来都老了,过早地衰老,玛瑞安觉得自己能看到他们将来的日子。他会越来越虚弱,更多的中风会让他越发无助,她会一直照顾他,直至死亡让他俩分开。当然,结束还是很久之后的事。古斯塔娃太太还会在平静中过上好一阵子。肯定是这样,玛瑞安想。生活欠她的。

就连她自己也好多了。没有焦虑的绝望让她急于要嫁人以得到一个新主人。她受伤的心找到了宁静。仇恨和爱一样燃起过,不过她不再考虑那些引起的苦了。她得承认,她成了一个比以前更真实、富有和伟大的人。对过去发生的一切,她何必还要去承受什么呢?过去受过的苦不都是一件好事吗?一切不都可以变成幸福吗?她开始认为,一切都可能贡献于让她发展出一个更高层次的人性。古老的民谣不对。悲伤不是那唯一持久的东西。如今,她要去旅行,去看看,找一个她被需要的地方。要是他父亲还是老脾气,他可不会允许她解除婚约。如今,古斯塔娃已想通了这事。玛瑞安甚至获得了权利,给予阿德里安男爵经济上的帮助。

她甚至会带着快乐想起他。现在,她要从他身边自由。他的厚脸皮和对生活的渴望总让她想起尤斯塔,现在,她愿意看见他再次快乐。他将再次成为阳光骑士,满面荣光地跑到她父亲的庄园来,她会给予他和他的心灵渴望的一样多的泥土去耕与挖,她祝愿他能拉着一位美丽的新娘走向圣坛。

带着这样的想法,她坐下来,写了一封信,归还给他,他的自由。她写了温柔和有灵感的语词,好的感受裹在幽默里,不过,以这样的方式,他还是可以懂得她内容中的严肃。

当她书写时,路上传来了马蹄声。

"我亲爱的阳光骑士,"她想,"这是最后一次。"

紧接着,阿德里安男爵直接跑进她的房间。

"不,阿德里安,你跑到这里来了?"她面对着所有打包的物件看起来十分沮丧。

他立刻变得难为情,结结巴巴地要找个借口。

"我正给你写信呢,"她说,"你看,你立刻读到也好。"

他接过信,他阅读时,她坐着观察他。她期待看到他的脸快活地亮堂起来。

可还没读多少,他的脸就愤怒地红了,他把信扔在地上,踏着,发誓,发了一个真正的暴风誓言。

一股震颤穿过玛瑞安全身。她在爱情的学习上不是新手,可她没弄懂这个没经验的男孩,这个大孩子。

"阿德里安,亲爱的阿德里安!"她说,"你跟我演的到底是哪一出喜剧啊?来告诉我真相!"

他过来了,他几乎拿抚爱将她窒息。可怜的小伙子,他原来是在那样一种痛苦和憧憬中!

过了一会,她朝外头看了看。那里,古斯塔娃还在和了不起的铁厂主谈论花儿和鸟儿,而她坐在这里谈论爱情。"生活让我们彼此体会它的严峻的严肃,"她想,她凄然一笑,"它会抚慰我们,我们都有一个自己的大小孩一同玩耍。"

这总归是好的,她能被爱。听他低语她身上散发的魔力是甜蜜的,还有关于他对第一次对话时自己的言辞感到多羞愧。那时,他还不知道她有怎样的威力。哦,没有一个男人可以走近她而不爱上她,可她让他害怕,他感到那么奇怪地受到压制。

这不是幸福,也不是不幸,可她将试着同这个男人生活在一起。

她开始理解自己,并想起那个古老民谣上关于斑鸠的话,那只渴望的鸟。它从不喝清水,而是先用爪子把水搅浑,这样更贴近它多愁的感性。她也不会到生活的井边啜饮干净而无杂质的幸福。生活,混杂了哀愁的,最让她满意。

# 第十五章　死神，解救者

　　我苍白的朋友，死神、解救者，在八月，当夜被月光漂白时，来到了乌格拉上尉的家。可他不敢直接走进这幢好客的屋子，因为那里没几个爱他的人。

　　我苍白的朋友，死神、解救者，有一颗勇敢的心。他的快乐是策马穿过被发光的炮弹带动的空气。他把嘶嘶作响的榴弹挂在脖子上，当它们爆炸而弹片四处飞射时，他大笑。他在墓园转着鬼舞，也从不回避医院的疫病区，可他在正直的门槛前，在好人家的大门边颤抖。因为他不愿被哭泣问候，而希望被沉静的快乐招呼，他，这个把灵魂从苦痛的负担中解救而出的人；他，这个把灵魂从沉重的尘土中解救，让它们尝试天上的自由和灿烂生活的人。

　　房后有个古老的树林——这地方即便今日也有瘦长的白干桦树挤在一起，要为树梢稀疏的叶片赢得日光——死神溜进了这里。在这树林里，在这当年还年轻且充满隐秘的绿色植被的地方，我那苍白的朋友在白昼还占优势时，躲了起来。入夜，他站到森林边缘，煞白而没有血色，他的镰刀在月光下反射着光芒。

　　哦，厄洛斯！你是最经常拥有那片树林的神。老人们能讲述在那些逝去的岁月里，相爱的一对对人儿如何在那里寻求平静。甚至今日，当我路过贝尔雅庄园，抱怨陡峭的山坡和令人窒息的尘土时，我因为看见这树林而欢喜，林中变薄了的白色树干正在有关年轻美好的人们的爱之记忆里闪耀。

然而，这会儿，死神站在那里，夜的动物看见了他。一夜又一夜，贝尔雅庄园的人们听到了狐狸如何吼叫，以宣告死神的到来。草蛇扭动着、跑往通向住房的沙砾路，蛇没法说话，可人们多半明白，蛇是作为强大事件的预兆而来。而在上尉夫人窗外的苹果树上，一只猫头鹰在嘶叫。因为，自然中的一切认得死神，并为之颤抖。

碰巧蒙克路德法官和他夫人，于布洛牧师宅邸做客后回家，在大约凌晨两点驾车路过贝尔雅庄园，看见客房里有烛光点着。他们清楚地看见了黄色火苗和白色蜡烛，事后，他们好奇地谈起夏夜里燃烧的烛光。

于是，快乐的贝尔雅姑娘们笑了，说法官夫妇肯定是看到了幻景，因为他们家的牛油蜡烛用完了，早在三月就用完了。而上尉发誓，客房里已有好些日子没人住了。不过，上尉夫人一言不发，脸色变得苍白，因为，带清晰火焰的白色蜡烛通常在她的亲属中有人将被死神送走时会出现，死神，解救者。

不久之后，在明亮的八月的一天，费尔丁南德从北方森林里的勘测工作中返家。他回得家来，脸色苍白，肺部住着难以治愈的痛，上尉夫人一看见他，就明白，自己的儿子不得不死了。

这么说，他要离开了，这个从未让父母伤心的好儿子。这孩子将离开地上的甜蜜和欢喜，等待着他的美丽的挚爱的新娘，还有那富裕的庄园，雷鸣般的铁锤声，这一切原本都可以是他的。

终于，我苍白的朋友在拖延了一个朔望月之后，他鼓足勇气，在一个夜里跑到了这座房前。他想到，饥饿和困苦是如何在这一家庭里被快乐地接待，为何他就不能被开心地迎接呢？

他缓缓沿着沙砾小道走过去，在草地上投下了黑色阴影，那里，露珠正在月光的光柱里闪烁。他并没有像快乐的收获者那样前来，帽上有花，胳膊挽着姑娘的腰。他像个不幸的病人那样，驼着背走，他把镰刀藏入斗篷的皱褶，而猫头鹰和蝙蝠围绕他扑扇着翅膀。

在这一夜里，还醒着的上尉夫人听到了窗台上的敲击声，她从床上直起身，问："是谁在敲？"

老人们讲述，死神回答她：

"是死神在敲。"

然后，她站起身来，打开窗门，见蝙蝠和猫头鹰在月光下忽闪，可她没看见死神。

"来吧，"她几乎是在耳语，"朋友和解救者！你为何拖了那么久？我等了，我唤了。来渡我的儿子吧！"

于是，死神滑进屋子，开心得如同一个可怜的被罢黜的君王，在衰老的晚年，重返王位，高兴得跟被叫去耍乐的孩子一样。

第二天，上尉夫人坐在儿子的病床前，跟他说起被解放的灵魂之福，以及他们灿烂的生命。

"他们劳动，"她说，"他们工作。这样一群艺术家，我的儿子，这样一群艺术家！当你和他们在一起时，告诉我，你会成为什么呢？他们中有个没有錾刀的雕塑家，创造了玫瑰和百合，是负责夕阳光辉的大师中的一个。当太阳最绚丽地落下时，我会坐着并认为，这是费尔丁南德的劳作。"

"我亲爱的男孩儿，想想吧，有那么多要看，那么多要做！想想那么多在春天需被唤醒的种子！那些要被引领的风暴，那些要被传送的睡梦！想想那些长长的旅程，穿越空间，从世界到世界！

"记住我，我的儿子，当你看到那么多可爱的事物。你可怜的母亲除了韦姆兰，什么也没见过。

"然而有一天，你将站在我主的面前，请他让你有一个在太空旋转的小世界,而他会给你。当你得到它时,它寒冷而黑暗,充满天堑和悬崖,既没花儿也无动物,可你在这颗星星上劳作,这颗上帝给你的星星。你给那里带去光、热和空气,你带去药草和夜莺以及目光清澈的羚羊,你让激流冲入峡口,你举起高山,并用最红的玫瑰在平原上播种。而当我死了,费尔丁南德,当我的灵魂在那长长的旅行前颤抖,因即将与熟悉的地方分离而恐惧,那么,你会坐在窗外的马车里等待,一架天堂鸟驾驶的马车,一架闪着金光的马车,我的费尔丁南德。

"而我可怜的、担忧的灵魂会爬上你的车,坐在你身边,尊贵得仿佛一位女王。然后,我们穿越太空,驶过那些闪亮的世界,当我们靠近天堂的领地时,它们越发灿烂,已不知哪个更好的我于是问:'我们是留在这里,还是那里?'

"可你自个儿默默发笑,催促着鸟队。终于,我们到了最小的一个世界,可却是我见过的最美的一个,在那里,我们在一座金色城堡外停下,你让我进入了喜悦的永恒家园。

"那里,储藏室和书橱都填得满满的。不像贝尔雅这里,云杉没在那里树立,覆盖掉那个美丽世界;我却见宽阔的大海和阳光照射下的平原,千年仿佛一日。"

就这样,费尔丁南德死了,因甜蜜的幻景着迷,笑对着未来的壮丽。

我苍白的朋友,死神,解救者,还从不曾和什么如此明媚的画面在一起。因为,自然是有那些在费尔丁南德·乌格拉的死床边痛哭的人,但病人自己对着带镰刀的人微笑,当这个人在床边坐下时。而病人的母亲听见了死神的窸窣声,仿佛是听到甜美的音乐。她颤抖,死神或许没法完成他的工作;当一切都结束时,眼泪冲出了她的眼睛,不过那是开心的泪,落在她儿子僵硬的脸上。

我苍白的朋友从不曾像在费尔丁南德的葬礼上这般被欢迎过。

要是他敢于显露自己，他要戴着一顶有羽饰的扁平的圆形或四角形的帽子，披着织有金线的斗篷，于墓园小径上的葬礼队列的最前头舞蹈，可他现在坐着，这苍老的孤独者，他穿着陈旧的黑袍，爬过墓园围墙，注视着到来的行列。

哦，这是个异样的葬礼！太阳和清淡的云朵将这大白天装扮得很明快，一长溜黑麦垛装饰着田野，牧师庄园里的阿斯特拉肯苹果闪亮、透明又清澈。教堂司事住宅外的花园里，耀眼的是大丽花和皱叶剪秋罗。

椴树间走着的是个奇怪的葬礼队列。在被鲜花覆盖的棺木前，美丽的孩子们走着，撒着花儿。看不见丧服，没有黑绉纱，没有宽边翼领，因为这是上尉夫人的意愿，她不想让一个快乐地死去的人，被忧郁的葬礼队列送到那美好的圣所，而希望有一个明媚的婚礼队列送行。

紧跟着棺材的是安娜·萧安乎克，死者的美丽而光彩照人的新娘。她戴着新娘头冠，披着新娘头纱，她穿着沙沙作响的白色丝绸拖尾婚纱。这么装扮着，她将在墓地和腐烂中的新郎成婚。

在她之后，两人一组地排列着。庄重的上了年纪的女士和气度宏伟的男人。那些珠光宝气的女士戴着令人眼花缭乱的扣子和胸针，配着奶白色珍珠项链和金手镯。她们帽子上的羽毛和丝绸及蕾丝一起，在卷发扣上高高挺起，一度作为结婚礼物收到的薄丝绸披肩，从肩膀一直飘挂到颜色花哨的丝绸连衣裙上。他们的丈夫也穿着最好的行头，膨起的褶边，配镀金扣的高领燕尾服，挺刮的锦缎背心或满是刺绣的天鹅绒背心。这是一场婚礼队列，是上尉夫人想要的样子。

上尉夫人自己就紧接在安娜·萧安乎克后头，被她丈夫引着。假如她拥有一件夺目的锦缎连衣裙，她会把它穿上。假如她拥有首饰和绚丽的帽子，她也会在儿子的大喜日子里，为他的荣誉戴上。

可她只有这件黑塔夫绸连衣裙，它有发黄的蕾丝边，在许多晚会上被人们看到过，这回她又把它穿上了。

虽然葬礼的客人们熠熠生辉地到来，当他们在教堂的沉静钟声中走近坟墓时，也还是没有一只干爽的眼睛。男人和女人们都在哭，为死者所哭的没有为自己哭的多。看，那里走着新娘、那里抬着新郎，他们自己也走向那地方，盛装仿佛要参加宴会，然而，那个踏着地上的青翠之路，而不明白他注定要哀思、要悲苦、要不幸、要死亡的人是哪一个？他们走着、哭着，想着这地上没有什么能保护他们。

上尉夫人没有哭，可她是唯一一个眼睛没有湿润的人。

祷告结束，坟墓被填，大家都走回马车那里去。只有上尉夫人和安娜·萧安乎克还在那里逗留，给死者一个最后的告别。老妇人坐在坟冢上，安娜坐在她身边。

"你看，"上尉夫人说，"我对上帝说过：'让死神解救者来吧，来带走我儿子，让死神把我最爱的人带到宁静平和的地方，我的眼里没有泪水只有快乐。通过婚礼的队列，我想随他走到他的坟墓，我的红色的玫瑰灌木，那满是玫瑰花、开在我的卧室窗外的，我将移植到墓园里他待的地方。'现在是如此了，我儿子死了，我像问候朋友一般问候了死神，用最甜蜜的名字称呼他，我已哭出快乐的泪，落在我儿子僵硬的脸上，到秋天，当叶子坠落，我会把玫瑰灌木移到这里。可是你，坐在我身边的你，可知我为何要对上帝发出那样的祈祷？"

她询问地看着安娜·萧安乎克，可姑娘沉默而面色苍白地坐在她身边。也许姑娘挣扎着要压住内在的声音，那个已在死者的坟头和她嘀咕的声音：现在，她终于自由了。

"是你的错。"上尉夫人说。

姑娘瘫倒了，像是被棍棒打倒。她一句话也没回。

"安娜·萧安乎克,你曾是骄傲的、我行我素的。然后,你和我儿子玩耍,你得到他,又抛弃他。那又怎么样呢?他不得不接受,和其他人一样。也许,这也是因为他和我们其他人一样,爱你和爱你的钱财一样多。可你又回来了,带着对我们家的祝福回来了,你温和又顺从,坚强又美好地回来了,你用爱让我们振奋,你使我们那么快乐,安娜·萧安乎克,我们这些穷人匍匐在你脚下。

"但是,我依然,依然宁愿你不曾回来,那我就不用祷告上帝,缩短我儿子的性命了。去年圣诞,他本可忍受失去你的苦痛,可后来,他有机会了解你、你现在的样子,他可就办不到了。

"你要明白,安娜·萧安乎克,今日穿着婚纱伴随我儿子的你,要是他活着,你不会被允许穿那样的衣服随他到布洛教堂,因为你不爱他。

"我看出了这一点。你来只因为同情,因为你想减轻我们沉重的负担。你不爱他。你不觉得我知道爱么,我认得爱,要是爱存在;要是爱缺少,我也看得明白?我于是想:让上帝拿走我儿子的生命,在他的眼睛睁开之前!

"哦,要是你爱过他!哦,要是在你不爱他时,你不曾到我们这儿、让我们的生活甜蜜!我知道我的职责。假如他没死,我就必须告诉他,你不爱他,你愿意跟他结婚只是因为你自己的怜悯心。我会强迫他让你自由,然后,他生命的快乐将被浪费。你明白了吧,所以我才祈祷上帝,我儿子可以死,这样我就不必打搅他心灵的平和。我曾因他下陷的脸颊高兴,因他哆嗦的牙齿欢欣,我也因害怕死神不能完成使命而颤抖过。"

她陷入沉默并等待着一个回答,安娜·萧安乎克却还不能说话,她还在倾听灵魂深处的许多声音。

这下子,上尉夫人在绝望中爆发了:

"哦,他们多幸福啊,那些能哀悼死去的人的他们,能流出一江泪水的他们！我不得不带着干涸的眼睛站在儿子坟前，我不得不为他的死亡高兴。我是多么不幸！"

于是，安娜·萧安乎克把手按在胸口上。她想起那个冬夜，那时，她对自己青涩的爱发誓，要成为这些穷苦人的帮助和慰藉；她颤抖了。那么，一切都是徒劳吗，她牺牲的一切并不是上帝能接受的东西中的一个吗？一切都已转化成诅咒了吗？

可要是她牺牲了一切，上帝难道就不能对这工作给予祝福，让她成为带去快乐、帮助和希望的人吗？

"要让你为你儿子伤心，需要些什么？"她问。

"需要我不再相信我这双老眼的证词。要是我认为你爱过我儿子，我就能为他的死悲悼。"

于是，姑娘站了起来，眼里燃着欣喜，她扯下新娘头纱，把它铺展在坟上，她扯下花环和头冠，把它们放在头纱旁。

"看看，我有多么爱他！"她喊道，"我把我的头冠和头纱放在这里，我让自己和他成婚。我将永远不会属于别的人。"

上尉夫人也立起身。她静默站了一会，浑身震颤，面孔扭曲，然而，终于，眼泪出来了，悲伤的眼泪。

不过，我苍白的朋友，死神、解放者，看到这些泪，打起寒颤。这么说，他并不是真的被愉快地问候过，甚至在这里，他们也没有从内心对他感觉欢喜。

他拉下斗篷，一直到脸，慢慢从墓园墙上滑下，然后，在田野的黑麦禾束堆间消失了。

## 第十六章　干旱

假如无生命的一切能够爱，假如土和水将友和敌分离，我将愉快地拥有它们的爱。我愿绿色的大地不觉得我的脚步是沉重的负担，我愿它能原谅我，因我之故，它被犁和耙损伤，并且它愿为我死去的躯体打开自己。虽然它那明亮的镜面被我的船桨打碎，我愿波浪对我有耐心，仿佛母亲对一个急切的孩子所有的耐心——孩子要爬上她的膝头，没注意特殊场合穿的、那件没有皱褶的绸裙。而那在青山上震动的清风，我想和它成为朋友，还有闪耀的太阳和美丽的星星。因为，我时常觉得，无生命的一切里像是有生命在受苦。它们和我们之间的屏障并没有我们以为的那么大，地上的哪一分尘埃不是生命循环的一部分呢？路上漂浮的灰尘难道不曾作为一缕轻柔的头发被爱抚、被一只良好而仁慈的手爱抚过？水车里的水难道不曾在逝去的岁月里流淌而下，作为血液流过跳动的心脏？

生命的精神还活在无生命的事物中。当他沉睡在无梦的睡眠里时，感受到了什么？上帝的声音他听得见，他是否也记下了人类的？

哦，后世的孩子们，你们还没看见吗？当不和与仇恨充满大地，无生命的一切也会遭很大的罪。于是波浪变得狂野和贪婪，好像强盗；于是田野变得荒芜，好像吝啬鬼。然而，唉呀，那个可恶的人，因为此人的缘故，森林叹息，山峦哭泣！

侠士统管的那一年很是奇特。在我看来，似乎人的焦虑扰乱了无生命的一切的安宁。我怎么来描绘这场席卷大地的传染呢？我们能不信吗，侠士是这一地区的神，一切都被他们的精神活跃起来了？那冒险、无忧和野性的精神。

要是把那一年发生在芦汶湖岸边人群中的每件事都说出来，世界定会震惊。因为那时，旧的爱会苏醒，新的爱被点燃。那时旧恨爆发，长期酝酿的复仇找到了猎物。于是，为了对生活中的甜蜜的热望，人人皆起：追求舞蹈和游戏，玩乐和饮酒。于是，所有隐藏在灵魂深处的东西都被揭示了。

这焦虑是从埃克比传出的。首先传布到铁厂和庄园，将人们驱入不幸和罪孽。我们已在一定程度上跟踪了这一切，因为老人们保存了一些大庄园的事件的记忆；然而在人之中到底继续传布到何种程度，我们知之甚少。不过，没人怀疑，那一年的焦虑从一座村庄传到另一座，从一间棚屋传到另一间。哪里隐藏恶，它就在哪里冒出来。哪里存在着男人与女人间的裂痕，裂痕就会变成峡谷。哪里暗含了伟大的美德或强大的意愿，它也一定会冒出来。因为，不是发生的一切都不好。然而，那是这么一段时日，好的往往变得和恶的一样具有毁灭性。就像风暴下的森林深处，树压在树上，松树拉着松树，就连地下植物也被那些倒下的巨人拽出来了。

哦，别怀疑疯狂在庄园主和仆人间传布！每一个地方，心变得狂野而头脑变得困惑。十字路口的舞蹈从不曾如此愉悦，啤酒桶从不曾这么快就倒空，从不曾有这么多谷物被扔进做烧酒的蒸馏桶里。宴会从不曾这般多，一句气话和刀尖间的距离从不曾这般短。

这是一只强劲的手，在少校夫人离开埃克比时松开了缰绳。自由引发的眩晕将人们卷入自我困惑的迷茫。有一位绅士和主人还拥有着他们。一个他们都热爱的绅士，那就是烧酒。因为在那些艰难的年月，人们看不到任何解救和希望，于是他们开始以为，烧酒办得到，能叫人们从地上死绝。①

然而，焦虑并非只在人之中。它传布至所有的生物。狼和熊从不曾如此猖獗；狐狸和猫头鹰从不曾嚎叫得如此凄厉，抢夺得如此大胆；羊儿从不曾如此频繁地在林中迷路；宝贵的家畜中，从不曾有如此多的疾病在发作。

那个想读懂事件之间的关联的人，愿他离开城市，住到森林边缘孤独的小屋里去。愿他在烧炭窑守上一夜又一夜；或在明亮的夏天的月份里，日日夜夜住在长湖上，而木排缓缓地漂向维纳恩湖。那么，他将学会留神自然中的一切迹象，并懂得无生命的一切如何依赖有生命的。他就会看到，要是地上有焦虑，无生命的一切的宁静就会被打乱。人们懂这个。是这样的时候，森林仙女把烧炭窑熄灭，海妖撞坏了船只，水精散播疾病，地精让牛儿挨饿。那一年就是这样。从不曾有春汛造成那么大的破坏，埃克比的磨坊和铁匠铺不是唯一的牺牲。那些在过去的时日里，在春天给了它们力量时，最多载起一只空空仓房的小河，这一年却能袭击整个农庄，把一切冲走。从不曾听说雷霆在仲夏前就带来那么多破坏——仲夏后，再也听不见，然后，干旱就来了。

在漫长的每一天里，没有雨。从六月中旬一直到九月初，整个叶湖地区沐浴在无遮无拦的阳光下。

雨拒绝降落，泥土拒绝滋润，风拒绝吹拂。只有阳光射在大地上。哦，这美丽的阳光，这给予生命的阳光，我怎能说这是恶行？阳光就像爱：谁不知它的劣迹，谁又能忍住而不去原谅？就像尤斯塔·贝林。它给每个人快乐，因此人人都对它做的坏事缄

---

① 本段为学术版所增补。

口不言。

这么个仲夏节后的干旱在其他地区或许不至于像在韦姆兰那么具有灾难性。但韦姆兰的春天来得晚。草还不够长,却不再生长了。黑麦正当需要给麦穗聚集食粮时,断了营养。春天播种的谷物——那时多数面包都靠这个烤出——只有一点瘦小的穗子长在四分之一厄尔高的秸秆上。后播种的芜菁永远长不出了,甚至土豆也没法从石化的土中获得营养。

在这种时候,森林小屋里的人们担心起来,恐惧从山上爬下来,跌到平原里平静的人们身上。

"上帝的手在寻找某个人呢。"人们说。

而每个人都拍打着自己的胸脯:"是我吗?哦,母亲,哦,自然,是我吗?严酷的土地干涸、发硬是出于对我的愤怒吗?而这没完没了的阳光每天都带着温柔从无云的天上照射下来,是要在我的头顶堆积燃烧的炭吗?或者不是我,那么上帝之手找的又是谁?"

当黑麦在小小麦穗里萎缩;当土豆不能从地里吸取养分;当家畜带着红眼睛,于热度中一个劲地喘气,在干涸的泉边挤成一团;当对未来的担忧在心中挤压,奇怪的说法开始在这一地区流传。

"这样的灾难不会无缘无故地发生,"人们说,"到底谁是那上帝之手寻找的人?"

这是八月的一个礼拜日。教堂的礼拜结束了。人们在被太阳烤得灼人的路上成群结队地走着,周围是看得见的被烧焦的森林和被毁坏的收获。黑麦是堆成了垛,却只有瘦弱的几捆稀疏地站着。对那些有残留物要烧的人来说,那一年的活挺轻松,可也发生了好多次——他们把干燥的森林点着了。大火后的森林,被虫子占领。松树脱落了它的叶片,光秃秃地立着,像秋天的落叶林;白桦树那被咬穿的叶片悬挂着,叶脉裸露。

抑郁的人群不缺话题。其中有不少人能诉说 1808 和 1809 年的饥馑①有多难,还有1812年的冬天有多冷②,那时连麻雀都冻死了。他们没忘记挨饿,以前见过严酷的脸色。他们知道如何准备树皮来代替面包,而牛也会习惯于咀嚼苔藓。

有一个女人试着用越橘和大麦面粉做出了新型面包,她带了样品让大家品尝。她很为自己的发明骄傲。

可同样的疑问还是在所有人的上空盘旋,被所有的眼睛凝视,被所有的嘴唇嘀咕:

"是谁,哦,上帝,你的手寻找的人是谁?"

"严厉的上帝,是谁拒绝了对你牺牲出祷告和好行为,因此,你从我们这里拿走了我们可怜的面包?"

另一个上帝的惩罚是,少校夫人如今走了。叶湖的人们那时还不习惯只是靠地过活。从旧地图上能看到,耕地只占很小一部分。最大收益来自冬天运输矿石,来自烧炭及伐木。不过,所有这些,现在都萧条了。少校夫人时期存在的富足而稳定的工作让叶湖的住民忘了几百年来背井离乡到远处谋生的习惯。而今,那些年轻人又得出走了,可还是有不少人留下了,坐在家里,挨着饥饿。③

在这些哀伤的人群中,有一个人往西走过峡口桥,奋力爬上布洛比坡,在路边停了一会——那条通往陡峭山坡上的布洛比牧师住宅的路。他从地上捡起一个干树枝,把它扔在牧师庄园边的路上。

"那些祷告就跟这干树枝一样,那些他给予我主的祷告。"男人说。

一个走得离他最近的人,也停了下来。他捡起一个干树枝,也把它扔到先前那根树枝倒下的地方。

---

① 在1808—1809年的芬兰战争中,瑞典和俄罗斯交战。结果瑞典战败,失去了芬兰,民众遭遇了战乱和灾荒。
② 1812年的冬天特别寒冷,这也是导致拿破仑在俄罗斯战场失败的原因之一。
③ 本段为学术版所增补。

"这给牧师正合适。"他说。

人群中的第三个人跟上这扔树枝的模式:"他就像干旱。树枝和草是他让我们保留的一切。"

第四人说:"我们把他给我们的还给他。"

第五个说:"为永恒的耻辱,我把这扔给他。愿他干涸并枯萎,就像这树枝!"

"干饲料给干牧师!"第六个说。

他们身后的人看见他们所做的,听见他们所说的,如今,他们给自己长长的问题,找到了很多回答。

"给他该得的!他给我们带来了干旱。"人群中有人说。

他们每个人都停了下来,在继续上路前,丢下一句话,扔下一根树枝。

在道路间的拐角处,很快就有了一堆树枝和干草——给布洛比牧师的耻辱堆。

这是人们所做的复仇的全部。没人对牧师本人抬起手,或直接对他说出什么恶毒的话。绝望的心借扔下干树枝到耻辱堆上,来减轻自己的部分负担。他们没有亲自复仇,只是在复仇的上帝面前,指出那个有罪的人。

"要是我们没能正确地崇拜你,看,是这个人的错,怜悯吧,主啊,让他独自受苦!我们用耻辱和不名誉给他做了记号。我们不是和他一伙的。"

这很快就成了个习惯,每一个从牧师庄园前经过的人,都会扔一根干树枝到耻辱堆上:"愿上帝和人们看到它!"每一个过路人这么想:"我也鄙视他,那个把上帝的愤怒带给我们的人。"

那老财迷很快注意到路边的耻辱堆。他把它清除了。有人说,他用树枝给厨房的炉子烧火。第二天,原地又有新的一堆聚集起来,并且,每当他弄走,新的就会紧跟着出现。

干树枝躺在那儿,并且说着话:"耻辱,布洛比牧师的耻辱!"

那是酷热、干旱的盛夏狗日。因烟雾而沉重,因雾气而饱和,沉淀在这一地区的空气,吸起来如绝望一般压抑。过热的大脑里,想法晕乎起来。布洛比牧师成了干旱之恶魔。对农人们来说,似乎老守财奴坐守了天堂的泉源。

很快,人们的观点也让布洛比牧师知晓了。他认识到,人们把他标记为不幸的根源。是因为对他的愤怒,上帝才让大地憔悴。在无边的大海上受苦的航海者抽了签。他是那个必须落水的人。他试着对他们、对他们的干树枝大笑,可这情形持续了一个礼拜后,他不再笑了。哦,多么孩子气!这些干树枝怎能伤着他?他明白,多年的仇恨在找寻一个出口。还能有什么!他并不习惯于有爱。

他没因为这样的事变得柔和。那个老小姐访问了他之后,他是希望能变得好些。现在他不能,他不愿被逼迫着改善。

不过,一天天地,耻辱堆对他来说太过分了。他不得不时刻考虑这件事,而人们对这事的看法也在他那里落了根。这是最令人震撼的见证,这些扔来的干树枝。他注意耻辱堆,细数每天增加的枝条,这念头铺展开来侵蚀了其他念头——耻辱堆在摧毁他。

每过去一天,他就越发同意其他人。短短几星期内,他衰老了很多。他感到良心的苦楚和年迈的病痛。可似乎一切将系于这个耻辱堆。似乎良心的阵痛会被平息,年迈的重压会离开他,只要这耻辱堆停止增大。

最后,他坐在那里整天地守着。然而,人们毫不怜悯,夜里,总是有新的树枝给扔上去了。

\*

一天,尤斯塔·贝林旅行路过此地。布洛比牧师坐在路边,又老又衰败。他坐着捡拾树枝,把它们一排排、一堆堆地归拢在一起，他和树枝玩，像是又变成了孩子。尤斯塔开始对他的惨状担心。

"牧师在忙乎什么呢？"他问，迅速从马车上跳下来。

"哦，我坐在这儿收拾。我也不忙什么。"

"牧师该回家去，而不是坐在路边的尘土里。"

"无论如何，我大概还是坐这儿最好。"

于是，尤斯塔·贝林坐到他身边。

"当牧师可不是一桩轻松的差事。"过了片刻，他说。

"这南边还行，这里还有人，"牧师回答，"北边更糟。"

尤斯塔明白牧师的意思。他知道那些韦姆兰北部教区，有时连给牧师住的房子都没有。那些巨大的森林教区，有芬兰人住在没烟囱的小屋里，那些贫穷地区，一平方英里只有几个人，牧师是全教区唯一的绅士，布洛比牧师在那样的地区待了超过二十年。

"这就是我们年轻时被派去的地方，"尤斯塔说，"根本没法在那里忍受生活。然后，你的未来就给永远地毁了。好多人都在那儿给毁了。"

"是的，没错，"布洛比的牧师说，"孤独会毁灭你。"

"刚被派去时，"尤斯塔说，"热切而有激情，谈话也劝解，觉得一切都会好起来，人们很快会跟到更好的路上来。"

"就是这么回事。"

"可很快便能明白，语言无济于事。贫穷挡在路上。贫穷阻碍着所有的进步。"

"贫穷，"牧师重复，"贫穷毁了我的一生。"

"年轻的牧师来到那北方，"尤斯塔解释，"他和其他人一样穷，他对喝酒的人说：'戒酒！'"

"于是，喝酒的人说，"牧师跟着叙述，"那么给我个比烧酒更好的玩意儿吧！烧酒是冬天的皮衣，是夏天的清凉。烧酒是温暖的小屋,是绵软的被子。给我,我就不会再喝!"

"于是,"尤斯塔接着说,"牧师对窃贼说'不可偷窃',对坏心眼的人说'不可抽打妻子',对迷信的人说'你应信上帝而不是恶魔与魔法'。然而,贼说'给我面包!',坏心眼的人说'让我们富裕,我们就绝不会吵闹!'迷信的人说'教我更好的吧!'但没有钱,谁能帮助他们?"

"是这样,字字都是真的!"老人声称,"他们信上帝,但更信魔鬼,最相信山上的巨人魔和仓房的守护精。所有谷物被毁于烧酒桶,没人能看到悲惨的尽头。在大多数灰屋里,饥饿占据主导地位。隐藏的悲哀让女人的舌头辛辣。家里的紧张让男人外出喝酒。他们不能照料耕地和家畜。他们让绅士害怕,把牧师当傻瓜。你能拿这些人怎么办?我在布道坛上宣讲的,他们不懂。我想教他们的,他们不信。没人好商量,没人,能帮我保持勇气!"

"承受住了的人也有,"尤斯塔说,"上帝的保佑在某些人身上是那么巨大,他们从那样的生活中归来时并非破碎之人。他们的勇气足够,他们忍受了孤独、贫穷、无望。他们做了力所能及的好事,没有绝望。一直有这样的人,如今也有。我想欢呼他们是英雄。我想尊敬他们,只要我活着。我没能承受。"

"我没能承受。"牧师附和说。

"北面的那个牧师认为,"尤斯塔若有所思地说,"他会变成有钱人,一个特别有钱的人。贫穷可没法与邪恶对抗。然后,他开始收敛钱财。"

"要是不敛财,他就会酗酒,"老人回答,"他看到的苦难太多。"

"或是变得呆滞和懒惰,失去全部力量。对任何一个并非土生土长的人说,到那地方很危险。"

"为了敛财,他得让自己硬起心肠。开头是假装如此,后来,就真成了习惯。"

"他必须对自己和别人都硬！"尤斯塔继续，"敛财是困难的。他必须忍受仇恨和鄙视，他不得不冷冻、饥饿和坚固他的心。他几乎都忘了，起初是为何敛财的。"

布洛比牧师羞愧地看着尤斯塔。他困惑，尤斯塔是坐在那里，拿他取笑么。可尤斯塔只显得既热切又严肃，像谈论他自己的事。

"我就是这样的。"老头低声说。

"可上帝保护他，"尤斯塔加上一句，"在他敛够了钱财后，上帝唤醒了他内部的年轻时的想法。当上帝的子民需要他时，上帝给了他一个指示。"

"可要是牧师不听那指示呢，尤斯塔·贝林？"

"他不能拒绝，"尤斯塔说，开心地笑了，"他被能帮穷人造出温暖农舍的想法甜蜜地诱惑着。"

牧师低头看看那个他用从耻辱堆里抽出的树枝搭起的小建筑。他和尤斯塔谈得越是久，他越觉得尤斯塔说得对。他一直有个念头，等到钱足够多时，会行善。他坚持这一点：当然，他有过这念头。

"那么，他为何没去建那些农舍呢？"牧师羞惭地问。

"他不好意思，很多人会以为他是怕那些人，而不是他自己一直想那么做。"

"他不能忍受被强迫，是这么回事。"

"没错，不过他可以暗中帮助。今年需要很多帮助：他可以找到能帮他分出礼物的人，我明白这一切的意味！"尤斯塔说，他的两眼放光，"这一年，数千人都会从一个他们诅咒的人那里得到面包。"

"会是如此，尤斯塔。"

一种酣醉的感觉降到这两人身上，这两个对曾选择的使命完成得极少的人。他们年轻时奉祀上帝和人民的愿望在他们身上。他们吐露了要做的好事。尤斯塔将是牧师的助手。

"眼下，我们得从面包开始。"牧师说。

"我们要给学校安排教师。我们会教育大家照管田地，看护牲畜。"

"我们要造路，垦荒。"

"我们要在博宜的激流下建造水闸，这样芦汶湖和维纳恩湖之间就有了通途。"

"通向大海的道路打开后，森林里的财富能得到双倍的祝福！"

"你的头颅将顶着许多祝福！"尤斯塔欢呼。

牧师抬起眼睛，他们从彼此的眼睛里读到同样的燃烧着的欢喜。

然而，与此同时，两人的目光都跌落到耻辱堆上。

"尤斯塔，"老人说，"所有这一切需要一个年轻康健的人的体力，可我就快死了。你知道是什么在杀害我。"

"弄走它！"

"怎么弄，尤斯塔·贝林？"

尤斯塔靠近牧师，犀利地直视他的眼睛：

"向上帝祈求雨水！"他说，"牧师将在下个礼拜日布道。那时，对上帝祈求降雨！"

老牧师在恐惧中瘫倒了。

"假如牧师是热诚的，假如牧师不是那个把干旱带到地上来的人，假如牧师愿意带着困难祀奉至高无上的主，那么，向上帝祈雨！这会是一个表征。通过这个办法，我们会知道上帝是否愿意我们之所愿。"

当尤斯塔继续往布洛比山下进发时，他对自己以及抓住了自己的欣喜吃惊，不管怎么说，生活会好的。是的，不过不是为他。北面那些人可不想知道他的服务。

*

在布洛比教堂，布道刚结束，通常的祷告念完了。牧师正要走下布道坛。可他犹豫了。最终，他在那儿跪了下来，为雨而祈祷。

他祈祷如同一个绝望的人，带着不那么连贯的字眼。

"假如是我的罪让你愤怒，就仅仅惩罚我吧！要是能给你什么补偿，你，仁慈的上帝，让苍天下雨吧！带走我的耻辱！在我的祷告中落雨！让雨落在穷人的田里，给你的众生以面包吧！"

天很热，闷得难以忍受，会众坐在那里，跟麻木了一般，可在这些破裂的言辞里，在这嘶哑的绝望中，每个人都醒了。

"要是我还有更生之路，降雨……"

牧师沉默。门敞开了。这会儿，一股有力的风冲了进来，它在地上运行，朝着教堂内部旋转，带来一团尘埃之云，裹挟着木柴和干草。牧师没法继续说下去。他跟跟跄跄地走下布道坛。

人们颤抖了。这会是回答吗？

可这风不过是雷的先行者。它没有以平均的速度来。当圣歌在演唱，牧师在祭坛时，闪电已经亮了，雷响了，盖住了牧师的讲话。当管风琴师演奏礼成圣歌时，最初的几滴雨珠已敲打在窗框上，人们蜂拥而出，前去看雨，他们不满足于看，他们有的哭，有的笑，然后，让雨水冲刷自己。哦，他们的需求那么巨大！他们曾经多么不幸。不过，上帝是仁慈的。上帝让雨降落。多么快活，多么快活！

布洛比牧师是唯一一个没有跑到雨里去的人。他在祭坛前跪着，没能站起来，快乐对他来说太过巨大，他因喜悦而死去。

# 第十七章　孩子的母亲

在这件事上，除了这个想法之外，就不再有别的：孩子必须有个父亲。

这孩子是你能想到的最可怜的人儿，小而红，皮肤皱成了千条纹路。他是个啼哭不止的小家伙，刚出生就筋挛，一个可怜的小生命在被允许来到人间的六到七个礼拜前就降生了，似乎因此永不能在人间让自己对劲。

这孩子体重很轻，都不值一提到底多轻。他必须给裹在羊皮里，他不是吃就是睡。但小家伙活着。没人知道他是靠什么维持了生命，可他活着。①

孩子出生在克拉尔河东边的农舍里。六月初的一天，孩子的母亲来到这里求个工作。她对农人说，她情况不妙，母亲对她太严，不得不逃离了家。她自称伊丽莎白·卡尔的女儿，可她不肯说自己从哪儿来，因为那样的话，人们兴许会告诉她的父母，她在哪儿，要是父亲发现了她，她就会被折磨而死，她明白这个。她不要工钱，只求有碗饭吃，头上有个屋顶。她能干活：或是织布，或是纺纱，或是照料母牛，随他们的需要。要是他们希望她付钱，也可以。

---

① 以上三段为学术版所增补。

她很机敏地赤脚来到农庄，鞋子夹在胳膊底下，她有粗糙的手，说乡下的方言，穿农妇的衣服。人家相信了她。

主人觉得她看起来十分虚弱，根本不指望她能干活。但这可怜的人总得有个地方住，所以她就获准留下了。

她有那么点特别之处，能让农庄里每个人都对她友善。她是到了一处好地方。人们严肃而寡言。女主人发现她能织格纹亚麻布，很喜欢她。她们从牧师宅邸借来一台专用织布机，孩子的母亲就在那织布机边坐了一个夏天。

没人觉得她需要别人来照顾，她不得不跟农妇一样一刻不停地劳作。她自己也最喜欢工作。她不再那么不开心了。和农人一起的日子让她满意，虽说她必须接受很多不习惯的东西。不过，一切都很简单而平静地被接受了。每个人的想法都围绕着工作。每一天都很均匀和同一地度过，人失去了对日子的感觉，礼拜日到来时，还以为是在一个礼拜的中间。

八月末的一天，正值黑麦的收获季，忙得紧。孩子的母亲和其他人一起到田里去捆麦子。她操劳过度，孩子出生了，只是生得太早了。她的预产期是十月。

现在，女主人带着婴儿在主屋里，借炉火温暖这孩子——可怜的小家伙虽说出生在八月的热浪中，却还是冻得瑟瑟发抖。孩子的母亲躺在里间的床上，听外头孩子的动静，她能想象帮工和女仆们怎么走上前察看那孩子。

"这么个可怜的小家伙！"他们一直这么说，然后，这句话也持续而准确地出了口："可怜的小家伙，没个爸爸！"

有一些人吃惊于婴儿那么红、那么皱，但总有人回答说，所有的婴儿都是这样。①

---

① 本段为学术版所增补。

他们并不是抱怨孩子的哭闹。某种程度上，他们认为孩子哭是必须的。并且全面想来，考虑到孩子的月份，他还算结实。似乎，假如有个父亲，一切就还不错。

母亲躺着，听着，思忖着。这事在她看来，忽然就不可思议地重要起来。这可怜的小家伙该怎么活下去呢？

她曾描画了自己的计划。第一年留在农庄。然后，租一个房间，靠织布挣出自己的面包。她打算自己赚出足够的钱来，给孩子吃的和穿的。丈夫多半还是觉得她配不上他。她想过自己抚养孩子也许比有个愚蠢又自负的父亲来监管孩子要好。

可现在，孩子已出生，她不这么看问题了。如今，她觉得自己太自私。"孩子得有个父亲，"她对自己说。

要是这小男孩不是这么个可悲的小家伙，要是他能像别的孩子那样能吃能睡，要是他的头不是持续地耷拉在一侧的肩膀上，要是他不会痉挛得差点死去，这问题不会有这么巨大的重量。

做决定不易，而她必须马上做决定。孩子出生三天了，韦姆兰的农民很少会等很久才给孩子受洗。孩子以什么名字登记在教堂的名册上呢，牧师对孩子的母亲又想了解点什么呢？让孩子作为没有父亲的人被登记是不公平的。要是这孩子变成个虚弱多病的人，她怎么承担剥夺了他在血统和财富上的优势的责任呢？

孩子的母亲可能注意到了，孩子降生于世通常有一种不寻常的巨大快乐和振奋。如今她觉得，对这个大家可怜的小孩，生活大约会是个负担。她希望他睡在绸缎和蕾丝里，和伯爵之子的身份相称。她希望他被快乐和骄傲陪伴。

孩子的母亲也开始觉得，她对孩子的父亲或许太不公正。她有权把孩子据为己有吗？没有。这宝贵的小家伙，他的价值不是一个人可以掌控的——她能自己拥有他吗？这不是一个公正的行为。

孩子的母亲不愿回到丈夫的身边。她担心那会是她的死，可这小男孩比她更处于危险之中。他随时都可能死去，而他还没受洗。

那个驱使她离家、在她心里驻扎了的苦难的罪已经走了。如今，她完全感觉不到对其他人的爱，除了对这小男孩。为他争取到生活中正确的位置，不是个太沉重的责任。

孩子的母亲叫来男主人和他的妻子，告诉他们一切。男人跑到博宜，以便通告杜纳伯爵，他的夫人活着，还生了个孩子。

当天夜里，农人回来了，他没见到伯爵，因为伯爵走了。可他见到了黑湖教堂的牧师，跟牧师谈了这件事。

于是，伯爵夫人得知，她的婚姻被宣布为不合法，她不再有一个丈夫了。

牧师写了一封友好的信给她，能给她提供牧师宅邸里的一个家。

一封她父亲发给亨利克伯爵的信也到了她手上，估计是在她逃离不久寄达博宜的。大概正是这封催促伯爵加速婚姻合法化的书信，成了伯爵甩掉妻子的最简易的办法。

你可以想象，听到农人说的一切，孩子的母亲被愤怒抓住，甚过被悲伤侵袭。一个健壮而漂亮的孩子的妈妈听到这样的消息，大概可以带着轻蔑，并因为能独自拥有孩子而自豪。这么个无助的小家伙的母亲则觉得，简直想杀了那男人。她没有任何骄傲好逃入其中。①

她在床上坐了一夜，"孩子必须有个父亲！"她想，想了一遍又一遍。

第二天早上，农人为她跑到埃克比，好把尤斯塔·贝林带过来。

尤斯塔对这个寡言的男人提了好多问题，可什么也没问出来。

---

① 本段第一句之后的内容为学术版所增补。

是的，伯爵夫人在他家的房子里待了一夏天，她健康，她干了活。如今，一个孩子出生了。孩子很脆弱，不过母亲很快会恢复健康。

尤斯塔询问，是否伯爵夫人知道婚姻失效了。

是的，她现在明白了，她是昨天知道的。

在途中，尤斯塔忽而发热，忽而发冷。

她想要他做什么？她为何要找他？

他想起芦汶湖岸边的夏天的日子。在玩笑、游戏和驾着马车的出游中，他们度过了一天又一天，而就在这段时间里，她劳作了，受苦了。

他从未想过还有再见到她的可能。哦，要是他还胆敢希望！那么，他会作为一个更好的人出现于她面前。可现在，除了那些通常的蠢事，他还能回顾出点什么呢？

大约晚上八点，他到了，立刻被引到孩子的母亲那里。房间晦暗。他几乎看不见躺着的她。男女主人也进来了。

她，这个在暮色中将白皙的脸庞呈现在他面前的人，还是那个他认识的，最高尚、最纯洁的人，是把地上的尘土穿在身上的最可爱的灵魂。当他再次感受到她就在近旁的幸福时，他真想跪倒在她膝下，感谢她让他新生，可他被情绪压得太重，无法说什么或做什么。

"亲爱的伊丽莎白伯爵夫人！"他只是这么喊了一声。

"晚上好，尤斯塔！"

她对他伸出手，又变得温柔和透明的手。她静静地躺着，而他正与自己的情感抗争。

孩子的母亲看到尤斯塔时，并没有被任何有力和澎湃的感情激荡。她只是很吃惊，他把重心放在她身上，而他必须明白，这只和孩子有关。

"尤斯塔，"她亲切地说，"现在你必须帮助我，你以前答应过。

你知道我丈夫抛弃了我,所以我的孩子没有一个父亲。"

"是的,伯爵夫人,不过,这情况应该还是可以改变的。如今有个孩子,一定可以强迫伯爵,让婚姻合法化。我一定帮助伯爵夫人!"

孩子的母亲微微一笑:"你觉得我是想强迫杜纳伯爵吗?"

血冲上了尤斯塔的头。她到底是想要什么?她想要他做什么?

"到这儿来,尤斯塔,"她说,再次向他伸出手,"你不要对我要说的话生气,不过,我想,像你这样一个,这样一个……"

"我这样一个被革职的牧师、酒鬼、侠士、爱芭·杜纳的杀手——我知道这一连串的字眼……"

"你已经生气了吗,尤斯塔?"

"我更希望伯爵夫人什么也别再说了。"

然而,孩子的母亲继续说着:

"尤斯塔,有很多人想为了爱成为你的妻子,可对我来说并非如此。假如我爱过你,我就不敢用现在的方式和你说话。为了我自己,我不会这么要求,尤斯塔,可是你看,为了我的孩子,我会。你一定明白了,我想对你说什么。毫无疑问,这对你会是一份巨大的羞辱,因为我是个未婚生子的女人。我这么想,不是因为你比别人更糟,虽然,你确实也是!我也想到了这一点。我主要考虑的是,你或许肯这么做,因为你人好,尤斯塔,因为,你是一位英雄,肯为别人牺牲自己。不过,或许我是要求得太多了,这种事对男人来说大概是不可能的。要是你十分讨厌我,而让你成为别人的孩子名义上的父亲太让你恶心,就直接说出来!我不会生气。我完全明白这是要求得太多。可这孩子病得这么厉害,尤斯塔。要是受洗时不能提及他母亲的丈夫的名字就太残酷了。"

听她诉说的他,有了那个春天,他把她带上岸,将她抛给命运时一样的感觉。如今,他必须帮助她毁了她的将来,她整个的将来，他，一个爱她的人，必须做这样的事。

"我会做伯爵夫人所期望的一切。"他说。

第二天，他和布洛的主任牧师谈话，因为布洛是黑湖教区的母教区，结婚预告必须在那里宣读。

年迈而好心的主任牧师被他的故事打动，答应要全权负责安排监护人及其他相关事宜。

"是的，"他说，"你必须帮她，尤斯塔，你必须帮。否则她可就要疯了。她认为自己剥夺了孩子在生活中的地位，伤害了这孩子。她有特别敏感的良心，这个女人。"

"可我知道，我会让她不幸。"尤斯塔说。

"你肯定不会，尤斯塔，有妻子和孩子要照顾，如今，你将成为一个头脑清醒的人。"

同时，主任牧师到黑湖去，和牧师及法官商谈。结果是，在下一个礼拜日，即九月一日，结婚通告在黑湖公布，以尤斯塔·贝林和伊丽莎白·冯·托尔恩的名字被宣读。

然后，以最大的关怀，孩子的母亲被送往埃克比，孩子会在那里受洗。

那时，主任牧师和她谈了话，跟她说，她还来得及撤回和尤斯塔·贝林这样的人结婚的决定，她应该先给孩子的父亲写信。

"我不会后悔我的主意，"她说，"试想，要是我孩子在得到一位父亲之前就死了怎么办！"

第三次结婚通告宣读后，孩子的母亲已经康复且下床有几日了。下午，主教到埃克比，给她和尤斯塔·贝林举行了婚礼。不过没人认为这是一个结婚典礼。没邀请任何客人。只是让孩子有个父亲，没别的。

孩子的母亲散发着平静的快乐，似乎她抵达了人生的一个伟大目标。新郎显得懊恼。考虑着她是如何抛弃了自己的将来，投入了和他的婚姻。他沮丧地注意到，他对她来说几乎就不存在。她所有的心思都在孩子身上。

几天后，父亲和母亲丧失了他们的亲人，孩子在一次痉挛发作后死了。

在很多人看来，这位母亲似乎没像人们期待的那样，沉痛得无边和深刻。她有一丝胜利感。似乎，她因自己为了孩子丢弃前途而愉悦。当小男孩到天使那儿时，他会记得，不管怎么说，在地上，他有过一个爱他的母亲。

\*

所有这一切悄悄地、不被注意地发生着。当结婚预告在黑湖以尤斯塔·贝林和伊丽莎白·冯·托尔恩的名字被宣读时，多数人没在意新娘是谁。知情的教士和绅士们没怎么议论此事。似乎他们担心，某个对良心的力量失去信赖的人会严重干扰这位年轻女子的行动。他们太担心了，担心有人会说："你看，她没法克服对尤斯塔的爱！如今，她在一个骗人的借口下和他结婚了。"哦，年长的人对这年轻女子还是很关心，他们不能忍受有人说她的坏话。他们几乎没法承认她有过罪。他们不愿看到有任何过失弄脏这个灵魂，这个那么惧怕邪恶的灵魂。

刚好这时，出了一件大事，这也使得尤斯塔·贝林的婚事很少被谈论。

萨姆泽柳斯少校遭遇了事故。他曾变得越来越怕见人，越来越古怪，多数只是孤独地坐着，或是照看他的熊。

他也变得越来越危险，因为他总把随身带着的枪上好膛，也不注意到底瞄准哪里，就一次次地放枪。一天，他被一头无意间失手射击的家养的熊咬了。那头受伤的动物猛扑到紧靠栅栏站着的少校身上，在他胳膊上狠狠地咬了一大口。然后，那动物冲出栅栏，跑到森林里去了。

少校困在床上，因为伤口而死，不过他一直拖到了圣诞之前。要是少校夫人知道他病了，她本可重新夺回埃克比的统治权。不过，侠士们明白，她在这一年结束前，不会回来。

# 第十八章  Amor vincit omnia[①]

黑湖教堂廊台的楼梯下有个废品间，里头塞着掘墓人的破铁铲，折了的教堂长椅，废弃的锡名牌及其他废旧物。

在废品间里头，积压着厚厚灰尘、像是存心躲着人的眼睛的地方，放着个箱子，它有精致的镶珍珠母的马赛克，要是刮掉尘埃，就会像童话中的悬崖表面一般闪耀。箱子锁着，钥匙被妥善保存，不可使用。凡人不得窥视箱子内部。没人知道里头有些什么。十九世纪走到尽头时，钥匙才可插进锁眼，箱盖才可打开，而箱子所保卫了的宝藏才可被人看见。

这是箱子的所有者规定的。

箱盖的铜牌上刻有这么一句：Labor vincit omnia[②]，不过，另一句更合适，该刻上：Amor vincit omnia。甚至廊台楼梯下废品间的老箱子本身，也是爱之全能的见证。

哦，厄洛斯，统治一切的神！

你，哦，爱，你是那无疑的永恒。人类在地球上已很久远，而

---

[①] 拉丁文，意为爱战胜一切，典故来自维吉尔的句子："爱战胜一切，那么让我们被爱打败。"
[②] 拉丁文，意为劳动战胜一切。

你在所有的岁月中一直跟随了他们。

东方的诸神在哪里，那些把闪电当作武器的、强健的英雄们，那些在神圣的河岸上享用蜂蜜和牛奶的献祭的他们在哪里？他们死了。贝尔[①]死了，那个强悍的战士；托特死了，那个鹮首斗士。歇在奥林匹斯山云床上的巨人们死了，还有功勋卓著的瓦尔哈围墙里的勇士们。所有古代的诸神已死，除了厄洛斯，厄洛斯——那统治一切的神。

他的工作是你所看到的一切。他提高种的繁衍。他到处留下印记！你所到之处，哪里会找不到他裸露的足迹呢？你的耳朵能感知的声音中，哪一个没有他羽翼的振动声做基调？他住在人们的心里，在谷物沉睡的种子里。带着敬畏，注意无生命的事物中他存在！

不向往也不被诱惑的会有什么？逃离了他的统治的会有什么？所有复仇之神，所有力量和暴力的神都会倒下。你，哦，爱，你是那无疑的永恒。

*

年迈的埃伯哈德大叔坐在写字台边，那是个了不起的带一百个抽屉的物件，有大理石桌面，还有暗色的黄铜配件。他独自在侠士之翼，热切而勤奋地工作。

哦，埃伯哈德，你为何不像其他侠士那样，在即将消逝的夏天的最后几日里，蜂拥到森林里和田野上？你知道，没有一个崇拜智慧的人不被惩罚。你的背在六十多岁就弯了，你头上的发不是自己的，皱纹爬在你的前额，在凹陷的眼窝上拱起。年龄带来的衰退显露在空荡荡的嘴巴周围，那成千道皱褶里。

---

[①] 原文是"Bel"，经常特指战神马尔杜克。

哦，埃伯哈德，你为何不到森林里和田野上？死亡将把你和书桌分离得更快，因为你没让生活将自己从书桌边引开。

埃伯哈德大叔在他的最后一行字迹那儿，画了一条粗粗的墨水线。从写字台不可计数的抽屉里，他拿出一捆捆发黄的、写得密密麻麻的纸张，那是他伟大工作的不同部分，这项工作会携带着埃伯哈德·贝伊格伦这个名字穿过时代。可就在他堆放了一捆又一捆的纸稿，并带着默默的喜悦看着它们时，门开了，年轻的伯爵夫人走了进来。

是她，老绅士们的年轻女王。他们侍奉和喜爱她，就像祖父侍奉和喜爱自己的第一个孙儿。他们在她处于贫穷和疾病时发现了她，如今她已被赋予世上所有的辉煌，就像童话里的国王对他在森林中发现的可爱的小可怜所做的一样。是为了她，如今，法国号和小提琴在埃克比响起。是为了她，庄园里的一切都在运转、呼吸、劳作。

如今她恢复了健康，虽说还是很虚弱。大房子里的孤独让她感觉到时间的漫长，她知道侠士们不在，就想看看侠士之翼这个有名的客房。

于是，她悄悄走进，打量那些石膏涂过的墙面，那些黄格子床缦。她看见尤斯塔·贝林的车床；路德博耶的木桌，正是在那张桌上，他于涂画的琴键上弹贝多芬；克里斯蒂安·贝里床上的，填充好的乌鸦标本；福科斯少校床前的熊皮。在房子一角，她看见那古怪的地毯编织机，是贝仑克鲁兹①操作的。在那里，他将经线展开在地板上，放进多色的纬线里，毋需织布机或杼梭帮忙。她看见壁

---

① 贝伦克鲁兹操作织毯机一事，在整部小说中只出现了这一次。但在1918年出版的，拉格洛夫的短篇小说集《侠士的故事》中描述了贝伦克鲁兹离开埃克比后的生活，重提他编织地毯的绝活。

炉角落里的椅子,在那里,克里斯托弗梦走了他没有业绩和姓名的日子。还有乡绅尤利由斯的雕花食盒,利里亚克罗纳的小提琴盒,凯文乎勒的旅行背袋和粗大的多节手杖,小鲁斯特的潘趣勺——她看到了一切,这时,她发现屋子并非空无一人,她尴尬起来。①

埃伯哈德大叔庄重地朝她走来,把她领到那一大堆文稿跟前。

"看,伯爵夫人!"他说,"如今我的工作完成了。如今,我所写的就要面世,了不起的事就要发生。"

"怎么了,会发生什么事,埃伯哈德大叔?"

"哦,伯爵夫人,这会像霹雳,一个既照射也杀戮的霹雳。自摩西从西乃山上的雷电云里把他拉出来,放在礼拜堂最里头的施恩宝座上,他一直坐得很稳,那个老耶和华,不过现在,人们能看到他到底是什么了:想象,空洞,蒸汽,我们自己脑中的死胎。他会沉入空无。"老人说,起皱的手放在一堆纸上,"就是这个,人们要是读了,就会相信。他们会立起来,看见自己的愚笨,他们会把十字架当柴禾,将教堂作粮仓,而牧师会开始犁地。"

"哦,埃伯哈德大叔,"伯爵夫人带着一丝惊诧,"您是这么可怕的一个人吗?是这么可怕的东西就在这里吗?"

"可怕!"老头重复,"这只是真理。然而,我们就像是孩子,一碰到有陌生人来,就把脸藏在女人的裙子里。我们习惯于躲开真理,躲开这个永远的陌生人。可如今,她会来,来住在我们当中,她会被人人知晓。"

"被所有的人?"

"不只是被哲学家,而是所有的人,您明白吗,伯爵夫人,被所有的人。"

"那么,这么说,耶和华是要死了?"

---

① 本段对室内物件的描述全部为学术版所增补。

"他,还有所有的天使,所有的圣徒,所有的魔鬼,所有的说谎者。"

"那么,谁会引领这个世界呢?"

"伯爵夫人以为先前是有谁引领了这个世界吗?伯爵夫人相信全能的天眼会注意麻雀和头发吗?没人引领世界,没人将要引领世界。"

"可是我们,我们人类,我们会变成什么样呢?"

"一样,跟以前一样——尘土。任何一个被烧了的人都不能被烧上更多的次数,他死了。我们是木头,被生命之火燃烧的木头。生命的火苗从这一个人飞到那一个人。人被点燃,燃烧,熄灭。这就是生命。"

"哦,埃伯哈德大叔,然后就没有灵魂的生命了吗?"

"没有。"

"在坟墓的另一边,什么也没有?"

"没有。"

"没有善,没有恶,没有目标,没有希望?"

"没有。"

年轻女人走到窗边。她看外头秋天发黄的秋叶,看大丽菊和紫苑沉重的头颅垂挂在被秋风弄折的茎干上;她看芦汶湖黑色的波浪,秋日暗色的风暴天穹——一时竟无语辩驳。

"埃伯哈德大叔,"她说,"世界是那么灰暗和丑陋,一切是那么无用!我想躺下死去。"

可这时,她听见自己灵魂中仿佛有一阵吼叫。生命强大的力量和沸腾的情感高声呼喊活着的幸福。

"就没有什么了吗?"她说,"能让生命美好的,既然您已把上帝和不朽从我这儿拿走?"

"劳动。"老头儿说。

可她再次朝外看，对那可怜的智慧的鄙视悄然向她逼来。那深不可测的在她面前升起，她觉得灵魂在每一个事物中逗留，她察觉到那个绑在显然是无生命的事物的内部，却又会发展成一千倍多种多样生命的力量。带着一个眩晕的想法，她为大自然中上帝的精神的存在寻觅名字。

"哦，埃伯哈德大叔，"她说，"什么是劳动？那是一个神吗？它自己有目标吗？再说几个别的吧。"

"我不知道别的。"老头儿回答。

然后，她找到了她寻觅的名字，一个可怜的、常被玷污的名字。

"埃伯哈德大叔，您为何不提爱？"

于是，一丝微笑穿过那瘪瘪的、有成千的皱褶纵横而过的嘴巴。

"这里，"哲学家说，拿握紧的拳头敲打在沉重的书稿上，"这里，一切的神都被谋杀了，我没忘记厄洛斯。爱不过是一分对肉的渴望，难道不是吗？他为何就比其他的物理需求站得更高？把饥饿变成个神好了！把疲劳也变成神！根本就是一样值得啊。愿蠢事休止！愿真理活着！"

于是，年轻的伯爵夫人低下了头。不是这样，这不是真的，可她没法抗争。

"您的话伤着了我的灵魂，"她说，"可我还是不相信您。您或许可以杀死复仇和暴力之神，但没有别的。"

然而，老头儿拉过她的手，把它放在那堆书稿上，以不信神者的狂热发誓：

"读了这些，您就会相信。"

"那么，但愿它永远不会出现在我的眼前！"她说，"因为要是我信了，我就不能活了。"

淹没在悲哀中，她离开了哲学家。而他坐了很久，沉思着，在她走了以后。

这些写满邪恶内容的旧纸卷还没在这世上被检测过。埃伯哈德大叔的名字还未抵达名声的最高峰。

他的伟大作品藏在黑湖教堂廊台楼下废品间的一只箱子里。要到世纪末，才能见到天日。

可他为何要这么做呢？他是害怕没证明出自己的结论吗？他是怕受到迫害吗？那你对埃伯哈德大叔是懂得太少了。

现在，听着：他爱真理，而不是个人的荣光。于是他牺牲了后者，而不是前者，这样，一个孩子——被一个人以父亲的方式爱着的孩子，可以在对她所看重的事物的信念中死去。

噢，爱，你是那肯定永恒的！

## 第十九章　尼高德的姑娘

　　没人知道山下的那个地方，那里云杉树最为稠密，地上盖着厚厚的一层层柔软苔藓。怎么会有人知道呢？这地方还不曾有人的双脚来踩踏，不曾有人的舌头来命名。没有小径通向这隐藏着的地方。巨石之塔围绕着它，纠缠着的刺柏护卫着它。风暴中吹落的树倒在它的里头。牧羊人找不着它，狐狸鄙视它。它是森林中最荒凉的地方，如今，数千人在寻找它。
　　好一个无尽头的队伍！他们能填满布洛教堂，不光是布洛，还有罗芙维克和黑湖的教堂。哦，好一个无尽头的长长的队伍啊！
　　没被允许加入队伍的绅士的孩子们，于庞大的队伍走过时，站在路边或吊在门栏边。小家伙们没想到世上会有这么多人，这样不可计数的量。日后，当他们长大，会回想起这支长长的、滚滚向前的人流。他们的眼睛会因这份压倒性的记忆而充满泪水：在一个一整天只能看见几个孤独的步行者、乞丐和农庄的大车的地方，居然有这么个没有尽头的队伍卷过。
　　所有沿路居住的人冲出去问："是不幸到大地上来了吗？是有了敌人吗？这是往哪里去，行路的人？你们往哪里去？"
　　"我们在寻找，"他们回答，"我们已找了两天，今天还要寻找，然后，就没法再继续了。我们将搜索比雍纳森林和埃克比西部松树覆盖的山地。"

队伍首先是从东部山地间的一个穷困区,一个叫"尼高德"的地方形成的。一位有着厚厚的黑发,红脸颊的美丽姑娘失踪有八天了。就是尤斯塔·贝林本打算与其订婚的那个扫帚姑娘,在大森林里迷了路。八天了,没人见到过她。

于是,尼高德的人到森林里找她,每一个他们遇到的人也跟着一起寻找。每一个农舍里,都有人出来加入这支队伍。

总有新来的人问:"尼高德的人,这事情到底是怎么发生的?为何你们让美丽的姑娘独自走在陌生的小径上?森林深厚,而上帝又拿走了她的理智。"

"没人伤害她,"他们于是回答,"她不伤害任何人。她跟孩子一般走得安全,还有谁能比上帝亲自看护的人走得更安全呢?以前她总能走回来。"

就这样,搜索的队伍穿过了把尼高德和平原分开的东部森林,现在,在这第三天,他们走过布洛教堂,向埃克比西部的森林进发。

可当队伍行进时,一个疑惑的风暴也在酝酿。人群中有个人必须持续地停下,回答这样的问题:"你们要干什么?你们在找什么?"

"我们在找那个蓝眼睛、黑头发的姑娘,她躺到森林里寻死,她失踪有八天了。"

"她为何要躺到森林里寻死?她挨饿吗?她不幸吗?"

"她没有挨饿,可她去年春天遇到了不幸。她见过那个疯牧师尤斯塔·贝林,爱了他好几年。她没别的办法。上帝拿走了她的理智。"

"上帝确实是拿走了她的理智,尼高德的伙计们。"

"不幸是在去年春天到来的。之前,他从没见过她。然后,他对她说,她可以成为他的未婚妻。这只是个玩笑,他后来又让她走了,她却不能释怀。她持续地回埃克比。她跟踪他的足迹,不管他上哪儿。他对她厌烦了。她最后一次在埃克比时,他们放出了狗来赶她,从此,再没有谁见过她。"

从屋里出来,从屋里出来!这关系到一个人的性命。有人到森林里去寻死了。也许她已经死了!也许她还在跋涉,找不到正确的路!森林是巨大的,而她的理智在上帝那儿。

跟上队伍,跟上!让燕麦在禾捆堆里挂着好了,直到薄薄的内核从壳中脱落。让土豆在地里腐烂,给马松绑——马就不会在马厩里因饥渴而死,打开羊圈的门,让牛儿能于夜里在屋檐下走,让孩子们来,因为孩子属于上帝!上帝和小家伙们在一起,他引领他们的脚步。在人的智慧受到阻力的地方,孩子们会帮上忙。

所有的人都来吧,男人、女人和孩子们!谁还敢待在家里?谁知道上帝是否会特意地使用他?需要同情的人都来吧,这样,你的灵魂就不会在某一天无助地徘徊在干旱之地,寻求喘息,却什么也找不到!来吧,上帝拿走了她的理智,而森林巨大。

哦,谁能找到那个云杉最稠密而苔藓最柔软的地方?在石壁下的稠密处可有什么黑暗的东西?只有棕色的盖着松针的蚂蚁窝。赞美属于那个给傻子而不是其他人引路的!

啊,好一支队伍!不是装饰节日的队伍,与胜利者招呼,在他的路上撒下花瓣,对着他的耳朵填满欢呼的声音;不是朝圣者的队伍,一路都是诗篇的吟唱,鞭打的呼啸声一直到神圣的坟墓;不是移民的队伍在摇晃的车厢上,在苦难中寻求新的家园;不是一支部队,带着战鼓和来福枪。只是农人,穿着粗布工作服以及破损的皮围裙,只是他们的妻子,手上带着编织活,背上驮着孩子,或有孩子扯着她们的衣裙。

这很了不起——能看到人们因为一个大的目标而团结。愿他们走出去，以遇见恩人，以赞美他们的上帝，找到土地并捍卫自己的土地，但愿他们走出去！然而，他们这么做不是因为饥饿，不是因为对上帝的恐惧，不是因为战争。他们的努力无用，他们的争斗没有好处。他们只是去找一个疯子。那么多汗珠，那么多步伐，那么多焦虑，那么多祈祷，是这次出走必须耗费的，不会得到任何回报，除了找到一个穷苦的迷路人，一个理智在上帝那里的人。

哦，没法喜欢这样一些人吗？一个站在路边，看见他们走过的人，在又一次想起他们时不会热泪盈眶吗：男人们带着粗糙的特征，坚硬的手掌，女人有着过早紧锁的眉头，还有那些上帝会引领他们到正确地方的疲惫的孩子们？

这些愁苦的找寻者的队伍充满了大路。他们用严肃的目光丈量森林，沉郁地，他们迈步向前，因为他们明白，他们更像是在找一具死尸而不是一个还活着的人了。

哦，那个悬崖下的黑色的东西，不是蚂蚁窝而是倒下的树吗？感谢上帝，只是一颗倒下的树！可确实是很难看得那么清楚，因为云杉树彼此挨得很近。

队伍那么长，那些打头的强健的男人们已进入比雍纳西边的森林，而队伍最后的那些跛脚的、被工作压垮的老人以及带着小孩的妇女，尚未走过布洛教堂。

就这样，蜿蜒的队伍全部消失在黯黑的森林中。上午的阳光射到了云杉树的底下，当这大队人群从森林中走出时，是夜晚的落日将要出来迎接了。

搜索的第三天，他们习惯了这活儿。他们在陡峭的岩石下找，那地方脚容易打滑。他们在风吹倒的树底下找，在那里，胳膊和腿很容易折断。他们在浓密的云杉枝条下找，枝条上拖下柔软的青苔，邀他们歇息。

熊的穴，狐的窝，獾的深洞，烧炭窑的黑色底部，红色的越橘坡，带白色树针的云杉，森林之火一个月前肆掠过的山峰，巨人扔下的石头：所有这些，他们都寻找了，除了石壁底下，可不是山壁的底下那个黑色的东西躺着的地方。没人到那儿查看，到底那是蚁丘、树枝还是一个人。哎呀，也许那是个人，不过没人上那儿去看。

夜晚的太阳已到了森林的另一边，可那个年轻姑娘，那个理智给上帝带走的人还没被找到。他们现在该怎么办呢？还要穿过森林再找一遍吗？黑暗中的森林是危险的：有无底的沼泽和陡峭的悬崖。他们能怎么办呢，太阳照射时什么也没找到的他们，能在太阳消失时找到吗？

"让我们上埃克比去！"人群中有个人叫道。

"让我们上埃克比去！"他们一起喊了起来，"让我们上埃克比去！"

"让我们去问问那些侠士，他们为何要放出狗去赶走这么个理智给上帝拿走的人，为何要把一个疯姑娘挑动到绝望！我们可怜的、饥饿的孩子们在哭泣，我们的衣服破败，谷粒挂在禾捆堆上直至内核从外壳里脱落，土豆在地里腐烂，我们的马疯狂奔跑，我们的牛没人照看，我们自己因为疲惫而接近崩溃，所有这些都是他们的错。让我们上埃克比去，找他们算账！让我们上埃克比去！

"在这诅咒的年份里，我们农民的一切都糟透了。上帝的手重重地压在我们身上，冬天将让我们挨饿。是谁，上帝之手在寻找？那不是布洛比的牧师。他的祷告仍可抵达上帝的耳朵。那么是谁呢？不是这些侠士吗？让我们上埃克比去！

"他们破坏了庄园，让少校夫人沿路乞讨。是因为他们，我们失了业。是他们的错，叫我们不得不挨饿。这苦难是他们造成的。让我们上埃克比去！"

于是，黑暗又困惑的男人们争先恐后地朝埃克比庄园涌去。饥饿的女人们胳膊上抱着孩子，紧跟着，在最后头的是瘸腿的和老迈的人。苦涩翻滚就像是不断高涨的水流穿过一排排的人们，从老人到妇女，从妇女到强健的、队伍前头的男人们。

是秋天的洪水来了。侠士们，还记得春天的洪水吗？如今，新的波浪重新下了山，如今，新的破坏冲击着埃克比的荣光和力量。

在森林边犁地的一名佃农听到人们的喊叫。他解开马，跳上去，极速跑到埃克比。"不幸来了！"他喊道，"熊来了，狼来了，魔鬼来了，来夺取埃克比了！"

他狂野又恐惧地骑马绕着庄园而行，"森林里所有的魔鬼都给放出来了，"他喊道，"魔鬼来夺取埃克比了！有能力的你们保护自己吧！魔鬼要到庄园里点火，并杀死侠士们了！"

在他后头，能听见波涛汹涌的人流的雷鸣与吼叫。秋天的洪水正冲向埃克比。

它知道它要什么吗，这怨恨的翻滚的激流？它要的是火焰，是杀戮，还是掠夺？

涌来的不是人，是森林里的魔鬼，野生世界中的野生动物。我们，不得不藏在地下的黑暗势力，在一个小小的被祝福的时刻，自由了。复仇放出了我们。

是开采了石矿的山精灵，放倒了树木、守卫了烧炭窑的树精灵，让面包生长的田精灵：它们都自由了，转而去毁坏。让埃克比死！让侠士们死！

是在这里，美酒流成了河；是在这里，金子在地窖的金库里躺成了堆。是在这里，仓库中堆满了谷子和肉。为何正义的孩子要挨饿，而坏人却什么都充足？

可现在，你们的时间到头了，杯子已满到了边缘，侠士们。你们，从未发芽的百合，你们，从未聚集的鸟儿，杯子满了。森林里躺着那个审判你们的人：我们是她的使者。不是法官或治安官来宣布对你们的审判。那个躺在森林里的人，定了你们的罪。"

侠士们站在主屋上，看人们蜂拥而至。他们已明白为何被指控。他们本是无辜的。要是那个可怜的姑娘在森林里死了，那么，不是因为他们激怒了狗去驱赶她——他们并没有这么做——而是因为，八天前，尤斯塔·贝林和伊丽莎白伯爵夫人结婚了。

可是，与愤怒的人们说理有什么用呢？他们累了，饿了，复仇之心激怒着他们，贪婪之心诱惑着他们。他们狂乱地吼叫着冲过来了，在他们前头的就是那个骑马报信的佃农，恐惧让他疯了。

"熊来了，狼来了，魔鬼来拿下埃克比了！"

侠士们把伯爵夫人藏在最里头的房间里。路维博耶和埃伯哈德大叔坐在那儿看护她；其余的人出去应对人群。当第一帮闹哄哄的人流到达时，他们站在主屋的台阶上，没有武器装备，微笑着。

人们在这一小群平静的男人面前停下了。这些人就在这里，处于闪着火光的愤怒中的他们，真想把侠士们掀翻在地，踩在铁鞋之下，像峡口铁厂的人们，在五十年对管家和督查所做的那样。可他们期待的是紧紧关闭的房门、坚决抬起的武器，他们期待的是抵制和斗争。

"亲爱的朋友们，"侠士们说，"亲爱的朋友们，你们累了，饿了，让我们提供一点食物给你们，先尝尝埃克比自制的酒吧！"

人们不想听这些话，他们吼叫，威胁。可侠士们没有失去耐心。

"等一下，"他们说，"稍等一下！看，埃克比敞开着。地窖的门开着，仓库的门开着，乳制品间的门开着。你们的女人因疲劳而跌跌撞撞，你们的孩子哭哭啼啼。让我们先给他们提供吃的！然后，你们可以把我们杀死。我们不会跑。不过阁楼上满是苹果。让我们给孩子们拿苹果去！"

*

一小时后,埃克比全力地开起了宴会。秋夜中,一个埃克比庄园从未见过的了不起的宴会,在闪耀的满月下进行着。

一堆堆的木头被倒出来,点上火,整个园子里燃着一堆又一堆的篝火。人们成群结队地坐着,享受温热和休息,同时咀嚼着世上的所有最好的礼物。

果断的人们到仓房里拿了他们需要的东西。小牛和羊被杀了,甚至一些大家畜也是。动物被宰杀,眨眼间就给烤上了。数百饥民吞吃着食物。一头又一头动物被拉出宰杀,似乎一夜间,仓房就能给掏空。

那时,恰好埃克比进行了秋天的烘焙。自从年轻的伊丽莎白伯爵夫人来到这里,日常家务活动就又有了生机。年轻女人几乎不曾有一刻让大家想起,她是尤斯塔·贝林的妻子。他俩都没做成那个样,相反,她让自己成了埃克比的妻子。像一个善良又能干的女人始终必须做的,她用燃烧的热情来寻求对庄园里占主导地位的浪费和疏忽的补救。他们听她的。大家体会到重新有个女主人带来的一定的好处。

可现在,这一切能派什么用呢,在九月里,她让厨房的地窖里塞满面包,她安排凝结和搅拌奶酪与黄油,安排酿造,这一切能派什么用呢?

让他们拿走一切吧,这样就顾不上烧毁埃克比,杀掉侠士了!从储藏室里拿走面包、黄油、奶酪!拿走饮料桶和啤酒桶,拿走火腿,拿走烧酒桶,拿走苹果!

埃克比的财富怎够减轻人们的愤怒呢?要是能让他们不做任何坏事就离开,那就谢天谢地了。

然而,发生的一切,最终都是为了她——那个埃克比今日的女主人。侠士们是勇敢的人，精通武器，要是随他们自己的心意，他们会抵御。他们宁愿用精准的射击赶走这帮贪婪的暴民，要不是为了这个温柔、亲切、为百姓祈祷的她。

夜越是往深处流淌，这帮人也越发柔和。温度、休息、酒水把他们可怕的骚动缓和了。他们开始逗乐和欢笑。他们是在尼高德姑娘的葬礼后的宴席上。"不要脸的，竟敢在葬礼后的酒席上不喝不说笑！那可是必须的。"

孩子们把自己扔在拿给他们的一大堆水果上。可怜的佃农的孩子们，以为蔓越莓和越橘是美味，如今把自己扔向那在他们口中融化的阿斯特拉罕苹果；椭圆的甜蜜的天堂苹果；黄白色的柠檬苹果，有着红脸颊的梨，还有各种各样的李子——黄的、红的和蓝的。哦，没有什么对人来说已足够好，当这个人一心要显示威力。

接近午夜时，这群人似乎打算离开。侠士们不再拿来食物和酒，不再拉开软木塞、敲击啤酒桶。他们舒了口气，感觉危险过去了。

可就在这时，主楼一扇窗户那儿出现了光亮。所有看见的人都尖叫起来。是个年轻女子擎着蜡烛。

只是很短的一瞬。景象消失了，可人们觉得他们认出了那个女子。

"她有长长的黑发和红红的脸颊，"他们喊道，"她在这儿，他们把她藏在这儿了。"

"哦，侠士们，你们把她藏在这里了吗，在你们埃克比，有我们的孩子、那个被上帝拿走理智的孩子吗？你们叫我们为她担心了一个礼拜，寻找了三天！没有酒和食物！该死的我们，我们从你们手上拿走了什么！先让她出来，然后，我们会知道怎么和你们交涉。"

驯服了的野兽吼着，叫着。带着野蛮的跳跃，冲向埃克比。

人们动作很快，可侠士们还要快。他们冲上去守住前门。可他们能对这些汹涌的暴徒做些什么呢？一扇又一扇门被推开了。侠士被推到一边，他们没有武器。他们被挤在密集的暴民中无法动弹。人们进来了，要找到尼高德的姑娘。

在最里头一个房间，他们找到了她。没人有功夫察看，她是浅色头发还是黑色头发。他们把她抬了出去。别怕，他们说，他们找的是侠士，他们是来这里解救她的。

可这帮往屋外冲的人这会儿遇上了另一支队伍。

一个姑娘的尸体不再休息于森林最荒漠的地方，这姑娘是从高高的悬崖上掉落、摔死的。一个孩子发现了她的尸体。落在大部队后头的，森林中的搜寻者把她的尸体抬在肩上，他们来了。她死了比活着时更可爱。她拖着长长的黑发躺在那里，很美。她的脸灿烂，因为永恒的宁静就栖息在脸上。

被高高地抬在人的肩膀上，她被抬着穿过拥挤的人群。她经过时，人们静止而沉默。低垂的头是对死神的威严的敬畏。

"她死了没多久，"抬着她的人低语，"她可能在森林里一直走到了今天。估计她是想躲开始终寻找她的我们，然后跌下了悬崖。"

可要是这姑娘是尼高德的女孩，那个从埃克比主屋里抬出来的又是谁呢？

从森林来的队伍遇上了从埃克比主屋里出来的队伍，篝火在园子里到处燃烧，人们能看清她们两个，认出她们。另一个自然是博宜的伯爵夫人。

"咦，这是怎么回事？我们是撞上了另一桩暴行吗？不是说年轻的伯爵夫人跑到远处去了，兴许是死了吗？以神圣的正义的名义，我们不该冲到侠士那里，把他们踩在铁鞋之下，辗成尘土吗？"

这时候，一个能传到远处的声音响起。尤斯塔·贝林爬到台阶的栏杆上，从那里发话。

"听着,你们这些野兽,你们这些魔鬼!你们以为埃克比没有来福枪和火药吗,你们这些丧心病狂的家伙?你们不信我原本能把你们全都杀了,就像射杀一群疯狗吗?可在那里的她为你们祈祷了。哦,要是我知道你们会碰她,你们当中没有一个人能活着!

"你们今夜吱吱乱叫,强盗一般跑到这里,用杀戮和纵火来威胁我们,算是怎么回事?我和你们那疯姑娘有什么关系?我怎么知道她跑哪里去了?我对她很好,这就是问题所在。我本该放狗去咬她,那样对我们大家更好。可我没那么做。我也没答应和她结婚,从来没有。记住这一点!

"可现在我对你们说,快把从屋子里拉出去的她放下。我说,放下她,愿那些碰过她的拳头在永恒之火中灼痛!你们不明白吗,她比你们高远,就像天空比大地高远;她那么精美,就像你们那么粗糙;她那么善良,就像你们那么恶毒?

"现在我要告诉你们她是谁。首先,她是来自天上的安琪儿。其次,她是和博宜的那个伯爵成婚的女人。可她的婆婆日夜折磨她。她必须跟普通女仆一样在湖边洗衣,她被鞭打和折磨,没一个女人遭过更可怕的罪。没错,她差点跳进克拉尔河,因为不得安生。我纳闷你们中的哪一个,你们这些坏蛋,那时会帮她呢。你们一个都不在那儿,然而我们侠士,我们做了。没错,我们做了。

"后来,她在一座农庄里生下了孩子,而伯爵对她说:'我们是在外国结婚的,不合法律和规定。你不是我妻子,我不是你丈夫。我不关心你的孩子。'是啊,在这种情形下,而她又不希望孩子作为没父亲的人被登记,要是她对你们中的任何一位男人说:'来,和我结婚!我得给孩子找个父亲!'那么你们一定会傲慢,可她没选择你们中的任何一个。她选择尤斯塔·贝林,那个永不会再说上帝的字眼的穷牧师。是的,我告诉你们,农人们,我从未做过比这更难的事,我对她来说一钱不值,我不敢看她的眼,可我也不敢说不，因为她处在巨大的困苦中。

"而现在，你们想认为侠士多邪恶都随你们的便，但要是你们碰她，我们会拼命。因为她，我们今夜才没对你们开枪。现在我对你们说：放下她，离开，不然的话，我觉得大地会开裂，来吞噬你们！当你们离开，就祈祷上帝原谅你们吧，因为你们让一个那么好、那么无辜的人受惊且悲痛。现在，离开吧，我们可受够你们了！"

远在他的话结束之前，那些架着伯爵夫人的人已把她放在石头台阶上，现在，一个大农庄主非常小心地走到她跟前，把自己的那只大手伸给她。

"谢谢，晚安，我们不想伤害您，伯爵夫人。"

在他之后，又上来了一位，给了她一个小心的握手："谢谢，晚安！您可不要生我们的气！"

尤斯塔跳下来，站在她身边，他们于是也和他握手。

现在，他们缓缓地轻松地上前，一个接一个，来道声晚安，在离开前。他们又被制服了，又成了人——像早晨他们离家时那样，在饥饿和复仇把他们变成狂野的禽兽之前。

他们直视着伯爵夫人的脸，尤斯塔注意到，他们看到的无辜和虔诚的样子，如何给不少眼睛带去泪水。他们对看到的最高贵的东西都有无声的喜爱。人们高兴，他们中有一个人，对美好拥有这么伟大的爱。

自然，他们不能都和她握手，人那么多，而伯爵夫人累了，也虚弱。可他们都想跑到前头看她。他们可以抓住尤斯塔的手，毫无疑问，他的胳膊能受得了握手。

尤斯塔好像站在梦中，在他心中，这一夜里，新的爱升起了。

"哦，我的人民，"他想着，"哦，我的人民，我多么爱你们！"他觉得他是那么爱这整个一群，这支把死去的姑娘举过头顶，走进夜的黑色里的队伍，所有这些，穿着粗陋的衣服，拖着臭烘烘的鞋子的人；所有这些，在森林边缘的小灰屋里居住的人；所有这些，不能举起一支笔，也几乎不识一个字的人；所有这些，不知生活的丑陋和丰富，只为每日的面包苦斗的人。

哦，这不是伟大的人们、可爱的人们吗？这不是勇敢而容忍的，不是喜悦而勤劳的，不是灵巧而期待的人们吗？难道不是穷人常对穷人友善？在他们大多数人的脸上，没有落着有力而智慧的表达吗？在他们的言语中没有闪动的幽默吗？①

带着苦痛而燃烧的温柔，他爱他们，他们给他的眼睛带来了泪珠。他不知道自己要为这些人做些什么，可他爱他们，所有的、每一个带着缺点、恶习和软弱的人。哦，上帝，要是他被他们爱的一天也能到来，该有多好啊！

他从他的梦中醒来：他的妻子把手放在了他胳膊上。人们走了。他们独自留在台阶上。

"哦，尤斯塔，尤斯塔，你怎么可以！"她把手捂在脸上，哭了。

"我说的都是真的，"他声明，"我从没答应尼高德的姑娘，说要娶她。'下个礼拜五到这儿来，你能看到好玩的事！'这就是我对她说的全部。她喜欢我，我也没办法。"

"哦，不是说那个，但你怎么可以对大家说，我是美好和纯洁的呢？尤斯塔，尤斯塔！你不知道吗，我在还不被允许时就爱上了你！我在大家面前感到羞愧，尤斯塔，我难为情得要死。"

她抽泣得颤抖起来。

他站着，看着她。

"哦，我的朋友，我的爱，"他平和地说，"你是多么幸运，可以这么好；你是多么幸运，有这么一个美丽的灵魂！"

---

① 本段为学术版所增补。

# 第二十章　凯文乎勒

亲爱的朋友们！这只是个可怜的、小小的寓言。

寓言通常喜欢装扮成女神的美丽模样，披挂皇室的徽章，可这一个更像饥饿而褴褛的街头男孩。寓言通常在美丽的牧歌式小树林和有着高柱子的屋里选择自己的家，但这个可怜的家伙是我在卡尔斯塔德找到的，他坐在紧挨西桥的大石塔外哭泣。

那里有过他的家，他说，而今，他们要把它拆除了。

这旧石塔可能不是美丽而闪亮的今日城市中人们的最爱。这是个四方形的、高大而狭窄的花冈岩建筑，它有小而窄的窗孔，很是丑陋。那些灰墙或尖角上没什么装饰物，整个建筑上笼罩着某种阴森而骇人的气息。这老房子很像一座骑士城堡的塔楼，但大多数人认为，它曾是座磨坊，因此，甚至缺乏浪漫的价值。

可这确实是真的，这个可怜的、小小的寓言的家就在那里。现在，我将讲述，他是怎样一个善良的小寓言，我觉得，此后大概就没人有心碰这古石塔了。他情愿住在那里而不是官邸或市政厅或小学校。他最喜欢那没刷过的墙，情愿与老鼠及蝙蝠作伴。

这寓言讲述天才、天才的精髓及对人的影响，就像此前很多别的寓言所讲过的。若不是这寓言能同时让我们知道实际发生的好多事，若不是埃克比侠士中的一个是这里头的英雄，若不是这寓言对我们讲述了毁灭埃克比的那场最后的悲剧,就没必要述说这个寓言了。①

\*

1770年,后来学问渊博且多才多艺的凯文乎勒在德国出生了。他是个城伯的儿子。本可在高高的城堡里生活,在皇帝身边骑马,要是他愿意——但他不愿那样。

他愿意把风车的帆翼安在城堡最高的塔上,把礼堂弄成铁匠铺,把女士活动室弄成钟表匠的作坊。他但愿能把城堡里填满旋转的轮子和运作的杠杆。可因为这样的事不被允许,他丢开了所有的富贵,进入了钟表业学徒。在那里,他学习了一切和齿轮、弹簧及钟摆相关的事。他学做日晷、恒星钟、带啁啾的金丝雀和吹奏号角的绅士的装饰钟、钟琴——将奇妙的机械填满整个教堂尖顶,发条那么小,可保存在一个奖章里。

当他获得这一行的满师证书后,他把一个旅行背包甩在肩上,把多节手杖提在手里,从一地转至另一地,学习一切和滚轴及轮子相关的东西。凯文乎勒不是个普通钟表匠,他想成为一名了不起的发明家和改革者。

在穿越了很多国家后,他来到韦姆兰学习磨坊的风车轮和采矿技术。一个美丽的夏日早晨,他碰巧穿过卡尔斯塔德广场。可就在这同一美丽的早晨时分,森林宁芙也高兴地把她的漫步一直延展到了城市。这高贵的女士也在穿过广场,不过是从反方向,所以,她碰上了凯文乎勒。

对一个钟表匠来说,这真是个奇遇!她有闪亮的绿眼眸,浅色长发飘洒,几乎及地。她穿绿色的簌簌作响的丝绸。她是魔女和异

---

① 以上六段为学术版所增补。

教徒,她比任何一个凯文乎勒见过的基督徒女子都要可爱。她朝他走来时,他像是被雷电击中,站定了着看她。

她直接从森林最深处的树丛中走来,那里,蕨长得像树一般高,巨大的松树挡住太阳,阳光只是像金色飞沫一般洒在黄苔藓上,而双子花爬上地衣覆盖的石头。

哦,我但愿能站在凯文乎勒的位置上,看她就那么走来:蕨叶和云杉针蜿蜒在瀑洒的头发里,而一条小小的黑色毒蛇缠绕着脖子。想象一下她,她步态轻盈仿佛野兽,她又带着新鲜的树脂、野草莓、双子花和苔藓的清香!

她从卡尔斯塔德广场上穿行时,人们是如何盯着她的啊!马儿因她在夏风中飘动的长发惊愕地狂奔,街头的野孩子跟在她身后奔跑,男人们放下秤和切肉刀,张口结舌地对着她。妇女们尖叫着要找主教和座堂教士们,快把巫女驱出城外。

她自己却平静而庄严地走着,只对着骚乱微笑,凯文乎勒看见她那小而尖锐的捕食者的牙齿,在红唇之下。

她背上披着袍子,以便让人不会注意到她是谁,运气不好的是,她忘了掩藏尾巴。如今,尾巴拖在铺路石上。

凯文乎勒也看到了尾巴,他很痛心,一个出身高贵的女士把自己暴露为城市居民们的笑柄。所以,他对那美丽的人弯下腰,礼貌地说:"可否让我帮您把裙摆提起来?"

森林宁芙很感动,既为他的善心也为他的礼貌。她在他面前停下,看着他,他觉得她眼中的亮光一直射到了自己心里。"记住,凯文乎勒,"她说,"从今往后,你的一双手能对付一切艺术工作,不过,每样东西只能做一件。"

她这么说了,她会信守诺言。因为谁不知道呢,这个森林树丛中出来的着绿的女子有给予那些获其青睐的人们天才和奇能的本事。

凯文乎勒留在了卡尔斯塔德,还租了个工作间。他挥动铁锤,日夜劳作。八天后,他完成了一个奇异之作。这是辆车,自己能跑。它上坡下坡,它跑快跑慢,它能被驾驶和转向,停止或开动,全看人的意愿。这是一台了不起的车。

这下,凯文乎勒成了个名人,在全城都交上了朋友。他对自己的车那么骄傲,还跑到了斯德哥尔摩去,给国王看。他毋需等待驿站的马车,或是和马车夫吵架;他毋需在小船上摇摆,或在途中车站的木凳上睡觉。他得意地驾着自己的车,不过几个小时,就到了。

他径直开到王宫,国王领着宫廷贵妇和绅士们出来看他驾驶。他们简直是怎么夸赞他都觉得不够。

然后,国王说:"你一定愿意把车给我,凯文乎勒。"虽然他拒绝了,国王却很固执地要这辆车。

这时,凯文乎勒看见国王的随从里有个绿衣浅发的女士,他想他认出了她,他意识到,一定是她建议国王跟他要这辆车。可他绝望了,他没法忍受由别人拥有他的车,但最终,他也不敢跟国王说不,于是,他驾着车,以那么一个速度对着宫墙开去,以至于车崩裂成了一千个碎片。

回到卡尔斯塔德后,他尝试着做一辆新的出来。但他办不到。于是他开始沮丧于森林宁芙给予的这份天才。他已离开父亲城堡里的懒惰生活,为了能成为造福大众的人,不是做什么只为一人所用的奇妙物件。这对他有什么用呢,即便他成了个伟大的大师,没错,所有大师中最伟大的——但他不能倍增他的奇迹,让它为成千上万的人运用?

这个学问渊博而多才多艺的人向往安静又从容的劳动,他成了个石匠和泥水匠。正是在那个时候,他建造了西桥下的那座伟大的石塔,是根据他父亲的骑士城堡中主塔的模式造的。他的意图,毫无疑问，还要建造低而长的边翼房、大门入口、院落、壁垒、凸窗，这样，整个城堡就能树立在克拉尔河畔。

在这里头，他可以实现自己童年的梦了。一切有着制造和手工之名义的，都会在城堡的房间找到自己的家。一身白色的磨坊工、黑乎乎的铁匠、紧张的两眼前有绿罩的钟表匠、手上漆黑的染工、纺织工、车工都要在他的城堡里有工作间。

工程运转顺利。用他自己采下的石头，他亲手造了自己的塔。他把风车帆翼固定在其上，因为塔将是一座磨坊，眼下，他要开始忙铁匠铺了。

有一天，他站着观察那轻巧又强健的风车帆翼如何在风中旋转，他的旧苦痛又涌上心头。

对他来说，似乎是那着绿的女子又拿闪亮的眼睛看着他，直至他的头脑又着了火。他把自己关在工作间里，没尝一口吃的，没享受一点休息，不停地工作。他干了八天，又做出一个新的奇异之作。

一天，他爬上自己建造的高塔顶端，开始在自己的肩头插上翅膀。

两个街头顽童和一名高中生坐在沉箱上钓欧白鱼。他们看到了他，发出了响遍全城的惊叫。他们拔腿飞奔起来，气喘吁吁地在街道上跑上跑下，敲击每一扇门，并且喊着："凯文乎勒要飞了，凯文乎勒要飞了！"

凯文乎勒平静地坐在塔顶，身上插着翅膀，与此同时，一群群的人拥挤在古老的卡尔斯塔德狭窄的街上。

女仆离开了沸腾的水壶和发酵的面团，老妇扔下了手上的编织物，戴上眼镜，跑上街。议员和市长从裁判桌边起立，校长把语法书扔至角落，学校的男生未经允许就冲出了教室，全城的人都在往西桥跑。

很快，桥上就黑压压地挤满了人。集市收摊了，整个河岸，直到主教邸宅全是人，比"圣彼得和圣保罗之日"的集会者还多，比国王古斯塔夫三世入城时的围观者还多——那时，国王的车被八匹马拉着，速度狂野，转弯时马车立在两只车轮上。

凯文乎勒终于把翅膀安好，起飞了。他扑扇了几下翅膀，然后完全悬于空中。他畅游在空气的海洋里，高高地浮在地面之上。

他全力吸进空气，空气浓烈而纯净，他的胸怀扩展了，古老的骑士血液开始在体内沸腾，他像鸽子一样翻动，像老鹰一样翱翔，翅膀和燕子一样快速，他把握着自己的航路，精准如鹘。他朝下看见了固定在大地上、看着天空中翱翔的自己的一大群人。要是他能为他们每个人做一副翅膀多好啊！要是他能给他们能力升腾到这清新的空气中来该有多好！想想看，他们会变成怎样的人！即便在这一胜利时刻，他生命中苦难的记忆也未曾离开他。他不能只为自己高兴。那个森林宁芙，要是能见到她多好啊！

这时，他觉得眼睛被强烈的阳光刺瞎了似的，他感觉到颤动的空气，有人迎着他飞来。他看见巨大的翅膀鼓动，就像他自己的，羽翅下是人的身体在浮游。黄色的头发闪亮，绿色的丝绸翻滚，狂野的眼睛发光，那是她！那是她！

凯文乎勒没犹豫，他以一个疯狂的速度，对着怪物扑了过去，是要亲吻还是抽打她，他说不清。不管怎么说，是要强迫她弄走她加在他身上的诅咒。在这狂野的速度中，他的思考和感觉背弃了他。他没看见自己是朝向哪里，只注意到飘动的头发和野性的眼睛。他一直跑到她面前，伸出手臂抓她。他的翅膀却被她的手抓住了——她的更强大。他的翅膀被扯碎、断裂，他摇摆，坠落，不知身往何处。

他重新回复知觉时，发现躺在自己的塔顶，毁坏了的器械就在身边。他飞到了风车里，帆翼阻止了他，带着他绕了几圈，然后，把他扔到了塔顶上。

这出游戏就这样中止了。

凯文乎勒又成了个绝望的人。老老实实的工作让他厌倦，可他又不敢运用自己得到的奇妙技艺。要是他再创造一个奇妙物件，然后又一次摧毁它，他的心脏会因悲痛而破碎。可要是他不毁了它，他会因为知道它不能为他人享用而发疯。

他拿出旅行背包和多节拐杖，任磨坊待在它所矗立的地方，决定去寻找森林宁芙。

他弄了一匹马和一辆车，因为他不再年轻，脚力不够了。据说，他抵达森林后，就走下马车，叫唤树丛中的森林宁芙。

"森林宁芙，森林宁芙，是我，是凯文乎勒，凯文乎勒！来吧，来吧！"可她没来。

正是在这个旅途中，他来到了埃克比，就在少校夫人被赶走的几年前。在埃克比，他受到很好的接待，他就留下了。侠士之翼的组合里多了个高大又强健的骑士，一个勇敢的绅士，在啤酒桶和狩猎宴上，他都能找到自己的位置。他童年的记忆回来了：他允许他们叫他伯爵，他有了越来越多的老德国强盗贵族的外表：巨大的鹰钩鼻、凛然的眉毛、大胡子——从下巴那儿伸出，也在嘴唇上头蜷曲着翘起来。

他于是让自己成了侠士中的一个侠士，在这群人里不比其他人更好，这群在人们眼中被少校夫人修理了的违规之人。他头发变得灰白，他的头脑打盹。他太老了，都不再相信年轻时的业绩。他不是有奇特力量的人。那个发明了自动车和飞行器的人不是他。哦，不是，都只是故事，故事！

可接着，少校夫人被逐出了埃克比，侠士们成了这个宏伟庄园的主人。一种从未那般糟糕的生活开始了。一股强劲的风暴席卷大地，所有衰旧的荒唐事走入青春的癫狂，所有的邪恶蠢蠢欲动，美好的一切都在颤抖,人类在地上争斗,灵魂在天堂搏击。狼从陡符勒山来,背上驮着巫婆,自然力量都释放了,森林宁芙来到了埃克比。

侠士们不认识她。他们以为她是一个贫穷又受难的女子,被残酷的婆婆折磨到绝望。于是,他们就给了她住的,对待她好比对待女王,爱护她好比爱护孩子,称呼她为伯爵夫人。

只有凯文乎勒知道她是谁。开头,他大约也和其他人一样盲目。可有一天,她着绿,那是窸窣作响的丝绸,当她穿上这一身,凯文乎勒便认出了她。

她穿着丝绸衣裙,坐在埃克比最好的沙发上,所有的老头儿都把自己弄成个傻瓜一般为她服务。一个是厨师,一个是伺从,一个是朗读书籍的人,一个是宫廷乐师,一个是鞋匠。每个人都有任务。

她据说是病着,这个邪恶的妖女,可凯文乎勒明白这病人是怎么回事,她只是愚弄所有的人,她就是这样。

他针对她,向侠士们提起警告。"注意那小而锐利的牙齿,"他说,"还有那野性的闪亮的眼睛!她是森林宁芙,在这可怕的时日,所有的邪恶都在摩拳擦掌。我提醒你们,她是森林宁芙,是来这里摧毁我们的。我以前见过她。"

确实,在他们的心受感动时,人与人的连接不是巨大的吗!侠士们像是母亲,摇篮里有个被妖精掉包的婴儿。她没有能力看出那大大的头颅和那黑色的皮肤;她以为妖精的幼崽沙哑的喊叫和她的孩子咯咯的笑声仿佛,她看不到那嘴唇更厚,而指甲蜷曲如钩。侠士们就是这样;他们准备好杀了凯文乎勒,当他想打开他们的眼睛时。①

可凯文乎勒一看到了森林宁芙,并认出她来,工作的欲望就朝

---

① 本段为学术版所增补。

他压来，他的头脑开始燃烧和沸腾，他的手指因为要触碰铁锤和锉刀的愿望而疼痛，他没法与自己对抗。带着一颗苦涩的心，他穿上工作服，把自己关在老铁匠铺里，那里可以作他的工作室。

于是，一声喊叫从埃克比传遍整个韦姆兰："凯文乎勒开始工作啦！"

他们屏息静听关闭的工作室里传出的锤子的敲击，锉刀刺耳的尖锐以及风箱的呻吟。

一个新的奇异之作就要见天日了。这会是什么呢？他这次是要教我们在水上走，并且举起一把梯子，爬向七姊妹星团吗？

对这么个人来说，没有什么是不可能的。用我们自己的眼睛，我们见过他展翅在空中。我们见过他的车自动地奔跑在路上。他有森林宁芙的天才：没有什么对他来说是不可能的。

一夜，在十月一日或是二日，他把那神奇的作品完成了。他走出工作室，作品就在手上。是一个不停地转动的轮子。转动时，辐条火焰一般闪耀，热和光也散发出来——凯文乎勒做出了一轮太阳。当他从工作间出来时，夜变得那么亮，麻雀开始叽叽喳喳地鸣叫，云朵开始燃烧成黎明的嫣红。

这是最辉煌的发明。地上不再会有黑暗和寒冷。当这念头涌来时，他的头开始眩晕，白天的太阳还是要继续升起和降落，可当它消失时，数千个他的火轮应该在大地上转动，空气会带着热度震动，就像最热的夏日。然后，成熟的收获能带至仲冬的星空下，野草莓和越橘会一整年地给森林坡地穿衣，寒冰再不会封锁水面。

如今，发明完成了，它将创造一个新地球。他的火轮将是穷人的皮外套和矿工的红太阳，它将给工厂以动力，给自然以生命，给人类的一个新的、富足和幸福的生存。可与此同时，他充分明白，这都是梦，森林宁芙不会允许凯文乎勒复制他的火轮。在愤怒和复仇的愿望中，他想到杀了她，然后，他就不清楚自己到底做了些什么了。

他跑到主屋，在前厅紧靠楼梯的地方放下火轮。他的目的是，让屋子着火，让女妖在屋内被烧死。

然后，他跑回自己的工作间，默默地坐着，听着。

庄园里传出喊声和尖叫。这会儿是被注意到了，出大事了。

嗯，跑，叫，报警！如今，她是在里头给烧着了，树宁芙，那个穿绿丝绸的！

她是不是在折磨中打滚，她是不是从一个房间跑到另一个房间躲避着火焰呢？啊，绿色的丝绸将如何着火，火焰又将如何在那飘洒的头发上戏耍！振作勇气，火焰；振作勇气，火焰！抓住她，点燃她！女巫在燃烧！别怕她蛊惑的言辞，火焰！让她烧！有人，因为她的缘故烧了一辈子呢。

钟声敲响了，大车咔嗒咔嗒地动了，水管给拉出来了，水从湖边由一双手传递到另一双手上，一座又一座村庄的人们蜂拥而至。有尖叫，有嚎哭，有命令。屋顶崩塌了，可怕的大火带来噼啪声和雷鸣般的爆炸声。但没有什么能烦扰凯文乎勒，他坐在砧板上，拧自己的手。

然后，他听到一声崩裂，好像天塌了，他站起来，欢呼："现在结束了！"他喊道，"如今，她没法逃脱了，如今她被压在大梁底下，被火焰燃烧了。这下子，结束了！"

他想起必须被牺牲了的埃克比的荣光和力量，那是为了将她驱逐出这个世界。那些美妙的厅堂，在那里，那么多欢乐停留过；那些回荡着那么多愉快记忆的房间；那些在那么美味的佳肴下沉吟过的桌子；那些昂贵的古老家具、银器和瓷器，都无可替补……

然后，他尖叫着跳了起来，他的火轮，他的太阳，一切的根源，他没将它摆在楼梯下，以造成这场火灾吗？

凯文乎勒低头看看自己，因为恐惧而惊呆了。

"我疯了吗？"他说，"我怎么做了这么件事？"

与此同时，关闭着的工作间打开了，绿衣女子走了进来。

森林宁芙站在门槛上，笑着，光彩照人。她的绿裙上没有瑕疵或污点，她铺洒的发上没有烟，她就是他年轻时在卡尔斯塔德广场上见到的样子，野兽的尾巴拖在两脚之间，她有所有森林的野性和气息。

"现在，埃克比着火了！"她说，并且笑了。

凯文乎勒抓起大锤想朝她头上砸过去，可他注意到，她手里拿着他的火轮。

"看，我都替你抢救了什么！"她说。

凯文乎勒跪倒在她脚下："你毁了我的车子，你折了我的翅膀，你搅了我的生活。同情我，怜悯我！"

她爬上一台刨床，坐在上头，还是和他在卡尔斯塔德广场第一次见到时，一样年轻和调皮。

"我看出你知道我是谁。"她说。

"我知道你，我一直知道你，"这可怜的人说，"你是天才，可现在，给我自由吧！把你的天才从我手上拿走，把奇作的天才从我这儿拿走！让我成为一个普通人！你为何要迫害我，你为何要迫害我？"

"疯子！"森林宁芙说，"我从未对你有什么恶意。我给了你巨大的回报，可若是你不情愿，我也可以收回，但你可要好好想清楚！你会后悔的。"

"决不，决不，"他喊道，"把那些神奇的力量从我这儿拿走！"

"首先，你得毁了这个。"她说，把火轮扔到他脚边的地上。

他没有犹豫，他把大锤压在闪亮的太阳上，它只是个邪恶的魔法——当它不能造福大众之时。星火在屋子里飞，碎片和火焰在他周围环绕,然后,他最后的杰作也躺在碎片中。

"好,现在,我把我的天才从你那儿拿走了。"森林宁芙说。

她站在门口,即将离开,外头的毁灭之光照射着她时,是他最后一次看着她。

对他来说,她似乎比以前更美丽,但不再调皮了,只有严厉和骄傲。

"疯子,"她说,"我可曾禁止你让他人模仿你的作品?我做的,不过是把有天才的人从匠人的活计中保护出来而已。"

说完,她就走了。而凯文乎勒疯了几天,其后,他又变回了一个普通人。

埃克比的主建筑给烧毁了。不过没有人受伤。可对于侠士们来说,这是巨大的悲哀。这个好客之家,这个他们在其中享受了那么多美好地方,在他们掌管时会遭这么多罪。

哦,后来的时代的孩子,但愿在卡尔斯塔德广场遇见森林宁芙的是你或是我!你信不信?我走进了森林,并且呼唤:"森林宁芙,森林宁芙,是我,凯文乎勒,凯文乎勒!"不过,如今有谁见过她呢?在我们的时代,有谁会对她埋怨,从她那里得到了太多才华?①

---

① 本段为学术版所增补。

## 第二十一章　布洛比集市

十月的第一个星期五，布洛比集市开张，会持续八天。这是秋天最大的节日。每个农舍都准备着屠宰和烘焙；新的冬衣已做好，第一次穿上了身；节日的菜肴，比如有本地的特色点心：就着黄油和乳清干酪丝来吃的面包片，也有奶酪蛋糕，都是一整天地摆在桌上。烧酒的配给涨了一倍，工作停息。每个农庄里都是欢会。佣人和帮工领到了工钱，凑在一起，长时间地讨论，将到集市上买些什么。远路来的人们，肩上有背包，手上有棍子，在路上一群一群地走。很多人赶着牲口到集市去。小而固执的年轻公牛和山羊，一动不动地站着，四条腿死死地定在地上，给主人制造了严重的滋扰，但对旁观的人来说却很好玩。庄园客房里满是亲爱的客人：消息交换了，牲口和货物的价钱商谈了。孩子们梦想着集市上的礼物和给他们在那里使用的硬币。

在集市第一天——好大一群人涌上布洛比坡，穿入宽广的集市啊！摊子立起来了，那里，市里的商家铺开了他们的货品。而从邻省来的达拉纳人和西约特兰人，在无尽头的、上头飘动着白布蓬的一排排柜台上，堆起了他们的物品。有好多走钢丝的，手摇风琴手、盲人小提琴手也在，还有算命的、卖焦糖的、开临时小烧酒馆的。在这些摊位外头，陶罐和木罐排成行。洋葱和辣根，苹果和梨由来自大农庄的果农提供。一大块地盘被带着闪光的镀锡栗色铜器占据了。

然而，从集市动态中，很明显能感觉到，窘迫主导着黑湖、布洛、叶湾以及其他叶湖的教区：摊位和柜面的交易都不景气。主要的流动是在大牲口市场，因为好多人都必须卖掉母牛和小牛犊，以便对付着度过冬天。在那里，狂野而激动人心的马的买卖也在进行。

布洛比集市是个快活的地方，要是你有喝上几杯的钱，那么你就能保持兴致勃勃。也不单是酒精制造喜悦。人们从隔绝的森林里的家，来到熙熙攘攘的集市，听到尖叫、大笑的人群的喧嚣，他们变得像是因快乐而眩晕，被沸腾的市场生活弄得狂野起来。

当然，这么多人中进行着不少交易，可那并不是最主要的事。最重要的是招呼一群亲戚和朋友到大车上，招待他们羊肉肠，就着黄油和乳清干酪丝吃的面包片，还有酒，或者说服姑娘接受一本《圣歌集》和丝绸衣服，或是到市场上转转看能否买到什么礼物，给家里的小家伙。

每一个不是非得在家照看屋子和牲畜不可的人，都来到了这布洛比集市上。他们中有埃克比的侠士、尼高德的森林农人、挪威的马贩子、北部森林的芬兰人、路上的浪人。

有时，那整个翻腾的海洋聚集在一个漩涡中，像是围着一个中心在绕着眩晕的圈子。没人知道中心是什么，直到一两个警察硬是挤进去，来结束一场打斗或抬起被掀翻的大车。而下一个瞬间，又有另一群人围住了一个和一位机智的姑娘争吵的商人。

正午将至，大的格斗开始了。农人们觉得，西约特兰人用的厄尔尺太短，在他们的柜台前争吵起来，终于导致动武。人人都明白，对他们中的大多数人来说，平时除了受苦受累就没别的，能够打一架总还是一份快乐，打谁都行，碰到什么事也都一样。一旦强健和好斗的看到有格斗一触即发，就从四方八面涌来了。侠士们冲过来，意在用他们的方式来建立和平，而达拉纳人是来为西约特兰人撑腰。

强健的、来自福尔斯的孟斯是热切地想卷入争斗中的一个。他喝醉了，还发着脾气。这会儿，他拉倒了一个西约特兰人，揍起对方，可这男人呼救了，他的同乡前来增援，试图叫强大的孟斯放开他们的同志。壮汉孟斯把一副柜台上的一捆布扫开，占据了柜台本身，一个约一厄尔宽，八厄尔长，和一个厚木板连在一起的柜台，他开始旋转这柜台，以此作为自己的武器。

他是个可怕的人，这个强壮的孟斯，在菲利普斯塔德的监狱，他曾把墙踢坍。他能举起湖里的一只船，扛在肩膀上。如今，你能相信，当他开始带着沉重的柜台打架时，一大群人都逃开了，包括西约特兰人。可壮汉孟斯追着他们，带着沉重的柜台。对他来说，现在已不是朋友和敌人的问题，这会儿，他只想打一个人，因为他有一件武器。

人们在绝望中逃窜，男人和女人都在尖叫和奔跑。可逃跑对于妇女，好多是手上牵着孩子的妇女来说，怎么办得到呢？摊子和车子挡着道，公牛和母牛都因叫嚣而疯狂，阻碍她们逃脱。

一群妇女被挤到摊位间的一个角落里，那个巨人扑来了。难道他是在人群中看到了一个西约特兰人吗?！他举起柜台，任其落下去。在苍白而恐惧的焦虑中，妇女们接受着袭击，在致命的打击下挤成一团。

可就在柜台朝下砸去时，它的力量被一个男人的臂膀挡住了。有一个男人没有退缩，而是从人群中站了出来，一个男人，自愿来承受打击，解救大多数人。妇女和孩子们没有受伤，一个男人打破了袭来的暴力，然而，他也倒在地上失去了知觉。

强大的孟斯没有举起柜台继续攻击。在柜台砸向男人的头部时，孟斯遇上了这个男人的眼睛，那眼睛让孟斯瘫痪了一般，他就毫无抵抗地，被捆起、带走了。

然而，极速的脚步传递着消息：莱纳特上尉被强悍的孟斯砸死了。人们说，他，那个大众的朋友，为解救妇女和毫无防卫能力的儿童死去了。

野蛮的场地沉寂了，在那里，生命刚刚以最狂野的节奏喧闹过。交易结束，格斗中止，食盒子那儿的筵席也散了，走钢丝的徒劳地引诱着路过的看客。

人们的朋友死了，人们在哀悼。他们以静默的人流，涌向他倒下的地方。他四肢伸展着躺在地上，毫无知觉，看不到明显的伤口，可头颅似乎给压扁了。

几个男人小心地把他抬到那个巨人扔下的柜台上，他们认为，能感觉到他还活着。

"我们把他往哪里抬呢？"他们询问彼此。

"回家！"人群中有一个粗砺的声音。

哦，对啊，善良的人们，把他抬回家！把他抬在你们的肩膀上，抬他回家！他是上帝的玩物，他在上帝精神的呼吸前是一片羽毛。现在，抬他回家吧！

受伤的头颅曾歇息在监狱坚硬而简易的窄床上，在仓房的草包上。现在，让它回家，歇息在填充得柔软的枕头上吧！他受过了不该受的耻辱和折磨，他从自己家里被赶走。游荡的难民是他，他跋涉在能找到的上帝的道路上，可他渴望的地方是家，上帝把这家的入口给他关闭了。也许，他的家会为一个替孩子和妇女牺牲的人开放。

如今，他不是作为一个犯人回家，被歪歪倒倒的醉汉同伴跟随着，他是被悲伤的人们护送着，他帮助受苦的他们时，曾待在他们的檐下。现在，把他带回家！

他们这么做了。六个男人把他躺着的柜台，抬在肩膀上，抬出了集市的场地。他们走到哪里，人们都让到一边，静静地站着：男人摘帽，女人屈膝行礼，好像在教堂里，当上帝的名字被提及时那样。很多人哭，擦着眼睛；另一些人在议论，这人曾是怎样的，那么美好，那么快乐，那么机智，那么敬畏上帝。能注意到，一旦有抬的人累了，就会有人小心地缓缓上前，把肩膀放在柜台下边。

于是，莱纳特上尉也路过了侠士站着的地方。

"很想跟着，看他回家后一切都好。"贝伦克鲁兹说，离开他在路边的站立之处，跟着往黑尔格塞特去，不少人仿效了他。

集市场地变得很是荒漠：人们跟随莱纳特上尉到黑尔格塞特，自然，他们要看看，他到家一切顺利。需要买的东西可以不买，要带给小家伙们的礼物全给忘了，《圣歌集》买不了了，在姑娘眼里发亮的绸布，还躺在柜台上。人人都要去看莱纳特上尉回家会是怎么样。

队伍到达黑尔格塞特时，那里冷冷清清。上校的拳头再次敲打在关闭的前门上。所有仆人都在集市里，只有上尉的妻子在看家。如今，也是她来开门。

她询问，跟上次问的一样："你们想干什么？"

于是上校回答，跟上次回答得一样："我们把你丈夫带回来了。"

她看着他，他一如既往，直挺而安然地站着。她看着他后头抬着柜台并哭泣的人，还有一大堆跟着的人。她站在台阶上，看见几百双哭泣并焦虑地盯着她的眼睛。随后，她看着仰面躺在那里的男人，他的手在胸口上。

"是他原来的脸。"她喃喃地说。

没再多问，她弯下身，拉开门栓，把门打开，在众人前头走进卧室。

上校帮上尉夫人拉出双人床,抖了抖又长又软的枕头,莱纳特上尉再次躺在了柔软和洁白的亚麻床单上。

"他活着吗?"她问。

"是的。"上校回答。

"还有救吗?"

"没有,没什么可做的了。"

片刻沉寂,突然,她突然想起了什么。

"他们是在为他而哭吗,所有这些人?"

"是的。"

"他到底做了什么?"

"他做的最后一件事,是让壮汉孟斯杀了他,以便把妇女和儿童从死神身边解救。"

她又沉默地坐了一会,思索着。

"上校,他两个月前回家时,那张面孔是怎么回事?"

上校微微抽搐了一下,如今,他明白过来,是到这时候,他才明白。

"当然是尤斯塔把上尉的脸给涂抹了!"

"那么,是因为侠士的玩笑,我把他关在了家门外,上校,你们怎么对此负责?"

贝伦克鲁兹耸了耸宽阔的肩,

"我要负很多责任。"

"可我的意思是,这大概是你们做的最糟糕的事了。"

"我也从未走过比今天到黑尔格塞特更沉重的路,此外,还有两个对此有罪的人。"

"那么是谁呢?"

"辛特拉姆是一个,另一个是大妹子您自己。大妹子是个严厉的女人,我知道很多人都疲惫于跟您,谈论您的丈夫。"

"没错。"她回答。

然后，她叫他讲述在布洛比的那次饮酒。

他说了一切，一切他能回忆的，她静默地倾听。莱纳特上尉还是毫无知觉地躺在床上。房间里满是哭泣的人们，没人想到让哀悼的人群走开。所有的门敞开，所有房间、楼梯、门厅，都是静听的、焦虑的人们，悲伤的人们稠密地一直排到了院子里。

上校讲完后，上尉夫人抬高声音说："要是有侠士在屋里，我请他们离开，我不想看见他们，在我坐在我丈夫死床边时。"

没说一句话，上校站起来，走了，尤斯塔也是，还有其他几个跟随了莱纳特上尉的人。人们害羞地给这被羞辱的一小队人让出道来。

他们走后，上尉夫人说，"可有什么在这段时间见过我丈夫的人，愿意告诉我，他在哪儿待过，他都做了些什么？"

里面的人便开始对上尉夫人，这个错误裁判了莱纳特，并对他狠了心的人，见证莱纳特上尉。这会儿，古老的赞美诗的语言又响起了。除了圣经，从没读过别的书的人在说话。从《约伯记》的隐喻①，用先祖们的言语，他们谈论这个上帝的朝圣者，这个四处奔走、帮助大家的人。

时间流逝，他们还来不及说完知道的一切，暮色来后，在夜晚，他们还站着，叙述。一个又一个，走上前去，对他妻子谈论他，这个不愿听到他的名字被提起的妻子。

这其中有能谈起他如何在他们的病床上找到他们，并治愈了他们的人；有被他驯服了的野蛮而爱打架的人；有被他抚养的人；有醉酒的，被他迫使着清醒了的人。每一个曾处于无法忍受的苦难中

---

① 《旧约》的《约伯记》中讲述了上帝给约伯很多试炼，听任撒旦夺走约伯的健康、孩子等。

的人,对上帝的朝圣者送上话儿,他都来帮助他们,至少是给了他们希望和信念。

赞美诗的语言一晚上都回荡在病室里。

外头,在院子里,站着密集的群落,等待最后的结束。他们知道里边发生着什么,死床边高声说出的,都被人与人之间一个接一个的低语传到了外头,每一个有话可说的,都缓缓地让自己走向前:"这是个可作证的人。"人会这么说,然后给这要作证的腾出地方。这人在黑暗中向前,留下证言,再沉入黑暗。

"她现在在说什么?"一旦有人出来,外头的人就问,"她在说什么呢,那个黑尔格塞特的严厉的妻子?"

"她像女王一样发光,她像新娘一般微笑。她把他的扶手椅推到床前,把她亲手为他织为他做的衣服放在了上头。"

可接着,人群中一片沉寂。没人说这事,可大家都明白,他快死了。

莱纳特上尉睁开了眼睛,他看,看到了一切。

他看见了自己的家、人们、他的妻子、孩子们、衣服,他笑。可他睁开眼来只是为了死。他吸了口气,然后放出了灵魂。

于是,故事平息了,可声音起来了,是死亡圣歌。每个人都加入,被几百个强健的声音抬着,歌声升往高处。

这是地上的,对飞升的灵魂的告别。

## 第二十二章　森林里的佃农小屋

这是侠士们掌管埃克比之前很多年的事。

放牧的男孩和女孩在森林里玩耍,用扁石头盖房子,采摘云莓,做桤木角①。这两个孩子都出生在森林里,森林是他们的家和农场。他们与一切和平相处,就像人与仆人和牲口和平共处。

小家伙们把猞猁和狐狸看作农场里的狗,黄鼠狼是猫,野兔和松鼠是他们的大牲口,猫头鹰和松鸡在他们的鸟笼里,云杉树是他们的仆人,年轻的白桦树是他们宴会上的客。他们知道极北蝰冬眠时蜷缩的洞,他们水浴时,看见草蛇在清澈的水中游过,可他们既不怕蛇,也不怕树宁芙,这些都是森林的一部分,而森林是他们的家,那里,没有什么会叫他们害怕。

森林深处有个佃农小屋,男孩就住在那里。一条陡峭的森林小径通向那里,周围群山环抱,遮住了阳光,无边的沼泽就在附近,终年都弥漫出冰冷的雾。这样的住处对平原的人来说可没有吸引力。

放牧的男孩和放牧的女孩有一天会缔结婚姻的联盟,一起住在森林里的佃农小屋里,靠他们双手的劳动存活。可在他们结婚前,

---

① 传说中,吹桤木角可以诱惑动物。

不幸的战争席卷了大地,男孩被征了兵。他返回家里时,没带着伤口和受损的躯体,但他被远征打上了一生的烙印。他看到太多世上的邪恶,看到人类残酷地对待人类。他不再处于看见美好的位置了。

起初,没人看出他身上的这一变化。他和他儿时的心上人到牧师那里去,宣布了结婚预告。埃克比上头的那个森林佃农小屋成了他们的家,像他们很久之前同意的那样,可在那样的家里,从来都不是和谐占上风。

妻子看丈夫像是看陌生人。自从他离开战场回到家,她就认不出他来。他苦涩地笑,沉默寡言。她怕他。

他没有制造什么伤害或破坏,他是个勤奋的劳动者。可他不那么招人喜欢,因为他总把人往坏处想。他自己觉得他是个被鄙视的陌生人。如今,森林中的动物成了他的敌人。那遮蔽了太阳的山峦和制造了冷雾的沼泽是他的对手。森林对每一个抱有邪恶想法的人来说,是个阴森的居所。

任何一个想在野生世界里生活的人必须拥有甜蜜的回忆!否则,他会只看见植物和动物间的杀戮和压迫,就像他先前在人与人之间看到的那样。他对每一件自己遇上的事都往最坏处等待。

士兵杨·何克自己也解释不清,到底是什么让他分裂,可他注意到,自己诸事不顺。家提供不了平和,在这家里长大的,他的儿子们,变得强壮却野蛮。他们是坚强而勇敢的男人,可也与每个人处于冲突之中。

悲哀中的他的妻子,把注意力转移至对野生世界秘密的探索。在沼泽和丛林,她找到了能带来健康的药草。她思考着地下的生物,她知道什么能让它们高兴。她会治愈疾病,能给那些在做爱时苦痛的人提供建议。她得到了擅长魔术的声名,并遭到大家的回避——虽然,她对人很有用。

有一次，妻子决定和丈夫谈谈他的苦恼。

"自从你去打仗，"她说，"你好像就成了另一个人，在那里，他们都对你做了些什么？"

他随即跳了起来，几乎要揍她，以后，每次她提起战争，都是如此。他受不了听任何人提及战争这个字眼，很快，就很清楚了，他受不了谈论这个。于是，人们就很当心交谈的话题。

不过，没有一个和他一起战斗过的同志能说他比他们做过更多坏事。他像一名优秀的士兵一样作了战。只是他看到的所有那些可怕的事让他受了大刺激，所以，此后，他看不到好的，只看到坏的。战争引发了他所有的哀思。他觉得，因为自己参与了这么一件事，大自然恨他。那些懂得更多的人会安慰自己，说他们是为祖国和荣誉而战的。他对这些道理知道些什么呢？他只知一切都恨他，因为他让血液流淌，他制造了伤害。

到少校夫人被赶出埃克比时，就只有他一个人住在小屋里了。妻子死了，儿子们离开了家。不过，在布洛比集市那些天，这个森林小屋里满是客人。黑头发、黑皮肤的吉普赛人会在那儿。他们觉得和多数人所回避的人在一起最惬意。小小的、鬃毛长长的马儿爬上了林中小径，拉着装了镀锡器具的大车，上边有孩子们以及一捆捆的破布。女人过早地老了，带着因抽烟和喝酒带来的浮肿特征；面孔苍白、棱角分明，身体肌肉发达的男人们，跟在大车后。吉普赛人一到森林小屋，一切都生动起来。他们带来了烧酒和纸牌，还有喧闹的笑与谈。他们会谈论小偷、马的交易和血腥的格斗。

礼拜五，布洛比集市开始了，然后，莱纳特上尉被杀害。壮汉孟斯给了上尉致命的一击，孟斯是森林小屋里这个老人的儿子。因此，礼拜六下午，吉普赛人一起坐在山上，他们给老杨·何克准备了比平时更多的酒水，和他谈囚徒生活、囚徒的伙食与审判，因为他们常体验这类事。

老人坐在烟囱边砍柴用的木桩上，几乎不说话。他那大而无神的眼睛盯着填满屋子的这群野蛮人。暮色降临，不过，干木柴火带来光亮，它照亮了破布、悲惨以及苦涩的艰难。

然后，门慢慢地开了，进来两个女子。是年轻的伯爵夫人伊丽莎白，后边跟着布洛比牧师的女儿。伯爵夫人对老人来说很陌生，她可爱、耀眼又柔美地走入柴火的光亮中。她对屋里的人说，自莱纳特上尉死后，尤斯塔就在埃克比不见踪影。她和女仆在森林里找了一下午。现在，她看见这里有四处旅行并熟知所有道路的人。他们可见到过他？她进来歇个脚，并且问一声，他们可曾见到他。

这是个没结果的问题。没人见到过他。

他们给她拉过一把椅子。她跌落在其中，默默坐了一会。小屋中的喧嚣沉静了。人人都看着她，惊奇而仰慕。然后，她被这沉默吓住了，坐直身子，找寻一个可以随便说说的话题。

她转向角落里的老头："我好像听说，您曾是一名士兵，老爹，"她说，"讲点战争的事吧！"

沉寂更变得石化了一般。老人坐着，就跟他什么也没听见似的。

"从一个亲身去过战场的人那里，听到有关战争的事，我会觉得更有趣。"伯爵夫人继续说，不过，她突然停止了说话，因为布洛比牧师的女儿在对她摇头。自己一定是说了什么不合适的。所有聚在周围的人都看着她，似乎她打破了有关合适的最简单的规则。突然，一个吉普赛女人抬起她尖锐的嗓音问：

"这一定是博宜的那位伯爵夫人吧。"

"是的。"

"那和在森林里跑着跳着，找那个疯牧师可不是一码事。哎呀，这么个交换！"

伯爵夫人起身告别。她休息够了。刚才说话的那个女人跟着她到门口。

"伯爵夫人得明白,"她说,"我不得不说点什么,因为不能和那老头提战争,他根本听不了这个字眼。我是好意,我真是。"

伯爵夫人匆匆地走了,可她很快停住了脚步。她看见了震慑般的森林,遮蔽天幕的山峰,雾气弥漫的沼泽。对一个脑子里充满可怕记忆的人来说,住在这里太可怕了。她对那个有黝黑的吉普赛人作伴、坐在角落里的老人充满同情。

"安娜·丽莎小姐,"她说,"让我们回头!那里的人对我们很好,可我表现得太糟了。我要和那老人谈谈快乐的事。"

开心于找到了要安慰的人,她走回小屋。

"是这样,"她说,"我认为尤斯塔走入了这片森林,试图自杀。所以,马上找到他很重要,好阻止他自杀。我和安娜·丽莎小姐觉得有时似乎看见他了,可他从我们面前消失了。他老在尼高德的姑娘死掉的那片山上。我刚才想,我无需一直跑到埃克比去找救援,这里就有这么多强健的人,可以轻易地抓住他。"

"男人们,快上路吧!"吉普赛女人说,"当伯爵夫人没觉得自己太美好,而不屑请森林里的人帮忙时,你们可得立刻行动。"

男人们立刻站起身,出去搜索了。

老杨·何克默默坐着,用那双无神的眼睛瞪着前方。他坐在那儿,特别抑郁和辛苦。年轻的伯爵夫人找不到一句能和他说的话。然后,她见一个孩子躺在一捆草上,病着,还注意到有个女人有一只受伤的手。她立刻去照料病人们。她很快和那些喋喋不休的女人成了朋友,女人们给她看那些最小的孩子们。

一小时后,男人们回来了。他们拖着被捆绑的尤斯塔·贝林进了屋。他们把他放在火炉前的地上。他的衣服又破又脏,他的脸枯瘦,他的目光野蛮。这些天,他这一路走得可怕。他在潮湿的地上躺过,他的脸和手都沉浸到了沼泽的泥炭中,他在石板上拖过自己,也在最稠密的丛林里挤过。他没自愿跟着这些男人走,是被制服和被绑了来的。

他的妻子看见他这个样子,生了气。她没去松开他被绑着的四肢,由他躺在地上。她带着蔑视扭开头去。

"瞧你那样子!"

"我没想再回到你眼前。"他说。

"我就不是你妻子了吗?等你带着你的悲苦到我面前,不是我的权利吗?这两天,我在哀伤的焦虑中等待了你。"

"我确实造成了莱纳特上尉的不幸。我哪敢在你面前露脸?哪敢?"

"你很少害怕,尤斯塔。"

"我对你唯一能做的,伊丽莎白,"他说,"就是让你自由。"

无法言传的蔑视在她紧锁的眉头下投向他。

"你要把我变成一个自杀者的妻子!"

他的脸扭曲了。

"伊丽莎白,让我们走进寂静的森林,一起谈谈!"

"为何不能让这些人听到我们谈话?"她用尖锐的语调说,"我们是比他们中的任何人更好吗?他们中有谁比我们造成的悲伤和损害更多吗?他们是森林和大路的孩子,他们被人人憎恶。让他们听听,罪恶和悲伤如何也跟随埃克比的管理者,这个被大家热爱的尤斯塔·贝林!你认为你妻子会觉得你比他们这些人都好吗,还是你自己会这么觉得?"

他勇敢地抵着胳膊肘,试图直起身来,带着燃起的挑衅看着她:"我没你以为的那么糟糕。"

于是,她听到了这两天的故事。第一天,尤斯塔在森林里逡巡,被良心追逐。他受不了面对人的视线。可他没想去死。他想到遥远的地方去。礼拜天,他从山上下来,到了布洛教堂,他想再一次看看人们，那些叶湖地区的贫穷、饥饿的人们，他坐在布洛比牧师的耻辱堆边时，梦想过要侍奉的人们，以及在那个尼高德姑娘死去的晚上，于夜色中离去的，让他热爱的人们。

他到教堂时，礼拜开始了，他悄悄爬上楼座，从那里看下边的人。那时，严酷的折磨抓住了他。他但愿和他们说话，安慰在苦难和绝望中的他们。假如能让他在上帝的屋子里说话！他那么无望，他本可以带给大家希望和拯救的话。

然后，他离开教堂，走进圣器室，写下了那个他妻子已知道的宣言。他允诺，工作会在埃克比重新恢复，谷物会分给最需要的人们，他希望妻子和侠士们会在他离开后实现他的允诺。

他走出教堂，看见一口棺材停在教区集会的房子前。它粗糙，是仓促间凿成的，不过，装饰了黑绸和越橘枝。他意识到，那是莱纳特上尉的棺材。人们一定是请求了莱纳特的妻子赶快安葬她丈夫，这样，大批来集市的人可以参加葬礼。

他正站着看那棺材，一只重重的手压在他肩膀上，辛特拉姆到他身边来了。

"尤斯塔，"他说，"要是你想跟某人玩真正的恶作剧，那么就躺下，去死！没有什么比死更精明的了，没什么比死更能愚弄一个体面的、从不怀疑的人。我说，躺下，去死吧！"

尤斯塔听着这邪恶的人说的话很震惊。这恶人抱怨自己好好安排了的计划给打破了。他希望看见芦汶湖畔是荒凉的残砖败瓦。因此，他让侠士成了这一地区的主人，让布洛比的牧师使人们破产，因此，他叫来了干旱和饥馑。决定性的一击本该是在布洛比集市。被不幸刺激，人们会将自己投入杀戮和偷窃。然后，合法的一切都会被废弃。饥饿、无序以及各种各样的不幸就会来肆虐，最终乡村会变得邪恶，且充满仇恨，以至没人愿意住在这儿。这些都是辛特拉姆的作品。这会是他的骄傲和快乐，因为他邪恶。他爱荒凉的地区和未开垦的原野。可这个人,知道在正确的时刻去死的人,在他眼面前,把他辛特拉姆安排的一切都毁了。

于是,尤斯塔问他,安排的一切能有什么好处。

"会让我满意,尤斯塔,因为我邪恶。我是山上杀人的熊,我是平原上的暴风雪,我喜欢杀戮和迫害。走开,我说,走开,人类!我不喜欢他们。我要让他们在我的爪子间跑和跳——这也能带来那么一会儿的开心——可现在我玩够了,尤斯塔,现在,我想砍下去,我想杀戮和破坏。"

他疯了,完全疯了。很久之前,他就开始了这些地狱的艺术,如今,邪恶占了上风,现在他相信自己就是来自深渊的魂灵。如今,他已在体内给了邪恶养分和照顾,邪恶主导了他的灵魂。所以,邪恶能让人疯,就和爱及忧郁一样。

他愤怒,这个邪恶的人,在愤怒中,他开始撕扯棺材上的花圈和绉绸,可尤斯塔喊道:

"不许碰这棺材!"

"瞧瞧,瞧瞧,瞧瞧,我不可以碰它?好,我会把我的朋友莱纳特扔到地上,践踏他的花圈,你没见他对我做了什么吗?你没见我是乘着一辆多么好的灰马车来的吗?"

尤斯塔·贝林这才看见,有几辆监狱的马车,而地方治安官和监督员站在教堂院墙的外头等着。

"瞧瞧,瞧瞧,瞧瞧,我是不是要给黑尔格塞特的上尉夫人道声谢呢,因为昨天,她坐下来读旧报纸,发现了在那个旧火药事件中对我不好的证据,你知道吗?难道我不该让她明白吗,与其叫治安官和监督员追着我,她不如让自己忙于酿酒和烘焙。难道我就不能为我求夏尔林让我来这儿,为我好朋友的棺材祷告而流出的那点眼泪得点什么吗?"

于是,他又开始扯黑纱。

尤斯塔·贝林站在他身后,抓住他的胳膊。

"我会做一切阻止厂主碰这棺材!"他说。

"随你怎样!"恶棍说,"你想喊就喊!在治安官来之前,我还能做点什么。和我打架吧,假如你想!那会是教堂坡上的快乐景象。让我们在花圈和裹尸布之间打一架吧!"

"我会付一切代价为那死去的人买来和平,辛特拉姆,拿走我的命,拿走一切!"

"你应允了很多,我的孩子!"

"厂主可以试试。"

"那么,你杀了你自己呀!"

"我可以这么做,但首先,棺材必须保证已到地下。"

于是就成了这样。辛特拉姆从尤斯塔这里拿走了誓言:在莱纳特上尉下葬后,他尤斯塔不会活得超过十二小时。

"那么我知道你永不会成为一个好男人了。"辛特拉姆说。

对尤斯塔·贝林来说,答应这事容易。能给妻子自由,他很高兴。良心的责备已把他折磨得快累死了。唯一一件让他惧怕的事情是,他答应过少校夫人,要是布洛比牧师的女儿成了埃克比的仆人,他就不会自杀。不过,辛特拉姆说,她可不能算是仆人了,因为她继承了她父亲的财产。尤斯塔反驳说,布洛比牧师把他的财富藏得太好,没人能找到他的宝藏。然后,辛特拉姆笑了笑说,它们就藏在布洛教堂塔楼的鸽子窝里。说完,他走了。此后,尤斯塔又跑到了森林里。对他而言,似乎是去尼高德姑娘死去的地方自杀最好。在那里,他徘徊了一个下午,他在森林里看到了妻子,因此,他没能立刻自杀。

这样,他被绑着,躺在森林中佃农小屋的地上,讲述给妻子听。

"哦,"当他讲完,她悲哀地说,"我认得这一出!英雄的姿态,英雄的自吹自擂！总是准备好，要把手伸进火里，总是准备好牺牲你自己！这种事一度对我来说是多么了不起的行为！我如今又多么看中冷静和自我控制！你这样的保证对一个死去的人能有什么用？辛特拉姆把棺材打翻或是扯坏了花圈，又能怎么样呢？棺材还会直起来，还能放上新的花圈。要是你在辛特拉姆的眼前，把手放在一个好人的棺材上，发誓要活着，并帮助辛特拉姆想摧毁的穷人，那么我现在会赞扬这行为。当你在教堂看见那些人时，假如你想过：'我想帮助他们，我会用我全部的力量帮助他们'，而不是把这负担压在你虚弱的妻子和那些失去力量的老人身上，我也会夸奖。"

尤斯塔·贝林沉默了一会。

"我们侠士不是自由的人，"他最后说，"我们彼此保证过，我们要为了快乐，只为了快乐而活着。要是有一个没做到，我们都要倒霉！"

"倒霉的你，"伯爵夫人愤慨地说，"你是侠士中最胆小，最不想进步的一个！昨天下午，他们所有那十一个在侠士之翼坐着，很忧郁。你不见了，莱纳特上尉走了，埃克比的光泽和荣耀不见了。潘趣酒的盘子他们一点没碰，他们不肯见我。于是，这边站着的安娜·丽莎小姐，到他们那里。你知道她是个热心的小女子，她奋斗了很多年对付疏忽和浪费。

"'今天，我又一次回家，寻找父亲的钱，'她对侠士们说，'可我什么也没找到。所有的期票都付清了，抽屉和橱柜都翻空了。'

"'这太可惜了，安娜·丽莎小姐。'贝伦克鲁兹说。

"'少校夫人离开埃克比时，'布洛比牧师的女儿继续说，'她叫我照看她的房子。要是我现在找到了父亲的钱，我可以重新把埃克比建造起来。可我在家里什么也没找到，我就把父亲的耻辱堆带来了，因为当我的女主人回来，问我，到底对埃克比做了什么的时候，巨大的耻辱等待着我。'

"'别太自责,安娜·丽莎小姐,这不是你的错!'贝伦克鲁兹又说。

"'不过,我把耻辱堆拿回来不是单给我自己的,'布洛比牧师女儿说,'我也是给侠士们,请吧,亲爱的绅士们!亲爱的父亲或许不是这世上唯一一个带来了耻辱和伤害的人。'

"她从这一个侠士走到那一个侠士,给每人扔下一些干树枝。有些人诅咒,但多数听任她做了。终于,贝伦克鲁兹以崇高的绅士的平静说:

"'很好,我们应该感谢这个年轻女士,年轻女士现在可以走了。'

"她一走,他把攥紧的拳头砸在桌上,玻璃杯都跳了起来。

"'从这个时刻开始,'他说,'绝对戒酒!不要再给我烧酒或诸如此类的玩意儿!'这么说着,他站起身,走了出去。

"慢慢的,他们跟随了他,所有其他的人。你知道他们去了哪里,尤斯塔?没错,到了河边,到埃克比磨坊和铁匠铺所在的地方,在那里,他们开始了工作。他们开始移开木头和石块,清理那地方。老人们很辛苦,他们中有几个很悲楚。如今,他们不再能忍受自己毁掉了埃克比的这份不名誉。我知道你们侠士以劳动为耻,可如今,其他人已把这份耻辱背在身上。还有,尤斯塔,他们打算派安娜·丽莎小姐把少校夫人找回来了。可你呢,你在做什么?"

他还有一句话回她。

"你想要我怎么样呢?一个被革职的牧师?被人类拒绝的,被上帝憎恶的。"

"我今天也去了布洛比教堂,尤斯塔。我有两个女士对你的问候。'告诉尤斯塔,'玛瑞安·辛克莱尔说,'一个女人不想因为她曾爱过的一个男人感到羞耻。''告诉尤斯塔,'安娜·萧安乎克说,'我现在做得很好,我管理自己的领地,人们说,我成了另一位少校夫人。我不考虑爱,只考虑工作。贝尔雅的人们也克服了悲苦。可我们都为尤斯塔悲伤,我们相信他,为他祈祷上帝。然而,何时,何时,他能成为一个男人呢?'"

"那么你看,你是被人拒绝的吗?"伯爵夫人继续说:"你得到了太多的爱,那是你的不幸。女人和男人爱你,只要你开了玩笑或笑了,只要你歌唱了或玩耍了,他们便原谅一切。你喜欢做的事也让他们满意。你怎敢说自己是被拒绝的!或者,你是怨恨上帝的吗?你为何不留下来,参加莱纳特上尉的葬礼?

"他在集市日死掉后,声名到处传扬。礼拜后,数千人到了教堂,整个教堂的园子,周围的墙上和田间,都是人。葬礼队列一直排到了教区的会众之家。他们只是在等老主任牧师。他病了,没有布道。可他答应要参加莱纳特上尉的葬礼。而他来了,一边走,一边低着头,梦着自己的梦——他上了年纪后似乎就总是这样——自己站到了葬礼队列的最前面。他没注意到任何不寻常。这个老人参加过很多葬礼队列,他在熟悉的路上移步向前,没有抬头。他读了祷告,把泥土抛到棺材上,还是没注意到什么。可接着,敲钟人开始唱一首圣歌,我不敢相信他粗糙的声音,那个不然总是独自歌唱的声音,能把主任牧师从自己的梦中惊醒。

"可敲钟人不是独自在唱,数百个声音,还有另外数百个声音加入了他,男人、女人、孩子们在唱。于是,主任牧师从梦中醒来了。他揉了揉眼睛,走上那个由扔出的土积成的土堆以便看得更清楚些。从没有见过这么一大群悲痛之人。男人们戴着破旧的葬礼帽。女人们穿着有宽边的白围裙。所有的人都唱着,都有眼泪在眼睛里,大家都在哀伤。

"然后,年迈的主任牧师开始颤抖,焦虑。他该对这些人说些什么呢,这些悲伤的人?他有必要对他们说些能安抚的话。

"歌曲终了,他把手臂伸向人们。

"'我看到大家在哀悼',他说,'悲伤背负起来对那些还要走地上的路走上很久的人来说,比对我这样行将就木的人要沉重得多。'"

"他沮丧得没了声。他的声音虚弱,他在选择字眼时也开始犹豫。

"不过,他很快恢复了过来。他的声音重新获得了年轻时的力量,他的眼睛放光。

"他对我们进行了一番了不起的演说,尤斯塔。首先,他告诉我们很多他所知道的上帝的朝圣者。然后,他提醒我们,没有外在的光泽和伟大的能力让这男人如今天这么荣誉,除了一个事实——他总是走在上帝的道路上。如今,他要求我们,为了上帝和基督,做同样的事。每个人必须爱他人,并成为他的帮助。人人必须相信他人的好。人人必须像这个好心的莱纳特上尉那样行动,举止。因为这么做,不需伟大的天赋,只需一颗虔诚的心。并且,他对我们解释了今年发生的一切。他说,那是为了肯定就要到来的爱和幸福所做的准备。这一年,他时常看到人们的善行在四射的光芒中散发。如今,将形成整个的闪耀的太阳。

"而对我们所有人来说,似乎我们听到了一个预言家讲话。所有的人都希望爱彼此,都希望是善的。

"他抬起眼睛和手,对这个地区表达和平的祝愿,'以上帝的名义,'他说,'愿担忧停止!愿和平驻扎在你们心里,以及在大自然中!愿那无生命的和动物以及植物相安,停止破坏!'

"似乎是一个神圣的和平降落到了这个地区。似乎是山丘闪亮而山谷微笑,秋天的雾裏在玫瑰色中。

"然后他号召人们中的一个帮手。'某个人会来,'他说,'让你们消失不是上帝的旨意。上帝要唤醒一个人,一个能喂满你们的饥饿,把你们引入上帝的路上的人。'

"于是,我们想到了你,尤斯塔。我们知道主任牧师说的是你。

听到你的宣告的人回家了,议论着你。而你跑到这森林里寻死!人们期待你,尤斯塔。在窝棚里,他们议论,那个埃克比的疯牧师什么时候能来帮他们呢,然后,一切都会好起来。你是他们的英雄,尤斯塔。你是他们所有人的英雄。

"没错,尤斯塔,毫无疑问,那位老人谈论的就是你,这将吸引你活着。不过,尤斯塔,我作为你的妻子,我对你说,你只需完成你的使命。你不必梦想被上帝派遣。每个人都是那样,你知道。你必须工作,而不必有英雄行为,你不必闪光或惊人,你必须处理得让你的名字不那么经常地居于人们的唇边。好好考虑,在你撤销对辛特拉姆许下的话之前!你现在获得了某种为自己死去的权利,而从现在开始,生命不会提供你更多快乐。一度,我的愿望是回家,到南方,尤斯塔。对我来说,一个负罪的人,似乎做你妻子,跟随你一生,是太大的快乐。可现在,我想留在这里。要是你敢于活,我就留下来。不过不要指望这里有多少快乐!我会强迫你走沉重义务的路,永远不要指望从我这里得到关于幸福和希望的一个字眼。所有我们双方造成的悲哀和不幸,会被我作为守卫放在我们的炉边。一颗像我的心一样受了折磨的心还能再爱吗?没有眼泪,没有快乐地,我会走在你身边。想想这个,尤斯塔,在你选择活着之前!这是我们必须走过的赎罪之路。"

她没指望回答。她朝布洛比牧师的女儿招招手,就离开了。当她到森林里之后,她开始痛苦地哭泣,一路哭到埃克比。一到那里,她想起来,忘记了和杨·何克,那个士兵,谈谈开心的事而不是战争。

她走了以后,小屋里一片沉寂。

"赞美和荣耀归于我们的主——上帝!"老兵突然说。

他们看着他。他站起来,热切地四顾。

"邪恶,一切都邪恶,"他说,"自打我的眼睛睁开,我看到的一切都是邪恶。邪恶的男人，邪恶的女人！仇恨和愤怒在森林和田野！但她是美好的。一个好人曾坐在我家里。当我独自坐在这里时，我会记起她。她会跟着我，在森林的小径上。"

他俯身朝向尤斯塔，给他松绑，帮他站起来。然后，他严肃地握着他的手。

"仇恨上帝，"他点头说，"就是那么回事。不过现在您不再是那样了，我也不是，自从她在我的家里坐过。她是美好的。"

第二天，老杨·何克跑到治安官夏尔林那里。

"我想背上我的十字架，"他说，"我是个坏人，因此我有几个坏儿子。"他要求代替他的儿子入狱，当然，那可不会被允许。

老故事里最好的一个，讲的是他如何跟踪儿子，如何走在囚车边，如何睡在儿子的监狱外，他如何不放弃儿子，直到儿子受到了应得的惩罚。那个故事，毫无疑问，也能找到它的叙述者。

## 第二十三章　玛格瑞塔·塞尔辛

圣诞节前几天，少校夫人旅行到了叶湖地区，可她一直到圣诞前夜才抵达埃克比。在整个旅程中，她都病着。她得了肺炎，发着高烧，可没人见她这么开心过，也不曾听她对谁说过这么友善的话。

自从十月就和她一起待在河谷森林的厂里的，布洛比牧师的女儿也坐在雪橇里，在她身边，期待能加快行进的速度。可牧师的女儿没法阻止老妇人停下马，招呼路边的每一个旅人到雪橇上来，并且不断叫来新的。

"你们叶湖这儿的日子怎么样？"少校夫人问。

"我们过得不错，"她会得到这样的回答，"好日子快来了，那个埃克比的疯牧师和他妻子在帮助我们所有的人。"

"好日子已经来了，"另一个回答，"辛特拉姆走了，埃克比的侠士们在工作。布洛比牧师的钱在教堂塔楼找到了。钱多极了，所以，埃克比的荣耀和力量能靠这笔钱修整，还够给好多穷人带去面包。"

"我们的老主任牧师恢复了新的生命和能量，"第三个人说，"每个礼拜天，他跟我们谈论即将到来的上帝的王国。谁还希望有罪呢？美好的国度正在迫近。"

而少校夫人缓缓地驶向前方，问每一个她遇到的人："你一切都好吗？你们这里可有什么短缺的？"

当他们回答了她，发烧的热度和胸口的刺痛就缓和了："这里有两个美好又富有的女人，玛瑞安·辛克莱尔和安娜·萧安乎克。她们帮助尤斯塔·贝林从一家走到另一家查访，以保证没人挨饿。如今，不会再糟蹋粮食去酿烧酒了。"

就像是少校夫人坐在雪橇上，主持一场长长的教堂礼拜。她到了一片神圣的土地。她看见苍老的、满是皱纹的脸，在说到那已来到的好日子时的闪亮。病人因为赞扬幸福的日子而忘记了病痛。

"我们都希望成为莱纳特上尉那样的人，"他们说，"我们都想做好人。我们希望相信人人是善的。我们不想伤害任何人。好的一切会加速上帝王国的到来。"

她发现他们都被同一种精神俘获。庄园里，免费的食物正分发给那些最需要的人。每一个有活干的人都在尽其职责，少校夫人的所有铁厂里，一切在全面运作。

她觉得自己从没像如今坐在雪橇上，让风吹进自己疼痛的胸膛时这么健康过。她没法路过任何一个农庄，不停一停，问一问。

"现在，一切都好，"农庄里的人说，"这里有过巨大的苦难，不过，那些埃克比的绅士们来帮助了我们。少校夫人会对那里的一切吃惊。如今，磨坊基本建好了，铁匠铺已在使用，被烧掉的房子已搭好屋脊。"

是苦难和那些让心翻腾的事件改变了一切。哎呀，这只会持续短暂的一瞬。不过，也还是好的，能重返一个我为人人、人人向善的地方。少校夫人觉得，她能原谅侠士们，为此，她感谢上帝。

"安娜·丽莎，"她说，"我，一个老人，坐在这里，觉得已进入了那个被祝福的人们的天堂①。"

---

① 《马太福音》中记载了耶稣在山上所宣讲的基督徒的行为准则，所谓"山上宝训"，其中提到天国属于遵守规则的那些被祝福的人。

当她终于抵达埃克比时,侠士们忙乱地来扶她下雪橇,他们几乎认不出她来了,因为她慈爱而亲切,就跟年轻的伯爵夫人一样。那些见过她年轻时的样子的老人们窃窃私语:"这不是埃克比的少校夫人,而是玛格瑞塔·塞尔辛回来了。"

看见她回来了,那么美好又完全没什么复仇的意思,侠士们非常开心。可很快,快乐变成了悲哀,他们发现她病得厉害。她必须立刻给送进办公侧屋的客房,赶紧上床。可在门槛上,她转过头来,和他们说话。

"是上帝的风暴来过,"她说,"上帝的风暴。我现在明白,这一切都是为了那最好的!"

这么说着,通向病房的门关上了,他们没能再见她。

是的,对一个将死的人,想说的话是那么多。言语挤在舌尖,当人知道,在隔壁房间里,有一个人的耳朵很快会永远关上。"啊,我的朋友,我的朋友,"人会想说,"你能原谅吗?你能相信吗,无论如何,我爱过你!可当我们在一起时,我怎么就造成了那么多悲伤?啊,我的朋友,我的朋友,感谢你给予我的所有快乐!"

人想说这样的话,还有那么多、那么多别的话。

然而,少校夫人发着燃烧的高热,侠士的声音不能抵达到她耳边。她将永远没法明白他们怎么劳动,怎么承担她的工作,捍卫埃克比的名誉和荣光了吗?她永远也不能明白这一点了吗?

此后不久,侠士们走到铁匠铺里。那里,所有工作停下了。不过,他们正抛进新的炭,把新的生铁放进炉里融化。他们没去叫已回家庆祝圣诞的铁匠。取而代之,自己在炉边忙乎起来。但愿少校夫人能活到锤子开始挥动之时,那时,他们就好向她陈述他们的情况了。

是晚上了,在劳作中,又成了夜。好几个人觉得很诡异,他们又在铁匠铺庆祝圣诞夜了。

那个在这段忙碌时期主持建造了铁匠铺和磨坊的、足智多谋的凯文乎勒，还有强健的克里斯蒂安·贝里上尉站在炉边，负责熔化工作。尤斯塔和尤利由斯负责运炭。其他人，有的坐在铁砧边，在悬挂的锤子下，有的坐在运炭车和生铁堆那儿。那个神秘的老路维博耶和那个坐在铁砧上的哲学家埃伯哈德大叔在说话。

"今夜，辛特拉姆要死了。"他说。

"为何偏是今夜？"埃伯哈德问。

"兄弟，你完全知道去年我们打过赌。如今，我们没做过什么不像个侠士的事，所以，他输了。"

"要是你信这个，兄弟，那么你也完全知道，我们做了好多不像侠士的事。其一，我们没有帮助少校夫人；其二，我们开始了工作；其三，尤斯塔·贝林没有自杀，可他是允诺了要那么做的。这不完全对。"

"这些我都想到过，"路维博耶声称，"可我认为，兄弟，你理解得不对。假如是为了个人的狭隘利益，我们确实是被禁止的；可要是为了爱、荣誉以及我们永远的救赎，那就另当别论。我坚信，辛特拉姆输了。"

"你可能是对的，兄弟。"

"我跟你说，兄弟，我明白。这一晚上，我都听到了他的雪橇铃声，不过，那不是真正的雪橇铃。很快，他就到我们这里了。"

于是，这小老头瞪着铁匠铺的门，那个开着的门，一片蓝色的天空上，能看见稀疏的几颗星星。

过了一会他站起身来。

"你看见他了吗，兄弟？"他低语，"他来了，偷偷来了。你没看见他就在开着的门那儿吗，兄弟？"

"我什么也看不见，"埃伯哈德大叔说，"你困了，兄弟，就是这么回事。"

"明亮的夜色中,我清楚地看见了他,他披着那张长长的狼皮,戴着皮帽。现在,他在室内的暗影里了,我看不见他了。瞧,他这会儿在炉边!就站在克里斯蒂安·贝里旁边,不过,克里斯蒂安显然没看见他。现在,他弯下身子,把什么东西扔进火里去了。哦,他看起来那么邪恶!当心,朋友,当心!"

他这么说时,一股火焰带着灰渣和火花从炉子里喷出来,笼罩了铁匠和他们的助手。不过,没什么危害。

"他想复仇。"路维博耶低语。

"你疯了,兄弟!"埃伯哈德说,"这种事情难道你还没受够吗?"

"你自可以这么想,这么希望,可这没用。你没看见吗,兄弟,他站在柱子边,正对着我们狞笑?不过老实说,我相信他要丢下大锤了!"

他跳起来,拉开埃伯哈德。在下一个瞬间,锤子便砸在了铁砧上,只差了那么一点点,可埃伯哈德和路维博耶逃离了死亡。

"你瞧,兄弟,他对我们没有威力!"路维博耶胜利地说,"不过,看得出,他是要复仇。"

他把尤斯塔·贝林叫了过来。

"到女人们那儿去,尤斯塔。也许他也在她们那儿露脸呢。她们不像我看惯了这种事,她们说不定会害怕。尤斯塔,你要小心,因为他对你怨气不少,也许因为那个诺言,他对你有威力,也许他有。"

后来得知,路维博耶是对的,辛特拉姆在圣诞夜死了。有人说,他在监狱里上了吊。可还有人相信,正义的仆人偷偷杀了他,因为审判似乎对他很有利,然而,自然是决不能让他再回到叶湖的人们中来。还有另一些人相信,一位黑衣绅士乘着一辆被黑马拉着的黑色的车,把他从监狱里带走了。路维博耶不是在圣诞夜看到他的唯一的一个。他也出现在福尔斯的乌瑞卡·迪尔纳的梦里。好多人谈起他怎么在他们跟前显形,直到乌瑞卡·迪尔纳把他的尸体移到布洛墓园。她还把福尔斯邪恶的仆人们赶走了,在福尔斯建立起良好的管理。此后,那里便不再闹鬼。

\*

据说,在尤斯塔·贝林走到庄园的主屋之前,一个陌生人来到办公侧屋,给少校夫人送上一封信。没人认识送信人,不过,信给带了进去,放在病人旁边的台子上。立刻,她意外地好多了:热度稳定,疼痛退去,她处于能阅读文件的状态了。

老人们倾向于认为,这个好转是由于黑暗力量的影响。少校夫人读了文件,能让辛特拉姆和他的朋友得到好处。

这是一份用鲜血写在黑纸上的文件。侠士们毫无疑问地能认出它来。是去年圣诞夜在埃克比生效的那一份。

现在,少校夫人躺在那里、读着,因为她是个巫婆并把侠士们送入地狱,所以,她被审判失去埃克比。她读了这个、那个类似的疯话。她查看了日期、签名,还在尤斯塔·贝林的签名边看到这么一行字:"因为少校夫人曾利用我的软弱,把我从正当的劳动边引开,把我控制在埃克比做侠士;因为她通过透露给爱芭·杜纳,我是一名被革职的牧师,而让我成了杀害爱芭·杜纳的凶手,所以我签名。"

少校夫人慢慢地把信纸折叠起来,放入信封。然后,她静静地沉思她所发现的这一切。她带着苦涩的痛意识到,这就是人们对她的看法。对她帮助过的人,对那些她给予了他们工作和面包的人来说,她是巫婆和魔女。这就是她赢得的回报,这会是她的讣告。对一个淫妇,他们不能相信有什么更好的了。

可她哪里在乎那些无知的人呢?无论如何,他们不曾和她有多接近。但这些贫穷的侠士,这些体验过她的荣光,了解她这个人的侠士们,甚至连他们都信这个,或是假装信这个,以便对控制埃克比有一个托词。她的思绪在奔跑。狂野的愤怒和复仇的渴望在她滚烫的头上燃烧起来。她把和伯爵夫人一起照料自己的布洛比牧师的女儿叫来,吩咐传信召唤赫格福斯的经理和监察。她想写遗嘱。

她又开始躺在那儿琢磨。她的眉头紧锁。她的脸在苦痛中可怕地扭曲着。

"您病得厉害,少校夫人。"伯爵夫人缓缓地说。

"没错,比先前任何时候都病得厉害。"

又是沉寂,可接着,少校夫人开始用一种严厉而粗暴的声音说话:

"想起来真是奇怪,伯爵夫人,您这样一个人人喜爱的人,也是个淫妇。"

年轻女人吃了一惊。

"没错,如果说在行动上并不是,可在思想和愿望上,没什么区别。我这个躺在这儿的人觉得,没什么区别。"

"我明白,少校夫人。"

"可伯爵夫人现在却可以快乐。伯爵夫人可以没有罪而保有爱。当你们相见时,黑色的鬼魅不会站在你们中间。你们可以在这世界面前属于彼此,在日光下爱一个人,一生和一个人并肩走着。"

"哦,少校夫人,少校夫人!"

"伯爵夫人怎敢和他在一起?"老妇人带着增加了的强度哭喊:"赎罪!及时赎罪吧!回到您父亲和母亲的家,在他们来诅咒您之前!您敢把尤斯塔·贝林算作您的配偶吗?从他身边离开!我将把埃克比给他,我会给他力量和荣光。您敢和他分享吗?您敢接受幸福和名誉吗?我敢过。您还记得我出了什么事吗?您还记得埃克比的圣诞宴吗?您还记得地方治安官庄园里的监狱吗?"

"哦，少校夫人，我们这两个负罪的人，肩并肩地走在一起，没有幸福。我在这里，是要保证在我们的炉边没有幸福。少校夫人不觉得我想家吗？哦，苦痛地，我向往家里的保护和支持，可我再也无法享受那些了。在这里，我会生活在恐惧和颤抖中，知道我做的一切都会把我引入罪和悲伤，知道假如我帮助了一个人，就会对不住另一个。太虚弱和愚蠢，不足以对应这里的生活，可还是不得不活着，绑定在永恒的赎罪上。"

"我们会用这些想法愚弄我们的心！"少校夫人说，"可这是懦弱。您不想离开他，这是唯一的原因。"

在伯爵夫人有时间回答之前，尤斯塔·贝林进了房间。

"到这儿来，尤斯塔，"少校夫人立刻说，她的声音更尖锐、更严厉了，"到这儿来，你这个叶湖地区人人夸赞的家伙！来吧，你，将作为人们的救星被后人知晓的人！你现在要听到，当你让你的老少校夫人在大路上被蔑视和唾弃时，她都经历了什么。

"我首先要告诉你去年春天，我到我母亲那儿时发生的事，因为你该知道那个故事的结尾。

"在三月底，我一路辗转，到达了河之谷森林的厂里，尤斯塔。当时，我看起来比一个乞丐婆好不了多少。我到的时候，听说我母亲在乳制品室里。我就上那儿去，在门口默默站了好一会。屋里有长长的架子，上头摆着闪亮的装了牛奶的铜锅。我的母亲，已九十出头，一锅又一锅地在脱奶油。老太太足够健康，可我注意到，每次直起腰来够到铜锅，她要付出多大努力。我不知道她是否看见了我，可过了一会，她用一种古怪和尖锐的声音跟我说话：

"'那么事情在你身上发展得就跟我期待的是一样了！'她说。我想开口叫她原谅我，可这不值得尝试。她听不到一句话，她已完全聋了。可过了一会，她又开了口。'你可以来帮我。'她说。

"于是,我走过去脱脂,我把锅放得有序,把笊篱浸得不深不浅,她很满意。她从不能放心地让仆人做脱脂这件事,可我早就知道,她期望怎么做。

"'现在,你得接这个班了。'她说,这话让我明白,她原谅了我。

"然后,似乎是突然之间,她就再也不能干活了。她默默地坐在扶手椅上,几乎整天地睡着。然后,在圣诞前几个礼拜,她死了。我本愿意早点回来,尤斯塔,可我不能离开老太太。"

少校夫人停止了讲述,她的呼吸又困难起来,可她积聚力量,继续说下去:

"这是真的,尤斯塔,我以前是想把你留在埃克比,在我身边。和你在一起,人人都会开心。要是你想成为一个安居乐业的人,我会给你足够的力量。我一直是希望你能找到一个好妻子。起初,我以为,那会是玛瑞安·辛克莱尔,因为我看出她爱过你,甚至当你在森林里作为伐木工生活的时候。然后,我以为,那是爱芭·杜纳;有一天,我去了博宜,告诉她,要是她接受你为丈夫,我会让你继承埃克比。要是我这么做处理得不好,你得原谅我。"

尤斯塔跪在床前,前额抵在床边,他发出了重重的呻吟。

"现在告诉我,尤斯塔,你打算怎么活!你怎么养活你妻子?告诉我!你明明知道我一直希望你一切都是最好。"尤斯塔报之以一笑,而他的心却想带着悲痛崩裂:

"在过去的日子里,当我试图在埃克比成为一名劳动者时,少校夫人给了我一座小屋居住,那屋子至今还是我的。这个秋天,我把那里的一切打理就绪。路维博耶帮了我,我们拿石灰石做的涂料刷白了天花板,贴了墙纸,涂了油漆。里头一个小房间,路维博耶称之为伯爵夫人的内室。他在这一带所有农庄里收罗从大庄园拍卖中流出的家具。他买了几件家具过来,所以,那小房间里现在摆着高背扶手椅，还有带闪光配件的抽屉柜。而在外边的大房间里，摆着年轻夫人的织布机和我的车床以及其他家用器具。我和路维博耶在那儿已经坐了好几个晚上，谈论我和伯爵夫人在小屋的日子会怎么样。不过我妻子是这会儿才知道这些，少校夫人，我们本打算在离开埃克比时告诉她的。"

"说下去，尤斯塔！"

"路维博耶老是说，屋里需要一名女仆，'在夏天，这里有白桦树，很美。'他总么说，'可到了冬天，对你妻子来说，就太与世隔绝啦，你需要一名女仆，尤斯塔。'

"我同意他的说法，可我不知怎么才能办到。然后，有一天，他把他的音乐，画了钢琴琴键的桌子搬来，放进了小屋。'看来是你，路维博耶，会当那女仆了？'我对他说。他回答，假如需要，他毫无疑问地会来。我难道想叫伯爵夫人担水煮菜吗？不，我没想让她做任何事，只要我有一双胳膊干活。可他还是觉得，最好是我们两个人在那儿，这样，她可以一天一天，坐在沙发的一角绣花。'你永远不知道，这样一个小女子会需要多少关心。'他说。"

"说下去，"少校夫人说，"这能减轻我的痛苦，你认为你的年轻的伯爵夫人能住在小屋里吗？"

他对她嘲笑的语气有些困惑，但还是说下去了。

"哦，少校夫人，我不敢这么认为，不过，要是她愿意，那就太美好了。这里，到任何一位医生那儿都有三十英里路。她这么个有着轻巧的手和温柔的心的人，可以做很多事来料理伤口，降低热烧。我想，所有苦难的人会寻到小屋来。穷人中有那么多的悲伤，美好的话语和有爱的心能帮上他们的忙。"

"可你自己呢，尤斯塔！"

"我会在木工工作台和车床边干活，少校夫人。从此，我将自食其力。要是我妻子不肯跟着我，我听其自然。要是有人如今给我提供世上所有的财富，那不能诱惑我。我要过我自己的日子。如今我会是，并一直是一个穷人，在农人中，尽我所能帮助他们。他们需要有人在婚礼或在圣诞筵席上拉一曲波斯卡，他们需要有人给他们远方的儿子写信，这样的一个人就可以是我。但我必须守穷，少校夫人。"

"你将有一个悲惨的人生，尤斯塔。"

"哦，不，少校夫人，要是有两个人就不惨。那些富裕和快乐的人毫无疑问也会和那些穷人一样造访我们。我们会在我们的小屋里有足够的快乐。客人不必在意，假如食物就在他们眼前烹调着，或是他们必须两个、两个地共用一只盘子。"

"你那么做有什么用呢，尤斯塔？你能赢得什么赞誉？"

"要是我死后一些年，穷人还记得我，我的名声就是够巨大的。要是我能在房前种下几棵苹果树，我就足够有用，要是我能教上农民小提琴手几曲那些古老大师的旋律，要是牧羊人的儿子能学上几首歌在林间小路上歌唱，就足够有用。

"少校夫人要相信我，我还是和从前一样的那个疯狂的尤斯塔，一个农民小提琴手就是我能成为的全部，不过，这就够了。我有太多的罪要改正。哭泣和懊悔不属于我。我要给穷人快乐，这就是我的赎罪。"

"尤斯塔，"少校夫人说，"对你这样一个有能量的人来说，这样的生活太微不足道，我要给你埃克比。"

"哦，少校夫人，"他恐惧地叫道，"别让我富有！别把这份责任压在我身上！别把我和穷人分开！"

"我想把埃克比给你和侠士们，"少校夫人重复，"你是个贤明的人，尤斯塔，是人们祝福的。我要说我母亲说过的话：你得接班了。"

"不，少校夫人，我们不能接受。我们，对少校夫人误判，给您带去了那么多的苦痛！"

"你没听见吗，我要把埃克比给你们。"

她粗暴而严厉地说，没有一点友善。他被焦虑攫住。

"别对老头们摆出这种诱惑，少校夫人！这会将他们变回闲人和醉汉！上帝啊，有钱的侠士！那我们会变成什么样？！"

"我要给你埃克比，尤斯塔，不过那样的话，你要答应我给你妻子自由。你看，这么个娇小的好女人不适合你。她在这个熊出没的地方要遭的罪太多。她向往重返自己明亮的故土。你得让她走。这就是为何我要给你埃克比。"

可现在，伯爵夫人伊丽莎白走到少校夫人身边，在床边跪下。

"我不再向往了，少校夫人。做我丈夫的这个男人，已经解开谜团，找到了我能过的生活。我不再需要严酷地走在他身边，提醒他悔恨和赎罪。贫穷、苦难和艰辛的工作会完成这个任务。我可以毫无罪孽地走在去穷人和病人那里的路上。我不再惧怕北国的生活。可您别让他富有！那样的话，我可不敢留下。"

少校夫人从床上撑起身。

"你们为自己要求所有的幸福，"她喊道，举着握紧的拳头威胁，"所有的幸福和保佑！不，愿埃克比成为侠士们的，这样，他们就能给毁了！愿丈夫和妻子分离，这样，他们就能给毁了！巫婆是我，魔女是我，我会刺激你们，让你们都变得邪恶，我的名声如此，我自己就必须是这样。"

她抓起那封信，扔到尤斯塔脸上。那张黑色的纸飘下来，落到地板上。尤斯塔完全认得出。

"你对我犯了罪，尤斯塔，你错误地审判了一个对你来说如同第二个母亲的人。你敢拒绝从我这里领受惩罚吗？你将接受埃克比，并且这会毁了你，因为你脆弱。你会把妻子送回家，这样，没人会救得了你。你会死去，和我一样，带着个被仇恨的名字死去。

玛格瑞塔·塞尔辛的讣告是一个巫婆的。你的讣告会是一个败家子和压榨农人的家伙的。"

她再次跌在枕头上，一切陷入沉寂。穿过这份寂静，有一声闷响，继而又是一声，再一声，打铁的杵锤吼叫着开始了工作。

"听！"尤斯塔·贝林于是说，"玛格瑞塔·塞尔辛的讣告发出的是这个声音！这不是喝醉了的侠士们疯狂的恶作剧，这是劳动的胜利赞歌，以一个良好的老工人的名誉作响。听得见锤子在唱什么吗，少校夫人？'谢谢，'它是在说，'谢谢美好的劳动，谢谢那些你给予穷人的面包，谢谢你清理的道路，谢谢你开辟的土地！谢谢你安排的大厅里的欢乐！''谢谢，'它在说，'并且安息吧。你的工厂会存续并坚持，你的庄园将永远是带来快乐工作的圣所。''谢谢，'它在说，'别审判我们这些迷途的人，你，这个如今正启航前往和平之地的人，用亲切的想法想着我们这些还活着的吧。'"

尤斯塔无语了，可那杵锤还在继续说话。所有那些要对少校夫人诉说的美好而亲切的话语，混合在杵锤的敲打声里。渐渐地，她脸上的紧张消失了，松弛了，似乎死亡的阴影已降临在她身上。

布洛比牧师的女儿进来，通报说赫格福斯的绅士们来了，少校夫人叫他们走，她不想写遗嘱了。

"哦，尤斯塔，一个有很多壮举的男人，"她说，"这么说，你又胜利了！低下头来，让我给你祝福！"

高烧又带着双倍的力量上来了，嗓子里又开始有那种死亡的喘息声。因为沉重的苦难，她的身体已奄奄一息，但灵魂很快就会对此一无所知了，它开始窥视为垂死的人打开的天堂。

就这样过了一小时，短暂的死前挣扎结束了。于是，她平静而美好地躺在那儿，站在周围的人都受到深深的触动。

"我亲爱的老少校夫人，"于是尤斯塔说，"你这个样子，我曾见过一次！如今，玛格瑞塔·塞尔辛活过来了。如今，她再也不用给埃克比的少校夫人让出位置了。"

*

当侠士们从铁匠铺那里赶来时，他们遇上了少校夫人离世的噩耗。

"她听到锤子声了吗？"他们问。

她听到了，他们得对此满意。

后来他们得知，她曾打算把埃克比送给他们，但没办到。他们将这看作巨大荣誉，在有生之年，都为此夸赞自己。没人抱怨，他们曾失去富贵。

据说，在这个圣诞夜，尤斯塔·贝林站在他年轻的配偶身边，对侠士们做了最后的讲话。他为他们的命运感伤，因为如今，他们将不得不离开埃克比。与老年的病痛的对抗等待着他们。老迈和忧郁甚至在照顾老人的熟人那儿，遭遇的也是一份冷漠欢迎。贫穷的侠士将被迫去农庄干活，没有快乐的日子。和朋友及历险分离，孤独的人将要枯萎。

就这样，他对他们说话，这些无忧无虑的人，因为对抗命运中机会的突变而强硬。再一次地，他称他们为古老的天神和古老的骑士，他们出现，给铁的土地和铁的时代带来了光亮。不过，这时他抱怨说，在这个蝴蝶快乐地展翅飞来的乐园里，充满破坏性的幼虫，园子里的果实发育迟缓。

他当然明白，快乐对地上的孩子们来说是一份美好，快乐必须被找到。然而，人怎么才能既快乐又善良，这就像一个难解之谜，始终是这世上的问题。这个他称之为最简单的事，可又是最难的问题。一直以来，他们不曾解开这个谜。而现在，他愿意相信，他们学会了，在这快乐又苦难、幸运又悲伤的一年里，他们所有的人都学会了。

*

啊,美好的侠士先生们,即便是对我来说,分别的苦涩也正盘旋在这一时刻的上方!这是我们一起度过的最后一个不眠之夜。我将不再能听到滑稽的笑和快乐的歌。现在,我将和你们,还有所有芦汶湖畔快乐的人们分别。

你们,亲爱的老头儿们!在逝去的岁月里,你们给了我美好的礼物。你们给生活在隔绝中的我带来了关于生活的丰富变化的第一个讯息。我看见你们,围绕着我童年的梦之湖,在诸神的黄昏的战役中作战。可我有给了你们什么呢?

然而,也许这会令你们满意,令你们的名字和那热爱的邸宅的名字一起再次回响?愿所有属于你们的生命的辉煌重新落在你们生活过的这片地方!博宜还矗立着,比雍纳还矗立着,埃克比还在芦汶湖畔,被激流和湖泊、被园子和微笑的森林草地美好地环绕。当人们站在宽大的阳台上,传奇就会围绕他们飞舞,像夏天的蜂。

然而,说到蜂,让我再讲一则古老的故事!那个小鲁斯特,就是在瑞典军中作为鼓手走在队列最前头的那个人,于1813年曾行进到德国。其后,他从不厌倦于谈论南方的美丽风景:那里的人和教堂尖顶一般高,那里的燕子跟老鹰一般大,而那里的蜂都像鹅。

"那么,蜂巢像什么呢?"

"蜂巢就像我们通常的蜂巢。"

"那蜂是怎么钻进去的呢?"

"是啊,它们可得看仔细了。"小鲁斯特说。

亲爱的读者,我是不是要说同样的话呢?这里,想象的巨蜂已围着我们转了年年月月,但想要钻进现实的蜂巢里,它们可得看仔细了。

# 译后记

由我来翻译这部作品,是本丛书出版筹划阶段,著名翻译家和学者陈迈平老师的提议。感谢迈平老师沉甸甸的信任。

这部著作场面宏大、细节精细、人物事件繁多。神话传说和圣经典故就像春天的花儿和草儿,呼啦啦沿着叙述的路途自然地绽放。一些旧时代的服饰、食物和器具等需要借专业书籍和博物馆档案考辨其内涵和形状,找到根据。最富于挑战性的还是对语词和韵味的表达。面对一个恢弘又细腻、浪漫且现实,充满诗意和神秘的文本时,一直要保持神经的清醒和敏锐。翻译带有诗歌气质、讲究语言和节奏,富于经典纯文学的审美价值的小说,比之翻译单纯注重结构和情节的作品,自然更费心思。虽然忠实于原著,我作为译者所构筑的文字空间,于经受挑战的同时也有可能体现出一种弹力;翻译一旦达成,我更能体会到文学创作的愉悦感。数年前,我就在自己的书籍《这不可能的艺术——瑞典现代作家群像》中特别介绍过这部作品,我热爱它的浪漫和理想的气息,熟悉整个故事。然而在翻译不少段落时,我还是会情不自禁地落泪。若有一天,拉格洛夫从无边的天幕上驾着天堂鸟拉的车儿重返人间一游,而她以天上神功,单把手掌贴于书皮就能在瞬间明白一切字意,那么,愿她触碰到这本译作,愿她能读出我至诚的倾听和至深的尊重,愿她能感到一丝快慰。

感谢瑞典文化部艺术委员会（Swedish Arts Council）和瑞典雍松文化基金会（Helge Ax:son Johnsons Stiftelse）的翻译资助。感谢瑞典学院马悦然院士、谢尔·埃斯普马克院士答疑解惑。也感谢作家莫妮卡·劳瑞琛女士、翻译家陈安娜女士和作家陈文芬女士的支持。

衷心感谢我的两位复旦学长叶扬老师和杨恒生老师的激励。特别是著名的加州大学叶扬教授，给了我很多启迪和指教。

十分感谢翻译家张晓强老师的关心。

感谢责任编辑方尚芩女士的费心工作。感谢封面设计师周伟伟先生的匠心及编辑张旭辉先生的关怀。

植物学家、老同学赵世伟先生帮我厘清一些植物的中文名称，特此感谢。也感谢我的亲密老友李玉瑶、王杨、马青锋、汪静、夏小红女士，以及王岚峰、李皖、陈莘、陆曦明先生的友情和鼓励。

王　晔

2017年11月于瑞典马尔默

**图书在版编目(CIP)数据**

尤斯塔·贝林的萨迦/[瑞典]塞尔玛·拉格洛夫(Selma Lagerlöf)著;王晔译.
—上海:复旦大学出版社,2018.3
(诺贝尔文学奖背后的文学)
书名原文:Gösta Berlings saga
ISBN 978-7-309-13367-7

Ⅰ.尤… Ⅱ.①塞…②王… Ⅲ.长篇小说-瑞典-现代 Ⅳ.I532.45

中国版本图书馆 CIP 数据核字(2017)第 271041 号

Gösta Berlings saga
by Selma Lagerlöf
本书初版于 1891 年,译本根据瑞典 SVS(Svenska Vitterhetssamfundet)2013 年版译出

本书获瑞典文化部艺术委员会翻译资助,特此鸣谢
Thanks to the support from Swedish Arts Council for sponsor of the translation costs.

**尤斯塔·贝林的萨迦**
[瑞典]塞尔玛·拉格洛夫(Selma Lagerlöf) 著 王 晔 译
责任编辑/方尚芩
封面设计/周伟伟

复旦大学出版社有限公司出版发行
上海市国权路 579 号 邮编:200433
网址:fupnet@fudanpress.com http://www.fudanpress.com
门市零售:86-21-65642857 团体订购:86-21-65118853
外埠邮购:86-21-65109143 出版部电话:86-21-65642845
上海盛通时代印刷有限公司

开本 890×1240 1/32 印张 14.125 字数 336 千
2018 年 3 月第 1 版第 1 次印刷

ISBN 978-7-309-13367-7/I·1084
定价:56.00 元

如有印装质量问题,请向复旦大学出版社有限公司出版部调换。
版权所有 侵权必究